源头

时代出版传媒股份有限公司
安徽文艺出版社

吴克敬◎著

　　吴克敬，陕西扶风人，毕业于西北大学中文系，获硕士学位。现任陕西省作家协会副主席，西安市作家协会主席；中国书画院副院长、陕西书画院院长；西北大学驻校作家，长安大学、石油大学、西安外国语大学等院校客座教授。曾获庄重文文学奖、冰心散文奖、柳青文学奖、《小说选刊》年度大奖等奖项。2010年，中篇小说《手铐上的蓝花花》获第五届鲁迅文学奖；2012年，《你说我是谁》获第十四届中国人口文化奖（文学类），长篇小说《初婚》获中国城市出版社文学奖一等奖。《羞涩》《大丑》《拉手手》《马背上的电影》等五部作品被改编拍摄成电影，其中《羞涩》获美国雪城国际电影节最佳摄影奖；由长篇小说《初婚》改编的电视剧热播全国。

YUANTOU

吴克敬 ◎ 著

源头

时代出版传媒股份有限公司
安徽文艺出版社

图书在版编目（ＣＩＰ）数据

源头/吴克敬著. —合肥：安徽文艺出版社,2023.5
ISBN 978-7-5396-7536-7

Ⅰ. ①源… Ⅱ. ①吴… Ⅲ. ①长篇小说－中国－当代
Ⅳ. ①I247.5

中国版本图书馆 CIP 数据核字 (2022) 第 161597 号

出 版 人：姚 巍
责任编辑：张妍妍　姚爱云　　　　　装帧设计：张诚鑫
....
出版发行：安徽文艺出版社　　www.awpub.com
地　　址：合肥市翡翠路 1118 号　　邮政编码：230071
营 销 部：(0551)63533889
印　　制：安徽新华印刷股份有限公司　　(0551)65859551
....
开本：700×1000　1/16　印张：22.25　字数：330 千字
版次：2023 年 5 月第 1 版
印次：2023 年 5 月第 1 次印刷
定价：88.00 元
....

目　录

序章　梦里三江源

黄河曲曲者九十九道湾,湾湾里者都有浪花翻。

河湟上下者你来看,人人者那个都来唱"少年"。

……

——花儿《湾湾都有浪花翻》

　　云朵不知道,她的三江源之旅,日后会成为一个传说。

　　云朵自己不知道,但她的朋友风先生可是知道的呢。在云朵决意去三江源的时候,风先生即已凭着他不同于常人的本领,洞悉了云朵的未来。好心的风先生因此伴随着云朵,与她不离不弃,也往三江源上去了……从远古走来的风先生,以他风的姿态,还有风的情怀以及风的智慧,无时无刻不在世人的生活当中。然而遗憾得很,现实生活里的人,太浅薄了,有时还十分幼稚,甚至无知。他们或许看得见自然界风的犀利、凛冽,乃致暴虐,甚或感受得到自然界风的凉爽、温馨以及抚慰,却甚少知道风的灵性、仁义,还有诗意。

　　自然界的风,把自己活在无尽的时间里,早已活成个先知先觉却又后知后觉的老先生了。

　　云朵出生和成长的古周原,既生长董荼如饴的草木和丰穰油香的黍粟,又生长精神性与灵魂性相辅相成的文字。蕴含高古的《易经》、蕴藏高深的《诗经》都诞生在史称中华文明的这一片土地上,数千年来,蓬蓬勃勃地生长着,滋养着我们人类的生活,更滋润着我们人类的精神与灵魂。先不说一部天书般的《易经》，只是一部耐读的《诗经》，就很是了得，特别耐人寻味。其中一个"风"字，便被赋予了巨大的能量，"风"成为中国文字的长子。风、雅、颂，"风"字从他诞生的那一天起，就自觉地以他"风"的能耐，影响着世俗生活里的人，让人敬畏，使人敬仰。

梦里的三江源上，有个叫玉树的地方。云朵的梦想，与"玉树"这两个字不经意地触碰了一下，她便毫不犹豫地要去三江源上的玉树了！

那里有如玉一样的树吗？云朵准备去三江源深处这个叫玉树的地方时，她的内心泛起这样一个问题。她因此向熟悉的人打听，但没有人能准确地回答她。幸亏有时刻关心她的风先生，他发现她不断地向人打听，知晓这个问题已经成了她的一个心结，就追着她给她说了。风先生的话说得极巧妙，他没有直接给云朵说，而是绕着弯子，试探着先问了云朵一个问题。

风先生问云朵："三江源让你着迷了吧？"

云朵老实地向风先生点头。

风先生因此笑了笑说："去吧，那里的玉树会使你更着迷哩。"

黄河曲曲者九十九道湾，湾湾里者都有浪花翻。
河湟上下者你来看，人人者那个都来唱"少年"。
......

这是个天气晴朗的早晨哩，有风先生的鼓励，云朵没有什么犹豫的了，她勇敢地向着自己梦想的三江源走去……云朵走着走着，就有一曲名叫《湾湾都有浪花翻》的花儿，非常突兀地萦绕在了她的耳边。

第一章 公园弃婴的啼哭

豆儿豆儿者尕豆儿，不知道豆儿者是滚的。

肉儿肉儿者尕肉儿，不知道肉儿者是哄的。

……

——花儿《肉儿肉儿尕肉儿》

云朵之所以要去遥远的三江源，是因为她的先生胡不二，还因为她的卓玛央金阿佳。

不能说胡不二不爱云朵，更不能说胡不二对云朵有了二心。但可以说，胡不二不是特别理解云朵、懂得云朵、包容云朵……千不该万不该，胡不二不该把云朵抱回家来的小云飞，自作主张地抱出家门，送去了西安市北郊的儿童福利院。胡不二想要云朵生育一个他们自己的亲娃娃，可她不清不楚、不明不白地抱一个弃婴来家里养，这算个什么事儿呀？

胡不二不能明白，就把小云飞抱去儿童福利院，让专门的机构去养了。

小云飞被胡不二抱去儿童福利院，是个空气清新的早晨，而云朵最初发现小云飞的日子，反而没有这么晴好……西安市的天气状况，就是这么个样子，南面有巍巍秦岭的阻隔，北面又受渭北高原的限制，整个城市就处在渭河、泾河、涝河、灞河、浐河、沣河、滈河、潏河等八水环绕的一片凹地上，现代工业制造出来的有害物质，混合进空气里，形成雾霾，像一个硕大无比的"锅盖"，悬浮在城市的上空，影响着空气的质量，遮挡着太阳的光线,总是难得有个爽气清新的艳阳天。但就在那样一个早晨,云朵真如万里晴空上飘拂着的云朵一般,把她的纯洁与美丽、慈爱与善良完全地呈现了出来。

哦,璀璨炫目的云朵啊!

哦,温馨宜人的云朵啊!

如同往常一样,在那个天空中飘浮着朵朵云彩的早晨,云朵一身晨练时的运动装扮,从她居住的小区走出来,走进了唐城墙遗址公园的绿树花丛中,慢跑锻炼。她的身心是放松的,边跑边欣赏着公园里的景致,刚跑过一伙耍枪弄棒的武术发烧友,又跑过一群狂跳广场舞的阿姨,再跑过几位遛鸟的老人……清晨的唐城墙遗址公园如西安市民的天堂一般,谁有什么爱好,谁有什么兴趣,尽可以随便展示。云朵以她轻盈矫健的步履慢跑着,她看见晨练的人群里,还有许多金发碧眼的外国女孩及非洲汉子,他们也学着打太极拳,也学着跳广场舞,也学着唱秦腔甚或信天游……国际化大都市的西安应该是这个样子哩。云朵的记忆深处,还涌现出一首盛唐大诗人王维写的七言绝句:"九天阊阖开宫殿,万国衣冠拜冕旒。日色才临仙掌动,香烟欲傍衮龙浮。"时间过去了一千两百多年,那时的长安,现在的西安,在王维的诗句里,有着一样的辉煌与繁华!

云朵自知她的见识有限,对王维生活的长安知之不多。不过,她有风先生的陪伴,她有疑惑的时候,风先生自会及时给她补缺。

果不其然,风先生在这个清晨,陪伴在云朵的身边,给她说起了王维,以及王维《和贾舍人早朝大明宫之作》的诗……时任唐廷太子中允的王维,意气风发,好不快活。他与诗人贾至、杜甫、岑参同僚,在唐肃宗乾元元年(758)的春天,看见长安遍地春意,草绿花红,外国使节蜂拥长安,觐见唐朝皇帝,他兴之所至,援笔写出了这首诗。寥寥几行诗句,不但突出了皇宫的肃穆,更写出了朝堂上的有条不紊。"万国衣冠"后的那个"拜"字,尽显大唐帝国让天下人臣服的威仪。诗作大处见气魄,小处显尊严,其情其景,如在眼前。

云朵听懂了风先生的指教,她向着虚空里的风先生莞尔一笑,就在唐城墙遗址公园的绿化带里,像头美艳的小鹿一般,继续她的晨练。

前边就是开发者精心打造的唐诗园了,一处块石林立的圆形围墙,有多少块高过人头的墨色石块呢?云朵绕着唐诗园,或走或跑,走了多少圈,跑了多少圈,却总是数不清楚。不过,这不要紧的,走近了,跑近了,有动人心扉、脍炙人口的唐诗就够了。

刚才与风先生一起讨论的王维那首诗,就醒目地镌刻在那圈围墙的一块立石上。

云朵跑到那首诗前,又逐字逐句地读了一遍。她读罢后再往前小跑,便又是一处精致的景观。这里绿树环绕,杂花纷呈,营造出一种西安城难得一见的域外风光。汉白玉雕刻出来的塑像,亭亭玉立、婀娜多姿,她们是汉、唐两朝和亲草原与西域的汉家女儿和唐家公主!一尊一尊,云朵仔细地看过去,犹抱琵琶半遮面的是王昭君,还有细君公主、无忧公主……云朵知道她们都是汉家的女儿哩!与她们隔着那么点距离的,是冰雪高原上的文成公主了,与她相伴的还有新兴公主、金城公主、金山公主、国安公主、永乐公主、交河公主、东光公主、东华公主、静乐公主、宜芳公主、宁国公主、崇徽公主、咸安公主、太和公主、安化公主……云朵以崇敬的目光端详着每一位和亲公主的塑像。走到文成公主的塑像前时,她身不由己地停下来,多站了一会儿。

爱好摄影的云朵有一款喜爱的数码相机,须臾不离她的身子,遇着什么触动她的神经的情景,她就会举起相机,按动快门拍摄下来。

在这个早晨,云朵已经用她心爱的数码相机拍摄了好几张她感兴趣的景物照片了。她的数码相机镜头,首先抓拍了一簇带露的牡丹,接着抓拍了一簇芍药、一簇海棠、一簇丁香、一簇玉兰红……唐城墙遗址公园的春天就是这么美好,既有满眼的姹紫嫣红,也有充耳的燕语莺歌,云朵在其中晨练,好不快活惬意。她在抓拍了几幅惹她眼热的春意后,走到了那处石刻的唐诗围墙前,一眼就看见了雕刻着王维诗句的石碑,云朵不容分说便把这一通碑刻收入她的数码相机里。这时候,她面对着文成公主的雕像,她能怎么样呢?她很自然地又举起数码相机,选择着合适的角度,想把文成公主的汉白玉雕像装进了她的相机镜头里。她的手指都放在相机快门上了,却没有立即往下摁,而是伫立在文成公主的雕像前,用她水一般清亮的眼睛,静静地"触摸"着汉白玉的文成公主雕像……跟随在云朵身边的风先生,敏锐地察觉到了她的心理活动,便也陪她站着,像她一样面对着这位风情万种的唐室公主。云朵是心潮涌动的,风先生亦心潮满怀。

风先生看得清楚,云朵的嘴唇是翕动着的,她是想对这位美丽的故人倾吐些肺腑之言吧?可她始终面带着微笑,却什么话都没有说出来。就在此刻,一声婴儿的啼哭,强烈地刺激着云朵的耳膜,她把快门摁了一下,便把她的注意力转向了婴儿的啼哭声。

朝婴儿啼哭声传来的方向看去,云朵发现了一大圈人,他们围在一起交头接耳、指指点点……云朵不是个爱凑热闹的人,但她要去她开在唐城墙遗址公园里的茶裳体验馆,就必须从围着的人群那里往前走。不过,这不是最重要的,重要的是婴儿的啼哭声,心地善良的云朵听不得婴儿的啼哭声,而且还有一群人围着,云朵就更不能忍了,她因此小跑了几步,跑到了围观的人群前,透过人群的缝隙往里看。

云朵看见了那个啼哭的婴儿,被一方花棉布襁褓包裹着,架在一丛泛着丁香花香的枝杈上。

不由分说,更不由自主地,云朵便用两手拨开围观的人群,向那个花棉布襁褓走了过去。她不敢相信,一个幼小的生命会被如此不负责任地遗弃掉!走到花棉布襁褓跟前,云朵的心战栗起来了,她抬起头来,环视了一遍围观着的人,透过层层叠叠围观的人群,看向了草色青青、花树灼灼的唐城墙遗址公园,晨练的人们还在打他们的太极拳,跳他们的扇子舞,扭他们的大秧歌,唱他们的秦腔、信天游……云朵犯起了嘀咕,那一大片又一大片的人群里,会有弃婴的母亲吗?

云朵眼睛都要看酸了呢,但她是看不出答案的。

即便是无所不知、无所不晓的风先生,顺着云朵的目光去看,似乎也难以找到云朵在找的答案。云朵没有叹出气来,风先生倒比她还不能忍受地就先叹气和感慨了。

风先生叹气说:"造孽呀!一个鲜活的生命哩!"

风先生感慨说:"生娃不养娃,世上还有这么不负责任的人吗?"

在风先生的感慨和叹气声里,云朵用她的双目,把围着婴儿的人又一个一个看一遍,她发现人们的脸色都不好看,有人愤慨,有人气恼,有人不解,有人叹惋……大家无不为这个被遗弃的生命而担心,但也仅此而已,没有哪一个人伸出手去抱起这个可怜的婴儿。

如果有人伸手来抱,那么这个哭泣的小孩子可以称为婴儿,而没人抱,大概就要叫弃婴了!

在云朵的意识深处,默然泛起"弃婴"两个字,她就没法袖手旁观了,一种热血的冲动,还有一种本能,联合起来促使着她向弃婴走得更近了,她不假思地把婴儿抱了起来……抱在怀里的小生命,当即让云朵感受到一种生命的蠕动,她情不自禁地把她热烫烫的脸儿低低地垂下来,贴在了婴儿粉嘟嘟的小脸上,贴了一小会儿,还用她热烫烫的嘴巴,吻在了婴儿的小脸上。

婴儿是敏感的,他在云朵的热吻中,抽抽搭搭地止住了啼哭。

婴儿不仅止住了啼哭,同时还睁开了他黑溜溜的小眼睛,向着云朵绽放出了一抹灿烂的笑。

啼哭着的婴儿不哭了,而云朵却哭了起来。

云朵的哭似乎比婴儿刚才的啼哭还要嘹亮,还要悲伤。她悲伤嘹亮的哀哭声,弄得风先生也要落泪了呢!果然,阴沉沉的天空像感受到了人间的悲苦,洒下星星点点的雨珠,湿润着唐城墙遗址公园里的花草树木,还有人们的脸……抱起婴儿的云朵,哭着从围观的人群里往出走了。她在前面走,风先生抹着眼泪跟着她。

云朵与风先生一前一后往前走着时,云朵的耳朵里蓦然就鸣响起了一曲花儿来。云朵听得清楚,那是她的灯盏奶奶唱过的呢。奶奶唱过的这曲花儿名叫《肉儿肉儿尕肉儿》,好多年没有听了呢,突然就鸣响在耳畔,云朵的眼泪流淌得就更欢实了。

云朵的眼泪流淌得有多欢实,鸣响在她耳畔的花儿就有多响:

豆儿豆儿者尕豆儿,不知道豆儿者是滚的。
肉儿肉儿者尕肉儿,不知道肉儿者是哄的。
……

风先生像云朵一样,也在这一刻听到那曲花儿了呢。他听着那曲花儿,像云朵一样也流了泪。走在细雨中的风先生,内心极不平静地边走边说。

风先生说:"世道人心啊!"

风先生说:"这世道怎么了? 这人心怎么了?"

风先生之所以这么说,是因为云朵抱着婴儿从围观的人群里走出来,向不远处她的茶裳体验馆走去时,围观者看向云朵的眼神,一下变得怪怪的,其中还有言语尖酸的人,朝着云朵的背影,指手画脚,信口开河,乱说了起来。

有人说:"该不是她自己私生的娃娃吧?"

有人说:"我看像。如果不是,她怎么把娃娃抱在怀里,抱得那么紧,还哭了呢?"

有人说:"现在的女子呀,只知道享受,就不知道承担责任。"

有人说:"长得倒是不赖呢,人模狗样的,咋就不做人事呀?"

有人还要说,但是风先生听不下去了……风先生的注意力,原本没有在围观者的身上,他是跟着云朵往她的茶裳体验馆去的,他想不到心地善良的云朵,做了好事,还要被人诟病,被人中伤,被人诬陷。他听见了,本想这个耳朵进那个耳朵出,不往心里去的,可他不想社会总是这么个样子,做了坏事的人,倒常常理直气壮,不羞不愧,不被人议论,反受人爱戴敬慕;而做了好事的人,却时常难有好的结果、好的报应。

风先生这么想来,心里为云朵一样的好心人打抱不平,他以他风的形态,要拦挡住毒舌们的恶言恶语,不让他们再嚼舌根。

风先生相信他有这个能力阻止毒舌们的恶心与无知,还有毒舌们的诽谤与非议。风先生把他宽宽大大的衣袖,轻轻地在空中那么一挥,刚才飘洒起来的小雨,突然就变得大起来了,而且还带起一股强劲的旋风,风搅着雨,雨搅着风。恶毒中伤云朵的毒舌们不知道这是风先生对他们的惩罚,还想着逃离开的,可是他们像都魔怔了一般,无一幸免地搅和在大雨与旋风中,不能自拔地相互碰撞、相互伤害。刚才舌头最为毒辣的几位,到这时最是惊慌失措,他们狂呼乱叫,相撞得头破了,流血了,最后还都倒在了地上。

心里的恶气略微得到了释放,风先生笑起来了,他的笑声不是很大,却获得了天的呼应……天的呼应是一声一声的雷鸣。

嘎吧吧……一道裂天的闪电!

嘎吧吧……又一道裂天的闪电!

第二章 灯盏奶奶的爱

半天者云彩半天里雾,浓雾遮到雪山的底了;

孕女娃是雪山淌来的水,湿了人的眼睛人的心了。

……

——《孕女娃是雪山淌来的水》

围观的毒舌们有所不知,但风先生是知道的。

风先生知道云朵把婴儿抱在怀里时,双眼倏忽流出来的泪水,既是流给婴儿的,也是流给她自己的……二十多年前的云朵,即如今天的这个弃婴一样,也是在一个春暖花开的早晨,裹着一床棉布花被单,架在一株矮矮的花树枝杈上,被灯盏奶奶发现后,抱回家,把她养大的。

这件已经泛黄的旧事情,在这个早晨,不仅一下子鲜活在了云朵的意识里,而且鲜活在了风先生的面前。

都是弃婴,今天早晨出现在西安的唐城墙遗址公园,二十多年前则发生在古周原上的七星河边……七星河不比唐城墙遗址公园,公园人工的痕迹太重了,一花一草、一棵树、一簇竹子,都被人刻意规划过、设计过。而七星河就不这么刻意了,一种彻底的自然风貌,一种本来的原生风姿,树是杂树,花是杂花,草是杂草,一个"杂"字呈现出七星河谷的生态,不为人所左右。早春时节,满河谷开得最为灿烂的是迎春花,而花开未败时,野桃花就又放浪了整个河谷,接下来便是白色的杏花了,同时还有洋槐花、柿子花等按捺不住地也要吐露芬芳了。这还只是会开花的树木,而密密麻麻、蓬蓬勃勃生长着的草儿,更是不甘落后,有它们显眼的时候。对此,风先生有句话说得特别有道理,他说,再小的草,都是会开花的。可不是吗?善良到极致、慈悲到极致的灯盏奶奶,就在那样一个春花烂漫的早晨,像往常一样,从她独居的观音庙里走出来,拐过一道山羊鼻梁似的沟坡,到那边的草坡上放她的那几只奶山羊了。

　　七星河如古周原上的凤栖河、龙尾河、马尾河等河流一样,都深深地切入地平线下。浅的地方不到丈余,深的地方多在数丈,隐隐约约的一条流水,在深谷里曲曲弯弯,独具特色,气势宛然……因为河谷两岸的土崖,壁立陡峭,因此就有不知什么时候、什么人在土崖上开凿出的许多土窑洞。

　　灯盏奶奶独居的观音庙,便是七星河土崖上的几孔老旧的土窑洞。

　　曾经,灯盏奶奶独居的土窑洞里是有泥塑的观音像的,后来倡导破除迷信,观音像被人砸成了碎块。不过描绘在窑洞墙壁上的彩画,虽然色彩已不十分鲜亮清晰,却也有模有样,能够看出一个大概。灯盏奶奶独居在里边的时候,看得见一孔土窑洞里描绘的是十二圆弧觉菩萨,另一孔土窑洞里描绘的是二十四诸天,再一孔土窑洞里描绘的是十三供养人像……诸多画像,无一不精美绝伦,其画像全部按照佛教《造像量度经》的规制所描绘,采用的是我国传统的工笔重彩画技,而色调既有石青、朱砂、黄丹等,也有生漆、佛金、珍珠等,这可全是天然颜料呢!这些颜料调和出来,绘制出的众多菩萨像,各有各的面貌,或脸庞莹润,托腮沉思;或凤目下垂,坐禅静思;或樱唇微启,谈玄说奇……但不管形态如何,其着装都极为规整——上身皆穿着短袖天衣,下身又都穿着没脚长裙。上衣也罢,裙服也好,都可以看出"兰叶描""铁线描"以及"钉头鼠尾描"等画法的交互使用,非常纯熟,非常老辣,不仅使得画笔下的众菩萨衣袂飘逸、韵致灵动,更使画笔下的众菩萨形态各异、妙趣横生,极具神韵。

　　对此,风先生有着似乎比他人更为真切的认识与见解。

　　今天的人不知道,但风先生不会忘记,他与灯盏奶奶在七星河的河谷里就讨论过此话题。当时,风先生感动于灯盏奶奶一次又一次的善行、一次又一次的好心,他便以他翩然的神韵给她说了。

风先生说:"心头上的灯盏奶奶啊!"

风先生说:"灯盏奶奶就是个活菩萨哩。"

风先生还说:"我把我活得成了风,风有多么大的年纪呢?我不知道。谁会知道呀?没人能知道我风先生活得非常非常久了呢!我敢说我的见识,没有哪个人比得了。"

风先生说:"我也见识过一些善良的人,但与你比起来,可就都十分逊色了呢。"

风先生絮絮叨叨说给灯盏奶奶的话,她也许听见了,也许没有听见。不过风先生跟她这么说着话时,她对他笑了笑,是很淡很淡的那一种笑。她笑过了,该干什么继续干。

架在一根矮墩墩花树枝杈上的云朵,就这么被灯盏奶奶遇着了……灯盏奶奶在遇见云朵之前,是已多次遇见过像云朵一样的弃婴了。这是一种宿命呢,还是一种缘分?灯盏奶奶自己说不明白,别人就更说不明白了。不过风先生是能说出些道道的,他跟人说过,那不是宿命,也不是缘分,那是因为灯盏奶奶的善良和慈悲心。灯盏奶奶孤孤单单一个人,居住在七星河河谷里曾经作为观音庙的土窑洞里,她真的如现世的观世音菩萨一般,自己可以受困受难受恓惶,自己可以受灾受苦受寂寞,却见不得他人困难、恓惶、受苦、寂寞,特别是幼小的人儿,她就更不能接受了。灯盏奶奶见着了被遗弃的云朵,就很自然地放开了她要放牧的几只奶山羊,颠颠地往架着云朵的那棵矮矮的花树跑了去。

也许是灯盏奶奶情急了,也许是她年纪大了,在往弃婴云朵身边跑去时,滑跌了两跤,跌得她两手出了血。

灯盏奶奶才不管她手上流血不流血,她情急的是架在矮花树枝杈上的云朵,埋怨她一个小人儿被人遗弃在这里,怎么就不哭不闹呢?她如果大声地哭,大声地闹,灯盏奶奶就能够早一点听见,早一点来抱她呀!可是她就那么被架在矮矮的花树枝杈上,安静得像是没有了生气一般……灯盏奶奶奋勇地向不哭不闹的小云朵扑了去,在她扑近小云朵的时候,看见架着云朵的矮花树下,有两只大点儿的黄鼠狼,带着几只小小的崽子,守在矮花树下的草丛里,给它们的小崽子喂着奶……灯盏奶奶的到来,惊着了给小崽子喂奶的黄鼠狼,它们带着小崽子遁迹于草丛中,跑得不见了。

跟着灯盏奶奶的风先生,看见了黄鼠狼给小崽子喂奶的那一幕,他破口骂娘了呢。

风先生骂:"这人呀,怎么就不如畜生了呢?"

风先生骂:"畜生都知道生了娃娃,要养娃娃、爱娃娃,人咋就做不到了呢?"

灯盏奶奶听见了风先生那一声声的骂,她先没有理睬他,而是急切地伸出双手,把矮花树枝杈上的小云朵抱起来,抱在了怀里……灯盏奶奶看见,她所担心的问题在小云朵的身上是没有的。小云朵睁着的双眼在滴溜溜地乱转,没有恐慌,没有害怕,只是不停地吮嗫她嫩乎乎的小嘴唇。灯盏奶奶的心疼了起来,她知晓小云朵的小肚子饿了,是要吃奶哩……几只奶山羊就绕在灯盏奶奶的身边,寻寻觅觅地啃着七星河河谷里的青草,灯盏奶奶朝着奶山羊"咩咩咩咩"几声呼叫,奶山羊就都跑了来。

灯盏奶奶把一只奶山羊揽进怀里,抱着小云朵,让她的小嘴叼住奶山羊的乳头,一吮一嗫,吃了起来。

小云朵的小嘴吮嗫奶山羊的奶水,很是有力,一会儿工夫,就把奶山羊的一只乳房吮嗫得瘪了下来。灯盏奶奶因此还给小云朵换了一只奶山羊的乳头让她吮嗫……没有吃上奶汁的时候,小云朵倒是不哭不闹,她吃了奶山羊的奶水,吃饱了小肚子,反而委屈地哭泣起来了,先还一抽一抽地哭,似乎不怎么好意思大哭,但她轻轻地抽泣着,像是在给自己蓄力一般,为她的大哭做好了铺垫,这便不管不顾地哭闹起来了。

灯盏奶奶非常满意小云朵的哭闹,她哭闹的声音越是嘹亮,灯盏奶奶脸上的喜气越是明显。

听到小云朵大声的哭闹,灯盏奶奶为什么不哀伤,还高兴了起来?别人是不知道的,但风先生是知道的。风先生知道小云朵开始时不哭不闹,灯盏奶奶担心她的健康有什么问题。有了奶山羊的奶水吃,她吃饱了肚子,能大声地哭闹了,说明她的身体是没有问题的……不仅灯盏奶奶欢喜小云朵大声地哭泣,风先生似也一样,他也欢喜小云朵大声地哭闹哩。

风先生后来与灯盏奶奶回忆初见云朵时的情景,不无感慨地说:"小云朵的哭闹,使那天的七星河河谷显得特别有生气。"

风先生还说:"七星河因为云朵的哭泣,流水声似乎也嘹亮了许多。"

风先生关于灯盏奶奶抱养小云朵的记忆非常多,特别是一曲好听得让人想要流泪的花儿,他记得最为真切,让他每逢一个特殊的时刻,便会情不自禁地唱出来了呢。

这曲花儿的名字动人心魂,即《尕女娃是雪山淌来的水》:

半天者云彩半天里雾,浓雾遮到雪山的底了。
尕女娃是雪山淌来的水,湿了人的眼睛人的心了。
……

第三章　不二茯茶坊

青丢丢的草来者蓝丢丢的水,悬丢丢来者个树杈杈上。

尖丢丢的鼻子圆丢丢的脸,憨丢丢地个女子她笑哩。

……

——花儿《憨丢丢地尕女子笑哩》

抱着弃婴的云朵,满含泪水向她的茶裳体验馆走去了。

气愤不过的风先生在云朵抱起弃婴的地方,为云朵伸张了一会儿正义,这才追着云朵来了。他在追云朵的时候,不仅想着灯盏奶奶抱养云朵时的情景,还想着灯盏奶奶在云朵的成长过程中漫给她的花儿。风先生在追上云朵的时候,先把那曲《尕女娃是雪山淌来的水》漫出来后,接着又漫出了一曲《憨丢丢地尕女子笑哩》:

青丢丢的草来者蓝丢丢的水,悬丢丢来者个树杈杈上。

尖丢丢的鼻子圆丢丢的脸,憨丢丢地个女子她笑哩。

……

在风先生漫着的花儿声里,云朵把弃婴抱进了她的茶裳体验馆。

云朵的茶裳体验馆也叫云朵,就开在唐城墙遗址公园里。西安,历史上是要叫作长安的哩。长安,长安……取名者希望这座城能够"长治而久安"哩。在被称为长安的日子里,这座城可是辉煌了好几个朝代,耳熟能详的即有周、秦,更有汉、唐,史学家在评说那几个朝代时,常常还要冠以"宗周""强秦""大汉""盛唐"的大名望。这个城市享尽了它曾经的历史盛荣,到了今天,市民百姓休闲娱乐的场所已然脱离不开那些辉煌亮丽的历史遗迹。强秦时的阿房宫,大汉时的未央宫,盛唐时的大明宫、兴庆宫等,还有秦始皇兵马俑、汉文帝兵马俑以及唐城墙这样的遗址,或是博物馆、遗址公园,都是本市市民和来这里旅游的游客打卡赏游的名胜场所。由此可以想象,一千三百多年前的长安城,与拱卫长安城的唐城墙,是多么雄伟繁盛啊!今天的建设者,借助历史上的雄伟繁盛,在规划修建这处公园时,还见缝插针地修筑了许多功能性的单体建筑。这些单体建筑或与一座玲珑的假山相依傍,或与一池清澈的水相依托,当然还有掩映在一片翠竹林里的,或是隐身在一处幽静的松树林中的……云朵的茶裳体验馆就在她遇见弃婴不远处的那个湖边。由此可以说,云朵的茶裳体验馆不仅独具地理优势,还得风景之美,更得消费者的青睐。

风先生就是云朵茶裳体验馆的常客,鹿鸣鹤、谈知风、艾为学、汝朋友他们也是,还有曾甜甜。

经营药材生意的鹿鸣鹤、开办图书门店的谈知风,以及从事餐饮服务业的艾为学,与承揽装修工程的汝朋友,像风先生和曾甜甜他们一样,常常到云朵的茶裳体验馆来,因为他们既喜欢这里的茶汤,也喜欢云朵自己设计、制作、售卖的衣裳。当然,肇拉妮、赖小虫两位就更不能少了呢,这是因为,她俩既是云朵须臾不能离开的闺密,也是云朵茶裳体验馆的雇员。

先不说云朵的茶裳体验馆里的茶汤有多独特,也不说茶裳体验馆里的衣裳有多别致,单单茶裳体验馆的装修,就颇具意蕴。

那是在西安城里装修界颇负盛名的汝朋友,帮助云朵设计装修的呢……匠心独运的汝朋友吃透了云朵经营茶裳体验馆的那一份心思,所以与她仔细商量,借助那片湖池的自然风光,创造性地按照茶和传统服饰相互融合、柜互映照,又相互提气、相互增色的原则,来设计施工的。先说她经营的茶品吧,清一色古法制作的泾阳茯砖茶。这一点,云朵是很感激她的先生胡不二的。大学学习雕塑艺术的他,走上社会后,才知道学习雕塑艺术的人,别说闯出一片自己的艺术天地,便是简简单单的生存都是个问题呢。特别是他最为热衷的现代艺术,就更没有市场了。不过,他独具的那份聪明才智,使他敏锐地发现,消失了许多年的泾阳茯砖茶有起死回生、风靡市场的苗头,他便抓住机遇,果断投入,打出了"不二茯砖茶"的名气。

制茶的老师傅是胡不二广走民间请出山来的吴为山老先生。

年近百岁的吴为山老人,年少时就跟着身为制茶大师的老父亲泡在茶厂里,学习制茶了。及至青年,原来私营的茶厂,公私合营,吴为山的老父亲退下来,回家抱起了孙子,吴为山接班成了茶厂里的制茶技术师傅……就在吴为山准备大显身手的时候,一纸产业调整计划书下到厂里来,列举各种理由,一说泾阳当地的水土种植不了茶叶,没有茶叶资源,要到湖南、四川的茶叶种植地去采购粗茶,长途贩运,劳民伤财,得不偿失;二说全国一盘棋,泾阳的制茶师傅要有全局意识,可以自愿调配到茶叶种植基地去,在基地里办厂,既能节约用人成本,又能扩大制茶规模,何乐而不为呢? 胳膊拧不过大腿,泾阳的茯砖茶厂全部关闭,迁去了湖南……作为技术骨干的吴为山,经不住一而再、再而三的动员,响应号召,就也去了湖南,但他在新的茶厂里待了不到半年时间,就自觉辞去技术员的工作,回泾阳的老家了。

吴为山回家的理由特别有趣,他跟组织上说他吃不惯大米,还说老娘给他养了个面肚子,天天吃大米饭,他老是放臭屁……要想制作出上好的茯砖茶,制茶人屁多屁臭,可是不成的。

听上去蛮有道理的。其实不然,根本的原因不是他自觉不服水土,而是制作的茯砖茶不服水土。吴为山按照他从老父亲手上学习来的技艺,从选择粗茶原料开始,然后筛茶、剁茶、再筛茶,最后炒茶、筑茶成封、存入库房,在时间里等待茯砖茶发出金色的菌花,才算标准的好茶哩。然而,吴为山带领茶厂的工人，一个步骤一个步骤地走下来，做得一丝不苟，制成入库的茯砖茶，就是不发金花……吴为山可是不能瞎了自己的手艺，那会使他回不了家，见不得老父亲，更见不得老祖宗。

吴为山咬了咬牙，痛下决心，以他吃大米屁多屁臭为理由，离开他热爱的制茶厂，回到故乡泾阳县，从此再没进行茯砖茶的制作。

胡不二知道了吴为山老师傅的能耐，他发扬三国时蜀主刘备"三顾茅庐"请诸葛的精神，拿出诚意，把吴老师傅请进了他的"不二茯砖茶"厂里来。在老师傅的指导下，试制出了消失多年的泾阳茯砖茶……胡不二参与了全部试制过程，老师傅知无不言，言无不尽，耐心地指导他，一项一项，让他彻彻底底学习到了茯砖茶的制作工艺。别的不消说，只说这"筑茶成封"的工艺便十分考究，用到的工具就有梆子、封子等。所谓梆子，即杵茶用到的杵头，而且必须选用老枣木制作出来的才好，因为枣木硬朗，没有异味，不会对茶叶产生不好的影响。而与梆子配套的封子，要好理解一些，就是把装进模子里的散茶杵实，封好，绑紧……但要强调的是，封的时候的那个松紧，可是很讲分寸的呢，必须力道适度，力道小了不发花，力道大了要霉变。

在泾阳制作出来的茯砖茶，有了金花才能算是好茶哩。

一早便热衷于泾阳茯砖茶的风先生苦恼了许多年——品尝不到菌花饱满的泾阳茯砖茶。因此在得知胡不二邀请到吴为山老师傅，在"不二茯茶"坊里试制第一批次茯砖茶时，风先生就悄悄地赶了来，并静静地守在胡不二和吴大师傅的身边，看这一老一小，专心致志、一丝不苟地制作茯砖茶……见多识广的风先生在很早很早以前就见识过茯砖茶的制作，他怀念曾经有过的记忆，这次还要坚持观摩制作茯砖茶，是他觉着有些记忆里的故事，应该给初入此道的胡不二说道说道。

风先生首先要给胡不二说的，即茯砖茶里的金色菌花，那可是非常重要的呢！

自然界的菌子千种万种，既有益生性的，也有非益生性的。恰好泾阳茯砖茶的金色菌花便是益生性的,其色彩绚丽灿烂,惹人眼目。但在一开始出现的时候,它却不怎么受人待见。泾阳的制茶人最初把制作好的茯砖茶堆放在库房里,并不知晓在一定的湿度与温度相互作用下,形成的那种环境,可以促进茯砖茶的发酵,通过发酵生出金色的菌花来。他们无意中发现了这一情况,还自认倒霉,以为是茯砖茶发霉变质了呢!他们因此把有了金色菌花的茯砖茶挑选出来,扔给那些搬运茯砖茶的劳工,让他们自由享用了。劳工们随意享用,却享用出了不一样的效果,他们中平日肠胃不好的人享用了这种"发霉变质"的茯砖茶,病情获得了意想不到的改善,天长日久,肠胃居然慢慢地好了呢!劳工们以他们鲜活的身体验证了茯砖茶金色菌花的妙处,使得制作经营茯砖茶的商户这才意识到了金色菌花的重要性,从此以他们的茯砖茶有无金色菌花、金色菌花的鲜亮多寡为茯砖茶的质量标准,并广而告之,让茯砖茶消费者亦深刻地认识到了金色菌花的绝妙之处。

风先生在给胡不二善意地说着茯砖茶的金色菌花,说到后来,居然还说到了清朝在虎门禁烟(鸦片烟)的国之重臣林则徐。

风先生说起林则徐时,肃然地整理了一下他的衣帽,告诉胡不二,林则徐大人因为操劳国政日久,身患诸多疾病,尤以肠胃病最为要紧。他遭贬新疆途中,路过陕西时,病情加重。因病痛在西安馆舍里休养的他,偶遇一位泾阳茶人。那位茶人就是吴为山老师傅的祖先。吴老师傅的祖先继承了他们吴家祖传的"恒昌堂"茯砖茶生意,他看到林大人病得不轻,就把家里保存的有丰满金色菌花的年份茯砖茶送与林大人喝。林大人喝了些时日,病情竟十分神奇地得以好转。贬谪途中的林则徐为此心情大悦,提笔为"恒昌堂"拟写了一副对联。

联曰:

心作良茶百世耕之有余,
德为至宝一生用之不尽。

唠唠叨叨的风先生,讲了一堆泾阳茯砖茶的老故事,一下子提醒了胡不二,他有一次询问吴为山老师傅,获得了进一步的印证,胡不二的心怦怦地跳起来了。他认为这些老故事能够很好地提升茯砖茶的知名度,扩大茯砖茶的影响力,因此就多方搜寻那些老故事、老物件,装扮他的不二茯茶坊,使他的茶坊和茶坊出产的茶品脱颖而出……一时之间,客商云集,大家从四面八方来到胡不二的不二茯茶坊,最先映入眼帘的,就是林则徐大人当年写给"恒昌堂"的对联……当年的旧物件在破"四旧"的年份,已被砸烂烧没了。懂艺术且有艺术创造能力的胡不二,便以集字的方法,从林则徐众多字帖里,先找出那二十个字来,再到乡间找来一块别人瞧不上眼的旧木板,雕刻出来,悬挂在他的厂门口。

林则徐大人的旧对联,给胡不二的不二茯茶坊挣足了颜面。风先生因此便极言胡不二聪明伶俐,是个懂市场、会经营的主儿。

风先生说:"不错呀,小伙子有眼力,坚持下去,日后会大富大贵起来哩。"

风先生说:"我看好你。"

十分吝言辞的风先生,在胡不二创业初期给了他非常多的鼓励。他还说:"敢想敢干敢冲锋,是一个人成就事业的根本。"

过了些时日,风先生还叮咛他:"厚德载物,做生意不能只是往钱眼里钻,那会坏事的呢。"

对于风先生的夸赞以及鼓励,甚或警告,胡不二听进耳朵了没有,好像还很难说。不过他做事的风格,以及他做人的态度,让风先生还是比较满意的……

风先生满意胡不二,身为爱人的云朵自然也是满意他的,并给了他尽可能大的支持……一家颇具规模的茯砖茶坊可是有胡不二忙的哩。他因为忙,常常不能回家,要守在距离西安城几十里路程的泾阳,管理茶坊的生产经营,应酬四面八方的客商,还有卫生、质量等方面的监督和检查。

来人了不摆一桌子凉的热的,人家不说什么,他自己就很过意不去。

蓬蓬勃勃的茯砖茶生产,蒸蒸日上的茯砖茶生意,云朵与胡不二的小家庭生活,谁见了谁眼红。

云朵的闺密肇拉妮、赖小虫就都眼红云朵。她们一起拉话的时候,云朵不会说她和胡不二的婚姻生活,可是她的俩闺密,三扯两不扯地就会扯到她的身上,说她真是太有福气了,嫁了个好老公……就在云朵抱来弃婴小云飞的前一天,身为闺密的她们,在云朵的茶裳体验馆里趁着来客稀少的空当,还说了她们经常说却又怎么都说不到头的那些话。

肇拉妮是那天最先挑起话头的人。她说云朵:"我男人要是你家先生胡不二,我便什么事儿也不做,就窝在家里享清福了。"

赖小虫响应着肇拉妮,她说:"拉妮姐说得对,我也是这么想的哩。"

云朵对她们的说辞不屑一顾。她像平时一样,对她的闺密们报以暖暖的微笑,并以看穿她俩心思般的神情,回答了她们。

云朵说:"你俩说得对,我倒是真想把茶裳体验馆的大门关了,去享我的清福哩。"

云朵这么说来,她的俩闺密就先紧张起来了。云朵围着她俩转圈子看,看得她俩一个吐了舌头,一个闭上了眼睛……云朵一如既往地包容了她俩,给她俩吃着定心丸。

云朵给她俩吃的定心丸是这样几句话:"各人有各人的事业,各人有各人的爱好。"

云朵说:"我就最爱我的茶裳体验馆。你俩呢? 爱吗?"

云朵说:"你俩像我一样,可是也爱我们的茶裳体验馆哩。"

第四章 生命的源头在哪里

猫娃子蜷者在娘的怀,小手儿拽在者娘的衣衫上。

脑瓜儿枕在者娘胳膊弯,尕嘴儿贴在者娘的热脸上。

……

——花儿《猫娃子蜷在娘的怀》

说笑斗嘴,是闺密间最爱玩的游戏。

云朵真如肇拉妮、赖小虫说的,扔下她的茶裳体验馆走人,去做她的阔太太,她俩才不会答应呢,当然她自己也不会答应的。云朵费心费力开的茶裳体验馆,既是她心头上的最爱,也是她们闺密心头上的最爱。云朵的茶裳体验馆在,她们闺密就好聚在一起,做她们爱做的事儿,说她们爱说的笑,斗她们常要斗的嘴,那是多么快活的事情呀!

风先生对于她们闺密间的这种游戏,看得非常清楚。作为一个局外人,风先生还特别喜欢看她们闺密说笑斗嘴的戏码,觉得那是一种很好的娱乐。

连风先生自己都不知道他的年龄究竟有多大,他是从哪儿来的,但他表现得很年轻,一副神出鬼没的样子,有了热闹总是喜欢往前凑。当然了,风先生的热闹凑得还是很有水平的,非一般凑热闹者可比。他的选择性很强,不是他感兴趣的,就绝不往前凑。他喜欢云朵的茶裳体验馆,所以就很喜欢往前凑了。胡不二把他制作好的茯砖茶,按照年份分等,拿进茶裳体验馆里来。茯砖茶到了云朵的手里,还会有一个非常绝妙的转化过程,她在用火与用水的关节点上,创造性地琢磨出了一套烹煮方法,可以烹煮出不一样的茶汤来。就说她的用火吧,使用电炉子是一个样子,使用天然气炉子是一个样子,使用柴火炉子又是一个样子;再说用水,使用自来水是一个样子,使用纯净水又是一个样子,云朵还有从终南山汲取来的山泉水哩,那又是另一个样子……不一样的火,不一样的水,顾客来了,不论云朵自己,还是肇拉妮、赖小虫,都会给顾客一番详细的介绍,遵照顾客的要求,烹煮出来,倾进陶瓷的或者玻璃的茶器里,任凭顾客们品饮。

顾客们各有各的喜好,但风先生发现,云朵最喜欢的是柴火炉子加上山泉水烹煮的茶汤了。

风先生啜饮过了云朵烹出来的茶汤,心说还真是比别样的炉子、别样的水烹煮出来的茶汤好喝……即便是一样的茯砖茶、一样的水,云朵烹制出来的茶汤,与她的闺密雇员肇拉妮、赖小虫烹制出来的也不一样,她烹煮出的茶汤比她俩烹煮的要好许多。所以,云朵的茶裳体验馆里来了顾客,不熟悉的人,就由她的闺密雇员去应付了;而如果来的是汝朋友、鹿鸣鹤、谈知风、艾为学,就必须云朵亲自出马烹煮了。他们几位像风先生一样,都是常客,不是云朵烹制的茶汤,绝不喝。其中的原因,当然脱离不开云朵烹制的茶汤透明红亮,如上好的葡萄酒色一般。再者,还可能因为他们对云朵有一份说不清道不明的好感,知觉她是热情的,而热情中又蕴含着一种矜持;知觉她是温婉的,而温婉中又保有一种清冽;知觉她是知性的,而知性中又不失一种固执……总而言之,云朵是吸引人的,他们愿意到她的茶裳体验馆里来,品味云朵茶裳体验馆里的茯砖茶,体验云朵茶裳体验馆里衣裳的品质。

独特的茯砖茶与独特的衣裳,集中在同一个店面里,相互映照,相得益彰,惹得人们太想要赞叹呢……不过,茯砖茶与衣裳有个先来后到的机缘。云朵创办衣裳体验馆在先,胡不二的茯砖茶进来得要晚。他借助吴为山大师傅的老功夫,成功地把茯砖茶制作了出来,在寻找市场的时候,看到云朵创办的衣裳体验馆很有人缘,就拿着他的茯砖茶来了。来了就死皮赖脸地央求云朵，让她结合她的衣裳体验馆，融入他的茯砖茶，弄成个茶裳体验馆。云朵听进去了胡不二的意见，认为他的意见是对她原有经营特色的一个补充，就支持他，办成了现在的茶裳体验馆。

需要强调的是，最先开办的衣裳体验馆里，所有的衣裳没有一件是工厂流水线上下来的，全都是云朵自己设计、自己缝制的哩。

这可是云朵坚持不变的审美立场。

中国传统的服饰是云朵的最爱，女士的改良旗袍，以及碎花花的衣裙与汉服，几乎占满她的店面。当然，她也不忘男士的爱好，辟出一角，为男士们设计缝制了多种款式的传统服装……云朵选择手工缝制这些衣裳，所用的面料亦十分质朴，不是麻织品，就是棉织品，甚或是麻制品与棉织品拼接的产物。特别是衣服上的绣片，图案的新奇自不待说，既有汉文化的元素，也有少数民族的印记，因此十分稀罕。身为设计者的云朵，在衣、帽、包、鞋的设计中，总是暗藏着一种说不清、道不明的美，这种美似乎是破坏性的，又似乎是建设性的，从头到脚，无不透露出非她不能的那种味道。譬如改良的旗袍吧，可能是同一个色系，但其在剪裁上，却又要分出同一个色系的不同颜色来，深深浅浅，相互映照，构成一种别样的情调来……当然，这还不能说明云朵剪裁衣裳的独特性。她心血来潮时，胡拉乱扯，到手的是一块麻织衣料，就下剪子裁出一块，到手的是一块棉织衣料，她又下剪子裁出一块，那么随随便便地剪裁着，最终缝制出一件衣裳，上半截可能柔媚，下半截则一定嚣张。有时候缝制成一件衣裳来，如果左半边素净，右半边则一定张狂……云朵这么做来，能说不是体验吗？

体验的结果是，她的茶裳体验馆，每日里人来人往，非常热闹红火。

肇拉妮、赖小虫之所以死心塌地地跟她在茶裳体验馆里熬，看重的就是这一点。她俩如云朵一样，也都是中国传统服饰的爱好者，云朵设计缝制出来的许多衣裳，还没有来得及给顾客试穿，就先被她俩穿上身了。肇拉妮、赖小虫，虽然一个瘦点，一个胖点，但都不失为好的衣裳架子，合她俩心意的衣裳，她们都能穿出衣裳的美感来。譬如旗袍，身子胖点儿的赖小虫穿上身就好看;譬如汉服,身子瘦点儿的肇拉妮穿上身就好看。她俩就那么分了工,赖小虫穿旗袍,肇拉妮穿汉服,她俩把旗袍、汉服各自穿上身,就是云朵茶裳体验馆里自缝旗袍、汉服的模特,就是云朵茶裳体验馆里自缝旗袍、汉服的活广告……热爱摄影的云朵,用数码相机把两位现实模特穿着茶裳体验馆里衣裳的模样,很是讲究地拍摄下来,冲印出来,做成相册,一摞一摞放在体验馆里,任凭顾客随意翻阅。

云朵清早在去她的茶裳体验馆的路上,抱来了弃婴小云飞,因为这样一个耽误,那样一个耽搁,来得就比肇拉妮、赖小虫迟了些。

早来的肇拉妮、赖小虫打开云朵茶裳体验馆大门,已经齐心协力地打扫好了体验馆内的卫生,并开始她俩现实模特与活广告的穿着了。在体验馆的试衣间里,肇拉妮在试穿一件新款的汉服,赖小虫在试穿一件新款的旗袍,肇拉妮看着胖乎乎的赖小虫,挖苦了她一句。

肇拉妮说:"好我的个赖小虫哩,看你圆得真如一只虫子了呢!"

赖小虫不可能接受肇拉妮对她的挖苦,但她也没有多么气恼,而是像肇拉妮挖苦她一样,在肇拉妮的话音还没落地时,紧跟着就把她也挖苦上了。

赖小虫说:"我像虫子,那你哩? 是不是像条被吃没了肉的鱼骨头?"

肇拉妮和赖小虫在云朵的茶裳体验馆里,经常上演一场这样的"活报剧",一回一回地演着,不厌其烦,不亦乐乎,谁都不会饶了谁,谁都不愿输给谁。但这绝对不会影响她俩的感情,反而还因此不断地加深着她俩的感情……就在两人相互挖苦对方时,她俩听见了云朵压抑着的哭声!

面面相觑……肇拉妮与赖小虫将"活报剧"暂停了下来,两人你看我一眼,我看你一眼,不晓得平常日子总是快乐着的云朵遭遇了什么事情。怎么会哭了呢? 不容迟疑,不能迟疑,肇拉妮和赖小虫双双急慌慌地走出试衣间,你一身旗袍,她一身汉服,漂到了茶裳体验馆的大门口。

漂移到大门口来的肇拉妮和赖小虫,一眼看见的是怀里抱着个婴儿的云朵,她俩的眼睛睁大了。就在这个时候,她俩与云朵都听见从体验馆

大门外不远处漫来了一曲好听的花儿:

> 猫娃子蜷者在娘的怀,小手儿拽在者娘的衣衫上。
> 脑瓜儿枕在者娘胳膊弯,尕嘴儿贴在者娘的热脸上。
> ……

　　漫唱花儿的人是位藏族女子哩,她叫卓玛央金。像云朵一样,此刻她怀里也抱着个小小孩儿。她抱在怀里的小小孩儿是她亲生的,名叫扎西吉律,而云朵此刻抱在怀里的小小孩儿,不是她亲生的,是她后来起名叫小云飞的……肇拉妮和赖小虫绝少听花儿,她俩或许听不真切央金漫唱的花儿是个什么意思,但云朵是听得真切的……云朵曾经成长在灯盏奶奶的身边,她常听见奶奶漫花儿。
　　灯盏奶奶漫的花儿,有时候只是漫给她自己听的,而有的时候,则一定是漫给云朵听的哩。

> 灯盏儿搁在者灯台上,灯花儿落在者地上。
> 尕女子坐在者垴坎上,妧像下了凡者凤凰。
> ……

　　一曲熟悉的花儿就在这个时候,如一缕细风轻轻地吹进了云朵的耳朵里。云朵知道这是灯盏奶奶曾经漫唱的哩,她漫唱的是《下了凡者凤凰》。奶奶如果漫唱的是这曲花儿,那没什么好说的,她就是漫给自己听的呢。而卓玛央金刚才漫出的那样一曲花儿,则肯定是漫给云朵听的哩。灯盏奶奶很少给她自己漫唱花儿,她最会漫唱,也最爱漫唱的,差不多都是央金刚才漫唱的那种花儿。
　　云朵知晓,那样的花儿,可都是漫给小小孩儿听的哩。
　　云朵好奇,这个时候怎么能够听到那么好听的花儿? 她转回头来,一眼看见与她一样抱着个小小孩儿的卓玛央金。

当然了,云朵此刻还不知道卓玛央金的名字,但她清楚地知道,央金漫出的花儿有一个非常好听的名字,即《猫娃子蜷在娘的怀》。通过聆听央金漫出的花儿,云朵知道,央金该是个如她一样的人哩。云朵是这么想的呢。她前脚走进茶裳体验馆,漫唱着花儿的央金后脚也跟了进来……云朵是这么想了,跟进来的央金是不是也这么想了呢,云朵不敢保证,但有风先生在,他是把她俩看得透透的了,以为她俩确乎是一模一样的人哩。这是因为云朵在抱起弃婴的那一瞬间,风先生于众多围观者里敏锐地发现了一双眼睛,那双眼睛清澈如山泉,透亮似水晶。风先生因此把那双眼睛认真地看了一下,他看见了央金,他对她笑了笑。

云朵抱起弃婴,从那个杂音纷乱的地方离开了,央金抱着亲生儿子扎西吉律也跟来了。

卓玛央金跟着云朵,一直跟到了云朵的茶裳体验馆,由衷地给云朵漫了一曲花儿。这曲花儿迅速地拉近了云朵与央金的距离,还有情感……一曲好听的花儿如一根饱含温度的绳子,一头牵着云朵,一头牵着央金。她俩面对着面,云朵向前走一步,央金向前走一步,没走几步,就走得你挨着了我,我挨着了你。央金把她抱在怀里的亲生儿子扎西吉律往云朵怀里塞,云朵把她抱在怀里的弃婴小云飞往央金的怀里塞,云朵抱住了扎西吉律,就只是紧紧地抱着,而央金把小云飞抱进了她的怀里,就掀开她的藏裙衣襟,露出一只丰满的乳房,凑到小云飞的嘴巴上,让小云飞吮吸了。

小云飞的小嘴巴可是一点都不客气,吮吸得粉嫩嫩的小嘴角上都溢出奶水来了。

肇拉妮、赖小虫两人在这个时候看向了卓玛央金和云朵……她俩不知道,在这个早晨,云朵怎么会抱一个她俩从没见过的小孩来茶裳体验馆。她们更不知道,一位藏族女子在这个早晨,何以会撵着云朵到她们茶裳体验馆来,与云朵交换怀里抱着的孩子,于众目睽睽之下,不管不顾地给婴儿喂奶水。因为她俩不知道,所以都把眼睛睁得很大,还继续地往圆了睁。她俩睁得又大又圆的眼睛里,满是莫名其妙与不知所措。

风先生发现了肇拉妮、赖小虫的不解与疑惑,他想代替云朵或者是卓玛央金给她俩说说的,可他还没说道出来,央金就先说道出来了。

卓玛央金一边给她抱在怀里的小云飞喂着奶,一边看向云朵说了。央金的目光在这个时候虽然看的是云朵,说出的话,却是给在茶裳体验馆里每一个人听的哩。

卓玛央金说:"黄河、长江、澜沧江,我不说你们都该知道,我就是从三条大江、大河的源头来的。"

卓玛央金说:"玉树……听说过吗? 我的家就在那里。"

卓玛央金说:"我叫卓玛央金,前面的两个字是可以省略不叫的,我们玉树人就是这样,大多时候只叫后面两个字'央金'。"

就在卓玛央金介绍她自己的时候,肇拉妮、赖小虫是怎么想的,云朵不知道,但此刻,云朵心里突然冒出了一句话。这句话强烈地撞击着她的大脑,还有她的胸口,乃至她的每一条血管与每一根神经。央金话音刚落,云朵即脱口而出了。

云朵说:"生命的源头在哪里?"

云朵说:"就在母亲的乳头上啊!"

云朵说:"母亲的乳头!"

第五章　拴起鲜艳的百岁来

金钱银钱来者照金堂，嫩乎乎的我娃者红成个火哩。

左邻右舍者好心肠，粉嘟嘟的我娃者是娘的个宝哩。

……

——《我娃是娘的个宝哩》

与云朵今日有个约会的曾甜甜，赶在这个时候也到了茶裳体验馆。

原在西安艺术学院服装设计专业与云朵同窗的曾甜甜，本科毕业后，没有停下她继续求学的脚步，考到省外一所大学攻读了三年硕士学位，毕业回来，就又进入西安艺术学院，成了一位很有前途的年轻教师。曾甜甜把云朵的话听进了耳朵，便以一个青年教师的语气赞美云朵说得好，说到了事物的根本上。

曾甜甜赞美云朵时，像她在大学教室里面对她的学生时一样，一边讲解她要讲解的课题，一边做着她能做的手势。

应该说，曾甜甜是太会用手势了，她做出来的手势，既有很大的力道，又有很大的感染力……就在她做着手势，毋庸置疑地赞美着云朵时，在她的身后，又走来了汝朋友。

在西安城的装修界很有点儿名望的汝朋友，与云朵相识，就源于他给云朵装修了她的茶裳体验馆……为云朵装修茶裳体验馆，汝朋友可以说是费尽了心机，无论外观，还是内饰，都特别契合西安这座古城的特色。体验馆跻身唐城墙遗址公园里，非常具有融入感，就像是这里旧有的一处景观一样。有了它的存在,遗址公园就多了一分色彩,而少了它的存在,遗址公园就会少去一分色彩……汝朋友在装修了云朵的茶裳体验馆后,就不讲道理地喜欢上了云朵的茶裳体验馆,他有空没空就到这里来。他来这里品会儿云朵烹煮的茯砖茶,感受会儿这里独有的情趣,心情就会非常愉悦……今天他再次来到这里,心想还像往常一样,喝茶品茗,体验感受他想要的气氛。可是他刚走到大门口,就听到了云朵说出的那句话。云朵那句话,在他耳膜上重锤似的敲击着,他如曾甜甜一样,也要赞美云朵了。

汝朋友赞美说:"云朵说得对,生命的源头不会在别处,只能在母亲的乳头上!"

汝朋友在说出这句赞美的话时,人还在茶裳体验馆的大门外,肇拉妮和赖小虫听见了,就快步跑到体验馆的大门口,把汝朋友接了进来。走进大门里来的汝朋友,没有停下他正说着的话,话跟话地又赞美了云朵两句。

汝朋友说:"我赞同云朵说的话。"

汝朋友说:"云朵说的话,很有哲学意味。"

汝朋友在赞美云朵的时候,他并不知道,这天早晨云朵抱来的弃婴小云飞,给予云朵的刺激有多么强烈。他只心情不错地走到茶裳体验馆门口时,意外地听见了云朵说出的那句话,便觉得石破天惊、振聋发聩,使人情不自禁地要赞美她了呢!

汝朋友赞美了云朵几句话后,觉着心里还有赞美的话要说,却见云朵的茶裳体验馆大门口,一会儿暗一下,一会儿暗一下,每暗一下,就走进来一个人,他们不是别人,正是云朵茶裳体验馆里的熟客鹿鸣鹤、谈知风、艾为学。

像给云朵装修了茶裳体验馆的汝朋友一样,他们几位也爱上了这处独特的地方,常来这里喝茶品茗,消遣闲谈,寻找新生意。因此,做药材生意的鹿鸣鹤、做图书生意的谈知风与做餐饮生意的艾为学,就在这里认识了。他们不仅认识了,一来二去的,还都成了云朵茶裳体验馆里的茯砖茶发烧友……今天他们是有约而来的哩。因为汝朋友前两日来云朵的茶裳体验馆量身定制了一件传统的唐装上衣,试穿了后,觉得特别合身,特别满意。他满意这件唐装的用料,说粗不粗,说细不细,家织布的质地。这样的质地,在市场还找得见吗?或许找得见,但一定不容易。

为此,汝朋友便给在云朵茶裳体验馆里结识的鹿鸣鹤、谈知风、艾为学他们打了电话。

汝朋友在手机里,不无夸张地描述了云朵为他手工缝制的唐装,说那可是极品中的极品,人家云朵老板放弃了机械的运作,不辞辛劳,一针一线全是手工缝制的。汝朋友在手机里说得快意,还说,你都无法想象,她是如何想到的。就那么于领口和对襟处,巧到极处、妙到极处地包缝了一道细细的红色绲边,同时还在袖口,又略显夸张地缝制了一道两寸宽的翻边,让人穿在身上,顿感有种莫名的新鲜感,使人兴奋,叫人快乐。

最使汝朋友兴奋快乐的,应该还是云朵精心设计、绣在唐装前襟的那个云朵图案了。

在手机里,汝朋友对鹿鸣鹤、谈知风、艾为学喋喋不休地说了许多。他说,云朵为他定制的唐装是藏青色的,绣在唐装前襟上的云朵也是藏青色的,颜色虽然相同,绣线的用材与衣料却不相同,云朵选用了质地细滑光鲜的丝线,绣出来的云朵就很突出了,栩栩如生,有一种十分强烈的立体感,既是卡通的,又是写意的,你可以把那团丝绣的云朵看成一只欲飞的天鹅,还可以看成一只奔跑的小鹿……汝朋友因此穿着这件定制唐装,还专门拍了写真照,用手机发给了鹿鸣鹤、谈知风、艾为学他们。

听了汝朋友的推荐,看了汝朋友的写真照,鹿鸣鹤、谈知风、艾为学他们可是都羡慕呢。他们因此就你约上我,我约上你,在这个早晨到云朵的茶裳体验馆来了。他们来,是想让云朵为他们照样儿定制唐装。

鹿鸣鹤比谈知风、艾为学早了一步。因为早了那一步,他就还能看见卓玛央金抱着云朵捡来的弃婴小云飞,给小云飞喂着奶……央金给婴儿喂奶,本没有什么好稀奇的,鹿鸣鹤之所以稀奇,是因为她是一位藏族女子。与此同时,汝朋友更稀奇的是,与藏族女子站在一起的云朵,怀里竟也抱着个小孩子。

早来了好几步的汝朋友,已经全然知道了这个清晨发生在云朵身上的事情,他没有让鹿鸣鹤稀奇下去,几句话就给他说清了事情的原委。

汝朋友说:"你来晚了,没听见。"

汝朋友说:"云朵说了,她说生命的源头,就在母亲的乳头上!"

汝朋友说:"鸣鹤呀,你说云朵说得对不对?"

汝朋友等不及鹿鸣鹤回答他,就抢着说:"我知道你像我一样,也同意云朵的论断哩。"

鹿鸣鹤听汝朋友这么说,就只有点头了。不是轻轻地点一下,而是重重地点了好几下……就在鹿鸣鹤点头的时候,落后了那么一点的谈知风、艾为学也一脚前一脚后地来了。他俩来的时候,云朵捡来的婴儿小云飞在卓玛央金的怀里已经吃饱了奶,并香香甜甜地睡着了,所以他俩看见的场景是,央金与云朵相互交换着怀抱里的婴儿。他俩像鹿鸣鹤刚来时一样,懵懂着,好奇着……汝朋友是要给他俩说明情况的,却被鹿鸣鹤抢先了一步。

鹿鸣鹤完全照搬汝朋友刚才说给他听的话,给他俩说了。他先简略地复述一下事情的缘由,接着就把他刚才跳跃到舌尖上,想要赞美云朵的话,给他俩说了。

鹿鸣鹤说:"云朵早晨说了句了不得的话哩。"

鹿鸣鹤说:"她说生命的源头,就在母亲的乳头上!"

鹿鸣鹤说:"你俩认同不认同?汝朋友是先认同了。我听了像他一样,也是认同了呢!"

迟来的谈知风、艾为学岂有不认同的道理?他俩一迭声地赞叹了起来。

谈知风说:"这话可是太哲学了呢!"

艾为学说:"没有比这句更真理的话了!"

比云朵小了两岁的肇拉妮,像云朵一样,几年前就已成了婚,而且也有了自己的小宝贝。央金给小云飞喂饱了奶,把小云飞交还到云朵的怀里,肇拉妮只让云朵抱了一小会儿,就跟云朵说:"我抱过我的娃娃了,你就学着点,看我怎么抱小孩的。"

肇拉妮把小云飞抢着抱进她的怀里,让云朵向她学习,是有她的一个不好明说的理由呢。就是让云朵的手腾出来,接待这几位贵宾。

对于肇拉妮的心思,云朵心知肚明,但她不能同意肇拉妮说的一句话。在肇拉妮把小云飞从她怀里抱过去后,云朵给她丢过去几句话。

云朵说:"你说你抱过你的娃娃了,这我承认,但你不能说我没有抱过我的娃娃吧?"

云朵说:"刚才抱在我怀里的娃娃,你能说不是我的娃娃?"

云朵说:"我给我的娃娃把名字都起好了,我叫云朵,我的娃娃就叫云飞了。"

云朵唯恐他人听不见似的,最后还加重了语气,发着狠说:"你们听见了没有? 我有娃娃了,我的娃娃叫云飞!"

既然云朵自己这么说了,她的闺密兼雇员肇拉妮、赖小虫还能怎么说呢? 她们就都你一句我一句地说了。

肇拉妮先说:"好啊,我的娃娃有他的小伙伴了。"

赖小虫跟着说:"祝贺我们的老板姐姐有自己的娃娃了。"

肇拉妮、赖小虫对云朵表达了她们的态度,汝朋友、鹿鸣鹤、谈知风、艾为学就都学着她俩的样子,表达了对云朵的祝贺。在他们几位的祝贺声里,肇拉妮、赖小虫听出了他们的需求,她们不能不满足几位的需求,因此就直接跟云朵说了,要她务必给来茶裳体验馆,想要缝制唐装的鹿鸣鹤、谈知风、艾为学,像给汝朋友一样,每人定制一件唐装。听着肇拉妮、赖小虫的话,鹿鸣鹤、谈知风、艾为学几位高兴得连嘴都合不拢。他们几位趁势卖起了乖,说他们交给云朵的生意算是给她娃娃的贺礼了。

他们这么说，肇拉妮开心，因此就替云朵给他们应承了下来："好啊好啊，老板姐姐谢谢你们哩。"

先还为着小云飞哭泣的云朵，这时脸上浮现出一抹喜悦的色彩来。她既高兴鹿鸣鹤、谈知风、艾为学卖乖的话，又高兴肇拉妮代替她给他们几位应承的话，因此她顺手把小云飞抱送到肇拉妮的怀里，伸手拉住鹿鸣鹤、谈知风、艾为学他们几位到奈裳体验馆制作服装的那一角，取来软尺，给他们一个一个量起了身材。

就在云朵给鹿鸣鹤、谈知风、艾为学量身材的时候，肇拉妮抱着刚刚有了名字的小云飞，坐在一张古色古香的圆形凳子上。她从怀里摸出一张红通通的百元大钞，小心地对折着，一折又一折，折成窄窄的一条后，又顺手从缝制衣裳的衣案上抽来一截红色的细线，拦腰把折成窄条的百元大钞紧紧地扎起来，然后整理成两个扇形合在一起的圆，挂在了小云飞的脖子上，小云飞的脖子顿时鲜亮了起来。

肇拉妮说："我们老家有这样一个习俗，给娃娃脖子上拴钱，叫拴百岁。云朵是咱的姐姐哩，能不给姐姐的娃娃拴百岁吗？"

肇拉妮这么一说，赖小虫和曾甜甜有种顿悟似的喜悦。她俩立即学习着肇拉妮，从她们带在身边的小包里摸出钱来，给小云飞拴百岁了。

赖小虫像肇拉妮一样，摸出来的也是一张百元大钞，她学着肇拉妮的样子，倒是拴得很在行。而曾甜甜摸来摸去，从她的随身小包里摸出来的都是绿色的五十元人民币，她因此急得团团转。肇拉妮看着她，笑着伸出手，从她手里接过绿绿的两张五十元人民币，帮她给小云飞扎百岁、拴百岁了……汝朋友、鹿鸣鹤、谈知风、艾为学看着肇拉妮、赖小虫、曾甜甜都给小云飞的脖子上拴了百岁，他们能袖手旁观吗？当然不能了，他们全都大大方方地给小云飞拴百岁。他们唰唰唰唰，全都扯着手包上的拉链，拉开来，你不数数儿，他不数数儿，抽出红红绿绿的几张钱直往小云飞的怀里塞。肇拉妮、赖小虫、曾甜甜好一阵忙碌，把他们几位塞进小云飞怀里的钱票子一张一张仔细地折好，并用红色的线扎成一个个有模有样的百岁,全都拴在了小云飞的脖子上。

金钱银钱来者照金堂,嫩乎乎的我娃者红成个火哩。
左邻右舍者好心肠,粉嘟嘟的我娃者是娘的个宝哩。
……

一曲《我娃是娘的个宝哩》的花儿,蓦然回荡在云朵的耳朵里了。她知道这是灯盏奶奶把她抱回七星河谷的观音庙后,时常漫唱给她听的呢。云朵把这曲花儿,像颗爱的种子似的,埋进了她的记忆里,在这个特殊时刻,发芽并生长出来了。云朵轻启红唇,漫唱了起来。就在她漫唱时,肇拉妮、赖小虫以及汝朋友、鹿鸣鹤、谈知风、艾为学他们,在给小云飞拴了百岁后,又相继撵到卓玛央金的跟前,给她的孩子扎西吉律拴百岁了。

一会儿工夫,两个小小孩儿胸前拴满了红红的百元大钞百岁和绿绿的五十元人民币百岁。

第六章　别样的行为艺术

石榴树叶上者一汪汪水,风吹着么者水动弹哩。

毛洞洞的眼睛者酒窝窝嘴,尕嘴张者时心动弹哩。

……

——《尕嘴张者时心动弹》

风先生在那样一种和谐美满的气氛里,很是陶醉了一阵子。

人间自有真情在,宜将寸心报春晖……风先生满怀这样一种美好的心情,悄悄地从云朵的茶裳体验馆溜出来,向着胡不二开设在泾阳县城的茯茶坊去了。好心肠的风先生,想要把发生在云朵茶裳体验馆里的事情迅速告诉胡不二,让他也高兴高兴……在风先生的眼里,胡不二是个有大热情的人,也是个敢想敢干的人,还是个颇具艺术范儿的人。

石榴树叶上者一汪汪水,风吹着么者水动弹哩。

毛洞洞的眼睛者酒窝窝嘴,尕嘴张者时心动弹哩。

……

出生并成长在贺兰山下、黄河之滨的胡不二,自幼时即已知道"天下黄河富银川"这句话。他在黄河的河套边出生,从小到大,喝的是黄河的水,漫唱的是黄河边上的花儿。他就那么漫唱着他最爱漫的《尕嘴张者时心动弹》的花儿,从他的家乡贺兰山下、黄河之滨的河套边,进了西安城,进入西安艺术学院雕塑系学习……独特的贺兰山与黄河河套文明浸润着、滋养着胡不二，使他先天地有了一种他人所少有的浪漫气质，所以他在学院里学习的时候，就特别拉风，许多女孩儿暗暗地恋着他，他有个什么行动，有个什么创意，总会引起骚动。

云朵当时也在西安艺术学院深造，不过她学习的方向与胡不二不同。胡不二学的是雕塑艺术，而云朵深造的则是服装设计。

两个学习方向不同的人，在年龄上也有不小的差距，本科生的云朵，比研究生的胡不二小了六七岁。他俩本来没有什么交集，但是胡不二的行为艺术表演，还是把云朵吸引住了……风先生的记忆很清晰，云朵在一个秋风飒飒、落叶纷纷的午饭时间，从学院的图书馆走出来，准备去食堂用餐，她胳膊弯里夹着几卷服装设计的图书，走得不慢，可也不快，像往常一样，一边欣赏校园里的景色，一边走她的路。正走着，有片悬铃木的叶子从一根树枝上脱离了，本来是要往地上落的，但是受到了风的影响，就变得调皮起来，落着落着，竟然还旋转着向上飞升，飞升着呢，又突然往下坠落……这片悬铃木的叶子半黄不黄，半绿不绿，像是等待着云朵从它坠落的地方走，蓦然直坠下来，把它的叶梗挂在了云朵的刘海上，而它宽宽大大的叶面，罩在了云朵的眼睛上，云朵必须摘下那片悬铃木的叶子，才能继续往前走……就在云朵摘下那片悬铃木的叶子时，一阵颇具声势的喧哗声从云朵身旁的一处花圃里传了过来。云朵朝着喧哗声看了去，她看见了几个男男女女，身穿紧身薄纱的衣裳，或站或坐，或搔首或弄姿，仿佛人体雕塑一般，盘坐在一个木制长椅上……云朵的眼睛被吸引住了，她多看了一会儿，她看见他们鼻子、眼睛、耳朵虽然都紧绷绷地罩在薄纱下面，却不能掩盖他们脸上那些器官的轮廓，"布雕·布雕·布雕"六个黑体字，十分鲜亮地涂抹在他们的脸面上。

事后，云朵听同学议论，说那场名叫《布雕·布雕》的行为艺术，是雕塑专业的胡不二的创意，也是他组织实施的。

胡不二的这一印象，留给云朵的不能说怎么深，也不能说怎么浅，她是留意起他了。

云朵留意的胡不二是还要漫唱他的花儿哩：

> 雪域里者苍鹰天空里旋，野鸡娃子见者你飞哩。
> 你漫唱花儿者我对嘛，谁给咱里者起个调儿呀！
> ……

云朵初听胡不二漫唱这曲花儿，并不知晓它名叫《你漫个花儿者我对嘛》，后来又听了两回，知晓了这曲花儿的名字，她即悄悄地学了起来。不过她在学唱的时候，没敢出声，而是在心里默默地唱着。她快要学会时，又一曲花儿从胡不二的嘴巴里深情款款地流淌了出来：

> 菜籽的花儿者朵朵黄，马莲的叶子者叶儿黄。
> 想拉的手嘛拉不得上，从前的路路者走上走。
> ……

就在云朵悄悄地向胡不二学漫信天游的时候，她听到了他的一个好消息，还是学生的他，即已被教他雕塑的老师选中，参加了西安市政要做的一件大型城市雕塑项目。那件雕塑作品，结合了西安市的历史传承，起名为"丝绸之路的起点"，选址在西安城西门外的那条绿树成荫、鸟语花香的绿化带里……风先生对这组雕塑特别有感觉，认为是西安市众多雕塑中最为杰出的一个。雕塑的基本构图，为一群跋涉在丝绸之路上的骆驼商旅，其中既有唐人，也有高鼻子深目的波斯人；十四匹骆驼为雕塑的核心组件，夹杂在骆驼中间的还有四匹马和三只狗……浅褐色的花岗岩石料契合了丝绸之路的色彩，戈壁漫漫、沙路遥遥，对历史上的丝绸之路给予了非常艺术的概括。整座雕塑犹如一条威武雄壮的精神山脉，气势磅礴，古朴浑厚。在雕塑完成后，云朵曾到那座雕塑前观摩了一回。她去的时候,正值夕阳西下,余晖映照着整个雕塑,雕塑熠熠生辉,像是披了一层金色的外衣。她如在阅读一部沧桑丝路的历史,不由得肃然起敬,心向远方!

观摩丝绸之路雕塑,让云朵对参与了雕塑设计施工的胡不二,从开始的吸引,变成了好感。

恰在这时,胡不二又搞了一次行为艺术的表演……参与丝绸之路雕塑设计施工的胡不二,有许多日子,满身都是雕琢花岗岩石料时粘在他衣裳上的碎石细沙。穿着这样的衣裳,他走在西安艺术学院里,仿佛一种莫大的荣耀似的,招招摇摇,好不快活……如此,他这次的行为艺术,便吸引了更多的目光与掌声。云朵算是比较积极的一位,她知道胡不二的这次行为艺术,是要从校园里走出来,在西安市的街头上举办的。知道了内情的云朵,便主动找到胡不二,向他表达了协助他的意愿。

云朵在找胡不二时,是拿着她喜爱的数码相机的。她对他扬了扬相机,说:"我义务给你做摄像师,如何? 当然,还可以给你做助理。"

胡不二高兴云朵有此意愿,就很快乐地带着她,还有另外几位志愿者,来到距离他们艺术学院不远的大雁塔北广场,征得北广场管理部门的同意,就在那处号称亚洲最大的水景池前,紧锣密鼓地搭建起他要实施的行为艺术的场景来了。

做胡不二行为艺术的志愿者,可是少不了云朵的同窗闺密曾甜甜的。

曾甜甜是云朵的同窗闺密,云朵要去当志愿者,她能不告诉曾甜甜吗? 云朵告诉了她,她自然也就做了胡不二的志愿者……几位志愿者配合着胡不二,很快在大雁塔北广场搭建起了一面墙,这是胡不二的设计呢。他为这次举行的行为艺术取了个"破墙"的名字,因此搭建的不仅是一面墙,还要结合西安城的特色,搭建成一面像西安古城墙一样的老墙,那样破起来才有味道,才是他想要的效果……然而要使用真的砖头、真的石头搭建那样一面老墙,他又如何破得了? 好在与云朵一样义务帮助他的志愿者们,也都是学习设计艺术的,他们自有办法搭建一面那样的老墙出来。泡沫板是最好的替代材料,木条作为龙骨,先搭出一个模型来,把泡沫板或者粘上去,或者钉上去,搭成一个墙的样子,然后调制染料,泼洒出很有历史感的样子,再用他们手里的画笔,在泡沫板上勾勒出一块一块砖头的模样。一块一块砖头的模样,形成一面几乎可以乱真的老墙来,就等着胡不二表演他设定好的行为艺术了。

这场行为艺术,胡不二选定在大雁塔北广场华灯初上、音乐水景喷薄夜空的时刻上演。

因为参与了这场行为艺术的前期准备,云朵不由自主地视自己为一位表演者。因此,在胡不二确定了表演时间后,云朵早早地来到表演现场,她面对胡不二即将要破的那一面"老墙",心里想了很多,她想胡不二行为艺术的"破墙",是要破什么样的墙呢?往大处想,国家推行对内改革,对外开放的政策,这是国家大势,亦是人民之福,然而不可否认的是,在前进的道路上,确有这样一个阻碍那样一个障碍,像一道一道老墙似的,挡在向前发展的路上,不破又怎么发展呢?云朵这么想着,认为胡不二就是一位勇敢的斗士,她感动,她敬仰他。云朵还想到写了《围城》一书的钱锺书。这部长篇小说,云朵是阅读过了的,她感到钱老爷子太会说话了,一段"婚姻是一座围城,城外的人想进去,城里的人想出来"的话,说穿了多少婚姻中的人的心态。她这么一想,很自然地想到了自己的身上,胡不二的《破墙》,是要破他"爱情"的墙吗?他可是希望破开婚姻的围墙,寻找自己的爱情?

云朵这么想来,她的脸烧乎乎的,像是着了火一般。

时间在一分一秒地走着,这就走到了胡不二的行为艺术《破墙》上演的时间……云朵发现大雁塔北广场灯光亮起来了,灯光下人头攒动,如汹涌的潮水,刚才沉默的音乐喷泉突然地响起了嘹亮的乐曲。开始时,乐曲是柔曼的《好一朵美丽的茉莉花》,水景池子里的喷头数量,以千万计好像还不能够,应该是数万个才对,随着乐曲的节奏,喷头喷出一条一条的水柱,在电脑的控制下,按照预先设计好的景象,喷吐出各种优雅的水景图画,使大雁塔北广场显得晶莹闪亮、绚烂多彩……这一切不可逃避地做着胡不二行为艺术的背景。他静悄悄地来了,穿着的还是他参与设计施工《丝绸之路起点》雕塑时,粘了许多碎石细沙的衣裳,他静悄悄地站在那面老墙的一边,要来"破墙"了!

为水景展演设计的配乐,从《好一朵美丽的茉莉花》转换成了一曲相对激越而又略带沉郁色调的《黄河黄》,轰然震响了起来。

静悄悄的胡不二,大受《黄河黄》乐曲的鼓动,他猫下腰,顶着一头的碎石细沙,像发怒的牛魔王,从他站着的地方,奋勇地朝"老墙"冲撞了起来,一下子就从"老墙"的一边"破墙"到了另一边……胡不二在设置这道老墙的时候,预先往老墙中间的夹缝里装填了更多碎石细沙,所以在他"破墙"过来时,原来就满是碎石细沙的身体上,带上了更多的碎石细沙,这个时候,他整个人仿佛被碎石细沙雕塑了一遍似的,粗粝而狰狞。看着他这副模样,围聚在《破墙》现场的人,无论如云朵一样为胡不二义务帮忙的人,还是偶然来到现场看见他的人,都被他的这一创造性举动震撼了,大家无不举起照相机,或是有照相功能的手机,嚓嚓嚓嚓,发出强烈的闪光,拍摄着胡不二。

爱好摄影的云朵又岂能放过这样一个绝佳的拍摄机会?她早就拿出她的数码相机,仔细地把胡不二"破墙"的这一行为艺术拍了下来……云朵仔细拍摄着胡不二时,为音乐喷泉适配的《黄河黄》的乐曲似乎越来越激越,直到胡不二"破墙"成功的那一瞬间,达了最激越的那一部分,轰鸣的音乐声震动着现场所有人的耳膜。

大家为胡不二热烈地叫起了好、鼓起了掌,叫好声和着鼓掌声,鼓掌声鼓动着叫好声,像是忽然卷起来的一波海潮激荡着,一波未去一波又起,起起伏伏,持续了好一阵子……云朵也在为胡不二呐喊鼓掌,她没有注意,更没有料到,一个突然的状况就发生在了她的身上。"破墙"而出的胡不二,带着满身的碎石细沙,扑向了她,一下子把她拥在了怀里!

风先生当时就在现场,他把那个突发的状况,看在了眼里,记在了心上。

云朵的同窗闺密曾甜甜,如风先生一样,也把"破墙"现场上云朵与胡不二的那一突发情况看在眼里,记在心上了……对于那样一件突发的事情,曾甜甜要说没有感受是不可能的。她有自己的感受,她的感受是既为云朵高兴开心,又感到羡慕嫉妒。这是因为,风流倜傥的胡不二,在他们西安艺术学院,是许多女孩子眼里的星火,许多女孩子因为他而偷偷地做梦呢!

曾甜甜的矜持与理智,限制了她的表达,但她知晓,她也是高看胡不二的哩。

云朵看来是已获得了胡不二的青睐,曾甜甜就只好收住自己的心,看着他俩一步一步走近,走在了一起,走入了婚姻的殿堂。她祝福他俩,在他俩结婚的那一天,自然地做了云朵的伴娘……完成人生大事的云朵,应该与胡不二生养自己的孩子,但她没有。曾甜甜对此不好说什么,她与云朵是交换过意见的,而且还不止一次,但一次一次的交谈,曾甜甜从云朵的嘴里掏出来的,全都是一句话。云朵老是说不急不急,可她怎么就突然在唐城墙遗址公园里捡来个弃婴,认作了她的孩子?

茶裳体验馆里渐渐地安静了下来,曾甜甜把云朵拉到一边,悄声地问了云朵两句话。

曾甜甜问:"你给你家不二先生说了吗?"

曾甜甜问:"是你自己的主张吧?"

云朵被曾甜甜的两句话问得愣了愣,她愣愣地看着曾甜甜,老实地给她说了。

云朵说:"事情来得太突然,我没顾得上跟我先生说。等我先生回来,我再跟他说好了。"

第七章　爱的牙齿

上地里者种的麦穗儿,下地里者种的豆儿。

眼前的尕妹们一溜儿,阿一个是我的肉儿?

……

　　　　　　　　　　　——花儿《阿一个是我的肉儿》

　　曾甜甜与云朵后来的对话,风先生没有听到。这是因为风先生以他风的姿态,业已旋出云朵的茶裳体验馆,径直往胡不二开办在泾阳县茯茶小镇上的"不二茯茶坊"撺去了。

　　云朵清早抱了弃婴来到她的茶裳体验馆,把弃婴认作了她的孩子,并给弃婴起了"云飞"这么个好听的名字后,风先生是太高兴、太开心了……高兴着、开心着的风先生想应该及早把这个好消息告诉胡不二,所以也就不假思索、风风火火地上路了。就在他往泾阳县茯茶小镇赶去的路上,还想着云朵和胡不二,以及发生在他俩身上的一些故事。那些故事无论发生时,还是现在回想起来,都是非常有趣、非常好玩的呢!

　　风先生在往泾阳县的茯茶小镇去的路上,不仅想到了胡不二曾经表演过的行为艺术《破墙》,还想到了他的行为艺术《布雕·布雕》……风先生理解、也懂得了《破墙》的意义,但当时对胡不二搞出来的《布雕·布雕》却没怎么理解。风先生因此还问过云朵,云朵告诉他,如他一样,自己亦没有理解多少。风先生可是一个执拗的人哩,他和云朵都不能理解,就又找着机会,询问创作了这一行为艺术的胡不二。不知胡不二是自身也糊涂着没啥好说的,还是他有具体的构想而故弄玄虚,装出一副高深莫测的样子。

胡不二说:"我的行为艺术不是为了大家都能理解的,你知道吗? 如果大家都能理解,那还能是艺术吗?"

胡不二进一步说:"我自己知道就好了。"

艺术家有点儿神秘色彩,是可以理解的,哪怕胡不二还不能算个彻底的、真正的艺术家。上知天文、下知地理的风先生,对当时那么糊弄他的胡不二笑了笑,即放了过去……风先生要关心的事情多了去了,一个大学生胡不二,又岂能死死地牵住他,让他追着他,关注他? 但胡不二的创意太多了,一个接着一个,总是那么乐此不疲,那么好玩,那么吸引人,所以风先生还要跟着他转呢。

名为《爱的真谛》的行为艺术,胡不二的脑子轻轻地那么一转,就活灵活现地被他搞出来。

胡不二搞出来的《爱的真谛》这场行为艺术,是他确定下来的一个总题目,在实施的过程中,又细分为《爱的羔羊》《爱的牙齿》《爱的囚徒》三个章节……他在举办这三场行为艺术时,业已面临四年大学生活即将结束,而要走向社会的时候。云朵也许心里明镜一般,也许还不是很明朗,但风先生是看得很清楚的,胡不二的《爱的真谛》系列行为艺术,全是办给她云朵一个人的。因为胡不二已经把云朵认定为他要追求的那一个人了,云朵是他的爱人,因此他必须赶在毕业之前,把对云朵的那一份感情,用他的方式,毫无保留地表演给她看。

首场表演是《爱的羔羊》,胡不二把场所选择在了他们学院的图书馆里。

参加了胡不二的《破墙》行为艺术表演的云朵,这个时候,已然从一个旁观者,上升为了助演……胡不二与云朵约好了,他们于图书馆里埋头书案、如饥似渴阅读挑选来的书籍时,胡不二把他早已准备好的翻毛羊皮袄披在自己的身上,装扮成一只羊儿,趴在地上,而让云朵举起一根小小的皮鞭,轻轻地抽打他的背脊;他则幸福地依偎在云朵的身边,于书架之间,寻寻觅觅,见着一排图书就用潮湿的嘴巴凑上去,在图书上啃一啃舔一舔,仿佛满架的图书就是绿汪汪的草地,任凭他吃了。

肃穆安静的图书馆,因为胡不二表演的这一行为艺术,当即喧闹了起来。不知是谁,触景生情,想起了西部歌王王洛宾创作演唱的那首著名的歌曲《在那遥远的地方》,就自顾自大声地唱了出来:

> 在那遥远的地方,有位好姑娘,
> 人们走过她的帐房,都要回头留恋地张望。
> 她那粉红的笑脸,好像红太阳,
> 她那美丽动人的眼睛,好像晚上明媚的月亮。
> 我愿流浪在草原,跟她去放羊,
> ……

一人唱起,众人响应,西安艺术学院的图书馆大楼,在那个时候,猛然变成了胡不二行为艺术表演以及同学们大合唱的舞台。包括图书管理员在内,所有人都被胡不二感染着,拥向他,高声地为他合唱……合唱的人群里就有曾甜甜,唱到最后两句,别的人似乎都猛地住了声,就剩曾甜甜一个人在唱了:

> 我愿做一只小羊,跟在她身旁,
> 我愿每天她拿着皮鞭,不断轻轻打在我身上。

云朵听见了曾甜甜的歌声,她没有多想,只是觉得脸儿烫烫的,感到从来没有过的幸福……这样的热闹场面,风先生怎么能不在场呢? 他晚到了一步,却也看得清楚明了。他躲着高声歌唱的曾甜甜,以及与她一起唱着这首老歌而拥向胡不二的人,走到了云朵身旁,把他热辣辣的嘴巴凑到云朵的耳朵边,给她说了她这个时候最想听的两句话。

风先生说:"云朵啊,你脸红了呢!"

风先生说:"云朵啊,幸福啊你!"

怎么能不脸红呢?怎么能不幸福呢?脸红幸福、幸福脸红的云朵在那一刻,看向了曾甜甜,有一曲暗藏在她心里的花儿,蓦然在她的内心深处漫唱了出来。

这曲花儿的名字叫《阿一个是我的肉儿》:

> 上地里者种的麦穗儿,下地里者种的豆儿。
> 眼前的尕妹们一溜儿,阿一个是我的肉儿?
> ……

没过几天,胡不二为云朵创作的第二场行为艺术表演又登场了……胡不二把这场行为艺术取名为《爱的牙齿》,而表演场所自然地安排在了学院的学生食堂里。他的这一安排,不需要预告,更不需要动员,趁着同学们中午用餐的时候,在大家的餐桌前表演就足够了。

那日中午,依然由云朵做助演,他俩比别的同学迟到了一会儿,双双走进食堂后,没有去打饭,只在食堂里的饭桌间走了走,趁大家还头脑发蒙不知所以然的时候,开始了表演。

胡不二在表演前,穿了件相对宽大点的上衣。他双手拉住云朵的手,双双跃上一张空着的饭桌,这让他俩比起用餐的同学高了许多……站在饭桌上的胡不二,先解开上衣对襟的一对纽扣,云朵再帮助他解开一对,他俩交替解除着胡不二上衣对襟的纽扣,解到最后不剩一颗纽扣时,胡不二把他的上衣脱下来,顺手远远地抛开,这便拥抱起了云朵,而云朵受到他的启发,配合着他,把她的一张嘴努力地张开来,露出白森森的一排牙齿,咬在了他的右肩膀头儿上,狠狠地咬了一块下来。

云朵咬着胡不二肩膀头,渗出一片血样的红来!如血的汁水,让胡不二的肩膀头瞬间模糊了起来!

食堂里用餐的同学们不知原委,他们看见了,情不自禁地集体惊叫起来。瞬间的惊叫声是凄厉的,是惶恐的……不过,咬了胡不二一口的云朵,假装嚼着她从胡不二肩膀头上咬下来的东西,吃得特别香,特别甜,而且还特别细致,唯恐一口咽下去,吃不出什么味道来! 云朵就那么嚼着,对惊呼的同学们慢条斯理地说了两句话。

云朵说:"西瓜的味道不错,好甜好甜哩。"

云朵说:"我的牙齿享福咧!"

云朵的两句话,把惊叫着的同学逗乐了,大家迅速从惊叫状转变为嬉笑状,哈哈哈哈……哈哈哈哈……

就在他俩举办了系列行为艺术《爱的牙齿》后没几天,胡不二策划的《爱的囚徒》别开生面地在他们学院的绿茵场上,轰轰烈烈地演出了。

当天下午,学院的雕塑系与西洋画系相约举办一场足球赛。

胡不二是雕塑系足球队的队长,大家为此演练了好几天,没有人想得到,他们的队长胡不二会把这场比赛筹划为他的行为艺术《爱的真谛》第三场的表演地。就在他们雕塑系的足球运动员穿好运动装,在草皮油亮的足球场,围成一个圈子,把一个足球,你踢给他,他踢给你,你再踢给他热着身的时候,胡不二对在足球场边抱着他衣裳的云朵回了一下头,云朵便心领神会地放下他换下来的日常装,露出藏在衣裳里的一根华彩的绳子,小跑到胡不二的身边,把那根绳子横空甩在胡不二的肩脖子上,背起胡不二的双手,在他倒背着的双手上,扎了一个大大的绳结,然后分开绳头,左边的绳头往他的左胳膊上缠,右边的绳头往他的右胳膊上绕,十分麻利地把胡不二捆绑了起来,并押着他,在绿茵场上昂首阔步地走了一个大圈。

不明原因的足球队员看着胡不二和云朵,愣了好长时间,后来他们想起了两人实施过的行为艺术,这才有点回过神来,知晓是他俩在此举办的又一场行为艺术,便都快活地大笑了起来。

胡不二与云朵表演的这一场行为艺术，被他俩起了个非常有趣的名称，即"爱的囚徒"。

做了会儿"囚徒"的胡不二，在接下来的足球比赛中，踢得如有神助，一场毕业赛，他踢进三个球！

胡不二与云朵的感情，因为共同演绎的行为艺术而不断升华，不断粘合，到胡不二拿到毕业证的那一天，他俩确定下了恋人关系，并最终走进了婚姻的殿堂，成了一对人见人羡的夫妻。

风先生还沉浸在回忆的高兴中，他高兴地抬了一下头，这就看见泾阳县新建的茯茶小镇了。

第八章　菌花金黄

东边里者日头西边落,它是个穿山里的宝。

咋大的个光阴我不眼热,有你哈日子就好推者。

……

————花儿《有你日子就好推》

越是靠近茯茶小镇,那种茯砖茶所特有的醇厚香味,越如细流,一股一股地往风先生的鼻腔里钻。

茯砖茶的味道,风先生太熟悉了。他不仅熟悉茯砖茶的味道,还熟悉旧时泾阳县城里的茯砖茶的生产过程……从远古走来的风先生,特别赞佩没有茶树种植的泾阳县,于明、清两朝可是大为繁华兴盛的哩!那个时候,偏于函谷关、大散关、武关、萧关之中的泾阳,一个小县,对国家财政的贡献却是巨大的,白纸黑字记录在历史典籍里的文字做着说明,先在明朝时,就占到了两成,晚到清朝时,虽然有所下降,依然还在一成以上。有如此大的贡献,都因为他们这里出产的茯砖茶了……茯砖茶的妙用,就在于发酵产生的金色菌花,可以有效促进人体的新陈代谢,起到降脂、降压、促进糖类代谢的功效。我国西北地区少数民族都有熬煮奶茶的习惯,其所采用的茶叶便是这样的茯砖茶。他们因此口口相传:“宁可三日无粮,不可一日无茶”“一日无茶则滞,三日无茶则痛”……千百年来,茯砖茶以其独特的、不可替代的作用和功效,与奶、肉并列,成为西北各族人民的生活必需品,被誉为“中国古丝绸之路上神秘之茶”“西北少数民族的生命之茶"。

茯砖茶因此有了礼品的功能,在游牧民族地区,大家不仅藏之以自用,还当作探亲访友、逢年过节的珍贵礼品,相互馈赠。

现在的茯砖茶,依然为游牧民族所青睐。正是基于此,泾阳人才大张旗鼓地重建了旧有的茯茶小镇……原来的茯砖茶生产在泾阳县是怎样一个规模,如今少有人知道,但风先生是知道的,所以在重建时,他倒是想给建设者参谋参谋的,而现在的人却又都太自信了,是听不得他人意见的,特别如风先生这样从远古走来的人,不说还好,说出来人家不听,还可能责怪你抱残守缺,不思进取,不懂发展,让你徒受羞辱,徒叹奈何……风先生遭受过太多这样的教训与难堪。不过他倒是不以为意,见着了他想说的,他该说的依然说。风先生是这么想的,说不说是他的义务,听不听是人家的权利。

抱着这样一种态度,风先生给茯茶小镇的建设者耐心细致地提了许多建议,他的建议是中肯的、细致的。

结果呢? 人家建设者能得很,没怎么听他的意见,自信满满地按照他们的构想,钢筋一大汽车一大汽车地往工地拉、水泥沙石一大汽车一大汽车地往工地拉,砖块一大汽车一大汽车地往工地上拉,而匠人与普工又一批一批地往工地里来,他们仿照今人心中旧时建筑的模样,不上木材的椽子和大梁,不用木材制作的门和窗,就只闻钢筋的撞击声、水泥搅拌机的轰鸣声,加上工人的呐喊声,很快就颇具规模地建设起了他们命名的茯茶小镇……风先生不是个顽固不化的人,也不是个死性较真的人,他看着建设者把茯茶小镇那么热火朝天地建设起来,虽然缺了些旧建筑的格局,缺了些老建筑的古色古香,但总体看来,错落有致、鳞次栉比,倒也像模像样,风先生就收起了他的唠里唠叨,而接受了新建的泾阳茯茶小镇,以为还是很过得去的哩。

建筑狂魔……风先生因此还如今天的人一样,对这样的施工能力给予了由衷的赞美。

胡不二的"不二茯茶坊"的地址,是吴为山老师傅给他选定的……在茯茶小镇建设期间,吴老师傅戴着一副墨色的水晶石眼镜,像个算命先生一样,不声不响,只让胡不二随在他身边,不避工地上飞扬的灰尘,以及泥泞与喧嚣,四处乱走乱转。他走到一处站定了,脱掉鞋子,挽起裤腿,光脚站在地上,抬头闭目望着天空;再走到一处站定了,依旧脱掉鞋子,挽起裤腿,光脚站在地上,抬头闭目朝着天空……吴老师傅这么做着的时候,是要胡不二学他的样子,一起来做的。

胡不二不知老师傅何以要来这一套,就向他老人家讨教了。

胡不二说:"咱这是弄啥哩?"

吴为山老师傅既不回答他,也不理睬他,像是俗话说的那样,"外甥打灯笼——照旧(舅)",依然按照前例,认认真真、一丝不苟地带着胡不二来做。

胡不二觉得好神秘、好神奇,他忍不住又向老师傅讨教了。

胡不二说:"咱脱鞋赤脚立地……"

胡不二说:"咱抬头闭目朝天……"

胡不二这一次没有把话说完整,他是还想说下去的,却被吴为山老师傅打断了。吴老师傅没有说出声来,而是用手势打断胡不二喋喋不休的问话。老师傅挥给他的手势,特别有力,特别果断……吴老师傅打断了胡不二后,继续着他那一套在外人看来十分怪异的举动。因为怪异,就有人跟来了,跟来的人一多,前前后后把吴老师傅和胡不二里三层外三层地围了起来……因为稀奇,围着吴老师傅和胡不二的人也像胡不二之前一样询问起吴老师傅了。

他们中的一个问:"你们……这是弄啥哩?"

吴为山老师傅没说话,胡不二自然也就不会说了,他吸取教训,把嘴闭得像缝起来一样紧。

围着他俩的人不甘心,有人就还要问:"脱了鞋子赤脚……挽起裤脚光腿……你们玩的是什么神秘把戏呀?"

围观的人这么说来,已经带有一种叫人不舒服的挑衅了。即便如此,吴为山老师傅还是照着他原来的做法,于在建的茯茶小镇上,那么不厌其烦地做着他想做和该做的事情……岁月把吴老师傅磨得宠辱不惊,他不会因为围观者的挑衅而与他们计较。但是胡不二听着,起先还能忍耐,听得多了,感觉围观者不怀好意的话像长了尖利的刺似的,句句扎心,便欲回撑他们几句的。可他正在想着措辞,被吴老师傅察觉到了,就又挥起他的手臂,不说话,用手势阻挡住了胡不二要回撑围观者的话。

风先生那个时候也在围观的人群里,他看得懂吴老师傅的意思,是要为胡不二开办的茯茶坊选一处适合制作茯砖茶的地方呢。

什么样的地方才适合制作茯砖茶呢?高深莫测的吴为山老师傅不说,自然有他不说的道理,风先生对此是理解的,所以他虽然也在围观者里,却沉默得像他不在一般,只在他的心里努力地揣摩着吴老师傅的心思……还别说,真让他揣摩出些门道来了。制作高质量的茯砖茶与酿造高质量的白酒有着异曲同工之处。例如贵州茅台镇酿造的茅台酒,为什么就比别处酿造的白酒好?主要在于酿造地的环境。酿造地位于赤水河河谷地带的茅台镇,地势比较低洼,其所形成的那种小气候,冬暖夏热,同时还少雨,年均温度在 17.4 摄氏度左右,但在夏季,温度可能会在 40 摄氏度以上。这样的小气候,使得酿造白酒所需要的微生物菌群较易繁殖,且不易失散,又生生不息,仿佛微生物界的小精灵一般,从茅台酒制曲开始,到发酵,再到最后酿造出纯净的酒浆,忠诚而执着地发挥着作用,因此才有那种深蕴在酒液里的酱香味道。

同样是赤水河河谷,离开茅台镇,就一定酿造不出地道的茅台酒。

吴为山老师傅在茯茶小镇那么神神秘秘地搞,不是他想要神秘,而是没有合适的环境,一定制作不出菌花金黄的上等茯砖茶来。

赤脚、光腿,是检验制作茯砖茶所需的那种独特环境的关键。

因为在制作茯砖茶的现场,参与者,无论是谁,都必须赤脚、光腿……有着茯砖茶制作记忆的吴为山老师傅,有着别人所没有的经历,他赤脚和光腿,就是那种环境的测量仪……反反复复,吴为山老师傅带领着胡不二把茯茶小镇的每一寸地面都认认真真、仔仔细细地感受体验过了,最后把"不二茯茶坊"的位置确定在一处旧有的池塘边,胡不二连同池塘一起出资买了下来……必须说的是,在别人眼里,这处地方偏在茯茶小镇的街背后,是最不受人待见的。但胡不二尊重吴为山老师傅的选择,把他的"不二茯茶坊"建在这里,制作出第一批茯砖茶来,散给泾阳县喝过、很会喝茯砖茶的老人们,让他们评鉴。老人们的评鉴结果,不仅大大超出了胡不二的想象,也超出了吴为山老师傅的想象。

七八十岁的泾阳县老人喝了胡不二散给他们的茯砖茶,也许是人老泪多,他们撵到胡不二建设起来的不二茯茶坊,跑到吴为山老师傅的身边,感激涕零,争先恐后地表达着他们的感佩之情。

有人流着泪说:"是这个味道哩!许多年了,把人馋得干咬舌头没办法。"

有人流着泪说:"菌花金黄……原想我这辈子是喝不上菌花金黄的茯砖茶了。"

有人流着泪说:"我的肠胃不大好,喝了两顿咱们菌花金黄的茯砖茶,当下感觉好受多咧。"

风先生抓住这个时机,也发表了他的一些见解。他先说了:"希望和耐心,是所有人的救命药。一个人唯有耐心,才能把想做的事情做出来,做好,做出大家都想要的结果。"

风先生说着便说溜了嘴,把一些泾阳县流传千百年的老话也说了出来,什么"自古岭北不植茶,唯有泾阳出名茶",什么"离开泾阳的水不能制,离开泾阳的人不能制,离开泾阳的气候不能制"。

风先生一时说得兴起,就又一次拉出茯砖茶的金色菌花来说了。他说,如今的科学实验证实,茯砖茶的金色菌花为"冠突散囊菌",此种菌是其他茶类所不具备的。再者就是泾阳茶人的品性了,他们血脉里总是荡漾着一股子执拗劲儿以及不屈的探索精神,常能够将错误转化为一种奇妙的发明。像西汉时的淮南王刘安一样,豆腐的发明,即是又一个例证。

风先生又说:"这人呀,是活在大势中的,顺势而为,逆势则止。看清了大势,就该一心一意,专心致志,持之以恒,不愁大事不成。"

风先生还说:"当然还应大胆,敢于冒险,敢于作为,但凡成就事业的人,就没有一个是懦夫。"

心里想着前事的风先生,边走边回忆,心里顿然生起一股得意感来……他得意着,这便走进胡不二的茯砖茶坊里来了。风先生这次来,是要告诉胡不二,云朵抱养了弃婴小云飞,把小云飞认作了自己的娃娃的事哩。可他一踏进茶坊的大门,映入他眼帘的情景,却让他一时不好跟胡不二搭话——茯茶坊里的人,包括吴为山老师傅和胡不二在内,所有的人,或者选茶,或者筛茶,然后再剁茶,再筛茶,最后炒茶,筑茶成封,没有谁是轻闲的,大家忙得火烧眉毛,尤其是站在制茶环节最后工序上的吴为山老师傅和胡不二,他俩一个是技术大师,一个是茶坊老板,都没把自己当大师、当老板,全都如茶坊里的雇员一样,干得热火朝天。

风先生很想给吴为山老师傅和胡不二搭一把手的,但他围绕着他俩转来转去,总是插不上手。

吴为山老师傅往茶模子里添茶,胡不二用枣木杵棒,在茶模子里杵茶……他俩赤脚光腿,配合默契,一会儿就有一方茯砖茶制作成功。前面工序中做出来的原料茶,在吴为山老师傅和胡不二这里,一点不剩地都制成了一方一方的茯砖茶。他们终于能够歇下来喘一口气了。

风先生抓住这个机会,趸摸到胡不二的身边,给胡不二说他此行要说的话了。

风先生说:"你只知道在你不二茶坊里制茶,你可知道你有娃娃咧?"

风先生说:"是云朵抱养的呢。"

风先生说:"娃娃叫小云飞。"

风先生在给胡不二报告着小云飞的消息时,连带着把云朵漫唱过的

一曲花儿,给胡不二咿咿呀呀地漫唱了出来:

> 东边里者日头西边落,它是个穿山里的宝。
> 咋大的个光阴我不眼热,有你哈日子就好推者。
> ……

风先生此刻漫唱的花儿名叫《有你日子就好推》。别人不知道,风先生是在云朵与胡不二新婚的日子里,听他们二人洞房,偷听来的……对花儿情有独钟的云朵,新婚之夜,小夫妻情之所至,就不能自禁地对漫了几曲花儿。云朵把这曲花儿漫唱了后,胡不二呼应着她,还给了她一曲花儿。

胡不二还给云朵的花儿是《阿哥给妹子浇一回水来》:

> 西海的云彩者东边里来,东海里下了一场雨来。
> 尕妹是牡丹园子里花儿开,阿哥给妹子浇一回水来。
> ……

多么幸福美满的一对玉人啊!风先生是太喜欢他俩了,他撵到胡不二身边来,只顾给他说好消息,但他发现,他说的话胡不二完全没有往心里去……胡不二此刻心里回荡着泾阳人过去常挂在嘴上的一句话,这句话是"茯茶驼队十里香,茶香已入牧人家"。是啊,有吴为山老师傅坐镇,他们不二茯茶坊生产的茯砖茶,严格按照古法制作,茶的品质深得市场的青睐,茯砖茶已远销至内蒙古、青藏高原,还有中亚地区的哈萨克斯坦、吉尔吉斯斯坦、乌兹别克斯坦等国家与地区。

风先生看出胡不二是累着了,他给胡不二报告的好消息,胡不二一时听不进去,他也就没坚持说,想胡不二要不了多久自己是会知道的,就用他的方式,给累着了的胡不二,还有吴为山老师傅,吹拂起了使他俩心旷神怡的凉风来。

　　在阵阵袭面的凉风里,胡不二与吴为山老师傅在不二茯茶坊里歇息了下来。

第九章　揪心的"先心病"

西瓜者瓢瓢解不下渴,山高者遮不下太阳。

好心者人儿呀记心上,死死活活者不能忘。

……

——花儿《好心者人儿呀记心上》

婴儿的哭虽说是种本能,却也不失一种提醒,总之是很叫人心疼的呢,特别是生了他们、哺乳着他们的母亲。

卓玛央金的儿子扎西吉律是她亲生的,更是她自己哺乳的,她自然听得懂儿子吉律的哭声。只要吉律的小嘴巴咧开来刚要哭的时候,她就会立即把儿子抱进怀里,袒露出她的乳房,给他喂奶了……可是云朵从唐城墙遗址公园抱来的弃婴,她当成儿子养着的小云飞,如果咧开嘴哭起来,央金同样听得见,同样感到心疼,尽管她没有和小云飞住在一起,离着小云飞还有一大段的路程,她却像具有某种特异功能,隐隐约约地总能听得见。她听见了,就会心疼地抱起小吉律,往小云飞所在的云朵茶裳体验馆撵了。

卓玛央金跑在西安城的街头上,像是跑在她习惯跑着的草原上一样,健步如飞,直接撵进云朵茶裳体验馆,抱起小云飞,就把她的乳头塞进他的小嘴巴里。

从遥远的三江源玉树来到西安市,卓玛央金可不是来旅游玩耍的,她俳徊在这个举目无亲的城市,目的只有一个,就是给她的小儿子扎西吉律治病……央金之所以给她的小儿子取名吉律，是因为如汉族人家一样，为了自己的娃子好养，就给娃子起个"猪蛋丑丑"的昵称。藏语的吉律，就是那样一种名讳，意即让人知道了说不出口的"狗屎"……别人说不出口，那是别人的事，自己的孩子，在自己的眼里，可不就是"一把屎、一把尿"拉扯大的？作为母亲的卓玛央金便是那么想的，所以她把她的小儿子，一口一个"狗屎"、一口一个"狗屎"地叫了个欢。她一声声地叫着自己的娃子"狗屎""狗屎""狗屎"，仿佛某种神圣的祈祷似的，就是为自己娃子健康快乐的呢。

然而不幸的是，卓玛央金的小儿子扎西吉律还在哺乳期里就罹患了"先心病"这样一个可怕的病症！

"先心病"是典型的青藏高原地方病，因为高原上的特殊气候，发病率相对比较高。扎西吉律出生不久，即显现出了"先心病"症状……在玉树州杂多县宝珠镇担任镇民政员的央金，抱着她的宝贝儿子，看遍了玉树州里的所有医院，全都确诊她的小儿子罹患的是"先心病"，却没有哪个医生敢给她保证，能够诊治她儿子的"先心病"。她因此又跑去西宁市，最后有医生告诉她，让她别耽误时间了，去西安城里的大医院看吧。

没奈何，卓玛央金抱着扎西吉律到西安来了。

卓玛央金没有白来，西安城的医疗水平真是不错，她抱着小儿子扎西吉律，只到大家熟悉的陕西省人民医院挂了个号，看了一次专家门诊，医生就让她儿子住院治疗了。不过医院的床位十分紧张，门诊医生给吉律开了住院证，住院部却一时腾不出床位来，央金能怎么办呢？在西安城举目无亲……揪心着的央金，怀抱她的儿子吉律在唐城墙遗址公园瞎转，她转得毫无目的，只是为了走，只是为了看，走走看看，好像只有走、只有看，才能松一松她因为吉律的病情而绷得太紧的神经……她这一转，不仅结识了云朵和云朵的闺密肇拉妮、赖小虫、曾甜甜，还有汝朋友、鹿鸣鹤、谈知风、艾为学等。特别是鹿鸣鹤，因为做的是药材生意，与开在西安城里的医院，无论大小，都有交往，所以当他得知扎西吉律患有"先心病"，就自告奋勇为他解决住院的问题了。

鹿鸣鹤的自告奋勇起了大作用,他带着卓玛央金和扎西吉律去了省人民医院,拿着央金在门诊部开出来的住院凭证,顺顺利利地住了进去。

热心的鹿鸣鹤不仅帮助扎西吉律顺利地住进医院,还联系"先心病"治疗方面的专家,给他会诊了。那次会诊,鹿鸣鹤跑前跑后,专家以省人民医院为核心,还请来了陕西省医学院附属一院、二院,以及西京、唐城两家部队医院的专家,大家围绕央金小儿子的病情,在科学诊断的基础上,相互磋商,相互研讨,制定出了一个非常具体的医疗方案……这个方案既吸取了西医药的优势,又采用了中医药的方法。

住院治疗了一段时间,卓玛央金小儿子"先心病"的病情得到缓解。

之所以能够获得理想的效果,除了省人民医院的医护人员所起的作用,还有云朵与鹿鸣鹤,他们各自也都竭尽所能,发挥了不小的作用……

这个类型的"先心病",有手术治疗和介入治疗的方法,也有不用手术治疗和介入治疗的方法,关键在于患者肺动脉管道狭窄的程度了。

扎西吉律的病,省医院的专家与会诊请来的专家,给出的治疗方案是以保守为宜,既不用做手术,也不用介入,就以药物治疗为主,当然,精心的养护必不可少。在药物和养护的作用下,扎西吉律慢慢地恢复了……恢复的过程需要一种药,既有国产的,也有进口的,而医生的建议是,使用进口的药效果要好一些。效果好点儿的进口药,价格自然也要高很多。怎么办呢?卓玛央金是拿不出那么多钱的,得知了这一信息,云朵就先从她的茶裳体验馆取出一笔钱来,捐到了央金的手上,让央金给吉律买进口药。

云朵带了头,汝朋友、鹿鸣鹤、谈知风、艾为学,还有肇拉妮、赖小虫,以及曾甜甜,也都捐了钱。

鹿鸣鹤做的是药材生意,他有条件,也有机会购买到相对便宜的进口药品,免去了卓玛央金许多烦恼……卓玛央金感动、感念云朵和她的朋友们，她在扎西吉律住院期间，没有自私地只是守着她的儿子，而是时时刻刻挂念着云朵抱养来的小云飞。央金利用儿子睡着的空当，把儿子交代给她帮忙的云朵的朋友，或是医院里的护士，自己则会迅速跑出医院，跑去云朵的茶裳体验馆，给小云飞喂奶……不幸的小云飞啊，被亲生的妈妈遗弃了，却幸运地有了抱养他的妈妈云朵，还幸运地有了给他喂奶的卓玛央金和肇拉妮……肇拉妮那个时候也正养着自己的小娃娃，她也给小云飞喂奶了哩。

当然，这可以解决小云飞一时的饥饿，却不能解决根本问题。

赖小虫和曾甜甜虽然还都是黄花大闺女，没有生养过小孩，但女子们天生的那份母性启发着她俩，自觉地你跑一趟儿童用品市场，她跑一趟儿童用品市场，不仅迅速买回了尿不湿、痱子粉、喂奶的奶瓶、洗浴的小浴盆等常用的物品，还买回了几款市场上叫得很响的品牌的奶粉，尝试着给小云飞喂食了……这种尝试太有必要了，虽然都是市场上叫得响的品牌，但并不全都适应小云飞的胃口，有几款在尝试的过程中，因为小云飞吐奶或者打嗝而被她们淘汰了，唯独一款国产的羊奶粉，倒是很对小云飞的胃口，小家伙吮吸进去，既不吐奶，又不打嗝，自然地被保留下来喂食小云飞了。

有了小云飞能吃爱吃的奶粉，便从根本上解决了小家伙的饥饿问题。

小云飞有了足够的奶水吃，长得那叫一个欢实，几天不见就是一个样子……就在小云飞茁壮成长的日子里，卓玛央金的小儿子扎西吉律的"先心病"，因为治疗得法，养护得当，小身子上青紫色的印痕一点一点地消退了，大有彻底恢复的迹象……对此，卓玛央金是高兴的，云朵和她的闺密、朋友们自然也都是高兴的。

高兴着的卓玛央金压抑不住内心的喜悦，她在见着云朵或他们谁时，就开心地漫唱一曲她最爱漫的花儿：

西瓜者瓢瓢解不下渴，山高者遮不下太阳。

好心者人儿呀记心上,死死活活者不能忘。

......

就在卓玛央金一遍遍漫唱着这曲《好心者人儿呀记心上》的花儿时,她听从省人民医院医护人员的建议,为她的小儿子扎西吉律办理了出院手续,准备回三江源的玉树去了。

第十章　枪声与婴儿的哭声

大豆地里的者麻黄草,又长上娘娘里者菜了。

白彐晚夕者牵心哩,靠你里者活人哩。

……

——花儿《白日晚夕牵心哩》

来一趟西安不容易,你想去哪里走走看看吗?

向卓玛央金提出这一建议的人是云朵,经过数十天的交往与交流,云朵开心地把央金认作了她的阿佳,而央金也开心地把云朵认作了她的"金炯"。藏语中的"阿佳"好叫好理解,即姐姐的意思,而"金炯"这个词,叫起来就有点复杂,而且还有点拗口,所以云朵在把央金认作阿佳时,央金给云朵这么说了,但也只是说说,最后还是按照汉语的说法,把云朵叫成了她的妹妹……身为妹妹的云朵,在央金阿佳要回三江源玉树时,她怎么能不尽一尽地主之谊呢? 因此她给央金阿佳建议了。

就在云朵给央金建议的时候,好些日子见不着的风先生带着风的那一种姿态,突然现出身来,唠唠叨叨插了几句话。

风先生说:"在创业路上,有许多琐碎的事情要处理,桩桩件件,无不需要创业者亲力亲为,同时还需放下面子,放下太强的自尊心。自尊心太强,可是创业路上的绊脚石哩!"

风先生说:"真正的朋友,始于志趣,合于性情,敬于人品,久于岁月。这样的朋友太难得了,有了是人一生的财富。人与人之间,只有真诚相待,才可以成为真朋友。"

风先生说:"央金和她的儿子扎西吉律来一回西安确实不容易,你给出的建议太好了。"

风先生几句没头没脑的话,别人听了,是听不出门道的,但云朵是听得明白的。她从中听得出来,几天不见的风先生,可是操着她的心哩。在她抱养了小云飞后,他撵去泾阳县的茯茶小镇了。在茯茶小镇,他见着了她的先生胡不二,给他说了她的近况,顺便又把胡不二的近况带回西安来了。云朵可以肯定,风先生说出来的头一句话,讲的就是胡不二在他的不二茯茶坊里的工作状况,以及处人处事的状况了。云朵高兴风先生传给她的话,她笑了笑……笑着的云朵,仿佛清晨的气象一样,那轮圆如金饼的太阳,从东边遥远的天际线升起来,半遮半掩地运行在一层薄薄的纱雾里,突然地露出头来,灿灿亮亮,犹如千条万条闪着金光的丝线,温柔地喷射在万千事物上,别有一番令人赏心悦目的美感!云朵把风先生说的头一句话牢牢地记在了心上。她由此及彼,当然更深知风先生说出的第二句话不会指向别处,只会指向她与卓玛央金了。风先生赞美她与央金阿佳的友谊,并以他的先见之明,预示她俩虽然一个汉族、一个藏族,相距千里万里,但她俩已成为岁月里的真朋友了。风先生的第三句话,赞赏云朵给央金阿佳的建议,云朵就更是要按照她的设想来安排她与央金阿佳的别离了。

她俩对于唐城墙遗址公园,是很熟悉了,但是距离唐城墙遗址公园很近的大雁塔,她俩还没能认真游赏。

云朵没有犹豫,照她自己心里所想,就先带着她的央金阿佳去了距离茶裳体验馆不是很远的大雁塔景区。在走出茶裳体验馆的大门时,云朵让留守在体验馆里的肇拉妮、赖小虫联系一下汝朋友、鹿鸣鹤、谈知风、艾为学,还有曾甜甜,要他们有事也务必往后推推,今天晚上一起聚聚,大家集体给卓玛央金母子送行……安排好后,云朵和央金阿佳各自怀抱她们的儿子,步行去了大雁塔景区。南广场的玄奘青铜塑像,有种千里迢迢不畏艰险,求取真经的气魄。云朵给央金阿佳讲述着玄奘的故事,她没说几句,央金阿佳便接过她的话题,说起了三江源上的玉树有关玄奘的传说。央金阿佳说了,玄奘从西域取经回来,可是路经他们玉树,师徒四人二渡通天河,不知何故,惹恼了河里的一只老龟,掀翻了师徒渡河的小舟,弄湿了他们千辛万苦取来的经卷,为了不致经卷损毁,师徒就在通天河畔选择了一处相对平坦的大石头来晒经卷了……央金阿佳说得来劲,还鼓励云朵,要是有时间了,一定到他们三江源玉树去,她陪云朵到通天河边去看晒经石。

云朵答应着央金阿佳,说她知道,因为玄奘在那块大石头上晒经,把经书上的字样都晒印在大石头上了。

云朵答应卓玛央金阿佳的话,使得央金的兴趣大增,她夸赞云朵,说:"你什么都知道呀!"她们两姐妹就这么开开心心地把大雁塔南广场游赏了后,接着去游赏北广场。游赏罢了北广场,云朵征求央金阿佳的意见,还去了西安北郊的大明宫遗址。在一片废墟上,两人凭吊了一番从这里出发、和亲走上青藏高原的文成公主。最后还去了西郊的那一片绿化带里,站在丝绸之路群雕前,畅想了一下她俩各自的梦想。

卓玛央金的梦想非常单纯,她说:"我爱我的故乡三江源。"

卓玛央金说:"我要用我的一生,使我们的三江源清洁美丽,不被污染,不被伤害。"

听着卓玛央金阿佳的梦想,云朵心潮澎湃,她也给央金阿佳说了自己的梦想。云朵说:"我要像我的阿佳一样,热爱三江源,保护三江源。"

云朵说:"有空时,我就上三江源来看阿佳你。"

姐妹俩因为有同一个梦想,她俩就把各自怀里的儿子抱起来面对了面,要他俩长大了也做三江源的保护者……风先生从泾阳县胡不二的不二茯茶坊回到云朵的身边后,就没再离开她,尽管他有太多太多关心的事情,可他以为跟随云朵和卓玛央金是自己这段时间最该做的事。云朵与央金姐妹俩在大雁塔南广场、北广场、大明宫遗址及丝绸之路群雕前游赏时,风先生一步不落地跟随在她俩身边,他听到她俩的心声与梦想,在为她俩感动的同时,他是一定要表达他对她俩的敬意的。

风先生说:"喜怒哀乐,苦辣酸甜,人活着最大的乐趣,就是把快乐找出来。"

风先生说:"因果不可改,智慧不可赐;真法不可传,无缘不可度;邪念不可生,善良不可丢;横财不可取,真情不可求。"

风先生说:"人生路漫漫,要有最朴素的生活和最遥远的梦想。"

风先生说得兴起,就还说起了那座丝绸之路群雕。他怕卓玛央金听不清楚,就把他热烘烘的嘴巴凑到央金的耳朵边上,扯着她的耳朵给她说了。他要央金低下头,辨识丝绸之路群雕旁边的石刻说明,央金看了,看到了完成这一雕塑的单位是西安艺术学院,她因此联想到了云朵的先生胡不二,所以就问起了云朵,问她的先生可是参加了这座雕塑的设计、施工。

云朵很骄傲,她点了点头。

央金眼睛亮了起来,不无羡慕地说了两句。

央金说:"妹子呀,你是个福人哩!"

央金说:"我要能有你一半的福气就好了。"

央金说得有些气馁,还有些沮丧,甚至是哀伤……这是怎么回事呢?云朵不知道,但是陪着她与央金阿佳在西安城里游赏的风先生是知道的呢。天上事知道一半、地上事全知道的风先生,虽然知道卓玛央金丈夫的事,却不愿意说。因为那是一个太过悲惨的故事呢,而且壮烈,还很英勇,所以风先生把央金丈夫的事情满满地塞进他的记忆里,不轻易说出来。

卓玛央金的丈夫名叫次仁顿珠,他在小儿子扎西吉律出生的时候,光荣地牺牲在了三江源上。

风先生知道,卓玛央金丈夫的名字之所以叫次仁顿珠,是因为寄托着父母亲对他的期望,饱含着父母亲浓浓的爱意与长情。因为藏语里的次仁寓意就是"长寿",而顿珠的寓意为"事业有成"。应该说,自愿从事三江源野生动物保护工作的次仁顿珠,远离家门,赶到更加荒僻的地方去,追着三江源野生动物的足迹,保护它们不被伤害,干的是一项非常了不起的事业,所以说他是"事业有成"了的,然而却没能够"长寿"。就在卓玛央金躺在宝珠镇医院里的产床上,双手撕烂了床单,咬牙切齿地呼唤丈夫次仁顿珠的名字,挣扎着落生扎西吉律时,偷猎者喷火的枪口,残忍地对准了次仁顿珠的胸膛,枪响的那一刻,也正是扎西吉律落生啼哭的那一刻。

一声枪响炸裂在了次仁顿珠的身上!

一声婴儿的啼哭响在了卓玛央金的耳畔!

响在次仁顿珠身上的枪声,牺牲了扎西吉律英勇的父亲,响在卓玛央金耳畔的啼哭,落生了次仁顿珠的儿子扎西吉律。

世事就是如此无情,就是如此让人唏嘘慨叹……风先生就曾大大地唏嘘了一场,并大大地慨叹了一回,因为次仁顿珠的牺牲。

风先生说:"一个人的牺牲,是个人崇高情感的凝结,更是个人崇高情怀的发源。"

风先生说:"任何崇高的道德行为,都含有强烈的牺牲精神,那就是为自己树立起来的生活目标,一辈子的目标,并为生命中树立起来的大目标而牺牲自己的小目标。"

风先生说:"次仁顿珠的牺牲,是因为他爱他的爱人,他爱他的孩子。没有爱的人,不会有如此荣耀的牺牲。"

应该说风先生的唏嘘与慨叹是对的呢。卓玛央金的丈夫次仁顿珠,心中有他对爱人巨大的爱,心中有他对孩子真切的爱,这才造就了他对自然,对自然界一切生命的爱……有个次仁顿珠听来的故事,一直萦绕在次仁顿珠的心头,那是一位老人说给他听的呢。那位为此而痛心疾首的老猎人,就是云朵后来到三江源上,见到用太阳佐酒的阿旺诺布老大爷了。

诺布老大爷曾给次仁顿珠说过他经历的一件事,说他年轻的时候,一日清早,从帐篷里出来,伸着懒腰准备喝一碗酥油茶时,突然瞅见眼前的草坡上站着一只肥壮的藏羚羊。他眼睛一亮,转身回到帐篷里,拿出了他的杈子枪,举枪瞄准了藏羚羊。当时的他,奇怪藏羚羊怎么就不逃跑,而是用乞求的眼神望着他,向着他的枪口走了两步,然后两条前腿扑通跪了下来,且从眼里汨汨流出两股清泪来。

诺布给次仁顿珠说了,说他当时的心软了,扣动扳机的手便松了一下。

可是一种猎人的本能促使他双眼一闭,扳机在手指下一动,枪声响起,那只藏羚羊栽倒在地。它倒地后仍是跪卧的姿势,眼睛里的两行泪迹依然清晰地留存着……诺布老人说他那天没有如往日一样,对猎获的藏羚羊当即开膛、破肚、扒皮。夜里他睡着了,可他梦里浮现的,还是给他下跪的那只藏羚羊。他觉得有些蹊跷,次日起来,怀着忐忑不安的心情,把那只藏羚羊开了膛,破了腹,但见藏羚羊的子宫里静静地蜷卧着一只小藏羚羊。诺布老人说他一下子明白了过来,那只藏羚羊之所以弯下笨重的身子,朝他双膝跪下,就是在求他留它一条性命,保全它腹中的小藏羚羊!

阿旺诺布老人给次仁顿珠说,他从此放下手中的杈子枪,没有再伤害过野生动物。

次仁顿珠把老人说的故事牢牢地记在了心里。然而他听到看到的现实,可不像诺布老人故事里说的那么美好,总是有人,甚至是结伙成群,偷偷潜入三江源地区,用更先进的枪械,追着珍稀的藏羚羊群,大开杀戒……偷猎者之所以如此丧心病狂,为的只是一条沙图什的贵族披肩。这种披肩的名称沙图什,是波斯语的音译,意即轻巧柔软,重量不会超过100克,拢起来穿得过一枚戒指的孔洞,因此还叫"指环披肩",价格可是不菲。所用的原材料,即藏羚羊绒毛,既柔且细,直径约为11.5微米。织成一条女式的披肩,所需藏羚羊羊绒大约在300克以上,也就是要3只藏羚羊的生命了呢;男式披肩的需求量要大得多,非5只藏羚羊的生命满足不了。

像他的爱人卓玛央金一样,在宝珠镇任教育专干的次仁顿珠看到了一份资料,每年贩运出境的藏羚羊绒毛在 3000 公斤左右,按每只藏羚羊年均产绒 135 克计算,每年便有 22000 余只藏羚羊被偷猎者捕杀!

善良正直的次仁顿珠被他看到的资料惊呆了。他不敢相信这个事实,但又不能不相信。他拿着那份沉重得几乎都要拿不动的资料,去找他的爱人卓玛央金了,向央金提出了一个请求。

次仁顿珠向卓玛央金抖着手里的资料说:"请让我调动工作吧。"

次仁顿珠说:"我要到保护野生动物的前线去,去做野生动物生命的盾牌。"

次仁顿珠在给卓玛央金发誓说着他的决心时,央金刚刚怀上了属于他俩的一个小生命。听着顿珠两句斩钉截铁的话,央金感觉到她的子宫剧烈地动了一下,她相信在她子宫里的小生命也听见他阿爸表下的决心了。央金看了一眼她的爱人顿珠,低下头来,注视着她有点儿隆起的肚皮,把她的两只手,一左一右地抚摸在她的肚皮上,像是安慰肚皮里的小生命一般,笑笑地说了两句话。

卓玛央金说:"听见了吗?"

卓玛央金说:"你阿爸要去保护野生动物了。"

在卓玛央金说出这两句话的时候,次仁顿珠绕到她的身后,把她拥在怀里,也用他的双手抚摸起了央金的肚皮……顿珠抚摸着央金的肚皮时,把他的嘴巴贴在央金的耳朵畔上,给她耳语了两句。

次仁顿珠耳语道:"你答应我了是吧?那我就到野生动物保护站去了。"

离家到百里之遥的野生动物保护站后,次仁顿珠半年的时间就六次进入偷猎猖獗的可可西里无人区,抓获非法持枪盗猎团伙八批次。对于盗猎者的无法无天,次仁顿珠曾经慨叹:"这里不是无人区,而是无法区。"因为他不畏艰难,不怕困难,勇敢地践行着一个共产党员的高尚情操,赢得了人们的赞誉,年终时获授"优秀党员领导干部"的荣誉,还被国家有关部委授予"环保卫士"的称号。

就在卓玛央金临盆落生扎西吉律的日子,次仁顿珠再一次走进了三江源上的无人区。他与组队的四名队员,在无人区的可可西里,先抓获了近二十名盗猎分子,缴获了犯罪分子驾驶的七辆汽车及一千八百多张藏羚羊皮。然而在押送歹徒回程的时候,遭到歹徒们的袭击,他与人数是他们数倍的持枪偷猎者对峙,流尽了最后一滴血。

当时的天气非常不好,就在次仁顿珠他们抓获偷猎者的时候,铺天盖地的一场大雪突然就降落了下来。大雪伴着狂风,让顿珠他们既看不清回程的路,也找不到可以躲避风雪的地方。折腾一天,他们只走了很短的一段路,天黑后不能再走,便露宿在一处大雪峰的山口上……次仁顿珠怕露宿的偷猎者受不了冻,就让他们从卡车车厢里下来,坐进相对温暖的驾驶室,他自己则驾驶一辆越野车,向前寻路去了。

寻路无果的次仁顿珠返回到了那处山口子上。

次仁顿珠透过越野车的雪亮的灯光,发现在他寻路离开的时候,偷猎者中有人下到车辆下面,偷拧了车辆发动机的机油帽,企图让车辆在路上抛锚,他们则可以趁机逃跑……发现偷猎者的这一图谋,次仁顿珠把他们关进温暖的汽车驾驶室,他则手持冲锋枪,整夜没有合眼,一直守护到天明。但不幸的事情最终还是发生了。第二天颠簸了四五十公里的路,车辆来到自然环境更为恶劣的马兰山前,此地路面坑坑洼洼,车辆如兔子一般跳跳蹦蹦,颠簸得十分厉害,而天色这个时候也暗了下来。次仁顿珠想着大家三天都没吃上一口热饭了,就指示他的同事,还有他们抓获的偷猎者,下车烧水煮酥油茶……偷猎者对顿珠的善意,无不表现出一种感恩戴德的模样,但他们内心的坏水,也在这个时候酝酿着。

次仁顿珠的一个同事,煮好了酥油茶,两手端着两只碗,打开了驾驶室的门,送给偷猎者。偷猎者没有接他送上来的酥油茶,而是给了他凶猛的一脚。

那位同事啊地大叫一声,仰面向后,倒在了冰冷的雪地上。即便如此,也依然躲不掉偷猎者的疯狂,他们从驾驶室里纷纷跳跃出来,夺过倒地的那位同事背着的冲锋枪,狂暴地扫射起来,几位同事当即倒在了血泊里……次仁顿珠像他前次一样,在同事们烧水煮酥油茶的时候,他又驾驶那辆越野车,赶到前边寻路去了。

一阵激烈的枪声让次仁顿珠心里一惊,他敏锐地意识到出事了,出大事了!

驾驶着越野车的次仁顿珠,转着越野车的方向盘,加大了油门,车轰隆隆吼叫着回返了。距离车队还剩五十米时,他停下车来,拔出佩带在身上的五四式手枪,小心谨慎地往前迈着步……大意了!太大意了!黑暗中一个盗猎者与他面对面走了来,好像是要与他打招呼,但那人走到他跟前,突然一个虎扑,就把次仁顿珠抱住,厮打起来……善于摔跤、很能摔跤的次仁顿珠,可是堪称雪域高原上的雄鹰哩,他一个背摔,当即把那个偷猎者摔趴在了地上,而他的五四式手枪,"叭叭叭叭"几声烈响,偷猎者便乖乖地趴在地上,一动也不动了。可就在这个时候,几辆汽车的灯光哗地都打开来了,仿佛穿心的利刃齐刷刷地照向了次仁顿珠……这时的他,既如舞台追光下的孤胆英雄,又像枪口下的一只藏羚羊,他被偷猎者抢夺去的冲锋枪扫射到了。

中弹的次仁顿珠,挣扎着只是跪下了一条腿,他举着他的五四式手枪,继续与偷猎者搏杀着,直到再次中弹,他仍怒目圆睁,手握他的五四式手枪,变为三江源上一尊威武的冰雕。

最初的冰雕,现在已经转换成了一尊花岗岩的石雕。

如此英勇、如此壮烈的故事,风先生能给云朵讲吗?尤其是当着卓玛央金的面。风先生随在云朵的身边,好几次想讲给她听的,可总是少了点儿勇气,便是云朵的话头赶到了这里,风先生也不好明白地讲出来呢。

风先生只有等机会再讲了。不过暂时还讲不出口的风先生倒是有些话想给她们说哩。不过风先生在说话前,居然先漫唱了一曲花儿。

风先生开口漫唱的花儿是《白日晚夕牵心哩》:

大豆地里的者麻黄草,又长上娘娘里者菜了。

白日晚夕者牵心哩,靠你里者活人哩。

……

风先生漫唱罢那曲花儿后,他给她俩说了:"人有悲欢离合,月有阴晴圆缺……我们可不能沉浸在过去,而是要向前看的哩。"

风先生说:"咱们不是有扎西吉律吗?"

风先生说:"把小吉律照管好、教育好,是现在最重要的事情呢。"

第十一章　夜宴同盛祥

川道里的麦子浇三水，旱死了山坡上的豆儿。

好姐妹眼看者要分别了，想死远路上的肉肉儿。

……

——花儿《想死远路上的肉肉儿》

　　漫唱出花儿的风先生是这么想的，卓玛央金有她的儿子扎西吉律，她是小吉律的阿妈，她与她的小吉律可不就是白日晚夕地牵着心吗？

　　小吉律出院后，原本卓玛央金是要立即回三江源上去的，可是云朵挡住了她，还要给她再尽些地主之谊。

　　卓玛央金拗不过云朵，就只好听从云朵的安排，共度她们两位异族好姐妹别离的那一天。卓玛央金觉得她这一天过得特别充实，还十分有意义……卓玛央金每游赏一处地方，站在那里，就要把她英勇的丈夫拉扯进她的眼睛里，与她的丈夫一起观赏那一处地方。因此，卓玛央金在观赏那些景色的时候，眼睛里总是湿着的，唯恐云朵发现了……卓玛央金伪装得不错，她没让云朵发现她内心的悲伤。她跟随着云朵，这就游赏到了云朵的先生胡不二曾经参与施工的丝绸之路群雕前，她俩轮换着来抱小吉律和小云飞，并转着圈儿，把规模宏大的丝绸之路群雕像看了个彻底。就在她俩看罢的时候，陪伴了她俩一整天的太阳业已偏到了西边的天际上，用其不忍别离的余晖，红通通地涂抹着能够涂抹的一切，涂抹得丝绸之路群雕鲜红闪亮……鸟鸣似的手机铃声就赶在这个时候，蓦然振响起来了。

电话是肇拉妮打来的,要云朵和她的央金阿佳往她们预订好的同盛祥牛羊肉泡馍馆去。

老字号的同盛祥牛羊肉泡馍馆自有老字号的底蕴与气派,千余年前,即矗立在了西安城的核心地,向东可以眼观钟楼,向西可以凝目鼓楼,独占着一方难能可贵的风水宝地。虽然被改造了几次,却也完美地保留了重檐翘角、青瓦白墙,还恰到好处地在门面的一边,于每一重重檐和翘角上都悬挂上大红宫灯。黑底金字的硕大匾额,集选的是唐代大书法家颜真卿的楷书,采用的是雕漆堆塑的工艺,古朴沉稳,端庄大气……肇拉妮、赖小虫、曾甜甜以及汝朋友、鹿鸣鹤、谈知风、艾为学他们,都早早地赶到了这里,坐进了三楼一个取名"闻香"的雅间,就等云朵和她的央金阿佳来了。

来无影、去无踪的风先生,倒是比乘坐交通工具的云朵和央金来得快。

来得快的风先生本来想要把云朵与卓玛央金一天的故事,说给早来的肇拉妮、赖小虫、曾甜甜以及汝朋友、鹿鸣鹤、谈知风、艾为学他们听的,可他刚开口说了个头,就见云朵和她的阿佳央金各自怀抱她们的儿子,出现在了同盛祥牛羊肉泡馍馆的大门口。她俩到的时候,正是西安城华灯初上的时候,同盛祥自不例外,大门口重檐翘角上悬挂着的大红宫灯,齐刷刷亮得那叫一个鲜艳,在钟楼、鼓楼一带,可是最为晃人眼睛了……趴在三楼雅间窗口的肇拉妮最先看见了云朵和她的央金阿佳,撒腿从雅间跑出去,顺着旋转的木楼梯,噔噔噔跑下楼来,接到云朵和她的央金阿佳,领上楼来,进到他们预订的雅间里。

卓玛央金可能少有在大馆子吃喝的经历,她走到同盛祥牛羊肉泡馍馆门前时,就把抱着儿子扎西吉律的手,腾出一只来,牵住了云朵的衣襟,便是上到三楼,进到雅间里来,也没有丢手。

云朵理解她的央金阿佳,她把央金牵着她衣襟的手轻轻地摘下来,安顿央金坐好,这就招呼上菜了……先上来的是几盘凉菜,计有蒜片青瓜、麻酱凉皮、蜂蜜凉糕等，而热菜则是他们同盛祥获得"金鼎奖"的红油花肚、红烧牛尾、芝麻里脊……在饭桌上，风先生虽然没有位置，却好像每一个位置都是为他设置的，他一会儿转到云朵的身边站一站，一会儿转到央金的身边站一站，一会儿又去肇拉妮、赖小虫、曾甜甜，或是汝朋友、鹿鸣鹤、谈知风、艾为学的身边站一站，十分有耐心地给大家介绍着端上餐桌的菜品。风先生说了，全国烹饪界的最高奖，就是四年一届的"金鼎奖"了，同盛祥的红油花肚、红烧牛尾、芝麻里脊能够获得那样的大奖，可绝对不是偶然的，是他们同盛祥一代又一代，数百年不断改进积累下来的，那一代一代人里，有一个人可是至关重要的哩。

那个人就是药王孙思邈了！风先生是从那个时候走过来的人，他当然知道那个时候的事……他把孙思邈拉扯出来，盛赞今天的同盛祥，可是有着他的依据呢。

出生在京兆的华原即今陕西铜川耀州的孙思邈，是唐代著名医药学家，他十分重视民间医疗方法，不断走访，及时记录下来，最终完成了一部流传至今的医学著作《千金要方》。唐高宗时，朝廷诏命他到长安城，初来时，他满城乱转，这便转到同盛祥来了，要了他们一碗羊肉泡馍，扒拉着吃时，直觉腥膻不已，难以食用。不过，他看到城里的百姓倒是特别喜欢这一口，就把自己系在腰间的一个药葫芦解下来，赠给了同盛祥的店主，让他在烹煮牛羊肉时，把药葫芦里的几味药，按比例投放进汤里，与牛羊肉一起烹煮。店主是个聪明人，他看得出来，赠予他药葫芦的人可是不简单呢，他应该就是药王孙思邈！

店主把孙思邈的话牢记在心，又把孙思邈赠予他的药葫芦悬挂在羊肉泡馍馆的大门口，并采用药葫芦里的中药配方，调和着烹煮牛羊肉，烹煮出来的肉和汤就都不再那么腥膻了。

风先生介绍得很是得意，云朵他们听得开心，吃得快意。几道菜吃下来，汝朋友和鹿鸣鹤他们几个男人吆吆喝喝，说什么无酒不成席，云朵即喊来服务员，上了白酒、啤酒后，还问服务员有没有贵妃稠酒。服务员回答得很利索,说他们同盛祥自有他们的古方,酿制的贵妃稠酒,西安城里独一家……不等服务员说完,云朵就大大咧咧地让服务员温几壶上来。

很显然,云朵叫来的贵妃稠酒是给她们几位女宾喝的哩。

汝朋友、鹿鸣鹤、谈知风、艾为学他们男人馋的是白酒和啤酒。白酒他们点了西凤六年,啤酒他们点了汉斯,几个人,喝白酒的给自己斟白酒,喝啤酒的给自己倒啤酒,他们满杯满杯地给自己或斟或倒上后,作势还要往云朵她们女宾那边推,被云朵拿贵妃稠酒挡了回去。一张餐桌几样酒,各取所爱,喝得倒也欢喜。特别是卓玛央金,把贵妃稠酒连着喝了几口后,大赞贵妃稠酒与他们藏地的一种酒十分相像。他们的那种酒是用青稞酿制的,颜色有点暗,不如贵妃稠酒亮,但酒味儿出奇地一致,有点儿甜,有点儿酸,开胃好喝……央金还说,他们把那款酒叫"公主酒"哩。

为什么叫"公主酒"呢? 卓玛央金说:"文成公主和亲雪域高原,带来了这种酒的酿造方法,我们藏人怀念公主,就把这种酒叫了'公主酒'。"

这是卓玛央金端起贵妃稠酒的联想了呢。由此她还说:"贵妃稠酒,'公主酒'……哦,都是大唐盛世时的老酒哩。"

对于卓玛央金的联想,云朵他们想想是不无道理的,便都一下骄傲了起来。他们骄傲着,与卓玛央金举杯碰了碰,便都大口大口地灌进了自己的嘴里。大家的一片盛情,感动着卓玛央金,她知觉自己有必要活跃一下宴席上的气氛,于是清了清嗓子,站起来要给大家唱歌了。

掌声应声而起,就在大家伙儿的掌声里,卓玛央金把一曲《青藏高原》唱出来了:

> 是谁带来远古的呼喊? 是谁留下千年的祈盼?
> 难道说还有无言的歌,还是那久久不能忘怀的眷恋?
> ……

在青海民族大学声乐系深造了几年的卓玛央金,有一副天然的亮嗓子,仿佛雪山冰川一样清亮,仿佛高原草地一样广阔,仿佛源头流水一样清澈。她唱到这首歌曲最后一句时,峰回路转,一字比一字的音调高,高到几乎再无人可以攀比。当然了,原唱李娜是要除外的,可也是李娜有李娜的特长,央金有央金的妙处,央金的妙处恰恰就她是地道的藏族人唱藏歌。

掌声不断。在大家伙儿热烈的掌声里,汝朋友、鹿鸣鹤、艾为学三个男将把谈知风推出来,要他吼一曲陕北的信天游。谈知风亦不客气,挺了挺他的腰板,就把一曲名为《一样样朋友一样样待》吼了出来:

绿格茵茵清油炒鸡蛋,黄格灿灿小米捞捞饭。
一样样的烧酒一样样的菜,一样样的朋友一样样地待。
……

又是一阵掌声起,掌声里大家饶不过云朵,要她也来唱首歌儿。卓玛央金刚才唱歌的时候,她的儿子扎西吉律被云朵接过去,云朵一手抱着小云飞,一手抱着小吉律。到大家起哄要她唱歌了,央金就把两个孩子顺手接过去,她热辣辣地看向云朵,她相信,她的云朵妹妹一定能够唱出一曲更动听的歌儿哩。云朵便说要漫唱曲花儿。大家自然欢迎她漫唱花儿了,给她鼓起了掌,而她便在大家的掌声里亮开嗓门,漫出了灯盏奶奶漫过的一曲花儿:

川道里的麦子浇三水,旱死了山坡上的豆儿。
好姐妹眼看者要分别了,想死远路上的肉肉儿。
……

云朵漫唱出的这曲花儿,有个让人听后难以忘怀的名字,即《想死远路上的肉肉儿》。汝朋友、鹿鸣鹤、谈知风、艾为学,以及肇拉妮、赖小虫、曾甜甜他们听了,除了给云朵鼓掌,就再没有什么特别的举动。但是央金听了,却一下子像被云朵的歌声刺痛了肝花儿一样,禁不住哭了起来,哭得浑身都颤抖了起来……

第十二章　别梦茶裳体验馆

大石头者根里的石榴儿,白牡丹根里的兔儿。

心肝花者结下个长梦咧,路远上听梦的信儿!

……

——花儿《心肝花结下个长梦咧》

送别卓玛央金和她的儿子扎西吉律,肇拉妮、赖小虫、曾甜甜是准备了礼物的,而汝朋友、鹿鸣鹤、谈知风、艾为学也准备了礼物,林林总总,既有熊猫、金丝猴、朱鹮等绒布小动物,又有小汽车、小狗狗、小兔子等电子玩具。他们一个一个分别拿了来,在云朵的茶裳体验馆里摆了一大摊子。云朵送给卓玛央金和她的宝贝儿子扎西吉律的礼物,与她的朋友们送的可是不一样,她送的是两块两斤重的茯砖茶。

云朵的这两块茯砖茶,就是胡不二在他的不二茯茶坊里制作出来的哩。

因为艾为学的真诚相邀,在卓玛央金和她儿子扎西吉律临去火车站之前,大家还在他的苍蝇小吃城团聚了一回。

像汝朋友、鹿鸣鹤、谈知风他们哥儿挖苦的那样,艾为学的苍蝇小吃城里,确乎是有苍蝇在飞舞,但他在馆子里的大堂中,安装了好些个苍蝇捕杀器。

耳闻不如一见,云朵先把艾为学的苍蝇小吃城夸赞上了。她大声地给艾为学说,让他在他的店里给她开个户头,以后她有客人来,或者是她嘴馋了，就只到他的苍蝇小吃城来，待客解馋……云朵说话期间，艾为学亲自给大家点的菜肴被服务员依次端了来，除了卓玛央金看不懂端来的菜肴是什么，在座的其他人都看得清楚，计有米粉凉皮、芥末饸饹、韭菜盒子、千层酥饼、金线油塔、泡儿油糕、柿子炸饼、蜂蜜粽子、枣儿馍、豌豆糊糊等，不一而足，让大家吃了个不亦乐乎。

有菜无酒不成席，艾为学的苍蝇小吃城里什么酒都有，但他唯独上了六年、十五年的西凤酒。他说了，不是小气，是知道三江源上流行的还就是西凤酒，特别是六年的、十五年的这两款。给卓玛央金母子送行，不上这两款酒，对得起他们母子吗？艾为学的话，云朵和汝朋友、鹿鸣鹤、谈知风他们不甚了然，但卓玛央金是知道的，她笑笑地看着艾为学，就先给自己斟满了一杯六年的西凤酒，一饮而尽后，吐了吐舌头，证明给大家看。

卓玛央金说："不能说现在的三江源上流行西凤酒，便是文成公主到三江源来，甚至比那会儿还早，三江源上就很喜欢西凤酒了。"

卓玛央金这么说来，艾为学很是得意了。得意的他，劝说大家喝干了一瓶六年的西凤酒，还喝干了一瓶十五年的西凤酒……大家吃饱喝足了，起身往云朵的茶裳体验馆去了。走在路上，云朵和卓玛央金她们女宾是很收敛的，而汝朋友、鹿鸣鹤、谈知风、艾为学他们男宾就很放浪了，大呼小叫的，惹得路人不断地侧目……看就看吧，被六年和十五年西凤酒激发起兴致的鹿鸣鹤与谈知风走着走着，竟然掀起自己的衣襟，抬起巴掌，往自己的肚皮上一下一下地敲了起来。

鼓腹而歌！云朵看着他俩的德行，很自然地想起了古人说过的那句话。

史籍多有记载，古时的人，吃喝得开心时，会一边抬手鼓腹，一边张嘴唱歌的。云朵想到这里，还嫌鹿鸣鹤、艾为学不够疯癫，就又鼓励他俩，不能只是鼓腹，而应一边鼓腹，一边唱歌。鹿鸣鹤迟疑着没敢唱出来，而艾为学倒是不客气，很是豪迈大气地把西安黑撒乐队唱红陕西的一首民谣体的歌子吼唱出来了：

早上起来,我饿得上气不接下气,
揣上票子穿上大衣出门打个的。
大街上到处都是一股香风辣雨,
要吃饭,论美食,还得数咱三秦大地。
……

要不是因为到了云朵的茶裳体验馆的跟前,艾为学不知要把他唱着
的那首陕西小吃歌谣唱到什么时候。大家进到体验馆里来,艾为学就只
有遗憾地闭上嘴不唱了。

没有不散的筵席,云朵与她的央金阿佳到分别的时候了。大家一起
回到茶裳体验馆里来,卓玛央金看见满是堆放在这里的礼品,就知道那是
大家买给她和她儿子的呢!央金眼含热泪,她有满肚子的话要说,却哽咽
得什么话都说不出来。与云朵他们同回体验馆里的肇拉妮,可是不想央
金阿佳流泪的,她把扎西吉律从泪水涟涟的央金怀里接过来,抱到了那一
大堆玩具前,让他玩各色各样的玩具。扎西吉律看花了眼,不知道该玩哪
一个,肇拉妮就把她买来的那只小黑熊送进了小吉律的手里。旁边的赖
小虫,还有曾甜甜,可是不能让肇拉妮独享了这个快乐的时刻,就你争我
抢地也来抱小吉律了。她两像肇拉妮一样,也希望小吉律挑选她两送来
的玩具哩,所以就把她们买来的玩具往小吉律的怀里送……身为男子汉
的汝朋友、鹿鸣鹤、谈知风、艾为学,他们虽然少有抱小孩儿的经验,这个
时候却也都主动上了手,挨着个儿把小吉律抱了一遍。大家来抱小吉律,
目的都非常明确,就是想要小吉律爱上他们买给他的玩具哩。这对小吉
律来说,可是个难以完成的任务呢,到最后,就只能由他的母亲卓玛央金
来做决断了。卓玛央金把她的宝贝儿子抱回自己的怀里,她看向那一大
堆玩具,笑着告诉云朵和她的朋友们,说她没有三头六臂,拿不了这么多
东西。她这么说了后,就只拿了云朵送她的两块茯砖茶,而把别的玩具全

都留了下来,说她都心领了,留下来,就让云朵的儿子小云飞玩。

卓玛央金说得十分真诚,她说他们三江源上的藏族人家,最稀罕的就是生出金色菌花的茯砖茶哩。

对于卓玛央金的说法,云朵和她的朋友们都是认可的。当然,风先生也是认可的,处在这样一个使人感动、叫人激动的氛围里,风先生没有别的什么礼物可送,但他想可以送几句话给卓玛央金,还有央金在这里交下的朋友们。所以他在大家依依难舍的送别时刻,认真地想了想措辞。风先生首先肯定了卓玛央金对茯砖茶的说法,说他们藏族的百姓家,主食除了牛羊肉还是牛羊肉,牛羊肉不比别的食物,比较难消化,而有了生满金色菌花的茯砖茶,与牛奶一起煮了喝,情况则大不一样。

风先生因此还把藏族百姓的一句口头禅说了出来。他说:"三日无肉可食不饿,一日无茯茶可喝难欢。"

风先生说得来劲,又继续自言自语道:"人越是善良,天就越是爱怜;心越是善良,福报就越是美满。"

在风先生那哲人般的絮叨声里,云朵和她的朋友们簇拥着卓玛央金和小吉律,从茶裳体验馆走出来,向火车站去了。大家一起走着,很快把茶裳体验馆抛在了身后。央金猛地回过身来,看向美在唐城墙遗址公园里的茶裳体验馆,说了这样两句话。

卓玛央金说:"在西安,我像做了场梦一样。"

卓玛央金说:"我把梦留在茶裳体验馆里了。"

卓玛央金如此说来,似还不能表达她内心的深情,就给送别的云朵、曾甜甜、肇拉妮、赖小虫,以及汝朋友、鹿鸣鹤、谈知风、艾为学漫唱了一曲花儿。她漫唱的花儿有个十分独特的名字,叫《心肝花结下个长梦咧》:

> 大石头者根里的石榴儿,白牡丹根里的兔儿。
>
> 心肝花者结下个长梦咧,路远上听梦的信儿!
>
> ……

云朵和她的朋友们白天送走了卓玛央金,到了晚上呢,就迎回来了她的先生胡不二。

胡不二回到家,看到柔和的夜灯下,小云飞在云朵温暖的怀抱里,小嘴叼着奶瓶嘴儿,正在吮吸奶瓶里的奶。

胡不二愣怔着,他眼睛眨也不眨地看着云朵和云朵抱在怀里吃奶的小云飞,不知说什么好了。云朵感觉到了胡不二的茫然,她把小云飞向他抱近了些,让他仔细看,并不无欣喜地给他说了。

云朵说:"你当爸爸了。"

云朵说:"咱们有儿子了哩!"

云朵在给她的先生胡不二这么说着时,有一曲花儿不失时机地从她的嘴里漫了出来:

半个蓝天半个云,半个天嘛烧红者哩。
半个肝花半个心,半个心牵宝儿者哩。
……

云朵轻声漫唱出的这曲花儿,是她爱在心头上的灯盏奶奶给她漫唱过的,名字叫《半个肝花半个心》。她在这个时候漫唱给先生胡不二听,是想劝说胡不二像她一样爱上小云飞。然而她看得见胡不二听着她说的话和漫唱的花儿,脸上表现出来的全是茫然,他不仅茫然,而且还很是懵懂了呢!……什么什么当爸爸?……什么什么咱们的儿子?茫然着、懵懂着的胡不二看了小云飞一眼,又抬起头来看云朵,他看见云朵的脸上满是一种做了母亲的温柔感、温馨感……胡不二不能相信云朵说的话,因为他俩有言在先,暂时不打算要孩子的。再者,云朵的肚皮也从来未见异常,怎么就突然有了一个自己的孩子?

狐疑不已的胡不二苦苦地笑了一下,他说云朵了。

胡不二说："逗我是吧？"

胡不二说："像我一样，你也搞个行为艺术吗？"

云朵听着胡不二说的话，知道她不能不给他掏清底儿地说了。云朵把她抱养弃婴小云飞的情况一五一十、认真仔细地说了。云朵说出来，是想要胡不二如她一样，接受小云飞，爱怜小云飞。但她从胡不二的脸上看得出来，他是没有她那份好心情的。他的脸木木的，盯着小云飞看了又看，竟然说了这样两句话。

胡不二说："不就是个弃婴吗？"

胡不二说："值得你那么疼爱？……"

胡不二不说这两句话，云朵倒是还想与他好好说的，她要说服胡不二，像她一样爱上小云飞的。但胡不二这么说来，云朵就没法与他好好说了。不仅没法好好说，还突然地生出一股让她无法抑制的"恶"来，从她的内心，如一股暴风、一场骤雨，直往她的嗓子眼儿上冲。在胡不二还没把那两句话说完整时，她即已脱口而出地说了。

云朵说："我也是个弃婴！"

云朵说："我也不值得爱了？"

云朵的两句话，把胡不二的脸色说得由白转红，由红转青，他张口结舌，一时答不上话来，只瞪眼看着云朵，不知事态还将怎么发展。他低下脑袋，想如何化解眼前的窘境，却突然听到有人说话了。说话的人，可以肯定是他与云朵之外的一个人哩。胡不二想到了风先生，他想唯有风先生才会说出那样的话。

胡不二的猜想没错，真的是风先生哩。风先生不忍胡不二与云朵那么一对神仙伴侣闹出什么矛盾来，影响他俩的感情。因此，他不失时机地插话进来了呢。

风先生说："三十六计，走为上策。"

正是风先生的这句话，给胡不二解了大围，他睁着一双感激的眼睛，想要找到给他解围的风先生，却怎么都找不着，便讪笑着瞟了云朵两眼，转身而去,往家门外走了。他都走出了家门,回首在关家门时,却又不失时机地甩了两句话给云朵。

胡不二说:"咱有爱心,自己生养个孩子不好吗?"

胡不二说:"咱受别人家的罪干啥?"

第十三章　飞奔儿童福利院

娘娘者山里云起了,四山的头儿里落雨了。

想里想里者睡着了,睡梦里梦见你宝儿了。

……

——花儿《睡梦里梦见你宝儿了》

显然,胡不二不能接受云朵抱回家来要养的小云飞。

不能接受小云飞的胡不二,联系了曾甜甜还有赖小虫,做她俩的工作,让她俩跑了一趟设立在西安市北郊的儿童福利院,向福利院说明了情况,然后趁云朵不在家的空当,便与曾甜甜、赖小虫一起抱着小云飞,把他送去了那里……胡不二的这一做法,云朵是吃惊了。在她发现了这一情况时,不容分说,即与胡不二大吵了一场。吵闹中的云朵,是把她的先生恨上了,是咬牙切齿地恨!

云朵想,胡不二送走小云飞,可不是什么他爱搞的行为艺术,他是割她云朵心上的肉肉哩!

好几天了,云朵询问胡不二,要他给她说,他把小云飞送去哪儿了。胡不二闭口不给她说,但他奈何不了云朵一而再、再而三的追问,怕他不老实说,云朵会急得疯魔了,张开嘴来咬他,把他咬个遍体鳞伤,就老实说了……得到确切讯息的云朵,没有一刻迟疑,她到茶裳体验馆里来,把体验馆的经营业务交代给赖小虫,她则叫上肇拉妮,当即往西安北郊的儿童福利院去,想把小云飞接回来。

云朵开办茶裳体验馆，把积蓄都花完了，所以她还没有能力给自己购买一辆小车，她们只能乘公交车去。

坐在公交车上的云朵，一脸的怒气，肇拉妮一会儿看她一眼……云朵从肇拉妮看自己的神情上，猜得出来，她是有话要说的呢。这么想着，云朵把她的脸色调整了一下，调整得好看了点，但肇拉妮依然惊惧着……突然云朵口袋里的手机铃声轻轻地响了起来。这如泣如诉的手机铃声，是云朵特意设置的哩。听着这样的手机铃声，别人不了解、不知情是必然的，但肇拉妮知道，云朵选择的是灯盏奶奶生前常给她漫唱的一曲花儿调。

那曲花儿调的歌词，因为云朵怀念她的灯盏奶奶，在手机铃声响起的时候，她可能会情不自禁地跟着漫唱一句两句，长此以往，肇拉妮差不多都记下来了。

肇拉妮记忆中，云朵手机里漫唱的这曲花儿，名叫《睡梦里梦见你宝儿了》：

> 娘娘者山里云起了，四山的头儿里落雨了。
> 想里想里者睡着了，睡梦里梦见你宝儿了。
> ……

平常云朵的手机铃声响起这曲花儿调子时，她都会笑。但在今天这个时候，她却没能乐起来，她依旧那么一脸怨恨的样子，把她的手机从口袋里掏出来，悫了悫接听键，把手机举到耳朵边听了。

云朵听见了曾甜甜在手机那边惊诧的叫喊声。她的叫喊声太大了，不仅云朵听得清楚，一旁的肇拉妮也听清楚了。

肇拉妮听见曾甜甜在手机那头说："云朵呀，你要去哪里？"

曾甜甜说："你是要去北郊的儿童福利院吗？"

云朵没有回答曾甜甜，急得肇拉妮把嘴巴凑过来，想要对着云朵的手机给曾甜甜说了,而云朵却要挂断曾甜甜的电话,在她还没有挂断的时候,曾甜甜叫喊的声音继续嗡嗡嗡地往外传。

云朵和肇拉妮听见曾甜甜说:"我正要找你给你说哩,你倒先走了。"

曾甜甜说:"你不要急着走,等我过来给你说。"

"做贼心虚吗?"云朵一言不发,但她心里想着,自己的同窗闺密哩,你咋好意思去做胡不二的帮凶,配合他把小云飞送去儿童福利院?云朵想不通,太想不通了。

云朵不接话,却也没有挂断手机,就那么冷冷地举在手上,听曾甜甜继续说。

手机里曾甜甜的声音一波一波往外传。

曾甜甜说:"你要理解我哩。"

曾甜甜说:"当然,你更应该理解你先生。"

曾甜甜说:"没人想不尊重你的行为。但你仔细想想,你那么做,是不是一种自私行为?胡不二是你先生,他就不能有自己的认识和想法吗?他想的是,要养就养个自己的孩子。你倒是说,他这么想错了吗?你是他的妻子,既是妻子,就该站在妻子的立场上,为自己的先生想一想的,你说是吗?"

听着曾甜甜手机里的话,云朵还是转不过弯儿来,她依旧照着自己的方法在思考问题。

旁观者清,那么旁听者呢?自然是要比当事人明白了。

肇拉妮把曾甜甜在手机里说的话,听进耳朵里,与云朵所思所想完全不一样,肇拉妮认为云朵的同窗闺密还就是同窗闺密,她虽然帮助云朵的先生胡不二,把云朵准备养在家里的小云飞送去儿童福利院,伤了云朵的心,但能说她不是为了云朵好吗?肇拉妮之所以会这么想,是因为她养在身边的就是自己的亲骨肉,将心比心,肇拉妮认为应该养个自己的亲骨肉才对哩。

如此想来,肇拉妮为手机那头的曾甜甜帮上了腔。

肇拉妮对云朵说:"你把曾甜甜的话听进去了吗?"

肇拉妮说:"你是该听她说的话哩。"

风先生把自己抽扯成一缕丝线似的,赶在这个时候,从公交车的玻璃窗缝挤了进来,附在云朵的耳朵边,也给她做起了思想工作。

风先生说:"听人劝,受人恩,没有错。"

风先生说:"忠言逆耳……人这一辈子,最大的问题,就是总爱听顺耳的话。这可不好,听一听外姓旁人的话,哪怕不顺耳,还很刺耳,平静下来,仔细地听,是不会辜负自己的哩。"

手机那头的曾甜甜,也许听见了风先生的话,云朵没有挂断手机,她倒是轻轻地挂了。而这时候,坐在云朵身边的肇拉妮,侧脸看向云朵,发现她挂着一层冰霜的脸面,渐渐地露出了一抹暖色……肇拉妮想,不能错失良机,她应该抓住时机,帮着曾甜甜,还有风先生,劝说一番云朵。

肇拉妮怎么想就怎么说了。

肇拉妮说:"我比云朵姐姐小了一岁,但我在养孩子的事情上比你成熟。我是经历过了,不是一天两天的经历,是深深地经历过了呢。"

肇拉妮说:"牵肠挂肚,扯心扯肺,可是不容易哩。"

肇拉妮说:"孩子是自己心头上掉下来的一块疙瘩肉。云朵呀,你听仔细了。我不能说你,我说的是我的娃娃,我那口子与我想的是一个样子,有能力、有办法把自己的娃娃养好了,才是大福气哩。

肇拉妮说:"你与你先生胡不二大哥想的一样吗? 不一样。"

云朵没有跟手机里劝说她的曾甜甜发火,不是她不想发,而是隔空发火太失她的体面,她咬牙忍住了。但她听肇拉妮那么喋喋不休地说来,一时控制不住自己的理智,就蓦然把她好不容易浮现在脸上的暖色撕扯了去,转脸看向了肇拉妮,恶狠狠地丢出了一句话。

云朵说:"不吃饭饿得死人,不说话憋不死人!"

肇拉妮的苦口良言,换来了云朵的一句恶语,她把嘴闭上了。公交车上的云朵和肇拉妮就又陷入无话可说的那样一种沉默状态……摇摇晃晃的公交车走了一程,停靠在一处站台边,云朵和肇拉妮默默无语地下车,站到站台上,等另外一路公交车。她俩等了好一阵子,才等来了那路公交车。她们夹在人群里,相互拥挤着,上到车厢里,继续往前走了……云朵叫上肇拉妮去儿童福利院,不知她查过路线没有,肇拉妮倒是认真地搜索了一下,知道要去儿童福利院,没有捷径可走,必须不断倒公交车,倒上那么三路车才能到那里。现在倒的是头一路,下来还要倒上两路呢。

倒呀倒,云朵和肇拉妮终于到了儿童福利院。

没想到曾甜甜早到了。早到的曾甜甜原本还想拉上赖小虫与她一起到儿童福利院来,阻止云朵抱回小云飞的。可她只在手机上与赖小虫沟通了一下,就自己一个人来了。手机里的赖小虫向曾甜甜一个劲地告饶。

曾甜甜理解赖小虫,她没有勉强她,并还安慰她,会为她守口如瓶的,还嘱咐她,要她自己也守好秘密。

在儿童福利院的大门口,云朵迎面见到的曾甜甜,一点愧色都没有,而且还一副大人不记小人过的样子,站在西安儿童福利院的大门口,迎着云朵和肇拉妮俩人。曾甜甜笑笑地迎过来,伸手去拉云朵的手,眼看都要拉上了,却见云朵把曾甜甜伸来的手迅捷地拨到一边,自个儿往儿童福利院的大门里进了。曾甜甜没能拉住云朵的手,走在云朵身边的肇拉妮很容易地把云朵的手拉住了,并死死地搂着,不使云朵甩开来,这便给了曾甜甜向云朵说话的机会。

曾甜甜说:"我把小云飞抱给谁了,你知道吗?"

曾甜甜说:"你不知道吧?"

曾甜甜说:"我知道你再怎么生气,都不会生小云飞的气。那你给我听好了,在儿童福利院,可是不能由着自个儿的性子乱来的呢。这里全是被人遗弃的小孩,他们定下了许多保护小孩子的规矩,不管我们是谁,来这里,就必须遵守这里的规矩。"

曾甜甜的几句实心话,把生着她气的云朵说回了头。

回头过来的云朵,依然不拉曾甜甜伸来的手,但已经不像之前那么对立,那么不可调和……曾甜甜扑哧一声对着云朵笑了。曾甜甜说云朵负气的样子,可是太好玩儿了,还很可爱。她这么说着云朵,就也不再想着拉住云朵的手与她一起进儿童福利院的门,而是向前多走了一步,给云朵留下空间,让她跟着,往儿童福利院的大门里走了去。

肇拉妮紧紧跟上,她没与云朵拉开距离,始终肩并着肩,给云朵依靠,因为她怕云朵见着了小云飞会失控。

好闺密、好同窗曾甜甜,好闺密、好雇员肇拉妮,就那么小心翼翼地陪伴着云朵,进到儿童福利院的深处来了……她们踏进大门,映入眼帘的即是几栋略显陈旧的建筑,但装饰得颇具童话意趣,外墙上画满了图,既有陆地上可爱的大熊猫、金丝猴、东北虎、北极熊等,又有海里可爱的大鲨鱼、大海象、大海狮、大海豚、大海狗等,还有梦幻般的宫室殿阁、山川河流……云朵看着眼前的一切,她怔站了一小会儿,她站着的时候,听得见院子里孩童欢快的笑闹声,以及童声童气的歌声。

云朵想得出来,孩童们是在做游戏和学唱儿歌哩。

云朵的猜想没有错,曾甜甜在门卫处为她们几位登记后,就带着云朵和肇拉妮往院子深处走了。她们拐过一个屋角,就见一片开阔的草场上,福利院的阿姨领着一班稍大的孩童,在玩一种叫老鹰抓小鸡的游戏。而在另一边的教学楼里,也有幼教老师教孩子们唱儿歌。

老鹰抓小鸡的游戏,云朵小时候也是玩过的,她看着看着就很开心了。

游戏中扮演老鹰的是个男孩,扮演鸡妈妈的是一位阿姨,在阿姨的身后,孩子们一个抓着一个的后腰,列成了一个长队,大睁着眼睛,紧张而兴奋地盯着张牙舞爪的老鹰,看他向哪一边进攻,作为小鸡的孩子,就在作为鸡妈妈的阿姨的护佑下躲避……作为老鹰的男孩,每做一次捕捉的冲击动作,作为小鸡的孩童们就要大呼小叫一阵,孩童们笑逐颜开,长长的队列扭成了一个大麻花。

云朵不由自主地走到游戏着的孩童面前。

走来的云朵,还有跟着云朵走来的曾甜甜、肇拉妮,让孩童们的眼睛瞬间一亮!孩童们看着云朵和曾甜甜、肇拉妮,不知道她们是谁,咋那么漂亮!

云朵面对玩着游戏的小孩子,本能地绽放出一抹甜甜的笑容来。她发现孩子们齐刷刷地看向了她和曾甜甜、肇拉妮。她想象得到,在这里,孩子们能见得到她们三位鲜鲜亮亮的年轻女人的机会不会太多。她们仨的穿着,与儿童福利院的阿姨是不一样的,阿姨们的穿着千篇一律,都是一个样子的制式服装,色彩一个样,款式一个样。而她们仨的着装,完全不一样。像她穿的就是一件玫红色的绣花改良旗袍,这身旗袍是她最新设计缝制出来的,短袖,右开襟,琵琶盘扣,下摆及膝盖上边,式样是大方的,而且简洁明快,与此形成鲜明对比的,则是她下身穿着的一条磨砂薄料牛仔裤……这和谐吗?不中不西,不洋不土,大不和谐呢。不过,这要看谁穿了,如果是另外一个人,可能就难说了,但是穿在了云朵的身上,却产生了一种别样的感觉,让那样的大不和谐毫无理由地变成了大和谐。

这就是云朵的气质了。

还有肇拉妮,她今天的穿着打破了以往的风格。在茶裳体验馆里,她多数时候穿的都是旗袍,长长短短,花红柳绿。但就在云朵喊她一起来儿童福利院的时候,她见云朵穿着一身新款旗袍,就临时换穿了一身汉服。这身汉服,也是云朵最新设计推出来的呢,淡淡的粉、淡淡的绿、淡淡的黄,相互搭配,相互映衬,显得十分飘逸,又十分浪漫,把肇拉妮显得如仙女一般。

还有曾甜甜,她的穿着虽然正式了点,却也独具一种特别的美,似张扬,似不张扬;似收敛,似不收敛,就那样让人着迷。

扮演鸡妈妈的阿姨,和她身后的小鸡们,受到了云朵、曾甜甜、肇拉妮的影响,突然愣怔时,被扮演老鹰的男孩抓住了机会,猛然冲了过来,把躲避不及的"小鸡"们扑倒了一大片。一个小男孩被挤疼了,忍不住哭了起来。云朵伸手过去,拉起了那个小男孩,拥着小男孩给他擦着脸上的泪珠子。

云朵说:"你是男子汉哩!"

流泪的小男孩睁大了眼睛,仰起头来看云朵。而云朵不想小男孩总是仰着头,即顺势蹲下身子,继续给小男孩以鼓励。

云朵说:"男子汉可不兴流泪哩!"

哭着的小男孩就自己抬起手抹眼泪了。他抹了两把,还借势偎进了云朵的怀里,把他流出的眼泪和鼻涕蹭到了云朵的脸上和头发上。云朵也不躲,还把小男孩搂得更紧了。刚才扮演小鸡的孩子们看见小男孩被云朵拥搂抚慰,都悄悄地往云朵的身边挪,想着法儿地往云朵的怀里钻……此时此刻,云朵也许只能徒叹自己的胳膊短,不能把所有孩子都抱起来。

云朵注意到了孩子们的眼睛,发现那水潭般汪汪的小眼睛里满是渴望爱抚的神情。

曾甜甜与肇拉妮同样感受到了孩子们的眼神,她俩像云朵一样,也都俯下身来,抚慰着距离她俩近点儿的孩子。

第十四章　爱心妈妈

柳树者苗苗栽下咧，浇水哈长成个大树哩。

自己者娃娃自己抱，搂在者怀里宝儿笑哩！

……

——花儿《自己者娃娃自己抱》

云朵不知道，曾甜甜与肇拉妮自然也不知道，就在她们仨于儿童福利院的院子里，因为那种自发的爱，还有同情，爱抚着孩子们时，有一双眼睛，无意地透过育婴楼二层的一扇玻璃窗瞥见了她们仨，特别是与孩子们相拥在一起的云朵……那个人不仅觉得云朵衣着独特，人很漂亮，还发现她很是眼熟，似乎在哪儿见过她。

唐城墙遗址公园的一幕，蓦然重现在了操心巧眼前……是她，抱走了弃婴的那个她寻来了。

西安儿童福利院院长操心巧，在那个云朵哭泣着抱走弃婴的早晨，恰恰也在那里晨练，如果不是云朵抱走弃婴，她必然会伸手抱起弃婴，抱来儿童福利院的。云朵伸手抱走了，她既看着云朵走去的身影，也耳听着现场围观者的议论……那些议论太刺耳，太伤人了。操心巧没说什么，但她心里是牵挂着这件事的，她隐隐感觉，那件事没有完，可能过些日子，会牵扯上他们儿童福利院呢。

操心巧在看着云朵的时候，很自然地也看见了曾甜甜和肇拉妮。

身穿汉服的肇拉妮，对于操心巧来说，还是很陌生的，但是曾甜甜，她可是已经很熟悉的了。就在一天前，正是气质不俗的她与赖小虫，陪着同样气质绝佳的胡不二，把弃婴送来了……当时，胡不二没怎么说话，赖小虫也没怎么说话，曾甜甜向操心巧简单介绍了自己的身份后，便流利地把弃婴以及云朵与胡不二的情况一五一十、毫无保留地说给了操心巧听。她说她与云朵既是闺密，也是非常好的同窗，她太了解云朵了，云朵不仅心地善良、乐于助人，而且最关键的是，她也曾是一个弃婴。云朵遇着了哭泣的弃婴，触景生情，一定是想起了她的过去，才把弃婴抱回了家。

操心巧听了曾甜甜的说法，相信了她。

相信了曾甜甜的操心巧，接受了弃婴小云飞，但她还要循问云朵，想要知道她的态度。

操心巧说："你俩把弃婴抱了来，云朵知道吗？我想知道云朵是啥想法。"

到这时候，胡不二就不能不说话了。因为他要说的，只是他自己的想法，而不是云朵的想法，所以就有点脸红，说得有点不太流利。

胡不二说："我家云朵……倒是难舍难分哩。"

胡不二说："她要舍得下……自己会抱了来的……她舍不下……自己就没有来。"

胡不二说："不过呢……我们两口子商量了又商量，认为我们自己又不是不能生养……我俩生养个自己的娃娃不就好了吗？"

对于胡不二编出来的说法，操心巧听着，觉得他说得入情入理，就没有再多问。不过操心巧的心里，隐隐约约存着一种预感，抱养了小云飞的云朵，可能并不是像胡不二说的那样，她也许会撵到儿童福利院来，再把小云飞抱回她的家里去呢。

操心巧的预感，就这么真切地在她的面前上演了。

云朵、曾甜甜、肇拉妮上楼梯的脚步声，穿过层层楼梯，穿过长长的楼道，声声入耳，离操心巧的办公室越来越近了。操心巧在等云朵、曾甜甜、肇拉妮敲响她的办公室门……就在这个时候，操心巧的一只手，按在了一份发行量很大的《都市快报》上。关注西安市残疾与被弃婴幼童的操心巧,阅读报纸的时候,特别留意这方面的信息。被她按压在手下的这份《都市快报》就登载了一条弃婴的新闻,这条新闻说的正是她已经面对,还将继续面对的这个弃婴呢。

门被敲响了,几乎同时,操心巧答应着门外的云朵、曾甜甜、肇拉妮,让她们进来。

进门来的云朵、曾甜甜、肇拉妮还没有顾得上开口说话,操心巧就把自己刚才按压在手下的那份《都市快报》拿起来,送到了云朵的手上。她让云朵先把报纸上那篇关于弃婴小云飞的报道看一看再说话也不迟……云朵展开报纸看起来了。她看着时,曾甜甜和肇拉妮把脑袋伸向她,也看了起来。

这一看,不仅让云朵又气又叹,站在她身旁的曾甜甜与肇拉妮也不由自主地又叹又气了呢。

那是一篇分析性的新闻,记者夹叙夹议,对弃婴问题进行了多层面的探讨。云朵在唐城墙遗址公园抱走弃婴的事情,是所列实例的重点。人家记者在文章中虽然说得不是很明确,却也含沙射影地指出,身为人母,是一定要承担起母亲的责任的。云朵的彩色照片,就配发在这篇报道中,她的怀里,抱着的即是她疼爱的弃婴小云飞。

云朵阅读着《都市快报》上那篇报道,没有也在偏脸看那篇报道的曾甜甜、肇拉妮那么气恼,而是赞叹记者的报道写得好,有力度,正因如此,灯盏奶奶生前漫唱给她的一曲花儿,在她的耳畔非常熟悉地响亮了起来:

> 柳树者苗苗栽下咧,浇水哈长成个大树哩。
> 自己者娃娃自己抱,搂在者怀里宝儿笑哩!
> ……

操心巧听不见响在云朵耳畔的花儿,但她观察得到云朵阅读报纸上那篇报道时的态度,她看出了云朵内心的情绪,就在云朵看完那篇报道的时候,小心地给她说了一句话。

操心巧说:"那天早晨……我也在唐城墙遗址公园里呢。"

云朵没等操心巧把话说完,就反问了她一句:"你是不是也把我当成弃婴的生母了?"

操心巧不以为然地笑了笑,没接云朵的话。

云朵快人快语,继续着她的话头说:"我倒是想成为弃婴的生母哩。可我一直还没做好准备,今生今世是否要生个孩子……你不明白,现在如我一样,有此想法的人多了去了。"

云朵的说法,操心巧感同身受,她点了点头。

操心巧刚才让云朵阅读那篇《都市快报》上的报道,并不是她对云朵与那个弃婴之间的关系有什么疑惑。因为这一问题,曾甜甜还有赖小虫及胡不二,此前已经说得很明白了,她没有必要怀疑云朵。在儿童福利院工作了许多年,见识了许多事情的操心巧,从那个早晨在唐城墙遗址公园,见到了云朵,说不清为什么,她就对云朵特别有好感,想着有机会定要与云朵交流交流。

刚才的交流,使善解人意的操心巧对云朵更有好感了。

好感是基础,在这样一个基础上,操心巧还想与云朵做朋友,因此她笑着说出了云朵今天寻着她来,想说还没说出来的话。

操心巧说:"你家先生昨天把孩子抱过来,今天你来,是不是又想抱回去呢?"

云朵向操心巧点着头,准备回答她。而操心巧没等她回答,就又给她建议了。可以说,操心巧的建议是诚恳的,她让云朵一定要理解她先生,并要云朵放心,说他们儿童福利院条件虽然还不是很好,但对入院的孩子都是很负责任的哩。他们会想尽一切办法,让孩子们在福利院里享受家的温暖,享受到母亲般的爱。操心巧给云朵这么说着,还把她最近想要推出的一项活动说给云朵听,征求她的意见。

操心巧说："我有一个想法,可以打电话与写了这篇报道的记者沟通,让他在媒体上呼吁一下,号召有爱心的人来做福利院孩子的爱心妈妈。"

操心巧说："我们儿童福利院的孩子多,你先生抱来的只是其中一个。你知道的,这里的孩子,别的都不缺,最缺的是母爱。"

操心巧说："每一个孩子都缺,都需要。"

操心巧说："你带个头,来做孩子们的爱心妈妈,好吗?"

俗话说得好:"女儿是颗豌豆心,滚来滚去,一会儿上,一会儿下……"云朵现在就是这个样子,她气呼呼地一路赶来儿童福利院,本来是要把她先生胡不二抱来的小云飞,再抱回家里去的,但她听操心巧院长这么一说,便觉出了自己的狭隘。她一心想的只是一个小云飞,这可不好,她应该有操心巧院长一样的情怀才对,在关心爱护小云飞的同时,还需要开放自己的怀抱,关心爱护更多如小云飞一样的孩子。

曾甜甜和肇拉妮从云朵的脸上看出了她内心的变化,两人因此接着操心巧说的话,异口同声地表达了她俩的态度。

她俩说:"爱心妈妈好。"

她俩在同时说出这句后,又分别说了一句话。

曾甜甜说:"院长如果信任我,我就第一个报名了。"

肇拉妮说:"也算我一个。"

云朵还能怎么说呢? 她说:"缘分这个事情,是奇妙的。我相信缘分是一种责任,缘分让我遇着了小云飞,我割舍不下他。但院长的话,把我说服了,像甜甜、拉妮一样,我也做个咱们儿童福利院的爱心妈妈吧。"

话是投机的,情是相通的。云朵与操心巧短短的一段交流,使她们两个年龄差距不小的人,很投缘地做起了朋友……云朵说她割舍不下小云飞,操心巧十分理解她,因此陪她去看她的小云飞了……在一间仿佛童话世界的房间里,云朵看见了她的小云飞,他有吃有喝,有专门的阿姨照料。她走向他时,他刚刚吃饱喝足,被照料他的阿姨抱着,放进了一个藤编的摇篮里,闭着眼睛睡得那叫一个香。云朵把她的热乎乎的嘴巴都亲在他粉嫩的脸蛋上了,也没把他吻醒来。

　　不过,小云飞似乎还是心有灵犀地笑了一下,是梦中的笑哩,笑得那样甜,那样美。

第十五章　最美莫过云彩

一朵者彩云呀遮住了天,绿山者青山浪那九天。

吃肉肉喝酒酒咱心不宽,见者我心上人嘛喜欢。

……

——花儿《见着我心上人嘛喜欢》

强大的理性,未费吹灰之力,就战胜了感性。云朵不怎么恨她的先生胡不二了。

之所以恨不起来,是因为还有一个云朵须臾不能忘记的关系哩……那就是云朵最为牵肠挂肚的灯盏奶奶。收养了云朵的灯盏奶奶,赶在云朵拿到西安艺术学校毕业文凭的那一天,在七星河边的观音庙里捎话给云朵,说她要走了,去她的天堂了!

灯盏奶奶这么把话捎给云朵后,就不再吃喝,未等云朵回来,便撒手去了。

灯盏奶奶居住在七星河畔那处土窑洞的观音庙里,可不止收养了云朵一条生命。在云朵之前,她还收养了几位,收养的方式与收养云朵差不多。好像那些遗弃婴儿的人,都知道居住在观音庙里的灯盏奶奶如观音一样,是会收养他们的小孩子,心疼他们的小孩子的。无可奈何时,他们就往七星河畔灯盏奶奶看得见、听得见的地方遗弃婴儿了……被丢弃的小孩子,多是像云朵一样的女孩儿。灯盏奶奶不会嫌弃女孩子,到了她的眼皮下,她都会不假思索地收养下来。灯盏奶奶把弃婴收养着,会有个别人良心发现,煎熬上一些日子,找一个理由,撵到灯盏奶奶的居住处来,把他们丢弃的小孩子重新抱回去。

抱回自己小孩子的理由千奇百怪,说什么的都有。

对此,灯盏奶奶不怎么记得,倒是像灯盏奶奶一样关心、关爱被丢弃的孩子的风先生,听到了后,记了下来。有人撵着灯盏奶奶来,说灯盏奶奶窑洞里的观世音托梦给她,要她来抱灯盏奶奶收养的小孩子。观音在梦里给她说,只有她来带,才能把小孩带出息。有人撵着灯盏奶奶来,说她自己做梦了,梦见灯盏奶奶抱养的小孩子,哭着喊着叫她妈妈哩,她心里难受,灯盏奶奶就由她抱回家去养了。还有人撵着灯盏奶奶来,说是她家的狗追着她咬她哩,说她家的鸡撵着她抓她哩,她不知原因,烧香拜了老祖宗,老祖宗暗示她,让她来灯盏奶奶这里抱个小孩子回去,狗就不会咬她了,鸡也不会抓她了。

这都是些什么鬼理由呀?灯盏奶奶是真相信她们的理由了吗?她不说没人知道,但有人来抱她收养的小孩子,她都放心地让她们抱走了。

当然了,也有人来了说得很直接呢。她向七星河畔的灯盏奶奶走来,远远地就哭上了,起先可能是隐忍的,哭的声音不大,在快要到达灯盏奶奶那里时,就完全不能忍受了,咧开嘴巴,大哭而特哭,一把鼻涕一把泪地哭到灯盏奶奶身边,抢也似的从灯盏奶奶怀里抱去小孩子,拥在怀里,一边感谢灯盏奶奶心肠好,收养了她的娃娃,一边向她的小孩子检讨,说她不是个好妈妈,咋能把娃娃生下来,却不管不顾地丢弃了!

风先生面对这样的情况,不好说什么,只是摇着头,低声地把古周原人说的一句话重复地说出来。

那句话是:"怀娃就要养娃,娃跑了就要撵娃。"

风先生把这句话说了后,还要加上几句话予以补充。他说:"世上最使人敬佩的人,即是自身还深陷低处,却能不卑不亢,给人以温暖,给人以关怀的人。"

风先生说:"人的心中是藏着一个了不起的自己哩,这个自己一直在悄悄酝酿着乐观,培养着豁达,坚持着善良。"

风先生说:"这样的人不成神,也会成仙。"

云朵感动风先生说的话,以为她爱在心尖尖上的灯盏奶奶,以她一生的善良、豁达、乐观,是修炼成神仙了。然而,即便成为神仙的奶奶,也有百年的时候。云朵想过呢,她学有所成,在西安安顿好后,是一定要回七星河畔的观音庙,把奶奶接到西安城里来,与她一起过几天安生日子的。在此之前,她就已体验过了,当初考取了西安艺术学校,要从奶奶的身边离开了,她却揪心得难以离开朝夕相处的奶奶。云朵撇不下奶奶一个人走,她要求奶奶陪着她一块儿走的,可是奶奶不跟她走。奶奶不仅不跟她走,还一声一声地撵她走,撵她的语气坚定决绝。她说:"我云朵娃娃有出息了,我开心,我宽心,我不能连累我云朵娃娃。"云朵不让奶奶那么说,还要带上奶奶一起走,走到西安城里去。云朵把西安城说得天花乱坠,说得几乎是人间天堂,可是奶奶依然不为所动……不为所动的奶奶,破天荒地还给云朵发了火。奶奶发火说:"你去西安城享你的荣华去,我就守在我的七星河,住在我的土窑洞里,过我孤孤单单的生活。"云朵能怎么办呢?她是一点办法都没有了。初入西安城上学时是这样,后来她再回七星河畔的观音庙度假,还请奶奶去西安城,她依然请不动灯盏奶奶,云朵就只有一次一次失望地走了。

云朵以为她在西安城待了些时日,她有那个条件,也有那个资格,可以把灯盏奶奶请进西安城里来,与奶奶厮守,一起度日月。可是灯盏奶奶依旧不答应,云朵的心里便十分难受。特别是在她毕业前的那个假期,她发现奶奶的身体大不如前,她就再次向奶奶提出了那个要求。奶奶却仍是那么顽固,不答应她。她伤心地告别了奶奶,从奶奶居住着的观音窑洞院走了出来,走过了七星河,爬上了七星河河岸。她不用猜测,都知道奶奶站在窑院里,是目送着她的呢。就在她继续往前走,快要走出奶奶的视野时,内心积攒的情感来了一次大爆发,她猛然转回头来,再次跑回到她与奶奶居住了许多年的观音窑洞院子,向着奶奶大声地喊叫了。

云朵喊：“奶奶！奶奶！”

云朵喊：“奶奶！奶奶！”

云朵喊着给奶奶说，她不能把奶奶一个人扔下。奶奶自己可以孤单，可她不能让奶奶受孤单，而且也不能让她自己受孤单。她不要奶奶和她孤单，她要奶奶和她一起走，到西安城里去，偌大的西安城容得下她与奶奶。

云朵喊着，她喊叫得都哭了呢！但最终还是没有说动灯盏奶奶……奶奶不到西安城里来，但奶奶把七星河谷里的气息，不断地送进西安城里来。云朵在西安城上学，早春时节的野草莓，红艳艳如同鲜亮的鸡心，清新得入口就是一嘴糖水；晚春时节的桑葚，黑丢丢如同黑色的珍珠，清甜得入口就是满嘴糖汁；夏季时节的杏儿，初秋时节的桃子、李子、晚秋时节的梨子、栗子和柿子，也全都新鲜得不敢入口。那些云朵熟悉的果香，总让她想要逃离西安城，跑回到奶奶身边，伴着奶奶，做奶奶的一颗不离不弃的“野果子”。

灯盏奶奶说过，云朵就是她含在嘴里的一颗野果子，香着奶奶，甜着奶奶，疼着奶奶。

云朵没法把奶奶请进西安城里来一起住，她难受、不解，因此还埋怨了奶奶呢。奶奶倒没嫌弃她埋怨，而风先生不能答应了，把云朵不轻不重地说了两句。

风先生说：“那么懂事的一个女娃子，怎么忽然就不懂事了呢？”

风先生说：“奶奶离不开七星河，自有离不开的理由，你女娃子可不能强迫奶奶。”

是个什么理由呢？云朵很想问一问奶奶或者是风先生，但她知道是问不出来的。因为这个问题，云朵从小就问过了，而且不是一次两次，云朵问过许多次了。她问灯盏奶奶，你叫灯盏是吗？奶奶开心地回答了云朵，说她就叫灯盏。云朵因此又问，那我为什么叫云朵？奶奶本来是要回答她的，但是多嘴的风先生抢着回答了。

风先生的回答，倒是特别诗意，而且还有点浪漫。

风先生要云朵抬起头往高远的天空看。云朵记得那是一个晴朗的天，她抬头看了，她说好蓝好蓝的天呀。风先生让云朵继续看，云朵就再看，她看着看着就看见了云，一朵一朵的云，或者丝丝缕缕，或者团团块块，或者牵牵连连，都是那么悠然自得、飘飘摇摇、悠悠荡荡……因为太阳光的缘故，朵朵云彩似还镶着一道道金色的晕。

云朵看得高兴，因此说："最美莫过云彩了！"

风先生开心云朵说的话，他借势把他想说却一直没说出口的话，给云朵说出来了。

风先生说："你问奶奶为啥你叫云朵，现在你该明白了呢。你呀……就是从天上掉下来的一团美丽的云朵哩。"

后来，胡不二还就云朵的名字，与她做过一次探讨。胡不二赞美她的名字起得好，她就把风先生说给她的话转述给了他。正是她的转述，既引起了他的兴趣，又激发出了他的好奇，大说特说云朵的灯盏奶奶是个了不起的人，太会给她起名字。胡不二因此还联想到了他的名字，说他如云朵一般，也不知晓爹娘是谁，因此就由养着他的爷爷给他起名字了。在黄河河套地区的宁夏，爷爷放牧着一群滩羊，在贺兰山与黄河夹着的那一片戈壁滩上，对一群羊，还有两只狗，把他"不二""不二"地叫着，就叫成了他的名字。

胡不二不能理解爷爷的意思，就给云朵说："我是'不二'吗？"

胡不二说："我怎么就'不二'了呢？"

胡不二这么说来，明显带着谄媚云朵的意思。

云朵像所有女孩子一样，处在热恋中时，也喜欢胡不二的谄媚呢。

云朵笑着说："我的名字有诗意，好听，是我奶奶的功劳。你的名字呢，不二？我倒是想要问你，你是'二'哩，还是'不二'？"

汉字的"二"，无人不知是为"数目"而存在的，一加一的和为二；再有以序数而存在的，一心二用、一穷二白……但在民间，用着用着，就起了一些变化,称呼一个人"二",会带上点儿贬义哩,以为那个人不怎么着调,甚或靠不住。不过,也有另一种应用,是很正面的哩,表示一个人,或者一件事物,货真价实,不容怀疑,就也称之为"不二"。譬如佛教所推崇的"不二法门",还如市场上所倡导的"不二价钱"等。胡不二理解他的名字,取意就在于此了。

胡不二因此便反驳云朵说:"我不是叫'二',而是叫'不二'。"

胡不二说:"我对你的爱,坚持始终,唯你不二。"

恋人间的这一种乐子,逗得还是很开心哩。云朵与胡不二,就他俩的名字,可是逗着乐了好长时间哩。他俩就那么乐此不疲地逗着乐子,逗着乐子,也就走得更近了,是同病相怜般的那一种亲,那一种近……这样的亲近,是深入骨髓、刻骨铭心的。他俩缘分天定般,是不能分割了呢!

> 一朵者彩云呀遮住了天,绿山者青山浪那九天。
>
> 吃肉肉喝酒酒咱心不宽,见着我心上人嘛喜欢。
>
> ……

逗着乐子的云朵与胡不二常会在那个时候,听到有人给他俩漫唱这曲花儿。是谁漫唱的呢? 他俩心知肚明,除了风先生不会有别人。而他漫唱出来的花儿,声腔有时候是他自己的,有时候却还变着调,不是他的了,而是云朵的灯盏奶奶的……就像刚才,他漫唱的花儿就特别像灯盏奶奶漫唱的。

云朵因此就还想了呢,灯盏奶奶就是花儿,花儿也就是灯盏奶奶。

别的人捎话给云朵,说奶奶要她回家去哩,她没有太当真,但风先生也捎话给她。

风先生说:"灯盏奶奶怕是没有多少时间啊。"

风先生说:"起脚要快,慢了可就听不到灯盏奶奶再给你说啥了。"

立即行动,马上就回……云朵不敢耽误,她找到胡不二说了说,俩人便前脚后脚相跟着,双双回到七星河畔的奶奶身边来了。

第十六章　天堂路上的花儿

青草的坡上搭者帐房,帐房里坐着的者画匠。

画上里了者月亮画太阳,把奶奶的模样儿者画上。

……

——花儿《画上月亮画太阳》

弥留之际的灯盏奶奶,在云朵把脸贴在她脸上时,将干瘪的嘴巴伸向了云朵的耳朵,气息羸弱地给云朵说了这样两句话。

灯盏奶奶说:"观音……在……在天堂……天堂上叫我哩。"

灯盏奶奶说:"把……把我……火烧了。"

云朵的眼泪决堤般从眼眶里涌出来了。她很想拦住灯盏奶奶,让她别那样说了,但她知道,她是一定不能拦阻的,因为这是奶奶最后给她的嘱咐,她强忍住内心的悲痛,继续听着灯盏奶奶给她说。

灯盏奶奶说:"你……你不知道……我去天堂的路上……满是……满是明亮的花儿哩。"

灯盏奶奶这么给云朵说着,就还含糊不清地漫唱起了一曲过去常给云朵漫唱的花儿:

青草的坡上搭者帐房,帐房里坐着的者画匠。

画上里了者月亮画太阳,把奶奶的模样儿者画上。

……

这曲花儿名叫《画上月亮画太阳》。在灯盏奶奶漫唱时,云朵泪流满面地也跟着唱起来了。站在身边的胡不二,虽然不知道这曲花儿的名字,但他从云朵与奶奶的合唱中,很自然地听出了一种使他心伤的哀痛感来……灯盏奶奶就在云朵与她漫唱着的花儿调里,十分安详地闭上了她的眼睛与嘴巴,她蓦然像是要重生般那么平和、坦然,又恬静与虔敬。

灯盏奶奶在花儿甜美的声音里,走上了她的天堂路。云朵的双手,紧紧地抓着奶奶的手,她要挡住奶奶不让她去天堂,但她拦不住,她只有大声地哭泣了。

在云朵回到灯盏奶奶身边之前,其他被灯盏奶奶收养过的人都已云集在了奶奶的身边。云朵的哭泣,如一声号令,于是受恩于灯盏奶奶的人就全都哭泣起来了。他们嘹亮的哭泣声,仿佛多重演奏的悲歌,弥漫了整个七星河谷,便是不远处的七星镇上,也都充满了送别灯盏奶奶的悲哭声。

遵照灯盏奶奶的遗愿,凤栖镇上的人帮助云朵火化了灯盏奶奶。云朵收拾奶奶的遗物时,发现奶奶的箱箱柜柜里收藏了许多雕塑残片。

陪伴云朵回七星河谷操办灯盏奶奶丧事的胡不二极敏感,他把云朵从灯盏奶奶的箱箱柜柜里翻出来的雕塑残片拿在手上比对了一下,便比对出一尊观音的塑像……胡不二进一步比对着,还从那些雕塑残片里比对出了另外两尊塑像。

胡不二可以肯定,那两尊塑像就是站立在观音塑像身旁的善财童子与小龙女了。

胡不二还在西安艺术学校读书的时候,与同学们一起跟着导师参加田野调查以及实践活动,就常到西安周边的一些寺庙里去,像蓝田县的水陆庵、周至县的楼观台以及城东门外的八仙庵……胡不二他们在导师的带领下,到那些寺庙里,不是去朝拜的。他们是为了观摩寺庙里的佛造像,其中的观音造像似乎特别吸引他,因而在他心里留存下了非常深刻的印象,并且知晓了许多观音的故事。

灯盏奶奶的生命形象,在胡不二脑海里不断地鲜明着,到云朵发现灯盏奶奶收藏在箱箱柜柜里的观音雕塑残片,以及善财童子、小龙女的雕塑残片时,灯盏奶奶已经在胡不二的眼睛里,幻变成一尊现世的观音菩萨了……胡不二想要把灯盏奶奶收藏的观音雕塑残片与善财童子、小龙女的雕塑残片,按照原来的格局,重新拼接彩塑起来。

心里这么想着的胡不二,给云朵郑重其事地说了一下,就守在灯盏奶奶和云朵居住过的窑洞里,不舍昼夜,用心地做起来了。

观音菩萨的旧座虽然有点儿残破,但还存在着。这是一个基础,在此基础上,胡不二首先拼接着观音雕塑的残片……云朵为胡不二的行为感到高兴,她自觉地伴在他的身边,做他的助手。拼接观音雕塑残片用到的黏合剂,是鸡蛋清。云朵去七星镇上的小食品店买鸡蛋,知晓了情由的七星镇人没让云朵花钱买,而是你给云朵拿来两颗鸡蛋,他给云朵拿来两颗鸡蛋。众人拿来的鸡蛋太多了,云朵拿不了,大家就又主动送了来……在胡不二拼接彩塑观音造像的日子里,云朵小心地打着鸡蛋,打开鸡蛋后,又小心地把鸡蛋清和鸡蛋黄分开来。胡不二用鸡蛋清拼接观音造像,云朵将鸡蛋黄儿炒了吃。长长的一个多月时间里,灯盏奶奶和云朵原来居住的窑洞里就满是鸡蛋的味道。

一尊不知什么时候被什么人毁坏了的观音造像残片,被胡不二一片一片拼接着,最终拼接成了一个整体。

像云朵一样伴在胡不二身边的风先生,在胡不二完成了这尊观音塑像的彩塑后,他情之所至,手舞足蹈,极尽夸赞之能事。他说胡不二的手艺真是了得,残破成那样的一尊观音,竟然被他不费吹灰之力就复原了,这可是太难得了,而且是大功德哩。

风先生如此说来,就还补充说:"谁能获得这样的功德呢?"

风先生还说:"好人要做到家,好事要做到底。观音的塑像拼接彩绘好了,没有善财童子和小龙女可是不成哩。"

风先生又说:"把残碎的善财童子和小龙女都拼接彩绘起来,才能算是功德圆满。"

胡不二把风先生说的话听进耳朵里了,他翻腾灯盏奶奶收藏的塑像残片,发现善财童子和小龙女的残片差不多也都在,因此他就翻阅资料,并挖掘自己在校跟随导师调查众多寺庙的记忆,确知善财童子是居左而立的,小龙女是居右而立的。胡不二如拼接彩绘观音的造像一般,在观世音菩萨的身侧,也把两位小神仙,一个一个拼接彩塑了起来。

胡不二在完全拼接彩绘好的那天,还在彩绘观音造像的后背处,留出一块缺口,抱来灯盏奶奶的骨灰,从那处缺口,小心地把灯盏奶奶的骨灰安放了进去,使灯盏奶奶如愿以偿地有了一个她想要的去处。

胡不二在做着这些的时候,嘴里还念念有词。他说:"奶奶活着的日子,她是活观音。"

胡不二说:"奶奶不在了的日子,是不死的观音。"

胡不二说:"奶奶会一直保佑云朵的。"

第十七章　最美风景是善良

腊月者严冬天气寒,羊儿无食了啃马马莲。

良善人儿天知晓,冻冰上开得来雪雪莲!

……

——花儿《良善人儿天知晓》

"志向与方向,是人走向成熟的一对翅膀。"

风先生追着胡不二与云朵,开导性地给他俩这么说了。风先生说过这句话后,得意了那么一瞬间。当发现胡不二与云朵似乎没怎么听进去时,他就还以他风的姿态以及能量,在他俩的周围,蓦然生出一股不是十分强烈却也够让他俩警觉的旋风。他扫荡着地面上的灰土以及草屑、纸片,旋成一根风柱,仿佛拔地而起的一股烟,快速地旋转着,向着高天飞扬……胡不二与云朵被旋舞的风惊了一下,他俩意识到,这或许是风先生对他俩的提示哩。因此,他俩听到风先生又说了两句话。

风先生说:"时间是这个世界上最为神奇的东西呢,它好像并不存在,还好像什么都没做,但它产生的作用非常巨大,能够改变一切,譬如人的生活。"

风先生说:"人活着有两件事要做:忙着,清清醒醒地做活;闲着,糊糊涂涂地做人。"

胡不二和云朵把风先生的话听进耳朵里去了。特别是云朵,听着风先生的话,当即想起她爱在心头上的灯盏奶奶,不就是用她的一生,实践着风先生说的那些话吗？灯盏奶奶的人生确实是清醒的，然而又确实是糊涂的。云朵在灯盏奶奶的身边长大，她深切地感受到了奶奶的清醒，奶奶真如一个活着的观音一般，爱一切她爱着的人，爱一切她爱着的事，爱一切她爱着的物。云朵以为她与好多个被奶奶收养过的生命，即是对奶奶人生的一个证明……还有她亲眼见过的事，可也是一种证明哩。

蔬菜畦子里的青菜上，有虫子吃出来的小眼儿。

那个小眼儿里，无一例外，是都会有一只虫子的。灯盏奶奶拔下青菜，清洗好了下进热锅里，煮熟了拌上辣子醋，就着饭食来吃的呢。灯盏奶奶会嫌弃虫子吗？当然不会了，她如果嫌弃虫子，那就不是她了。在灯盏奶奶的眼里，虫子可是有灵性的东西哩。有毒的食物，它不会去碰；污染了的食物，它也不会去碰。能被虫子下嘴的东西，一定是美味无害的食物哩。这是虫子的可爱了，先于人的嘴巴，为人检验着食物的好坏……如此美好的虫子，灯盏奶奶哪能不顾它们的死活？她在拔来青菜的时候，先要察看青菜上的虫子眼儿，小心地从虫子眼儿里找到虫子，把它们再次放进菜畦子里，让它们到别的青菜上，啃食还生长着的青菜。

云朵小的时候，经常见灯盏奶奶这么做，她因此还问了奶奶。

云朵问："多恶心的虫子呀！奶奶你……"

云朵的话没有说完，就被灯盏奶奶截住了。

灯盏奶奶会说："虫子怎么会恶心呢？"

灯盏奶奶说："人如果看着虫子恶心，虫子也会看着人恶心。"

灯盏奶奶说："人是一条命，虫子也是一条命。"

灯盏奶奶说："命与命，一样珍贵。"

风先生对灯盏奶奶的说法十分赞同，因此他也是要大发一段议论的，云朵就曾不止一次地领教过风先生的说教。

风先生说："人活着，不容易，莫如一心向善的好。"

风先生说："向善还不能只是嘴上说说，而是要发自内心，在实际行动中一点一滴地表现出来。心存善念，幸福就会随着你来。"

风先生说:"人是如此,社会亦然。如果缺失太多善良,这个社会便荒凉如同沙漠。因之,人与人就不会有爱,不会有信任,不会有温暖……善良是人与社会最美的风景。"

风先生觉得说之不足,还漫唱一曲花儿《良善人儿天知晓》来:

> 腊月者严冬天气寒,羊儿无食了啃马马莲。
> 良善人儿天知晓,冻冰上开得来雪雪莲!
> ……

云朵爱听风先生的说教,更爱听风先生漫唱的花儿。在为灯盏奶奶送葬守孝的日子里,她不断想起奶奶的善行,因此也不断想起风先生的说教,以及他漫唱的花儿,这使痛失灯盏奶奶的云朵获得了极大的安慰……还有胡不二,云朵相信他的真诚,懂得他的作为,是可以与灯盏奶奶的善行以及风先生的说教、漫唱的花儿相媲美的。胡不二守在灯盏奶奶居住了大半生的窑洞里,一天又一天,仿佛一位苦修的僧人,默默地拼接彩绘着观音和善财童子、小龙女的塑像,让悲伤的云朵感受到一种巨大的慰藉。

云朵从悲伤中慢慢地恢复过来,她苍白的脸上又显出女孩子应有的那抹红晕来。

红晕满面的云朵敏锐地意识到,胡不二要为拼接彩绘好的观音和善财童子、小龙女筹办一场她想要的仪式。胡不二筹办的这场仪式,叫"开光"……胡不二从七星镇的商店里扯来了三块大红的绸布。大的一块,他连头带身子,披在了观音塑像上;两块小点儿的,他连头带身子,分别披在了善财童子、小龙女的塑像上。胡不二在采购这几块红绸布的时候,顺带还买了一万根火柴。他买来的这些火柴,不是平常使用的那一种,而是要大出许多。

胡不二在给观音和善财童子、小龙女披上红绸布后,没有停歇,又在灯盏奶奶居住了大半辈子的窑院里辟出一块净地来铺排他买回来的火柴棍儿了。

可以看得出来，胡不二铺排着的该是一个大大的"心"字图案哩！这个"心"字图案的尖角部分，正对着放置拼接彩绘好的观音和善财童子、小龙女塑像的窑洞口，而饱满浑圆的尾部，则敞亮给郁郁葱葱的七星河河谷，以及河谷下鸣溅的流水……胡不二清早起来，洗罢手，洗罢脸，看了看遥远的地平线上，从一抹蒸腾的云色里，露出的那轮鲜艳的太阳后，即在明媚的阳光下，铺排起了火柴棍儿组成的"心"字图形了。他铺排得特别认真，特别仔细，火柴棍儿有着红色燃点的一端，一根随着一根，既不会疏了，也不会密了，等距离朝着"心"字的内环，一根一根地排……胡不二是把他的这一作为当作又一次行为艺术吗？

胡不二没有给云朵明说，而云朵似也不需要他明说，即已窥透了他的用心。

云朵看胡不二铺排的时间久了，就给他冲了一杯清茶端给他喝，想让他润一润口唇，可是他铺排得太专注了，一直没接云朵端给他的茶水。云朵无可奈何，就把茶水杯子送到他的嘴边上，让他喝了。喝过云朵喂给他的茶水，胡不二仍没有停手，继续铺排火柴棍儿……就在他专心地铺排时，灯盏奶奶原来收养过的那些人，像是约好了似的，陆陆续续往这里来了。与他们一起来的，还有许多七星镇上以及七星镇周边的人。大家看着胡不二用火柴棍儿铺排"心"字图形，虽然不知他这么做有什么目的，但没有人干扰他，而是全都如云朵一样，静静地围在他的身边，看他铺排火柴棍儿。

"心"字的图形，完完整整地在胡不二的手底下铺排出来了。

胡不二铺排好了"心"字图形后，站在如弓的那处心弦部位，仔细地打量了一会儿，就用余下来的火柴棍儿铺排一支箭……箭的尾部，就在心弦上，而箭簇部分刺穿了"心"字图形，穿透了心尖的上端……胡不二把他购买来的一万根火柴棍儿，一根不剩地全都铺排进了他设计出的"心"

字图形与箭里后,抬头看了看天色,他看见红通通的一轮太阳恰好照在在场者的头顶上,他没再迟疑,走到云朵的身边,向云朵和现场的人们大声地说出四个字来。

胡不二说:"火热的心!"

胡不二的话音未落,云朵随着他的话音,重复了一遍他说出口的那四个字:"火热的心!"

来到现场的人,异口同声地也都重复了一遍那四个字:"火热的心!"

在大家重复着这四个字的时候,胡不二伸手拥在云朵的腰间,把她拥进面前的窑洞里去,让她面对着披着红绸布的观音以及善财童子和小龙女的塑像,要她抓住塑像上的红绸布,先不要扯。待他走出窑洞门,他一条腿屈着,一条腿跪着,就那么半蹲半跪在火柴棍儿铺排好的"心"字图形及箭前,擦燃一根火柴,凑到心弦中间的那根火柴头上,点燃了那根火柴。噗噗燃烧的火柴头,瞬间引燃了两侧的火柴头,噗噗地继续燃烧着,进而烧着了那根长长的箭,就在两侧的火柴棍儿燃烧到心尖尖上时,箭上的火苗儿,也燃烧到了那里,三股燃烧着的火柴棍儿在此会合在了一起,爆发出一股非常亮眼的火光!

胡不二赶在这个时候,对着窑洞里的云朵大声地喊了起来。

胡不二喊:"揭红啦!"

云朵心领神会,轻轻地一拽,披在观音与善财童子、小龙女塑像上的红绸布即被她拽下来,抓在手里,往窑洞外扑出来了。

扑出来的云朵,径直扑进了胡不二的怀抱里,与胡不二融为一体……云朵的眼睛里,扑啦啦滚落了一串热烫烫的泪珠!在场的人,有的尖叫起来了,而更多的的则热烈地鼓起了掌……

胡不二的这一次行为艺术,彻彻底底地赢得了云朵的心。

灯盏奶奶过去居住的窑洞啊!

灯盏奶奶现在安息的窑洞啊!

胡不二和云朵在这里相守了很长一段时日,把这处窑洞交代给了灯盏奶奶过去收养过的那些人后,回到西安城里来了。

　　回到西安城里来的胡不二与云朵就在一起,开始了恩恩爱爱、卿卿我我的生活了。

第十八章　牵在心上的小云飞

盛白菜的碟子者是一个,喝酒的杯杯子者是两个。

实心哈者实意你一个,和我哩者身子是两个。

......

——花儿《和我者身子是两个》

现场目睹了那个美满时刻的风先生,日后总会想起观音般的灯盏奶奶,想她如果在天有灵,可是一定要为云朵与她的爱人胡不二,漫唱一曲花儿的。而且灯盏奶奶如果漫唱,定然是会漫唱那曲她最爱漫唱,也教会云朵漫唱的名叫《我这里看见你俩者笑》的花儿:

上石崖头上的里者野鸽鸽,下石崖头上的里者那鹞子。

我这里者看见你俩那里者笑,没找到你俩把我哩者喜的。

......

人在现场的风先生,当时也许听见灯盏奶奶为云朵和胡不二漫唱了这曲花儿,也许没有听见,但他是听见七星河谷里的野鸽子、野鹞子以及别的什么鸟儿,都飞来飞去地漫唱了呢。还有满河谷里流荡的风,与河谷里的流水结合起来,也漫唱了那曲花儿呢!

风先生记得他听着鸟儿们和流风与流水,以它们的和声,漫唱了那曲花儿后,他情不自禁地也漫唱了一曲花儿。

风先生漫唱的花儿名叫《和我者身子是两个》：

盛白菜的碟子者是一个，喝酒的杯杯子者是两个。
实心哈者实意你一个，和我哩者身子是两个。
……

云朵与胡不二在七星河河谷里，虽然没有山盟海誓，但他俩的真情真意落在风先生的心里，他为他俩开心着、高兴着。一直为云朵和胡不二高兴、开心的风先生，还看见恩爱着的他俩，幸福地经营着他们美满的家……在此期间，拿到毕业证的云朵经营起了她的茶裳体验馆，毕业了几年的胡不二经营起了他的不二茯茶坊。不论云朵的茶裳体验馆，还是胡不二的不二茯茶坊，都在蒸蒸日上地发展着，不承想却突然地起了波澜。因此，好心的风先生在很长一段时日里，往云朵的茶裳体验馆跑一趟，再往胡不二的不二茯茶坊跑一趟……风先生两头跑着，只为了一个目的，就是不想他们出现什么裂隙，造成什么恶果。

风先生见到了云朵，会跟云朵说："生不易，活不易，生活不容易。"

风先生见到了胡不二，还会再说一遍："生不易，活不易，生活不容易。"

当然了，风先生把这句话说给他俩听后，还会叮嘱些别的话哩。

风先生会说："他就是个喜欢搞行为艺术的大男孩儿，你能配合他配合着就好了，不能配合不配合也罢，但你可不要乱想，乱想既会害了他，更会害了你。"

风先生话分两头说，他给云朵这么说了后，撵到胡不二的身边，又给他说："男子汉大丈夫，千万不要小心眼，更不能只管自己怎么想，而是应该站在你家云朵的角度，想想她是怎么想的才对。"

风先生有的放矢地给云朵和胡不二说了后，看着他俩心里的疙瘩还没有完全解开，就搜索枯肠，依然没话找话地要再对他俩说呢。

风先生说:"向自己确定的目标妥协,是一个人性格中必须有的力量准备,也是与他人共同走向未来的必然之路。"

风先生说:"人最可贵的品格,就是爱与付出。"

也许是风先生苦口婆心的劝说起了作用,那场因为云朵收养弃婴小云飞引发的风波,在云朵与胡不二之间,渐渐地平息了下来,云朵继续努力操持她的茶裳体验馆,而胡不二也不遗余力地经营他的不二茯茶坊。而且,他俩各自操持和经营的事业都有不错的发展。譬如胡不二的不二茯茶坊,在一次官方组织的茯砖茶质量评比中,荣膺冠军,获得金牌一枚。以此为基础,他的不二茯砖茶把市场从国内打向了国外,一路向中亚延伸,在哈萨克斯坦、吉尔吉斯斯坦、土库曼斯坦、塔吉克斯坦、乌兹别克斯坦等国都已开设了分支机构,并不断吸取经验,继续向着更广阔的地域伸展……胡不二的茯砖茶生意蒸蒸日上,云朵的茶裳体验馆也有非常好的表现,它被西安市旅游行业挂牌为特色旅游门店,吸引了大量的茯砖茶发烧友以及传统服饰发烧友,成了游客来西安旅游的打卡地。然而,云朵丝毫不敢有的空闲时间,一旦有了,就会想起儿童福利院里的小云飞。

身在西安儿童福利院的小云飞,时刻牵在云朵的心头上。

云朵想小云飞,想得不能自已时,便要跑一趟儿童福利院。有的时候她一个人去,而有的时候呢,还会拉上肇拉妮,或者赖小虫、曾甜甜,与她们一起去。谁让她们一个一个自觉自愿地申请做了儿童福利院孤儿的爱心妈妈……对了,同样是爱心妈妈的云朵,认养的孤儿自然是她牵挂在心头上的小云飞,而肇拉妮、赖小虫、曾甜甜作为爱心妈妈,认养的孤儿依次是安妮、安虫、安甜。这是儿童福利院的一条不成文的规定,谁认养哪个孤儿,就取谁姓名中的一个字做那位孤儿的名字。

云朵不晓得肇拉妮、赖小虫、曾甜甜她们内心是如何想的,但她晓得她在感激、感谢着福利院的阿姨们时,心头还是非常愧疚的。爱心妈妈,不能只是口头上的一句承诺,内心还应该有一份责任。特别是云朵自己,在面对她的小云飞时,不仅会想起自己的身世,想起灯盏奶奶,还会想起一种叫缘分的东西,冥冥中起着作用,那个作用像是一弯带线的鱼钩,钩在她的心上,使她不能释怀……因此,云朵便一回又一回地,去找与她已成朋友的操心巧院长,向她提出要求,征得她的同意,把小云飞抱出福利院,抱回家里来,在家里与他共同生活几天。

云朵把小云飞抱回家来,越是与他相处久了,越是放不下。

云朵与操心巧院长就这个问题,做了多次探讨,想要院长同意让她在家带小云飞。操心巧院长倒是善解人意,告诉云朵,如果她的家里允许,可以帮助她办理合法的领养手续,让她领养小云飞……然而,家不是云朵一个人的家,家里还有一个胡不二,她的先生胡不二绝不允许她那么做。云朵把小云飞抱回家一次,胡不二就会逼着她,把小云飞送回儿童福利院一次。他们夫妻俩把这样的戏码,一次一次地上演着,都上演了一年多的时间,上演得小云飞都学会了走路,学会了说话。

学会蹒跚走路的小云飞,再次被云朵抱回家里来了。

小云飞的小嘴巴可是甜哩!他随在云朵的身边,小嘴巴一动,就是一声"妈妈"。

"妈妈……妈妈……"

小云飞绕在云朵的身边,一会儿前,一会儿后,他把云朵叫得那叫一个开心。就在小云飞把云朵妈妈叫得开心时,家里的门锁咔嗒响了一下,胡不二扭动门锁,开门进来了……云朵与小云飞母子间的那种亲情呈现,风先生是非常乐见的。但是风先生知道,胡不二可不像他。正因为此,在胡不二从泾阳县他的不二茯茶坊回家的路上,风先生追着他,跟他唠唠叨叨,不断灌输人要有仁爱之心的道理。

风先生说:"生活就像一只存钱罐,需要投入爱,你投入的爱越多,越能得到你想要的爱。"

风先生说:"爱可以是亲情的,也可以是超亲情的。"

风先生说:"大爱无疆,云朵是做到了。"

也不知胡不二听进耳朵了没有,但他这次回家来,面对绕在云朵身边的小云飞,听着小云飞甜甜地把云朵叫"妈妈",他的脸上难得地露出了一抹笑容……云朵看见了胡不二脸上的笑容,她双手按在小云飞的肩膀上,把他的小脸扭向了胡不二,教小云飞,叫胡不二"爸爸"。可是小云飞没有叫,小家伙不仅不叫胡不二"爸爸",还挣脱了云朵的手,躲到云朵的身后,不敢露出脸儿来。

小孩子的感情,是不会作假的,谁爱他、对他好,他自然就爱谁、对谁好,反之则绝对不会。

云朵不甘心,她想让小云飞与胡不二建立感情,就扭头俯下身来,拥住小云飞让他面对胡不二,叫胡不二"爸爸"。但倔强的小云飞,不仅没给云朵面子,还更为激烈地挣扎着脱离开云朵,踉踉跄跄地跑着,跑进身后的一间房子里,躲到了门背后……小云飞如果只是躲在门背后,倒也没有什么,云朵还是可以追着他去,拉他出来,面对胡不二。可是躲在门背后的小云飞哭起来了,他先是压抑着自己低声地啜泣,啜泣了几声后,就放大了他的嗓门,大声地哭起来了,哭得上气不接下气,差点儿背过气去。

胡不二没有因为小云飞对他的态度而生气,倒是不由自主地难堪了起来。

难堪着的胡不二从他带回家来的一个小布包里掏出了两个绒毛玩具,一个是黑白色的熊猫,一个是金黄色的小猴子。胡不二掏出来交到云朵的手上,没说什么,只是用他的脸色示意她拿给号哭着的小云飞……云朵把两个绒毛玩具,从胡不二的手上接过来,睁眼望着他,很是吃惊他的变化。不过,她也没有说什么,而是特别听话地拿着两个可爱的绒毛玩具,到小云飞躲着的门背后,晃着她手里拿着的玩具,引逗着小云飞,直到把小云飞引逗得不哭了才抱起他,又继续引逗着他,把他引逗得笑了起来,伸手来拿可爱的熊猫和小猴子了。

因为绒毛玩具,胡不二与小云飞的不和谐一会儿工夫就都过去了。本以为就此和谐了,谁知云朵又提出收养小云飞,胡不二仍是坚决反对,说可以成立一个弃婴救助福利会,但不能收养一个弃婴,他要有自己的孩子。两人又不欢而散,云朵连夜将小云飞送回了福利院。胡不二说马上要出一趟远门,去湖南的安化、白沙溪,四川的简阳、资阳等地收购茶叶。

第十九章　我们没人是弃婴

大燕麦出穗索索儿吊，吊索索，上地里者种胡麻哩。

尕嘴儿咧哈了笑呵呵，呵呵笑，心疼者再说个啥哩。

……

——花儿《心疼者再说个啥哩》

唐城墙遗址公园，清晨，一群大妈在这里跳广场舞，一群大爷在那里打太极拳，一群中年男女吊嗓子……还有提笼遛鸟和牵着绳子遛狗的，总之一如往常，还是那么热闹。

云朵穿行其中，穿着一件黑色的旗袍，色调确乎是重了点，但绣在旗袍前襟靠近领子那里的云彩标识，也就是市面上用英语常说的"logo"。因为云朵在制作时采用了白丝线，倒使黑色的旗袍显出了一种别样的华贵。她就那么走在晨练的人群里，并不怎么留意晨练的他们，而晨练的他们都会被她吸引，你一眼他一眼地看向她。她带着一腔未消的怒气，径直走到了茶裳体验馆。先到的肇拉妮已经在打扫卫生。

汝朋友、鹿鸣鹤、谈知风、艾为学几位前前后后地，也到云朵的茶裳体验馆里来了。

他们几位是茶裳体验馆的常客，今天早晨来，也许有他们商量的事情，也许没有，就只是像他们过去一样，相约着来，就为了茯砖茶……他们来了，见着了云朵，也发现了她的不同往常，因此想要让她放松下来，恢复她往日的神采，就没话找话地跟她说。然而他们呀，却是哪壶不开偏提哪壶,张嘴就先把小云飞说上了。

汝朋友的嘴似乎要快一些,他首先说了:"爱心妈妈呀,最近去儿童福利院了吗?"

鹿鸣鹤活赶话地跟着说了:"你的小云飞呀,我们想呢!"

谈知风也说了:"可不是吗? 多么让人心疼的一个小子呀。"

艾为学还说了:"我们哥们几个也是有爱心的人哩,你有时间了带上我们到儿童福利院去,看一看小云飞,还有那里的孩子们。"

云朵被汝朋友、鹿鸣鹤、谈知风、艾为学几位说的话感动了。

云朵听着他们说的话,起身招呼他们选着座儿坐下来,又亲自为他们烹煮茯砖茶。烹煮好了,端到他们面前,为他们每人布上一只小巧的玻璃茶杯,倒上琥珀色的茶汤,请他们喝。就在他们几位心情大悦地把玻璃茶杯举到嘴边轻啜慢饮的时候,云朵突然冲他们说了这样几句话。

云朵说:"弃婴……小云飞是弃婴吗?"

云朵说:"他不是,他有自己的妈妈哩。我是他妈妈,他怎么能是弃婴呢?"

云朵说:"弃婴……我是弃婴吗?"

云朵说:"我也不是,我有灯盏奶奶哩。我有奶奶,会是弃婴吗?"

云朵说:"我们没人是弃婴。"

在云朵有点咬牙切齿地说着这些话时,汝朋友、鹿鸣鹤、谈知风、艾为学他们全都蒙了,不知道怎么接她的话。幸亏风先生赶来了,他接上云朵的话,既是给云朵,也是给蒙着的几位说。

风先生说:"人有一颗干净的心,才是最美的呢!不计较贫富,不在乎贵贱,唯心性善良、心灵纯净,才是人生正道。"

风先生说:"做个乐观向上的自己,用积极的态度对待生活,就没有人怀疑你什么。"

风先生如此说来,似觉还不能传达他内心的感受,就又漫唱出了一曲花儿给云朵他们听了。

风先生漫唱的是曲叫《心疼者再说个啥哩》的花儿：

大燕麦出穗索索儿吊，吊索索，上地里者种胡麻哩。
尕嘴儿咧哈了笑呵呵，呵呵笑，心疼者再说个啥哩。
……

风先生的几句话和漫唱的花儿，似乎不着边际，但云朵是听明白了。云朵听明白了后，当即给了风先生一个笑脸，她的笑脸让刚才被她几句话搞得蒙了的汝朋友、鹿鸣鹤、谈知风、艾为学几位仿佛更蒙了呢。他们都把眼睛盯在了云朵的脸上，想要知道，没头没脑的，她何以给他们撂出这么几句话？她是受到什么刺激了吗？她心里不痛快，用这几句话给自己解释？几位如此想来，又你看着我，我看着你，他们就这么相互看着，还没有来得及开口，这就听到风先生赶来说出的话和漫唱出的花儿，他们是有些明白过来了。特别是嘴快点儿的汝朋友，抢在另几位前头开口回应云朵了。

汝朋友说："什么弃婴不弃婴的？只要自己不遗弃自己，天下就没有弃婴。"

汝朋友的话得到了鹿鸣鹤、谈知风、艾为学几位的共鸣，他们三位异口同声地呼应着汝朋友，说他说得对，人活着，只要有人爱，而且还爱别人，就不是弃婴。

汝朋友、鹿鸣鹤、谈知风、艾为学几位的话给了云朵极大的安慰，她在这个早晨难得地笑了……她的笑如阳光一样明媚，可她的笑还在脸上烂漫着时，手机便在她的小皮包里响了起来。开始响的时候，她以为是跑去湖南、四川采购茶叶的胡不二打来的，就没有接听，而是任其响。响了一阵，不响了，短暂地歇了一小会儿，突然就又响了起来，这一次响得似乎激烈了些，也持久了些，云朵没有去接，肇拉妮翻开云朵的小皮包，拿出手机来看，是儿童福利院的操心巧院长，就不敢迟疑，迅速拿给云朵，让她接了。

手机还没贴近云朵的耳朵，就传来了操院长火急火燎的声音。

第二十章　十八十分爱

猫娃儿蹲在者锅盖上,尾巴么搭在者碗边上。

小脑袋枕在者胳膊弯弯里,尕嘴儿贴在者脸上。

……

——花儿《猫娃儿蹲在锅盖上》

操心巧院长的声音,因为手机的过滤,虽然不是很大,但是特别震耳,云朵听见了.她旁边的肇拉妮、赖小虫,还有汝朋友、鹿鸣鹤、谈知风、艾为学都听见了。

操心巧院长说:"小云飞病咧!从你昨晚送来福利院后,他就开始发烧,都快烧到四十度了!"

操心巧院长说:"昨天半夜我与负责小云飞的阿姨抱着小云飞,住进市儿童医院里了。"

还有什么好说的呢?没有了。小云飞发高烧,便是灌进云朵耳朵里一道不可违抗的命令,她霍地站起身来,给肇拉妮和赖小虫叮嘱了一句话,要她俩好生招呼汝朋友、鹿鸣鹤、谈知风、艾为学他们用茶吃早点,她则顺手拿来她的小皮包,往肩上一挎,即如一股风似的从茶裳体验馆旋出去了。

做药材生意的鹿鸣鹤,看出了云朵的急迫,就跟了出来,让快步奔走的云朵坐上他开来的小汽车,一溜烟似的去了。

小云飞在儿童医院发了三天高烧,云朵在儿童医院陪了三天,白天黑夜连轴转，把她熬得眼圈都黑了呢！儿童福利院的院长操心巧要换她，让她歇一歇，闭会儿眼睛；儿童福利院的阿姨要换她，让她歇一歇，闭一会儿眼睛；肇拉妮也来儿童医院要换她，让她歇一歇，闭一会儿眼睛，但她就是不离开……大家拿她没办法，就合起伙儿来逼迫她，把她逼走了。她走开不多一会儿，可能连眼睛都没合实，又转回来，陪在小云飞的病床前……

儿童福利院的操心巧院长与阿姨看见云朵的这一做法，感动得直点头、抹眼泪……

汝朋友、鹿鸣鹤、谈知风、艾为学他们也到儿童医院看了云朵和她的小云飞，见着了云朵对小云飞的那一种爱，感动得油然称赞了她……他们几位称赞她，不只是口头上称赞，还落实在了行动上。这是因为在儿童医院里看护小云飞的云朵不断地想起先生胡不二，想起他建议成立一个弃婴救助福利基金会。云朵想，她先生的这个建议真是不错，她在汝朋友、鹿鸣鹤、谈知风、艾为学他们来儿童医院看望她和小云飞时，讲给他们听，他们没有一人不赞成，都支持由她牵头建立一个弃婴救助福利基金会。

小云飞住院到第五天，高烧全退了下去，他的身体恢复了正常，云朵的情绪像身体恢复了正常的小云飞一样，脸上有了笑意，她是高兴起来了……高兴着的云朵在操心巧院长与阿姨们的帮助下，收拾着小云飞住院期间的一切杂物时，竟然情不自禁地漫唱起了一曲花儿：

> 猫娃儿蹲在者锅盖上，尾巴么搭在者碗边上。
> 小脑袋枕在者胳膊弯弯里，尕嘴儿贴在者脸上。
> ……

云朵嘴里漫唱着这一曲花儿，她小时候从灯盏奶奶的嘴里听来了两个版本，另一个版本的名字叫《猫娃儿蜷在娘怀里》，这一曲叫《猫娃儿蹲在锅盖上》。两首花儿，异曲同工，漫唱的都是母亲对孩子不讲条件、无边无涯的爱。云朵正深情地漫唱着，没料想，汝朋友、鹿鸣鹤、谈知风、艾为学他们相约着,赶在这个时候又到儿童医院来了。这一次他们可没有空手来,每人都拿来了一个纸质的信封,鼓鼓囊囊的,搭眼一看,就知道里边装的是现金哩……他们哥儿几个来到云朵的身边,也不管云朵怀里抱着小云飞方便不方便,就把他们拿在手里的鼓鼓囊囊的纸质信封,一个接着一个,直往云朵的怀抱里塞,仿佛谁塞得慢了,云朵会拒绝似的。

四个大大的纸质信封,连同小云飞一起抱在怀里,云朵还真有些抱不拢。旁边的操心巧院长看见了,当即把小云飞接到她的怀里了。

向云朵送出纸质大信封的汝朋友、鹿鸣鹤、谈知风、艾为学,一齐对云朵说:"好事情哩,我们可不想落了后。"几人异口同声地这么说过,似还不能表达他们的心意,就又你一句他一句地补充着。

汝朋友总是表现得嘴快,他说:"云朵呀,你可不能嫌少。"

鹿鸣鹤跟着说:"一点儿心意,多少你先拿上,时间还长着哩。"

谈知风也说:"我们会不断支持你的。"

艾为学亦说:"把钱挣下了,捐点儿给弃婴救助福利基金会,算是个善行吧。善行自有善报,市场会加倍还给我们的哩。"

风先生可真是会插话,他赶着这个时候,不吝词汇地把他们夸赞起来了。

风先生说:"能做人事的人,心灵的纯净度像泉水一样,总是十分透彻清亮,因此也更空灵,而越是空灵,越能达到完美。"

可他还没说完,就有一通电话打给了云朵,云朵翻开手机的翻盖接听了。

是曾甜甜打来的哩。云朵让曾甜甜把话说罢,并不回应她手机里说的话,而是把今天发生在儿童医院里的事情给她仔细说了一遍。

曾甜甜在手机的那一边,有点兴奋地回应着云朵。

曾甜甜说:"算我一份如何?我也要给弃婴救助福利基金会捐款。"

曾甜甜的话还没有落音,又一通电话给云朵打了来。这回是她的藏族阿佳卓玛失金。

央金阿佳没啰唆别的什么,开门见山,邀请云朵到三江源上来。她说了,秋天的三江源,天蓝云白,草青水绿,果香花艳,鸟飞兽奔,是最美季节哩。央金说得开心激动,说到最后,她说了这样一句话。

央金说:"我在三江源等你来!"

像刚才接听曾甜甜的手机一样,云朵把卓玛央金的手机耐心接罢后,又把今天在儿童医院里他们谋划着的事情给她说。央金如曾甜甜一样,听了云朵的话,当即回应,不能撇开她,她也是有爱心的,最愿意为儿童们着想了。

卓玛央金给云朵说了自己的愿望后,还推荐了一个人。

卓玛央金说那人叫多杰嘉措,云朵听了,好奇央金阿佳为什么要推荐他。他是谁呢?是央金阿佳的爱人吗?云朵这么想着,就在手机上问央金阿佳了。

云朵说:"听名字,是个男子汉吧?他是谁哩?阿佳推荐给我,我怎么称呼他呀?"

云朵说:"阿佳你要给我交代清楚不是?"

卓玛央金在电话那头沉默着,沉默了好一会儿,才在电话里语气幽幽地跟云朵说了。她说:"我现在只能跟你说,他是一个满怀爱心的好男人哩。"她还说如果自己不推荐他,让他知道后,是会抱怨自己的呢。

不是云朵太敏感,而是手机那头的卓玛央金把话说得含糊了,说得云朵起了些疑心,以为她的央金阿佳有什么难言之隐……云朵能怎么办呢?该怎么办呢?她就只有答应她的央金阿佳了。

云朵说:"我听阿佳的,算阿佳一份。当然也算那什么……多杰嘉措一份。"

云朵大声地答应着央金阿佳的时候,在心里已经盘算起来了,盘算弃婴救助福利基金会的组织人员,她自己算一个,她先生胡不二算一个,还有自愿参加进来的汝朋友、鹿鸣鹤、谈知风、艾为学,再是儿童福利院的院长操心巧、曾甜甜、卓玛央金、多杰嘉措统共有十个人了。

不断接听着电话的云朵，抱着出院的小云飞，与一众热心弃婴救助福利基金会的人，回到云朵的茶裳体验馆里来了。他们一路走来，各自心里是怎么想的，云朵不知道，她只知道自己一路感动着、感激着，在走进体验馆大门的时候，突然灵光一现，有个非常美好吉祥的词儿，浮上了她的心头。

云朵说："我们首创基金会的人，不多不少，刚好十个人。十个人好哩，十全十美！"

云朵因此就提议，说他们向民政部门注册弃婴救助福利基金会时，就叫"十分爱"好了。

围在云朵身边的汝朋友、鹿鸣鹤、谈知风、艾为学，还有肇拉妮，就都一迭声地叫起了好。便是亦步亦趋跟着来的风先生，也为云朵的机智与灵感喝彩了。风先生喝彩的方式非常独特，隔着云朵茶裳体验馆的门和窗，鼓动起唐城墙遗址公园里的树木、花草，一时之间，这些仿佛都幻化出了人的情感，纷纷以它们各自的方式，表达着它们的激动，还有感动……是树木呢，就把树枝上繁密的叶子做了"手"，哗哗啦啦……哗哗啦啦……鼓动得十分起劲；是花草呢，还以它们满身的叶子做了"手"，配合着高大的树木，像树木一样，既鼓掌，又欢呼……风先生就在树木花草的"鼓掌欢呼声"里，赞美起了云朵。

风先生说："十分爱……你们十个人，一人一分爱，可不就是十分爱吗？"

风先生说："对儿童们唯有付出十分的爱，才对得起人的良心啊！"

第二十一章　沸腾的书城

高墙院子里者石榴儿,白牡丹眼里的兔儿。

心肝儿者想成三溜儿,路远听不上个信儿。

······

——《路远者听不上个信儿》

众人拾柴火焰高,起名"十分爱"的弃婴救助福利基金会就这么创建起来了。

创建起来的基金会的组织架构是:一名理事长、两名副理事长,还有一名秘书长。第一届理事会可以在云朵的茶裳体验馆召开,也可以在儿童福利院召开,最后因为谈知风的坚持,就选择在他开办的书城里开了。谈知风起名"拥书自暖"的图书城就开在小寨商圈里,这里寸土寸金,能够拿下这么一块地皮做书城,他受的难,自己不说,明眼人一看即知。左右一街两排,全是流行全世界的时尚大品牌,国内的有,国外的也有,一家挨着一家,开得那叫一个兴旺。但谈知风就在这里开办起了他的图书城。

虽然艰难,谈知风却不以为艰难,他的图书城开办得倒是非常红火,一场活动接着一场活动,人气绝不比那些时尚店差。

为了办好他们创建的弃婴救助福利基金会首届理事会,谈知风精心策划,把理事会的会议当成他们图书城里的一场活动来办了……不用谈知风动员,他们书城里自有专业团队来操作。他们的方案,与大家习惯了的会议形式截然不同,他们在图书城里经常举办活动的那块敞开的地方,让参会的人与来图书城购买图书的人都处在了一个没有隔阂的公共空间里,使有兴趣的人也能自由地参加他们弃婴救助福利基金会的创建会议。

做出这个策划的谈知风,没有给理事会的人透露什么。便是操心会议情况的云朵问了谈知风,他也没有明确说给她听。

谈知风只是说:"到时候你们来检阅吧。只会给你们惊喜,不会使你们失望。"

谈知风胸有成竹地说来,云朵没有怀疑什么,别人自然也没有怀疑什么。大家在开会的那一天,先后来到谈知风的"拥书自暖"图书城。只见书城门楣上悬挂着一条横幅,就让大家眼睛一亮,大红色的布底子上,一行"弃婴救助福利基金会成立大会"的字样耀眼而又醒目。待他们相继走进书城,看见布置起来的那处会场,就更感觉到一种从未有过的新颖与别致。

云朵、操心巧、肇拉妮、汝朋友、鹿鸣鹤、艾为学不吝词汇地把谈知风夸上了。

云朵说:"行啊! 别开生面,你谈知风有水平。"

操心巧、肇拉妮看着云朵,没有说别的话,就只把云朵说出的话重复了一遍。汝朋友、鹿鸣鹤、艾为学虽然没有重复云朵说过的话,但他们说出来的话,异曲同工,与云朵的意思基本一致。

汝朋友说:"有点子,出新了呢。"

鹿鸣鹤说:"新出了境界,新出了我们基金会的水平。"

艾为学说:"那咱就用新的办法开咱的会议吧。"

确实是新啊! 开放的公共领域,完全的自主发挥,云朵、操心巧、肇拉妮、汝朋友、鹿鸣鹤、谈知风、艾为学他们就在众目睽睽之下召开他们弃婴救助福利基金会的创始会议了。因为云朵是他们公认的最初倡议者,所以就主推她主持会议了。会议的头一项议程,就是选举出基金会的班子。他们几人议论一下,毫无异议地就把云朵推选为理事长,云朵又提议操心巧、卓玛央金做副理事长,几个人交头接耳议论了一会儿,也都举手表示赞同。云朵还提议操心巧做秘书长，几个人亦举了手。接下来是办公场所的安排和财务人员的聘任了，身兼副理事长和秘书长的操心巧很自觉地承担起了这些方面的责任，她向大家保证，在他们儿童福利院挖掘潜力，既能倒腾出几间房子，也有专职的财务人员，兼职做基金会的会计、出纳。

会议前，云朵与操心巧多次协商，草拟了一份基金会的章程，她拿出来，也让大家讨论了。

他们在讨论章程的时候，谈知风的"拥书自暖"书城里，人来人往，已经是人声鼎沸了呢！大家注意到他们几位，从会议的横幅上，知晓他们召开的是弃婴救助福利基金会成立大会。对此兴趣不大的人，看一看，向他们报以敬佩之情，便不打扰他们，去了书堆里，寻找他们感兴趣的图书了。而对此兴趣大点的人，则驻足在他们的周边，看他们一项议程一项议程地过。每过一项议程，他们自己鼓掌，驻足观看的人也给他们鼓掌……到会议的议程全部结束的时候，几个围观的人立即激动地冲上来，随便拉住他们中的一个，便热情地要求捐款，参加弃婴救助福利基金会。

谈知风也被一个热情的汉子拉住了。他俩在闹哄哄的人群里交谈了几句后，谈知风大声地宣布了一项新决定。

谈知风说："'拥书自暖'书城，今天实行义卖。收取的每一分钱，都捐献给刚刚在书城成立的弃婴救助福利基金会。"

随着谈知风宣布这一决定的话音落地，他的"拥书自暖"书城内，立即爆发出一阵热烈的掌声……云朵、操心巧、肇拉妮、汝朋友、鹿鸣鹤、艾为学他们，在那一天，也加入了购书的人流里，各自把身上带来的钱都花在了图书上，你一包他一包地从书城往外手提肩扛地拿着书。

云朵在挑选书的时候，无意中看见了一本《穷人银行家》。

那本书的设计非常朴素，封面是原色牛皮纸，就只用黑油墨，规整的黑体字，印刷出一行书名来，放在海量的书中，是太不起眼了。别的人可能不会怎么留意，但云朵的眼神，猛一触及那本书，就一下被吸引住了。

她没有犹豫,伸手就拿了一本来,把它和她选择的其他书摞在一起,抱到收款台前,交了钱。

谈知风过后清算那天的卖书收入,发现是他创办书城以来销售额最多的一天。

那一日书城的收入高达二十三万七千六百二十九元;那一日,会议现场申请加入弃婴救助福利基金会的人有十四位……多么喜人的开端呀!这预示基金会的未来,该是更喜人的哩。

云朵想要与人分享……那么与谁分享呢?云朵首先想到了先生胡不二,还有她的卓玛央金阿佳和多杰嘉措。

会后回到家里,她的心还像在谈知风的"拥书自暖"书城里一样,激烈地跳动着,她抬手按在胸口上,压抑着内心的激动,掏出手机给先生胡不二打电话。电话的彩铃,是她的先生特设的一种彩铃,那彩铃声不是别的什么,而正是花儿的一个曲牌……彩铃振响着,听得云朵不由自主地跟着彩铃在心里漫唱了出来:

> 高墙院子里者石榴儿,白牡丹眼里的兔儿。
> 心肝儿者想成三溜儿,路远听不上个信儿。
> ……

伴随着电话的彩铃声,云朵把一曲花儿都漫唱罢了,却没有等来先生胡不二接听电话的声音……云朵没有往别处想,她想的是,先生或许忙着与他人说事儿哩,不方便接电话。云朵这么想来,就不急于给先生胡不二打电话了,而是翻出卓玛央金阿佳的手机号,给她打过去了。

卓玛央金阿佳像在电话那头等着云朵似的,云朵的手机铃声只轻轻地响了两声,就听到了阿佳的声音。

卓玛央金说:"云朵妹妹呀,我正说给你打电话哩,你倒先打来了。"

卓玛央金说:"看山、看水各有胜地,但要看大美净土,世界上只有三江源。这里是风景的集大成者，不可复制。这里的风景包罗万象，从太阳、江河、云彩到星光月色，从山脉、树木到飞鸟走兽、草原，大美尽在其中。莽莽昆仑，巍巍唐古拉，纵横错落，跌宕起伏，这里还溪流纵横，湖泊遍野……"央金阿佳说得上气不接下气，语速之快水泼不进，针插不进，云朵想要插话说说弃婴救助福利基金会成立的事，根本就没机会。

多杰嘉措当时就在卓玛央金的身边。一旁的他听出来央金是与云朵在通话，嫌她没有把话说到点子上，就伸手过来从央金的手里拿过手机，接着给云朵在电话里说了。

多杰嘉措说："会议开得怎么样？很成功吧？"

云朵没有见过多杰嘉措，但从电话里听得出来，他可是个豪放开朗的汉子哩。她这么想着，就很自然地给他回话了。

云朵说："多杰嘉措大哥是吧？"

云朵这么说来，并不需要对方认同，而是接着说："拜大哥你的支持，创建活动举办得十分成功，非常好。"

多杰嘉措在电话那头，听闻云朵这么一说，他哈哈哈哈一通大笑。他笑着连声叫起了好："好好好好好……"

连声叫着好的多杰嘉措，把他的话头从弃婴救助福利基金会的事情上转了回来。

多杰嘉措说："别嫌你阿佳话多，她天天唠叨，要约你上我们三江源上来，你就来吧。三江源真的是一片值得走一走的净土哩，不是我自夸，我们三江源应是孕育万物的生命之泉，是一片古老神秘的圣地，是天下旅人最为向往的地方。"

多杰嘉措说到这里不说了，他把手机还给了央金，让央金不要挂了，让她把手机话筒凑到他的嘴边，听他吹奏鹰笛……

多杰嘉措吹奏的那曲鹰笛，云朵当时并不知道是什么曲子，但艺术细胞丰富的她，还是听出了一些门道，她感觉那曲调，既空阔悠远，又雄壮豪迈，很有那么一股子不可名状的英雄气！云朵听着，即在她的心里下了决心，要上三江源去……多杰嘉措的鹰笛声，在一段如风的颤抖音里，慢慢地落了下来。就在鹰笛落音的那一瞬间，云朵即在手机里向她央金阿佳保证。

云朵说："阿佳，我听你和多杰大哥的话，现在就到三江源上来。"

云朵说："说真的，我还真就想阿佳你了呢！"

与卓玛央金和多杰嘉措通了电话后，云朵给她先生胡不二打电话的欲望就更急切了，可是他特设的花儿曲牌铃声响着，始终等不到先生胡不二来接听……云朵打一回没接，她就再打；再打还不接听，她继续打……云朵给先生胡不二打了多少遍电话呢？她没有记数儿，总之不下十遍。胡不二不接云朵的电话，云朵还没往别处想，她依旧认为他在忙事儿，不方便接电话，就给他发了短信。可她发去的短信，还是没有回信，云朵就不能不多想了。

云朵想她的先生胡不二太孩子气了，是还生她的气吗？

爱生气就生吧，云朵不再给他打电话，不再给他发短信了。云朵笑起来了，她的笑是轻淡的，却也暗含着些许苦涩，她不自觉地摇起了头。不过她摇头的样子非常可爱，一甩一甩的，带动了她的马尾辫，在她的脑后也甩来甩去的，既显得十分调皮，更显得十分落寞。

调皮着、落寞着的云朵，到她的茶裳体验馆给肇拉妮交代事情了。云朵说她的央金阿佳给她打电话哩，她扛不住央金阿佳的热情，也扛不住三江源的诱惑，她放心肇拉妮，让她操心她们的茶裳体验馆，她就到三江源看她的央金阿佳去了。

肇拉妮一口答应了下来，但她还是不放心地说了两句话。

肇拉妮说："你走得太突然了，没怎么听你说，这就要去三江源了！"

肇拉妮说："看罢你的央金阿佳，不要耽搁，赶快往回赶。我怕我扛不下来。"

第二十二章　七星河水入黄河

背斗背了个肩膀疼,铲把抓了个手心疼。

一天里想你者肝子疼,一晚夕想你者心上疼。

......

——花儿《一晚夕想你者心上疼》

古周原上的七星河河谷,到了秋天,色彩是最为丰富的呢。

一树一树的野核桃、一树一树的野柿子、一树一树的野大枣,都在成熟的季节里,各自以它们应有的色彩和形态,从树叶里露出头来,吸引着人们的眼目,期待人们来采摘。而给这些高大果树做背景的,则是满河岸、满谷坡的酸枣树树了……古周原人的语言习惯,用叠词称一个物事,是表现那件物事的小与可爱了。大家称呼小孩子为娃娃,加上性别,就叫男娃娃、女娃娃,总之习惯如此,所以在称酸枣树时,很自然地叫成了酸枣树树。小小的酸枣树树,既耐旱,又耐寒,无论什么年份,都会长出满树的酸枣儿来,非常密集,非常繁茂。在云朵的记忆里,酸枣树树和酸枣儿就是她的童年。她跟在灯盏奶奶的身边,赶在秋天酸枣儿成熟的时候,撺着红成一片的酸枣儿,采摘回来。奶奶会匀出一小部分,用酸枣儿和上面糊糊,在热锅里烙酸枣饼给她吃,剩余的绝大部分,则平铺在窑院的院子里,晒干了收起来。于冬季,剥出酸枣儿的内核,把酸枣儿的肉肉与炒出来的黄豆、红豆等杂粮掺和在一起,铺在石碾子上碾成粉末,做成炒面吃。那样的炒面没吃过的人不知道,吃过的人说起来,可都要流口水哩! 如果拌上野柿子树上软了的红柿子，会更馋人的舌尖，饱人的肚肠。

丰饶与美丽的七星河河谷，在秋天，可是不止那么几样物事呢……云朵从西安城走回到七星河河谷里来，眼观她熟悉的那些景色，满脑子想着的都是灯盏奶奶的好。当然了，还有灯盏奶奶漫唱给她的花儿。云朵这么想来，一曲灯盏奶奶漫唱过的花儿就从她的嘴巴里唱了出来。

这曲花儿名叫《一晚夕想你者心上疼》：

背斗背了个肩膀疼，铲把抓了个手心疼。
一天里想你者肝子疼，一晚夕想你者心上疼。
……

往灯盏奶奶与她居住过的窑院去，有好几条路可走，云朵没有选择弯弯绕绕的路走，而是乘坐长途公共汽车，来到七星镇上，下得车来，应和着街道上问候她的熟人，即从那条最为便捷的小道，径直去了她日思夜想着的窑院了……站在那熟悉的窑院里，云朵大吃一惊。她吃惊今天的窑院，全然不同于过去的窑院了。过去的窑院，虽然有灯盏奶奶和她居住，不能说太冷清，但也绝不怎么热闹。而今天的窑院，虽然还是灯盏奶奶和她居住过的，却发生了天翻地覆的变化。院子被人收拾出来，比起过去，似乎大了许多，而且全都铺上了青砖；再是旧有的三孔土窑洞，除了窑的崖面还没有砌砖，窑口上可是都箍了一段突出来半尺有余的青砖接口，接口的下边甚至用上了块石，使得旧有的土窑洞焕然一新。便是窑院里原来长得蓬蓬勃勃的几棵树，也被人为地保护起来，围上了一圈木制的栅栏……看着眼前的这一切，云朵的眼眶发热，有汪汪的泪水正从她的心里往上涌。

风先生知晓云朵要回七星河河谷来，他不放心，因此就也跟着她来了。

风先生看得见云朵内心的变化，还看得见她眼睛里的变化，他轻轻地拂了拂衣袖,即为七星河河谷掀起一阵袭人颜面的细风,让人觉出一种暖心的舒服,伴随着这阵细风来的,还有一丝一丝的细雨,飘飘摇摇,仿佛一缕一缕水做的丝线,往人的脸上洒……洒在脸上,是凉爽的,云朵体会得到细雨扑着她脸上的那股子凉爽,同时还体会得到涌动在眼睛里泪水的烫热。她没有擦拭脸上的雨水,也没有擦拭流淌在脸上的泪水,任由雨水和泪水在她的脸上交织融汇……她忘情地叫起了已不能应答她的灯盏奶奶。

云朵的叫声几乎是喊着的:"奶奶!"

云朵喊:"奶奶!"

三孔接了砖石窑口的窑洞里,同时跑出几位恍如灯盏奶奶的老妇人。她们中的几个,是认识云朵的,而云朵也认识她们。她们看见了云朵,当即热情地招呼起了她,而她也招呼起了她们。

她们中有人抢先招呼着云朵:"回来了,云朵女子。"

一人叫开,别的人跟着都叫:"云朵女子,回来看奶奶了。"

云朵面对她们,对这一个回应说奶奶好,对那一个说娘娘好。

云朵与她们相互招呼着时,她们追着云朵来,把她围了起来,问长问短,问着问着就问起了胡不二,说:"你女子回来了,你家女婿娃娃呢? 他回来了吗?"她们这么问了几句,然后你一言她一语地夸赞起了胡不二,给云朵说:"你那女婿娃娃好呀,我们大家守在这里,全赖他的能耐了。没有他的手艺,观音的塑像碎成那个样子,可是立不起来哩,是他一手重新拼接彩绘了观音的塑像,让你的灯盏奶奶有了一个落脚的地方……"她们还说,灯盏奶奶有这么好的落脚点,都是活着时修来的。她们如今守在这里,守的既是窑洞里的观音,也是修行了一辈子的灯盏奶奶。

云朵知道,守在这里的她们是要被叫老娘婆的。灯盏奶奶生前就被人尊敬地叫了老娘婆。

身为老娘婆的她们,话可是真多哩。她们的车轱辘话说过了,还要再说的呢。她们说云朵的好姻缘,也是灯盏奶奶给她修来的,让她遇着了那么个好后生……被老娘婆这么一说，云朵很自然地想她的先生胡不二了，但她也就只是在自己的思绪里，把胡不二的影子滑了一滑，便滑得没了踪影……她给他打了多少次电话呀！还给他发了好几条信息。他不接她的电话，不回她的信息，她还能一个劲儿地给他打手机、发短信吗？

胡不二能生她的气，她云朵就不能给他置气了？云朵也是置了大气了。

云朵这次回七星河河谷来，有一件她要做的事情呢，而且非常神圣，那就是取灯盏奶奶的部分骨灰，带在身上，遵照奶奶生前留给她的遗愿，逆着黄河向上、向上、再向上，上到嘹亮着花儿歌声的地方，寻找奶奶的根脉，安顿奶奶的灵魂……云朵对老娘婆们说了她这次回来的目的。老娘婆们感动于云朵的行为，说灯盏奶奶没有白疼她，还说她是个知恩图报的好女子。老娘婆们这么夸赞着云朵，就簇拥着她，和她一起进入安顿着观音塑像和灯盏奶奶骨灰的那孔窑洞，手脚麻利地帮助她，从观音塑像身后留着的那方开口里，取出灯盏奶奶的骨灰盒，交给云朵，让她用黄绸布分包出一部分。

黄色粗布的布兜，本是老娘婆为来这里上香的信男信女准备的回礼，她们为了更好地收纳灯盏奶奶的骨灰，就又取来一个，小心地把包在黄色绸布里的灯盏奶奶的骨灰装进去。

怀揣上灯盏奶奶的骨灰，云朵告别守在这里的老娘婆们，踏上了逆着黄河而上的漫漫路程……云朵在逆流向黄河源头出发前，本能地到唐城墙遗址公园矗立着的文成公主雕像前，对着汉白玉雕刻而成的塑像深深地鞠了一躬。就在云朵给文成公主的雕像鞠躬的那一瞬间，她蓦然感受到一缕柔风，轻轻地抚摸着她的脸，她因此知晓，关心她、爱护她的风先生不离不弃，是要跟着她一起上三江源了。

果然，风先生开口跟她说话了。

风先生说："人是活在时间当中的，能被时间记忆，方能不朽；不被时间记忆，即是一抹云烟，甚至云烟不如。"

风先生说:"怎么办呢？关键在于开悟……开悟心灵的纯净与对事业的执着。心灵越是纯净空灵,认知才会越深邃。当然还要有坚韧不拔的吃苦精神,吃思维上的苦,吃境界上的苦,吃念想上的苦,吃一切无法想象、不能想象的苦,以苦作乐,自然能够获得身心的自在,大自在。"

云朵带着灯盏奶奶的骨灰,还有风先生的这几句话,在风先生的陪伴下,开始了她这次不平凡的旅程。

风陵渡——禹门口——壶口瀑布……云朵车一程、水一程,在晋陕大峡谷中逆流而上,没几天时间,就走到了黄河最具神韵的蛇曲地带。从南向北走,仅延川县境内就有清水湾、乾坤湾、伏寺湾、延水湾、旋涡湾等五道震慑人心的大水湾。特别是闻名遐迩的乾坤湾,真叫一个奇诡,站在黄河岸边的梁峁上,俯下身来看,天工巧夺地绕着一座山嘴子,弯出一幅流动着的阴阳太极图……云朵相信,阴阳太极图一般的乾坤湾,该是有它不凡的故事哩。然而她更相信,与之相互钩连的旋涡湾,也是有其丰富的传说故事哩。

云朵走过了乾坤湾,来到了旋涡湾。环山涌流的黄河,在此恰如蛇盘天鼋般存在着,因此就有了泥猪过河、旋涡星云、肇启自然晴雨的能力。

北宋初年,神奇的旋涡湾里呱呱坠地了一个神人。刚出生的他,平庸极了,而且还克父伤母。落生之际,他的母亲即大出血而亡,开口叫出头一声"爸爸",他的父亲便也瞪眼呜呼哀哉去也……小小年纪的他,命硬到如此地步,着实吓坏了他的哥嫂,在家里不敢和他在同一盘热炕上歇息,不敢在同一口铁锅里煮饭。他被哥嫂安顿在自家窑院外的一处荒废了的破窑洞里,自生自灭了。然而天不绝他,既有荒山上下了崽子的母狼陪他,又有黄河水里的大鲤鱼陪他,他倒活得十分快意……他一天天地成长着,他的哥嫂看见,他踏入黄河水里,有闪着金色光芒的大鲤鱼任他骑乘,破浪而行;他游走在荒山上,有成群的野山羊与他为伴,追云逐月……他自由自在地生活着、成长着。渴了,俯身在黄河水边,自有大鲤鱼跃起喷水给他来饮;饥了,野山羊招引着他,有鲜嫩的野菜给他食用,有脆甜的野果子供他咀嚼，他长成了一个健壮的大小伙子。

突然有一天，他嫂子一头栽倒在灶门前，挺尸炕头上，准备出殡了。

听闻音讯的弟弟撵回家来，捉着嫂子的臂弯，摸了摸嫂子的脉象，随即到黄河边上，向大鲤鱼求来几根鱼刺，又向野山羊求来几样杂草，拿回家来，用大鲤鱼的鱼刺，摸着嫂子身上的穴位来扎，又将杂草放在铁锅里煮，煮出黑乎乎的汤水来，掰开嫂子的嘴巴喂，居然把他的嫂子从死神手里抢救了回来……他救了嫂子的命，却并没有获得哥嫂的爱怜，他们仍然拒绝他住回家里来。他无怨无悔，继续他自由自在的生活与成长。可是他的哥哥，像他的嫂子一样，突然罹患疾病，趴在了耕地的犁头前，只有出的气，没有进的气。

埋葬哥哥的墓坑，都已经挖掘出来了。嫂嫂的号哭声引来了弟弟，他像救治嫂嫂一样，到黄河边上，向大鲤鱼讨来几根鱼刺，再跑上山野，向野山羊讨来一些杂草，照例给哥哥身上的几组穴位扎鱼刺，照例熬煮杂草汤灌给哥哥喝，把他快死去的哥哥又抢救了回来……这一次，哥哥嫂嫂倒是善心大发，要把弟弟接回家住了，而他们的弟弟却自有主张，还像往常一样，居住在他原来住着的破窑洞里，自由自在，欢欢乐乐，生活着他的生活，成长着他的成长。

生活着、成长着的弟弟，走遍旋涡湾的每一处山坳、每一道沟峁，为千家万户有困难的人家，排忧解难，成了大家眼里的大善人。

他因此娶了妻，生了娃，一个挨着一个，都是女孩子，不多不少七个美人坯子……他与他的妻子、女儿幸福地生活着，却还不改初衷，继续着他为老百姓排忧解难的善举。而他的妻子，则相夫教女，在家既养了鸡，又养了狗。和睦美满的一家人，不计前嫌，还照顾着他们渐渐老去而无依靠的哥哥与嫂嫂，让哥哥嫂嫂也欢度着他们的晚年……

云朵是听黄河边上的一位老艄公说的这个故事的。当时的她，俯看着夹在晋陕大峡谷里弯成一道道大水湾的黄河，没敢相信老艄公的故事，她因此偏脸问起了与她一起来的风先生，想要从他的嘴里求得验证……

不过,风先生的兴趣,似乎没有在老艄公讲说的故事里,他在那个时候,注意力几乎都投向了浩浩荡荡的黄河,鼓动着给云朵讲故事的老艄公,吼唱关于黄河的歌谣。然而,老艄公虽然有满腹黄河的歌谣,但他没有给风先生唱,而是如云朵一样,看着风先生,想要风先生能为他讲说的故事做证。

风先生被老艄公的执拗与云朵的渴望所触动,把自己的兴趣暂时收了回来,讪讪地笑了一笑,来为老艄公的故事做证了。风先生在做证前,却还不能自抑地咕哝了两句他业已出溜到嘴边上的话。

风先生说:"满黄河流淌的是什么呢? 是化成流体的黄金吗?"

风先生说:"流金的黄河啊!"

风先生把他想说的两句话说出来后,双手使劲地搓弄着,仿佛金属摩擦一般,嘎啦嘎啦地直响……他在搓手声的伴奏下,说了他对老艄公故事的看法。

风先生说:"故事嘛,有真有假。信其真时假亦真,信其假时真亦假。"

云朵听着风先生的证词,很是乖巧地一笑,心思却蓦然想到七星河。

云朵想,七星河的流水汇入渭河后,一路奔驰也是会汇入黄河的哩。

第二十三章　黄河故事多

千万年者黄河水不会干,万万年不塌的是青天。

千刀者万剐我情愿,千年万年者做那黄河的魂。

……

——花儿《疼烂了肝花想烂了心》

黄河的故事真不少。云朵一路北上,走到风陵渡的时候,有风陵渡的故事;走到茅津渡的时候,有茅津渡的故事;走到禹门口的时候,有禹门口的故事;走到壶口的时候,有壶口的故事;走到清水湾、乾坤湾、伏寺湾、延水湾、旋涡湾等蛇曲地貌里的时候,每一道湾就还有一道湾的故事……旋涡湾的故事,从老艄公的嘴里说出来,让云朵觉得好不奇诡,但与黄河连在一起,就不那么奇诡了,甚至是触手可及,仿佛自己家里的事情一样。

云朵沿着黄河继续往上走,走到伏寺湾的时候,她听到了观音的故事。

云朵把玉皇大帝的故事,与观音的故事连带起来想,突然有所顿悟,顿悟华夏民族以黄河为我们的母亲河,太有道理了。因此,流传在伏寺湾的观音故事,与旋涡湾天神的故事,已然一脉相承……云朵念念不忘那位给她讲了旋涡湾天神故事的老艄公,他守在黄河边的旋涡湾,绝对不是为了搬船而存在的,他俨然就是为了给路过的旅人讲故事的。不过,他的装束还保持着老艄公应有的模样:头扎一条三道道蓝的羊肚子手巾,手执一根搬船的木杆,屁股坐在一个用九只羊的羊皮扎起来的筏子上……云朵听完老艄公讲的故事,心血来潮地向老艄公提出了一个要求,希望老艄公能够划着羊皮筏子,让她在黄河的浪涛里荡悠荡悠。老艄公二话没说,就把羊皮筏子扔进了黄河里,招呼云朵上到羊皮筏子上,用他握在手里的木杆,把羊皮筏子一猛子便撑进了黄河的中游里去。

人只有进入黄河的中游,才能深切地感觉到黄河的激情与浪漫。

坐在羊皮筏子上的云朵突然觉得自己不是自己了,自己变成了黄河里的一条鱼,随着黄河的波涛起落沉浮。许多古人歌咏黄河的诗句,都如黄河的浪头一样,翻滚着浮现在了她的脑海中,什么"黄河西来决昆仑,咆哮万里触龙门",什么"人间更有风涛险,翻说黄河是畏途",什么"九曲黄河万里沙,浪淘风簸自天涯",什么"欲渡黄河冰塞川,将登太行雪满山",什么"黄河落天走东海,万里写入胸怀间"……云朵情不自禁地把这些诗句,和着黄河的浪涛声,可着劲儿地吼喊了出来。伴随在云朵身边的风先生,似也受到了云朵的感染,跟上她的节奏吼喊起来了。黄河激荡的水流也呼应着他,像是两岸的山也在呼应,夹在两山之间的河也在啸一般,气势之磅礴,天下无双……"白日地中出,黄河天外来""明月黄河夜,寒沙似战场""将军发白马,旌节度黄河""黄河九天上,人鬼瞰重关"……事后,云朵回想她与风先生在黄河中游吼喊的古人诗句,既有李白、杜甫、白居易的句子,亦有王之涣、刘禹锡、元好问的句子。

激情满怀的云朵,吼喊出了古人的诗句后,告别了老艄公,来到了伏寺湾,她在这里就又听说了观音的故事。

观音的故事同样离不开黄河……云朵走在伏寺湾下的黄河边上,偶遇了一位浣洗衣被的老妇人。如果说守在黄河边的老艄公是专为讲黄河的故事而存在的,那么浣洗衣被的老妇人应该也是。老人家浣洗衣被的行为独特极了,她把需要浣洗的衣被堆在黄河岸边,既不用杵槌,亦不用手搓,而只是浸在黄河的浪流里,任凭黄河的流水冲刷。被黄河的流水冲刷着的衣被,或黑或白,或华彩或清雅,在混合着沙粒的流水中,也都如鱼儿一样,漂漂荡荡,浮浮沉沉,色彩斑斓,是活泼欢快的,是飞扬舒畅的,让云朵看得心情快活而又敞亮。

云朵对浣洗衣被的老妇人说了两句话。她说:"衣被可以这么来洗呀?"

云朵说:"你把黄河的流水用到家咧。"

浣洗衣被的老妇人朝云朵看了一眼,用一种开悟般的语气给她说了。

老妇人说:"知道吗?这是观音女娃的发明哩。"

老妇人说:"观音女娃还没成为观音的时候,在黄河岸边就是这么浣洗衣被的呢!"

云朵的眼睛睁大了,她没有插话,而是乖乖女般坐在了老妇人的身边,静静地听她往下讲了。老妇人故事里的观音,之所以能够享受人间香火,被人敬仰,全在于她生世的修为了。像老艄公讲的故事一样,老妇人讲述的观音故事,也发生在北宋初年。黄河边的伏寺湾有户富贵人家,落生了一位小女娃。她落生人世,不像别人家落生的小娃娃,闭着眼睛,皱着眉头,攥着拳头,只一个劲儿地哭。她没有,她落生下来,便一脸喜气洋洋,呵呵、呵呵的,只是一个劲儿乐。她太独特了,独特得一家人不知如何来养她,而她也是奶不吃、汤不喝,临风而生,见风即长,呼呼啦啦地长着,没有几年时间,就出落成了一位人见人爱、花见花开的大美女。

闻讯向她提亲的人家,排着队往她的家里跑。提亲的不是官宦家的公子,就是豪富家的儿子。她也乐见官宦家的公子,乐见豪富家的儿子,就伴着他,来到黄河边上散步。他们双双走着,身边有许多开着花儿的小草,有许多结着果实的树木,不知是何原因,突然会有一棵草尖上的花儿,面对他们就枯萎下来,甚或是果树上的果实,面对他们就坠下地来。怜惜花儿的她,对着枯萎的花儿流泪;怜惜果实的她,对着坠地的果实流泪……泪水涟涟的她,没有别的要求,她只要求官宦家的公子,或者豪富家的儿子,能让枯萎了的花儿重新焕发生机,蓬蓬勃勃地开放;能让坠地的果实复位到原有的树枝上,慢慢地成熟……她这么给那些志得意满的公子哥儿说了,如果谁做得到,她就嫁给谁。

谁能满足她的愿望呢？官宦家的公子做不到，豪富家的儿子做不到，所以她就一直快乐地过着她的单身生活。

可是突然有一天，伏寺湾不见了多愁善感而又美丽大方的她，她的家人开始寻找她，伏寺湾的人都寻找她，都找不到。但她失踪后，方圆数百里的人家，包括伏寺湾，有一些大家意想不到的事情发生了……有个男子，人很善良，就是性格上孤僻一些，生活上困顿一些，娶不了妻，成不了家，苦苦熬着日月时，有一位貌美如花的女子委身于他，与他共度一段幸福的时光……有人不幸寡居，且还安心守寡，上孝顺老人，下抚养小子，很得邻里众人爱戴，在她食不知味、夜不能寐时，会有一位风流俊朗的男子暗中伴她左右，为她分忧解难，与她共度良宵。

这个一会儿男身、一会儿女身的人，会是谁呢？

疑惑不解的人们，想到那位神异的富家女子，知她才可能做出那样的举动。因此，受到她恩惠的人，男人、女人，在黄河边上的伏寺湾，为她修筑了庙宇，彩塑了金身，有难了求她救难，有苦了求她救苦，她就成了大慈大悲的观音菩萨。

听着老妇人讲说的故事，云朵默默地看着从她眼前流泻而去的黄河水，小心地把灯盏奶奶的骨灰分出一撮来，扬手撒进了闪着金色光斑的河水里，看着灯盏奶奶的骨灰，一点一点地溶入黄河水中。

伏寺湾没有灯盏奶奶念叨的花儿，云朵也没有想过要把奶奶的骨灰分出一撮撒在这里的黄河水中。但她受到了老妇人故事的触动，不能自已地撒了。撒了后，她又深情地跪下来，跪向浩浩荡荡的黄河，在心里给奶奶祷告着，让奶奶原谅她，说奶奶的一生契合黄河的情怀……

云朵再次抛撒灯盏奶奶的骨灰时，她已走出了陕西省，来到了宁夏境内的黄河边。

在此之前，云朵还在甘肃境内的黄河边，向着黄河的水流，抛撒了灯盏奶奶的骨灰。这是因为，她在那里的黄河边上，想起了灯盏奶奶常漫唱在嘴边的一曲花儿：

千万年者黄河水不会干，万万年者不塌的是青天。

千刀者万剐我情愿，千年万年者做那黄河的魂。

……

　　沿着黄河逆流而上的云朵，走之前是做了功课的哩。她知道甘肃地面上的花儿有"河州花儿"与"莲花山花儿"之分，往细了分，就还有个"洮岷花儿"哩……云朵在听这曲花儿的时候，她已经走近了兰州城，她是在兰州城外的黄河边上，听几位挖刨百合的农人，站在斜坡地头上漫唱出来的。当时的她并不知晓农人们漫唱的是什么流派的花儿，而风先生比她了解得多一些，附着她耳，给她说这应该就是"莲花山花儿"了呢。

　　云朵就在农人们漫唱着的花儿声调里，不歇脚地向前行走着，一边走，一边往与她并行的黄河流水中抛撒了一撮灯盏奶奶的骨灰。

　　是灯盏奶奶的骨灰起了作用吗？云朵听见黄河的河水里，似乎也嘹亮着一曲花儿，直往她的耳朵眼里钻：

兰州里者白塔藏历的经，拉布楞寺上里者宝瓶。

疼烂了肝花者想烂了心，人前头不敢者个打听。

……

　　这应该是什么流派的花儿呢？云朵不知道，风先生自有话说，他再次附在云朵耳边，告诉她，这是洮岷花儿哩。

第二十四章　太阳的味道

一天里三趟者雨来了,跑坏了者个挡羊的娃了。

为个光阴者又来了,娘里那个者把娃疼上咧。

……

——花儿《为个光阴者又来了》

　　为心爱的灯盏奶奶寻找她灵魂的归宿,让云朵意外地获得了一次学习花儿知识、感受花儿魅力的机会。

　　云朵一路走在甘肃省的地面上,她不仅眼见着黄河,耳听着黄河,还眼见耳听着一路这样的花儿那样的花儿,进入"天下黄河富宁夏"的黄河河套地界了……黄河经过甘肃境内的时候,是一种景象,经过宁夏的地面时,就又是另一番景象了。云朵蓦然发现,总是特别激烈,甚至十分暴烈的黄河,把她的身躯在宁夏境内极尽妖娆地绕成了一个"几"字形的大弯,这使得走在这里的云朵情不自禁地要感慨了,她感慨母亲般的黄河,在走过宁夏的时候,真如暖意融融的母亲一般,不温不火,不急不躁,走得从容了,走得清亮了,走得纯净了,而且还走得缱绻,走得缠绵,走得使人心伤……一曲独属于宁夏人漫唱的花儿就那么如母亲的叮咛般暖暖地响在了她的耳朵里:

　　花椒树树立者你甭上,你上者时树杈杈儿挂哩。

　　庄子里者去了你甭唱,你漫的花儿者人心伤哩。

......

　　一曲母亲般的花儿在云朵的耳朵边才落下音,又一曲母亲般的花儿在她的耳朵边嘹亮起来:

　　　一天里三趟者雨来了,跑坏了者个挡羊的娃了。
　　　为个光阴者又来了,娘里那个者把娃疼上咧。
　　　......

　　云朵的耳朵里灌进这曲花儿的时候,她正走在贺兰山下那片无边无际的戈壁滩上……不知是洪荒年代就有的产物,还是后来自然的变化,贺兰山下的戈壁滩与别处的戈壁滩是不一样的,太不一样了。别处的戈壁滩或者黑色,或者白色,或者杂色,都是鹅卵、鸽卵、鸟卵般大小不一的卵石。而贺兰山下的戈壁滩,则是一些拳头般、脚掌般,甚至是鹅头、鸡头、鸟头般棱角分明的碎石片,俨然是天崩地裂后的废墟,茫茫无际,漫漫无涯,让云朵抬眼看去,直觉得眼晕……眼晕着的云朵,却在这不见丁点绿色的碎石世界里,看见了一群一群的羊儿,仿佛从天而降的白色云团,游走其中,低头觅食。

　　云朵睁大眼睛,惊奇不已。她不知那一群一群的羊儿在戈壁滩上有什么可以啃食的。

　　带着疑问,云朵叫停了她搭乘的大巴车。她走下车,走进了接天连地的戈壁滩,向戈壁滩深处放牧着的羊群走了去……对于宁夏的滩羊,云朵生活的周原故地上,有着许多美好的说法,一说宁夏滩羊的肉嫩,好吃;二说宁夏滩羊的皮毛柔软保暖。宁夏的客商们,知道古周原人对他们滩羊的喜爱,每年入冬时节,就会驮着滩羊肉,背着滩羊皮,到周原故地来做生意。云朵不敢说别的地方如何,但她可以说七星河两岸的人家,特别是盛名远播的七星镇方圆数十个村庄,上了岁数的人,无论男女,家里情况好一点的,都会毫不吝啬地拿出积蓄来,为自己置办一件九道湾的宁夏滩羊皮袄。

灯盏奶奶晚年的时候,到了冬季,就常要念叨她身子冷。奶奶说过这句话后,必然地会补充上一句话。

灯盏奶奶会说:"能有一件九道湾的宁夏滩羊皮袄,可就好了。"

灯盏奶奶的渴望,她自己没有能力实现,云朵那时还小,也没有能力帮助奶奶实现。这成了云朵的一个心病,直到她幸遇先生胡不二,他给他幼年生活的故乡的人捎了话去,给奶奶邮递来一件那样的羊皮袄,才算了却了奶奶心头上那一个心病……这应该是一层原因吧,云朵对滩羊奥秘的好奇心就很强烈了,因此她追着距离她最近的一群滩羊走了去。碎石片太不规则了,犬牙交错,且又松散不平,高的高,低的低,让她走得颇为难受,有几次还崴了脚,她的脚踝被碎石片锋利的刃割出一道两道的小血口子来,往外一点点地渗着血珠子……云朵咬牙坚持着,走近了那群滩羊,她看见那群滩羊绝少吃得到绿色的牧草,它们一只又一只,集体吐着红红的舌头,在被太阳照射得灼热的碎石片上,贪婪地舔吮着!

震惊不已的云朵没有多想,就开口问起了那位放牧的老人。

云朵对着牧羊老人,"大爷大爷"地叫了两声。但她叫着的大爷还没回答她心里的疑问时,即已引起了两只牧羊犬的警惕。它们俩,一只黑色毛皮白花花,一只白色毛皮黑花花,极负责任地巡游在滩羊群的周边,随着云朵喊叫大爷的声音,就都如离弦的箭,吠叫着向云朵跑了来……云朵被飞奔来的两只花花狗吓住了,她没能再向牧羊的老人问出话来,而是紧张地躲两只花花狗了。但两只花花狗像与云朵早有交集似的,吠叫着跑到了她的跟前,不仅没有表露它俩的疯魔劲儿,还变得温温驯驯,摇动着它俩的尾巴,一副兴高采烈的模样,绕在云朵的身旁。一只探着脑袋,毛茸茸的嘴巴吻在云朵的脚面上;另一只也不甘落后,探了脑袋过来,把它毛茸茸的耳朵往云朵的腿上蹭。放下心来的云朵虽然还不晓得两只花花狗为何亲近着她,但她还是本能地伸出手来,抚摸了两只花花狗的头。

云朵抚摸着花花狗的头,向牧羊老人问出了她的问题:"那么多的羊儿在碎石片上吃什么呢?"

身子有点慵懒的放牧老人先朝陪伴着他牧羊的两只花花狗看了看,再斜眼来看年轻貌美的云朵。老人斜着的那只眼睛有点浑浊,却不失犀利,他看着云朵,对她淡淡地笑了笑,便轻描淡写地告诉了她。

老人说:"吃太阳哩。"

牧羊老人说得漫不经心,很不经意,而云朵却听得心惊,如雷贯耳。她在想,原来太阳是可以吃的。这个道理是如此浅显,地球上的动物和植物,千千万万,包括我们人,骄傲自大的人,哪一种哪一类,不像贺兰山下的滩羊,是要吃着太阳才能活命的呢?

伴随着云朵的风先生,在这个使云朵惊讶而又有所觉悟的时刻,放低了他的身段,贴着碎片石横铺开来的戈壁滩,向云朵靠了过来。风先生在向云朵靠过来时,搅动着碎片石,使它们相互碰来撞去,发出一路使人悸心惊魂的声响,同时还于碎片石的棱角上拂撩出一种尖锐细长的啸叫……云朵感受到了风先生带给戈壁滩的那一种动静,她暂时把她的眼睛从牧羊老人的身上转移开来,看向了不辞辛劳地陪伴着她的风先生,迎接着他,听他给她说话了。

风先生说:"太阳是地球万物的第一等营养。"

风先生说:"牧羊老人说得太对了,就像一首歌子唱的那样,让人十分钦佩,'万物生长靠太阳,雨露滋润禾苗壮'。"

风先生说:"真理是什么呢?即世间所存在的一种普遍规律。"

没有太阳,动物活不下来,植物也活不了。

风先生说着话的时候,牧羊老人放牧着的滩羊,像是要为风先生说的话注解似的,更欢实地舔食戈壁滩上的碎石片了。

一只滩羊的舌头舔食在碎石片上,会发出一种细碎的刺啦声,那么十只滩羊、百只滩羊呢?在贺兰山下的戈壁滩上,无以计数的舔食碎石片的滩羊,它们都会发出那种细碎的刺啦声,滩羊们众声和叫,发出的声音能不大吗? 云朵屏住了呼吸,专心致志地听滩羊舔食太阳的声音了,感觉那香甜的舔食声,仿佛响彻云霄般宏大。她在那一刻,呆呆地站在滩羊群的边上,有两只花花狗伴着,顿时感觉到了心热,还感觉到了手热。她把手从花花狗的头上慢慢地抬起,在眼睛上抹了一把。她感觉到了手背上的湿,想着用她的手背,制止住涌动的泪水,却没有制止得了,热辣辣的眼泪从她的手指缝里滑出来,珠串一般挂在了她的脸上。

牧羊老人想不到,他的一句话,会使他眼前这位陌生的女子满脸泪水。

当然了,牧羊老人这个时候还不知道这位陌生的女子是谁。不过他的两只花花狗,似乎已经给了他非常明确的提示,满脸梨花带雨的女子,与他应该有着很亲很亲的关系哩! 她会是……牧羊老人想到胡不二,远在西安城成了家的他,与她应是一家人哩。如不然,两只花花狗为什么会那么亲她? 这可是不合常理的呢。陪伴着他在戈壁滩上的两只花花狗厉害着哩,不是自己家的人,它俩会凶巴巴地驱逐了她呢。往常的经历,可就都是这个样子,两只狗对走进他家滩羊群里来的这位女子,表现出的态度,可以说已经证明了她的身份,她可是胡不二的女人哩。原来两只花花狗就特别亲胡不二,为他"马"首是瞻。胡不二到西安城上大学去了,小狗们因此失魂落魄了好长时日……一会儿时间,牧羊老人想了很多很多,他越想越是喜欢来到他身边的这位女子了。她是那么好奇有趣,又多愁善感! 喜欢上了她的牧羊老人,因此改变了和她说话的态度,从开始的漫不经心,变得慎重了,也认真了。

慎重认真的牧羊老人,也许是为了更充分地表现他的认真慎重,用手拿了块戈壁滩碎石片,也舔在了碎石片上。

老人又随手捡起一块碎石片,抬手递给了云朵,让她舔。

云朵伸出舌头,像牧羊老人一样,舔在碎石片上。

云朵舔着碎石片时,牧羊老人说了话,先是一句平平淡淡的问话。

牧羊老人问:"舔出啥味道了吗?"

牧羊老人问过云朵后,并不等她回答,就说出了他的感受。老人说:"是太阳的味道哩! 有点咸,有点甜,还有点腥,你说是不是呢?"

牧羊老人说:"我在戈壁滩上放羊,早就品尝过碎石片上太阳的味道了。"

听着牧羊老人的话,云朵就只有点头再点头。因为她的舌尖在碎石片上尝到的味道,与老人说的没有两样,的确有点咸,有点甜,有点腥……风先生真是会抓机会,他在牧羊老人和云朵就碎石片上太阳的味道拉着话的时候,插嘴进来,刷起他的存在感,赶着说了两句话。

风先生说话前,先调皮地把牧羊老人繁茂的大胡子掀了掀,这才说:"风呢? 有没有风的味道?"

风先生没等牧羊老人说啥,又接着说:"我可是早就尝过碎石片的味道了呢。既融合了太阳应有的味道,也融合了风的那种味道哩。"

牧羊老人和云朵应该是听到风先生说的话了,因此他俩会心地笑了笑。云朵笑着向牧羊老人伸出手,她拉住老人的手,把他拉着站了起来……站起来的牧羊老人,此前躲着云朵,没有直面她,现在与她照面,给的还是一个侧影,让云朵看见的他,唯有半边脸上被风吹着的一把大胡子。他迅速放开了云朵拉他的手。

牧羊老人在放开云朵手的时候,一点都没有迟疑。他说:"我在戈壁滩上放了半辈子羊,没人像你这样来问我。"

牧羊老人这么说来,话一下子就长了。他说:"我也没有给人说过那样的话,但我看着羊儿在舔食碎石片时,是也想过你问我的那个问题的。我没有向别的人询问,而是向我放牧着的滩羊问的,滩羊不回答我,就只是舔食碎石片上的太阳;我向滩羊问不出结果,就又问了铺天盖地的碎石片,碎石片沉默着,也不回答我……是的,我不能不问太阳,而高悬在天上的太阳又总是那么火辣辣地照着我,一脸的热情,一脸的喜乐,持续无私地温暖着,但还是不回答我。"

牧羊老人说了那一大堆话后,叹了一口气,又说:"我把我能问的、该问的物事都问过了,没有谁能回答我。"

牧羊老人说:"倒是你这一问,把我问明白了。我明白这就不是个该问的事情……清清楚楚、明明白白、自自然然的一个事情,有什么要问的呢?"

云朵彻底地愣在戈壁滩上了,她抬起头来,仰望一会儿高远的天,又低下头来,眺望一会儿广袤的戈壁滩和戈壁滩上这里一群、那里一群的滩羊,她不知道说什么好了。此时此刻,她脑子里蓦然闪现出灯盏奶奶的形象,鲜明着,并越来越鲜明……在这个时候,一曲灯盏奶奶漫唱过的花儿,不失时机,一字一句,像是戈壁滩上的碎石片一般飞弹起来,敲打着她的心房:

> 日头里者天上火辣辣红,地上里者石头麻拉拉亮。
> 离家尕妹者想断那肠,心儿里急欻欻的满是泪!
> ……

灯盏奶奶漫唱过的花儿,在云朵的耳朵眼里响亮着时,她不能自已地学着奶奶的腔调,也漫唱出了声……云朵在悠扬的花儿调子里想,她该是找寻到灯盏奶奶灵魂的归宿了。

云朵给牧羊老人提出了一个要求。

云朵说:"我想到黄河边上去,您能带我去一下吗?"

牧羊老人没问云朵去黄河边上做什么,就赶着他的滩羊群,向戈壁滩边上泛滥着银色亮点的黄河走去了。

第二十五章　那只远古女子的手

青丢丢者草来蓝丢丢者水,悬丢丢崖上者刺玫。

尖云丢者鼻子圆丢丢者嘴,憨丢丢儿里者笑哈。

……

——花儿《憨丢丢儿地笑》

云朵随在牧羊老人身边,走到了黄河的边上。

在云朵的心里,还牢固地存留着黄河在晋陕峡谷中的样子,汹涌澎湃着,汤汤荡荡,激烈磅礴着,荡荡汤汤。磅礴激烈着,真如一条横亘千古的黄色巨龙,浊流千转,挟雷裹电而来;狂澜万丈,撼天动地而去……但是站在了宁夏境内的黄河边上,云朵看见黄河发生了根本性的变化,这里的黄河风平浪静,像极了一面长长的条形镜子,映射着太阳七彩的光芒,温顺地铺展在大地上,自觉接受着风的吹拂,被轻轻的风儿掀起一层一层细碎如鱼鳞般的浪花,前浪捧着后浪,又一层一层地向黄河的两岸涌动,争先恐后地没入了河岸边一簇一簇生长着的菖蒲,还有芦苇、牛毛毡、天胡荽等水草丛里……哦!云朵感到她的心跳似乎也如这黄河的流水,慢下来了。

一曲灯盏奶奶曾经漫唱过的花儿,受到了黄河的激发,在云朵的心里像是生出了翅膀一般,从她的喉咙里往出飞了呢。

云朵记得非常清晰,这曲花儿名叫《憨丢丢儿地笑》:

青丢丢者草来蓝丢丢者水,悬丢丢崖上者刺玫。

尖丢丢者鼻子圆丢丢者嘴,憨丢丢儿里者笑哈。

……

　　牧羊老人在云朵漫唱这曲花儿的时候,把他斜着关注云朵的目光,慢慢地移挪开来,看向了他的滩羊群与黄河水。他的滩羊群从单调辽阔的戈壁滩上来到黄河水边,或许是因为太干渴了,突然见到了嫩绿的青草和平静的流水,羊儿们就都一边啃着青草,一边嬉闹在黄河边上的浅水里,搅动得平静的河水泛起一串又一串的波浪……牧羊老人听着云朵把那曲花儿漫唱罢,就也和着她漫唱的这曲花儿,漫唱出了一曲:

清湛湛里者一碗碗水,凉渗渗者我没喝。

多人伙里者看下个你,羞脸大了者我没说!

……

　　牧羊老人漫唱的花儿应该叫《多人伙里者看下个你》吧。云朵这么认为,是有她的理由的,因为灯盏奶奶就曾漫唱过。不过奶奶漫唱的声音没有牧羊老人的声音浑厚,他的声音低沉沉的,非常有力度,仿佛他身边流动的黄河水一般,直击人的灵魂。云朵听着,直觉她此行的一个目的或许是有个结果了呢!

　　云朵等着牧羊老人把这曲花儿漫唱罢,便直截了当地问起他了。

　　云朵说:"你知道灯盏奶奶吗?"

　　云朵这么说来,担心牧羊老人听不明白,就一句接一句地给老人解释了。

　　云朵说:"她是我的奶奶哩。奶奶嘴里漫唱的花儿多了去了,我刚才漫唱的那曲《憨丢丢儿地笑》,就是从奶奶那儿学来的。还有你漫唱的《多人伙里者看下个你》,奶奶也会漫。现在,奶奶不在了,她留遗言给我,说黄河边漫唱着花儿的地方,就是她灵魂的归处。"

云朵说:"我把奶奶灵魂的归处找到了。"

云朵快言快语,说得开心,开心着,便想得到牧羊老人的回应。老人回应她了,却不是她想要的结果。

牧羊老人说:"灯盏奶奶……你的奶奶,我怎么能知道呢?"

牧羊老人说:"黄河边漫唱花儿的地方,可不止宁夏这一块。你把甘肃地面走过了,如今走在宁夏的地面上,你再往黄河的源头上走,还有漫唱花儿的地方哩。花儿就是黄河水滋养生长出来的,花儿就是黄河的灵魂,花儿就是黄河的气魄。"

从牧羊老人的嘴里,云朵没有问出灯盏奶奶灵魂的归处,但她并没有失望。她不仅没有失望,甚至还感到一种极大的宽慰,这是因为牧羊老人的话启发了她,使她真切地感受到,她的灯盏奶奶就属于花儿的黄河……云朵想到这里,便把带在身边的奶奶的骨灰,又分出一小撮来,抛撒进了黄河的流水里。

就在云朵向黄河的流水里抛撒灯盏奶奶骨灰的时候,牧羊老人给了云朵一个建议。

牧羊老人说:"贺兰山的崖画可好看了。我要放牧我的滩羊,腾不出身子,就让花花狗陪你去。花花狗比我还熟悉那些崖画哩。"

就在这个时候,他巨大的倒影,"扑"进了黄河水里,在清澈的黄河水中,悠悠荡荡,晃晃漾漾……云朵没有不接受牧羊老人建议的理由,因为她的先生胡不二,在与她相识相交,并与她结为一家人的日子里,没少给她述说雄伟的贺兰山,没少给她述说贺兰山石崖上远古时摩的崖画。

云朵听从了牧羊老人的建议,她在两只花花狗的陪同下,向着贺兰山去了。

云朵到了那里后,心里直呼不虚此行。云朵感谢牧羊老人给予她的建议,太合乎她的心境了,而两只花花狗,正如牧羊老人说的那样,确实非常熟悉贺兰山上的崖画,这使云朵难免想起她的先生胡不二。因为胡不二给她说过,说他成长在贺兰山下,经常去攀爬贺兰山,观摩贺兰山上的崖画。胡不二给云朵这么说时,他没说两只花花狗,但云朵现在想来,那两只花花狗一定也陪着他攀爬贺兰山,观摩崖画……在花花狗的引领下,云朵走到了贺兰山崖画较为丰富的那一处山口上。她抬头看来,这里的景色是幽雅的,奇峰耸峙,如虎踞,似龙盘,更或者如宝剑刺天,似斧钺斩地,雄伟极了。两峰之间,跃出一道溪流,潺潺浸浸,十分清澈怡人。云朵拿出手机,在手机上查阅资料,知晓在这处山沟里有千余幅各具形态的崖画……云朵想要自由地爬贺兰山看崖画的,然而忠实的花花狗没有任由她去,而是一前一后,把她带到贺兰山的一处绝壁前,先让她从低处来看,再带她攀爬到高处,这样能更清楚地看到绝壁上崖画的全貌。云朵当即被那规模宏大的崖画深深地吸引住了,她忘记了饥,忘记了渴,一口气观览了大半天……云朵感叹古人的智慧与耐力,还有他们的审美。

崖画的造型无不粗犷雄浑,构图之朴实、形象之逼真,让云朵叹为观止。

人首图像是贺兰山崖画的主体,其次为牛、马、驴、鹿、鸟、狼等动物图形,还有舞蹈与交媾的场景,当然还有太阳、月亮的崖画。但让云朵最为叫绝的,则是那只摩在崖壁上的手了……那是一只女子的手呢。云朵刚看见时,即感觉到那只女子的手,像是被赋予了一种神异的力量,一下子就抓住了她的眼睛。她不顾一切地向那半山崖上的崖画攀爬了去。

是花花狗带着云朵到那只远古女子的手前去的。

两只狗仿佛通着云朵的心灵似的,在云朵观赏了多处崖画后,俩狗发现云朵还没有关注到那只女子的手,就强横地带着她走了。当时的情景是,一只狗伸嘴叼住云朵的裤腿,一只狗用头顶着云朵的背,向着那处女子手的崖画攀爬了去。那只远古女子的手,刻得太隐秘了,在一处摩崖的背阴里,没有道路可通,唯有巉崖与绝壁。两只狗不畏巉崖,不怕绝壁,连扯带推,生生把云朵前扯着、后推着,到了那里,让云朵面对了那只远古女子的手。

云朵必须承认，她的目光在触及那只远古女子手的一瞬间，像被那只女子的手戳了一下似的，把她的眼睛戳疼了，戳出血来了呢。

受到那只远古女子手的吸引，云朵把她的手伸了过去，想要与那只远古女子的手相击一下。然而她伸错了手，她伸出的右手，完全无法与那只女子的手相契合。于是她换成了左手，却依然无法契合……云朵自信她的手生得不错，纤柔白皙，细嫩光滑，但就是不能与那只崖画上的手比呢。云朵不仅当时想了，便是后来的日子里，只要眼前闪过那只远古女子手的影子，就都会搜索枯肠，寻找一切形容女子手的文字。她搜罗了许多，成语中的即有指如削葱、手如柔荑、玉指纤纤、柔若无骨、滑如凝脂……再是诗人吟诵的：佳人不忍折，怅望回纤手；攘袖见素手，皓腕约金环；露来玉指纤纤软，行处金莲步步娇；红酥手，黄縢酒，满城春色宫墙柳……文章大家们又口吐莲花，笔下生花，写出了许多刻画女子手的佳句，譬如姐姐的手指修长，十指尖尖，十分灵巧；譬如纤纤玉手透着婴儿的白，好像一下子能挤出水来；譬如她的手是那么洁白，仿佛一件绝美的艺术品；譬如她那两只手美丽得少见，秀窄细长，却又丰润洁净，指甲放着青光，柔和而带珠泽……在云朵的记忆里，这样的成语、诗句和文句还有很多很多，但没有哪个成语、哪首诗句、哪段文词，能够准确地形容刻在山崖上的那个女子的手。

但云朵可以肯定的是，那绝对是妙龄女子的手呢！

云朵还可以肯定，那位女子该是曼妙的，如仙女一般；该是浪漫的，似仙游一般……云朵不能自已地想象了呢，想象那位远古时的女子，她是走在了贺兰山的这处山口子上，也许为某种事物所触动，也许完全无意，就那么毫无意识地伸出了她的手，扶了扶她身边的那块崖石，把她手上的汗渍留在了那里。她是走掉了呢，可她留在那块崖石上的汗渍，在太阳光的照射下，变成盐碱化的一只手印。她没怎么在意她的手印，却有一位深爱她的男子，从此守在她留着汗渍的那一面崖壁前，依着她汗渍的手印，刻刻画画、琢琢磨磨。那位男子太有耐心了，他消耗掉了多少时间呢？一天肯定不能,两天、三天也不能,非得十天半个月,甚至三十天、一百天都有可能,才把那位女子的手印,刻画琢磨在崖壁上,造就了一件千古不朽的艺术品!

想象折磨着云朵,她在此后的日子里,便是梦中,也会梦见那只贺兰山崖壁上女子的手。

云朵怀揣着她的想象,从贺兰山崖画群走开来,与两只花花狗一起回到牧羊老人的身边来了。云朵没有什么保留地,把她在众多崖画中看到的那只女子的手,不加掩饰地说给老人听……云朵在给老人述说她的感受与想象时,像她还未离开贺兰山口的那只远古女子的手似的,感佩着,激动着,因此说话的声音似乎也有点走调,仿佛她喉腔的肌肉在激烈地颤抖一般。

云朵说:"我看到那只手了,那只远古女子的手。"

云朵说:"她的手太美了,语言和文字再怎么丰富,都形容不了那只手的美。"

云朵说:"是你的两只花花狗带着我,我才看到那只女子手的哩。"

老人听得很仔细,他听着,又斜眼来看云朵,不过,云朵看见他斜看她的脸是笑了的呢。

牧羊老人说:"你不知道吧? 我的两只花花狗,可是贺兰山崖画的守护神哩。原来我也去看贺兰山崖画,现在老了,跑不动了,就由我的花花狗代我跑了哩。"

牧羊老人说:"我的孙孙儿在我身边的时候,也爱跑到贺兰山看崖画。"

牧羊老人这么说来,云朵是想问他了,问他是不是在保护贺兰山崖画。那历史悠久而又十分美艳的画作,确实是需要人来保护的呢。头一个问题还在云朵的大脑里盘旋着,第二个问题就冒了出来,那就是老人家的孙孙儿了。他的孙孙儿是谁呀? 然而,云朵自觉那是牧羊老人家的私事,就没好意思问出口,她因此想起了风先生,想让风先生站出来给她帮腔了。

云朵在贺兰山登高就低观摩崖画的时候，即与跟随她一起观摩崖画的风先生交流了体会和感受。关于那只远古女子的手，风先生当时就向她说了呢。

风先生说："世上越是美的东西，就越是迷人，而且还越像是个让人难以捉摸、咋猜都猜不透的谜。"

有自己观点、有自己立场的风先生啊，云朵是很依赖他了呢。可在此刻，云朵却感觉到她的身边不见了风先生，云朵因此轻声地呼唤了他一声……一路往三江源上去，云朵知觉她是须臾离不开风先生了。当然她还知道，风先生还有别的使命，譬如他死心塌地与她为伴，既不让她感觉孤单，又要把她行程中的所见与所闻，以他风的能力，回传给她的闺密肇拉妮、曾甜甜、赖小虫、操心巧，以及汝朋友、鹿鸣鹤、谈知风、艾为学呢。

云朵见不着风先生，正是因为风先生逮住个时机，在她的面前失踪了。

不过那有什么要紧的呢？听到了云朵的轻声呼唤，风先生自会迅速地撵过来。往云朵身边撵来的风先生，吹动了云朵的头发，使她黑色的长发飘舞了起来，云朵因此知觉到，她呼喊着的风先生到她身边来了。

云朵的知觉没有错，她还没有开口说话，风先生就先告诉她了。

风先生说："把你的手机翻开来看看吧。咱不能只顾自己跑得快活开心，还应该看一看、听一听朋友们是咋说的呢。"

风先生的提醒是及时的，从西安城走出来，逆着黄河的流水，向三江源上走着的云朵，把她的手机设成了静音。此时此刻，她觉出了自己的这一做法是自私的，因此就朝风先生吐了吐舌头，拿出她的手机，翻开来看了……她看见了闺密与朋友们的短信，一条连着一条，一条赶着一条，条条都是对她的关心与问候，还有眼红与羡慕，自然还有关于他们弃婴救助福利基金会的情况汇报。而最为特别的是，汝朋友、鹿鸣鹤、谈知风、艾为学他们几个有钱有闲的家伙，抱怨云朵上三江源，怎么就不通知他们一下呢？他们也是向往三江源的，他们要云朵到了三江源上不要太急，等着他们自驾车辆上来与她会师，一起把三江源好好走一走，走透了，看个够。

云朵翻看着朋友们的短信，热血沸腾，她给他们回短信了。

云朵在给他们回信息时，把信息又翻了一遍，她是想翻看到先生胡不二的短信的呢。可是没有，她因此跺了跺脚，把脚下的几块碎石片跺得都飞了起来……云朵的这个动作，牧羊老人看在了眼里，风先生也看在了眼里。牧羊老人看见了没有说啥，而风先生就不能不说了。

风先生知晓云朵跺脚的意思，他是必须安慰云朵了。怎么安慰好呢？风先生皱着眉头想了想，他想出了这样一句话。

风先生说："世上有一样东西，比别样的东西都更忠实于你，那就是自己的经历，以及经历中的感受与思考。"

说出这句话的风先生，知晓他的话说得不甚具体，宏观了些。但他没改自己刚才的话风，而是说得更宏观、更不具体。

风先生说："自己的经历不会骗自己，自己的努力不会骗自己，自己走过的路不会骗自己，而且会不动声色地影响你自己，改变你自己。"

风先生说的话，让云朵听得一头雾水。不过，这又有什么呢？云朵还将经历，还将努力，还将走她的路，那就在经历中、努力中，还有走着的路上，慢慢地体会、理解了……云朵是这么想的，她正想着，手机却又嘟嘟嘟嘟振动起来。

云朵查看起了她的手机，她看到一条新短信。这条短信是她的卓玛央金阿佳发来的呢。

央金阿佳在短信上说："三江源上的秋季赛马节就要到了，我们赛马节上见。"

第二十六章　草原上的太阳

涅河里水者的往黄河里淌，虎头的崖，落了者一对儿凤凰。

朝你者方向啼鸣上两声，有心肠来，不知哪哒是落脚者地方。

……

——花儿《不知哪哒是落脚者地方》

向三江源上走，都已走进青海省境内了，而云朵似还停留在宁夏境内一般，一直回想她在那里的经历与感受，云朵知觉自己沉溺在贺兰山下的戈壁滩上，一时是走不出来了呢！云朵想起老人，想起两只花花狗，想起贺兰山崖画群里的那只远古女子的手……云朵这么不停想着时，突然就听到有人在什么地方漫唱一曲花儿：

山里头有名里者昆仑山，大川里，美不过青海里者草原。

花儿里者俊不过白牡丹，人伙里，好不过英俊里者少年。

……

那人把一曲花儿漫唱罢，没怎么歇息，随口就又漫唱出一曲来：

湟河里水者的往黄河里淌，虎头的崖，落了者一对儿凤凰。

朝你者方向啼鸣上两声，有心肠来，不知哪哒是落脚者地方。

……

漫唱着花儿的声音,是从一块大石头背后传来的。云朵把她的目光移向了那块大石头,初看时她即坚决地以为,那该是一头牦牛幻化的呢!就那么如一头牦牛般横卧在她眼前不远的地方。山是起伏着的,绿汪汪满是风吹不倒的草。而太阳是明亮的,喷薄着数也数不清的光线,千丝万缕,编织着那块大石头,使大石头呈现出一种灰白色的质地来,却还夹杂着一坨一坨的深灰色……云朵的眼睛,就从那块奇异的大石头边看过去,看见的还是许多如那块大石头般的牦牛,散在大石头的周边,以及更远的一块草坡上。

　　云朵能够肯定的是,漫唱花儿的人就在那块大石头的后面。而且她还能够肯定,他漫唱的花儿,该是流行于河湟地区的花儿哩。

　　漫唱者的汉语水平有限,许多花儿的歌词,云朵是听不清楚的,但她约莫知晓,前一曲花儿的名字是叫《花儿里俊不过白牡丹》,因为灯盏奶奶生前也是漫唱过这曲花儿的呢。而后一曲花儿的名字,云朵就不知晓了。但这不重要,重要的是她喜欢花儿,听得懂的喜欢,听不懂的也喜欢……云朵往大石头那边转着走去了。她虽然一时还没见着漫唱花儿的人,但已从那人漫唱花儿的声调里隐约听得出来,他该是一位上了年纪的老人哩。

　　随在云朵身边,一起上到三江源上来的风先生,没有让云朵瞎猜测,他开诚布公地给说了呢。

　　风先生说:"的确是个老人呢。像你在贺兰山下的戈壁滩上遇到的牧羊老人一样,也是在大石头的背面,靠着大石头,牧牛灌酒吃太阳哩。"

　　风先生还进一步告诉云朵,说这位老人名叫阿旺诺布,他在这里已经放了许多年的牦牛了。便是今天,也已放牧了大半天,他一边牧牛,一边喝酒吃太阳。这是他的一个习惯,只要赶着牦牛到草坡上来,他即会就近选择一块大石头,或者别的什么,譬如一棵大树,譬如一道断崖,靠上去,卸下他肩上挎着的那个牦牛皮制作的酒囊,伸手抓一把太阳,喂进他的嘴巴里,佐酒痛饮了。太阳是老人家的下酒菜,老人放着他的牦牛,太阳不落山,他不会停止吃太阳、喝酒,他要吃吃喝喝一整天……听着风先生的介绍,云朵的兴趣为之大增,她绕着大石头,向大石头的背面走得更快了。

云朵告别贺兰山,告别戈壁滩,还有牧羊的老人,她可是洒了泪的呢。

云朵有泪要洒,风先生是理解的。他看着云朵遇见了牧羊老人,相互陪伴着生活了几天,却总是不能把他们心知肚明的事情说开来,说透了,使他们相认……风先生因此都为云朵着急了呢。便是那两只花花狗似乎也着上了急,在云朵告别牧羊老人的时候,急得乱打转转,又乱吠叫。云朵与胡不二相识、相恋、相爱,"有情人终成眷属",他俩成家后,商量着是要回贺兰山下的戈壁滩上来看望老人家的,却又这样一个事情,那样一个事情,耽搁着没能回来。这一次倒是好,云朵身背灯盏奶奶的骨灰逆着黄河回来了,见着了老人家。他们爷孙相见,别说他们自己,便是两只花花狗都感觉到了云朵的亲人气息,对云朵极尽了它们的热情,可他们自己咋就还那么矜持呢?

着了急的风先生却不气馁,他是一定要让他们爷孙自觉相认的哩。

风先生等着一个机会,那个机会就是云朵告别老人的时候。是日清晨,云朵收拾好行装,要继续她往黄河源头走的行程了。而牧羊老人在这个清晨,起得比云朵早得多。早起的老人在他用戈壁滩上的片石垒筑起来的住房里,给云朵炖煮了一锅清炖滩羊肉。炖煮熟了,他喊来云朵,在同为片石垒筑的饭桌前,招呼她吃了。滩羊肉的嫩、滩羊肉的鲜、滩羊肉的香,让云朵吃得满嘴流油,满手流油……就在牧羊老人招呼云朵大快朵颐地吞食滩羊肉的时候,太阳从戈壁滩的边上,一点一点地腾跃着,带动着东边天际的云彩,红通通贴着戈壁滩,一路流淌了过来……风先生便抓住这个时机,来让爷孙俩相认了。

风先生悄悄地蹭到牧羊老人和云朵的身边,抓起一块鲜嫩的滩羊肉,放进嘴里嚼起来。他嚼着说:"美味呀,世间少有的美味哩!"

风先生绕着弯子把牧羊老人的滩羊肉夸了一句后,还不见两人搭理他，这就不绕弯子了，而是照着他心里想的，直截了当地给他俩说了呢。

风先生说："你俩要急死个我呀。云朵呀，你知道老人家是谁了吧？他是胡不二的爷爷，自然也是你的爷爷，你咋不认呢？"

风先生把云朵说了两句后，就又说起了牧羊老人。他说："你个胡大胡子，你孙孙儿的媳妇到你身边来了，你咋也不认呢？"

风先生说："你俩再不相认，可就没有多少时间了。"

云朵被风先生的好心感动了，自然也被风先生的好言劝动了。她把咀嚼着滩羊肉的嘴张了张，这就热热地吐出了一句话。

云朵说："爷爷，胡不二是你的孙孙儿吧？我是胡不二的媳妇。"

云朵两句话把牧羊老人说得眼睛发红，差点落下泪来。老人到这时候，才把他总是侧向云朵的脸正了过来，看向了她，让云朵终于看清了他的颜面……云朵在与胡不二新婚的时候给胡不二说了，要他把老人接来，参加他俩的婚礼。胡不二捎话给了老人，但老人没有答应云朵的请求，老人说了，他俩新婚，可不能因为他的到来而吓着他们。就在今日，就在眼前，老人把他说过的话，给云朵又说起来了。

老人家面对着云朵说："看见了吧？我的脸见不得人哩。"

云朵必须承认，老人的半边脸是狰狞的，的确有点吓人。还有他那半边脸上的那只眼睛也是瞎的，也十分狞厉……不过这又有什么呢？自己的亲人哩，脸再怎么狰狞，眼睛再怎么狞厉，也还是亲人的样子呢。飘动在老人下颌上的大胡子，证明着老人的心底该是柔软温润的哩。云朵的内心，因此竟还冒出一句流行歌里的词："胡子很长，故事很多。"

云朵坚信大胡子的爷爷，是有他的故事的哩。但在这个时候，她不好多问，而认了亲人的爷爷也不会自己说出来……云朵因此是要遗憾了呢。而心地纯良的爷爷也有他的遗憾，因此就把他内心的遗憾给云朵说了。

老人家说："你和不二成亲，我没来，你不怪罪我吧？"

老人家说："不二他怎么样？"

老人家说："不二咋不跟你一起来呢？"

老人家问了一连串的问题,云朵能怎么回答他呢? 她就只有一个问题一个问题地回答了。

　　云朵说:"看爷爷说的,我俩咋能怪罪你老人家呀。"

　　云朵说:"不二好着哩。"

　　云朵说:"不二忙他不二茯苓坊的事情哩。下次吧,下次我与不二一起来吃爷爷的滩羊肉。"

　　云朵那么给她的老人家说了后,抹了一把她吃滩羊肉吃得油乎乎的嘴,这就背起她的行囊,向老人家告别,走了。云朵都走远了呢,却还听得见老人家一声一声的嘱咐。

　　老人家说:"云朵呀,你要给不二说哩,让他不能忘了戈壁滩。"

　　老人家说:"还有贺兰山口子上的崖画,他那么喜爱崖画,我和花花狗给他保护着哩。"

　　听着老人家的嘱咐,云朵回了一下头,她应了老人家两句话。

　　云朵说:"戈壁滩上的太阳啊!"

　　云朵说:"贺兰山崖画里那只远古女子的手啊!"

　　云朵在给老人家说着这样两句话时,她的心里既活跃着初见老人家时的情景,又活跃着与她久未通讯息的胡不二……云朵想念起她的先生胡不二了。她想念中的他,一身的艺术才华和气质,可是戈壁滩上的太阳,还有贺兰山上的崖画,一点一滴渗透给他的? 云朵坚信是的。她这么把先生胡不二思念了一会儿,就很自然地又把他埋怨上了。云朵埋怨胡不二太任性了,他一个男人家,心眼儿咋那么小呢?

　　云朵这么想着,就在心里嘀咕了一句:任性是要害人的哩。

　　云朵在心里嘀咕着这句话时,远远地就还听见老人家给她喊了一嗓子。

　　老人家喊:"在路上碰巧了,你还会见到一个像我一样的老人哩。"

　　老人家在贺兰山下戈壁滩上的喊声,仍在云朵的耳朵里一波一波地轰鸣着,她便要面见爷爷说的那位老人了。背靠着大石头的老人,不知他意识到了没有。总之,他像什么事儿都没发生一般,还在大石头的后边,漫唱他的花儿。此时此刻,他漫唱花儿的声调透着一股让人心伤的苍凉:

九曲里者黄河十八道弯,湾套湾,三江源是一望无际者草原。

民歌的海洋花儿者天,随口漫,要漫唱个美好里者春天。

……

这曲花儿名叫《漫唱个美好里者春天》,云朵听着似曾相识,但又觉得陌生。她就踩着这曲花儿的调子,绕着那块牦牛似的大石头,见到了漫唱花儿的人,的确是一位老人哩。云朵什么话都没说,俨然老人的小孙女一般,乖乖顺顺地挨着老人的身子,像他一样,靠着大石头边上坐下……老人的花儿还没有漫唱罢,但他每漫唱一句花儿,就要举起他的牦牛皮酒囊,往他的嘴巴里灌一口酒。灌过酒后,或是朝着空中伸手抓一把,或是顺着草皮抄一把。他抓一把,就往嘴里送一把;他抄一把,亦往嘴里送一把……因为有风先生的提示,云朵业已知晓,牧牛老人是抓着太阳、抄着太阳,给他下酒的呢。

不用问,云朵已非常肯定地认为,牧牛老人就是戈壁滩上牧羊老爷爷说她还会见着的那个与他一样的老人了。如不然,她不会那么乖顺地坐在他的身边,听他漫唱花儿。

牧牛老人把这曲花儿漫唱到最后一个音调时,声音像山要崩了似的倏忽落下来,云朵的心为之跳了一跳……心跳着的云朵看见,牧牛老人又举起他的牦牛皮酒囊,像他每次灌酒一样,程式化地灌下一口后,又抓一把太阳,喂进嘴里品嚼了。他那么品嚼一会儿,似才注意到坐在他身边的云朵,他把拥在怀里的牦牛皮酒囊递给了云朵。云朵没有客气,她接了过来,像老人一样,举着先往自己嘴里灌了一点点,只是那一点点,便把她呛得一通大咳……云朵虽然大咳着,却也没有忘记伸手抓一把太阳往她的嘴里送。

云朵把牧牛老人"太阳下酒"的那一套程式学得非常像。

学着牧牛老人灌酒,学着牧牛老人吃太阳,云朵蓦然有了一个非同寻常的体会。她体会到草原上的太阳,自有草原上的模样,清新明媚,金光炫目,大有滋味……云朵喀喀喀喀的呛酒声,在她对草原上太阳的想象中,慢慢地歇了下来,因此还明知故问地问牧牛老人了。

云朵问:"你是吃太阳下酒的吗?"

云朵问:"草原上的太阳是什么味道的呢?"

云朵问出来的话暴露了她的行程,牧牛老人笑笑地回答了她。

牧牛老人说:"跟戈壁滩上的太阳一样,有点咸,有点甜,还有点腥。"

心照不宣的几句对话,使云朵对贺兰山下戈壁滩上的爷爷与三江源上的牧牛老人有了一样的敬意与想象,他们都是有故事的人……云朵很想知道他们的故事,但也晓得想要知道他们的故事,肯定是不容易的。她因此想到了风先生,无所不知、无所不晓的风先生啊,云朵看向了他,可是风先生却意味深长地躲开了她的目光,向远方看了去。

一阵紧似一阵的马蹄声,似天锤敲打地面一般,从阳光普照的远方迅速地逼近着。伴随着骤急的马蹄声,还有一声一声的马嘶,也从远方逼近着,快要来到云朵和牧牛老人靠着的大石头旁了……骑马的人是位汉子哩,他在马蹄声和马的嘶叫声里,扯着嗓门,喊出了云朵的名字。

他在喊:"云朵!云朵!你央金阿佳让我接你来咧!"

第二十七章　欢乐的赛马会

白尾巴白鬃者白龙马,四蹄儿翻空飞哈。

尕妹是草原上白莲花,阿哥骑马里看哈。

……

——花儿《尕妹是草原上白莲花》

骑马喊叫着云朵的藏族汉子,不是别人,正是多杰嘉措。

云朵从卓玛央金的嘴里已知道多杰嘉措了,却不知他与央金阿佳是怎样一种关系。他是央金阿佳的丈夫吗?云朵却只能大摇其头,否认她的猜测。那么他是央金阿佳的什么人呢?是她的知己、相好吗?云朵可是不敢这么往下想的哩,她一旦那么想来,就心慌得要抬起手来,抽自己的嘴巴子……秘密隐私,隐私秘密,云朵现在还就只能让她的央金阿佳与多杰嘉措大哥,在她的心里继续秘密着、隐私着。

大声喊叫着云朵的多杰嘉措策马而来,他的第六感约束着他和他的奔马,跑到了那块大石头旁,双双停了下来。

多杰嘉措骑乘的马跑得太快了,在收住蹄子时,马头与前蹄都往起高高地一跃,而多杰嘉措像是要展示他的骑术似的,就在这个时候,翻身从马背上跳到了地上。多杰嘉措扔开马缰绳,却依然马鞭子不离手地喊叫着云朵的名字,往大石头一边赶来了……不用多杰嘉措自我介绍,当然也不需要云朵自我介绍,喊着云朵名字的多杰嘉措,转到云朵和牧牛老人靠坐的大石头一边来,就把云朵说上了。

多杰嘉措说:"太像了,太像了,与照片上的你一模一样。"

多杰嘉措说:"你央金阿佳一直在镇子上等你哩。她等来了长途公共汽车,没有等来你,就又到赛马场上等你了。她左等右等,还是不见你来,就喊我接你来咧。还别说,真让我把你接到了。"

云朵就是这么自我,就是这么率性,她逆着黄河往三江源上来,是不能听到漫唱的花儿的哩,只要她听见了,就一定会喊停乘坐着的大巴车……前次在贺兰山下的戈壁滩上,她听到了自家爷爷漫唱的花儿,喊停了大巴车,来到老人的身边。今日在三江源的草坡上,又听到了牧牛老人漫唱的花儿,她很自然地又喊停了大巴车,下车来,转到大石头背后,坐在了老人的身边。如果不是多杰嘉措策马赶来接她,她还不知会在老人的身边坐到什么时候。

当然不会地老天荒。

自然也不会海枯石烂。

但是云朵坐在牧牛老人的身边,回想了一下自家爷爷离别时说给她的话,她是留神看了呢,她没看出牧牛老人的腿有什么问题,是风先生帮助她看到的。就在云朵疑惑牧牛的老人家是不是自家爷爷说的那位老人时,风先生及时地把老人家的一条裤管往上吹了吹,让云朵很清楚地看见,老人家的左腿是装了半截义肢的呢。看见了老人家的义肢,云朵没有怎么怀疑了,不过她想得就更深了一点,想她自家牧羊的胡大胡子爷爷,伤了一只眼睛半边脸,现在的牧牛老人家,伤了半条腿……两位残疾老人啊!云朵看他俩吃太阳的举动,觉得俩人还真有那么股子地老天荒、海枯石烂的劲头哩。云朵感动于两位老人的那股子劲头,所以就还想了自己,想她可会如他们老哥俩一样,地老天荒、海枯石烂。云朵没有那个自信,因此就在骑马攀来接她的多杰嘉措转过大石头来时,她只把他瞥了一眼,就知道她不能在这里待下去了。

云朵有点依依不舍地从牧牛老人的身边站起来了。

站起来的她,人都转过去了半个身子,眼睛却还没有离开老人。她看见牧牛老人的脸,因为阳光的作用吧,泛着一抹光华,是绚烂的,是明亮的……她不知哪儿来的勇气,忽然抢也似的从老人的怀里,拿来他的牦牛皮酒囊,对着她的嘴灌了。这一次,她灌得猛了点,却没有被酒呛着,而是灌得非常顺溜。她灌了一大口酒后,依旧学着老人的样子,先朝空中抓了一把太阳,张嘴吃了进去,接着又贴着草地抄了一把太阳,张嘴吃了进去……云朵灌酒吃太阳的举动,把撵来接她的多杰嘉措逗乐了。

多杰嘉措乐着说:"诺布大爷呀!喝酒吃太阳……你有传人咧。"

多杰嘉措给牧牛老人说了这句话后,转回来又给云朵说上了。他说:"太阳好吃吗?"

多杰嘉措说:"太阳好吃,咱快走,到咱太阳坡上吃去,那里的太阳才旺哩!"

多杰嘉措与卓玛央金都是年轻人,他们会说汉语,云朵是不奇怪的。她晓得他俩都上过民族学校,扎实认真地学习了汉语,但是阿旺诺布老人呢? 一个道地的藏族老汉,也会说汉语,其中肯定是有故事的呢! 那么会有怎样的故事呢? 云朵无法立即知晓,她就只有期待了。

云朵期待的是,发生在两位生活在一定时空距离下的老人之间的、使人振奋向往的故事呢!

然而云朵只能暂时压制住她内心的好奇,跟着多杰嘉措走了呢。

多杰嘉措看出了云朵心里的遗憾,他不想她有遗憾,便像给她说,也像给阿旺诺布老人说似的,说了两句话。

多杰嘉措说:"云朵呀,老人可是你央金阿佳的干阿爸哩。你的央金阿佳可恋她的干阿爸了,过些时间,她会陪你一起来看干阿爸的。"

多杰嘉措给云朵和阿旺诺布老人说着话,就伸手过来,拉住云朵的一只手,往歇在一边的那匹雪青色的大马走着呢。然而云朵把他的手甩开了。甩开多杰手的云朵,反身到牧牛老人家的身边,再一次把老人家拥在怀里的牦牛皮酒囊夺到手里来。云朵之所以有此举动,是因为她想起了贺兰山下戈壁滩上喝酒吃太阳的牧羊老人了。牧羊老人家给云朵说过了,说他就好一口西凤酒,那么牧牛老人呢?他喝的也是西凤酒?

云朵像她刚才一样,又灌了一大口酒,问:"您老人家喝的是什么酒呢?西凤六年?西凤十五年?"

牧牛老人诚实地对云朵笑了笑,回答她说:"你问多杰好了,是他与央金给我买来的哩。"

多杰嘉措没有想到云朵会问出这样一个问题,他再次拉住云朵的手,把她往雪青色大马旁边拉了。

多杰嘉措边拉云朵边给她证实似的说:"我与你央金阿佳,给老人就只买西凤六年、十五年的酒。"

多杰嘉措还说:"老人家喝惯了这两款酒,别的酒他喝了不快活。"

多杰嘉措给云朵这么说着话,就把她拉到雪青马的旁边了。他伸手上去,一把抓住马鞍子,纵身一跃,骑乘在了马背,并顺手把云朵凌空往起一拽,把她拽上了他身后的马背。多杰嘉措让云朵抓紧他的腰带,他则扬起马鞭子,甩出一声脆亮的尖响,驱赶着他的雪青色大马,腾跃着四蹄,向他跑来的道路上飞也似的蹿了去。

初次骑乘在马背上的云朵,虽然有多杰嘉措给她做着依靠,但还是过了好一阵子才渐渐适应骑马的节奏。

适应了骑乘在马背上颠簸地飞奔,云朵注意起了路边的风景……那里有一块隆起的台地,台地上是藏胞自觉堆砌起来的一处玛尼堆,以及牵连在玛尼堆上的经幡。那一条条七彩的经幡,像是太阳四射的光芒一般,在高原清凉的微风里猎猎地飘扬着。云朵把她带在身边的数码相机举起来,咔嚓轻扣了一下,待她转过身来时,就又看见许多大大小小的湖泊,珍珠般串连在一起,遍布在蓝天白云下的广袤草原上。有黑颈鹤在湖水里悠闲地觅食,忽而腾空飞起,忽而又缩颈落下,张开的翅膀仿佛蘸了水的黑缎子,在明媚阳光的照射下,闪耀着炫目的光彩,乐得云朵再次举起数码相机来,咔嚓一声,咔嚓一声……神仙居住的地方,无非就是这样,绿绿的、无边无际的草地上,红色的、黄色的花儿是那样绚烂迷人!

爱好摄影的云朵,在贺兰山下的戈壁滩上,给牧羊的胡大胡子爷爷拍了不少照片,刚才在牧牛老人身边时,也给他拍了好几张。在牧牛老人吃太阳喝酒的对面草坡上,散放着许多头牦牛,帮助老人牧牛的居然如牧羊老人一样,也是两只狗。牧羊老人的狗是花花狗,牧牛老人的狗也是花花狗,一只黑底黄花花,一只黄底黑花花……云朵在看见两只花花狗的时候,把她的数码相机对准了,镜头拉到近前来,急切地拍了好几张。云朵奇怪,两位相隔千里的老人养的咋都是花花狗?

云朵一路上都在奇怪着,不过,她是不能一直奇怪下去的,因为雪青色大马快要飞奔到赛马会的现场上来了。

> 白尾巴白鬃者白龙马,四蹄儿翻空飞哈。
> 尕妹是草原上白莲花,阿哥骑马里看哈。
> ……

还未跑到,一曲名叫《尕妹是草原上白莲花》的花儿,便通过赛马会上的大喇叭,呜呜哇哇地传送进了云朵的耳朵。这曲花儿很好地渲染了赛马会的气氛,既是欢快的,更是热烈的……云朵想起了卓玛央金说,三江源上有一个最负盛名的赛马会活动,到了这一天,四面八方的藏族同胞,携家带口的,都要到名叫太阳坡的草坡上来。坡是太阳坡,横流在太阳坡上的小河,自然就叫太阳河。云朵往三江源来,接受的是央金阿佳的邀约,她自己也做了不少功课。云朵从地理书上知道弯弯曲曲的太阳河仿佛一条银色的长蛇,潺潺湲湲地流淌着。它的上游连接着鄂陵湖、扎陵湖、星星海、冬格措纳湖等黄河水的源头,下游就是北川河与湟水河,继续地流淌着,最终融入浩浩荡荡的黄河,奔流东去,直入大海……在这里举办的赛马会,是黄河巨流从三江源出发时,藏族同胞献给黄河的一场盛大的仪式,一年一度,从来都不会缺席。在这一天,大家不约而同地都要把收藏在箱底的华服找出来,穿上身,使得偌大的太阳坡和太阳河边的赛马场姹紫嫣红，绚烂夺目……云朵的眼睛贴在数码相机的取景镜上，刚远远地捕捉到那里的情景，便心花怒放地要拍摄了！

多杰嘉措的马儿跑得真是快呀！风驰电掣一般，在云朵的眼睛刚看见赛马场，一缕飞扬的雪青色即已迅速蹿进去了。

那匹雪青色的大马，从远处显出一个小色点时，央金阿佳就看见了。雪青色的大马和马背上的人儿，在阿佳的眼睛里不断地雄壮着、清晰着，阿佳撒开腿，向骑乘着雪青色大马的云朵迎来了。

卓玛央金迎着云朵边跑边喊："云朵！云朵！"

卓玛央金喊叫得那叫一个急切："可算把你接来了。"

就在卓玛央金的喊叫声里，多杰嘉措驱赶着他的雪青色大马，跑到央金的面前，勒马停了下来，他反手抓住云朵一只手，又让央金再伸手上来，扶住云朵的另一只手，把她从马背上缓缓地接着落在了地上……她的双脚是踏在实地上了，但人还像骑在马背上似的，东倒西歪，总是站不稳。央金见状，就没敢松手。赛马场上刚才还播放着花儿的高音喇叭，变声变调，不再播放花儿，而是一声连一声呼叫着央金的名字，要她立即到岗位上去，并提醒她，赛马活动就要开始了。

云朵有所不知，她的央金阿佳，可是这次赛马活动的组织者之一哩。

云朵虽然不知道，但听高音喇叭里那么急切地喊叫卓玛央金，她就明白过来了，明白她的央金阿佳是身负责任的人，所以她努力使自己站稳了，让央金阿佳不要管她，快去履行职责……阿佳是无奈的，她在离开刚刚见面的云朵时，心有不忍地对她笑了笑，并用眼睛去瞅多杰嘉措，而多杰嘉措也是无奈的，因为他报了名，是要参加赛马的呢。三江源上的男子，不敢参加赛马，是不会被女孩子青睐的。多杰嘉措不能让自己丢脸，他已报名参赛，现在是时候展现他的风采了！因此，他对瞅向他的卓玛央金耸了耸肩，摊了摊手……他们两人的一举一动，都落进了云朵的眼睛里，她因此乐呵呵地笑着撺他俩了。

云朵伸着右手，去推央金阿佳；伸着左手，去推多杰嘉措。她给他俩说:"都去忙吧,忙你们的去。我会照顾好我自己的呢。咱们赛马会后见。"

失踪了那么一会儿的风先生,恰好赶在这个时候回到了云朵的身边。在此之前,也爱热闹的他,赶到草青青、天蓝蓝、人山人海的赛马会现场,就挤进欢乐的人群里,四处跑了起来……他发现三江源藏族同胞的赛马会,比中原地区的春节似乎还隆重、还热闹。看热闹的人们,全都一身盛装,五彩缤纷,花团锦簇,真是不可尽述了呢!见多识广的风先生,面对云朵,大为感慨了几句。特别是对参加赛马活动的选手,他更是不吝赞美,把他们说得都如三江源上的雄鹰一般,威武极了,雄壮极了。

感慨着的风先生连着说了两声"不虚此行",接着就还情不自禁地要给云朵说自己的感慨。

风先生说:"走出自己的小世界,走向外面的大世界,路途虽然是遥远的、辛苦的,但一定会见识到不一样的风景。"

风先生说:"时间顺流而下,生活逆水而上,我们到三江源上来了。"

风先生的感慨,感染着云朵,她不能自已地像刚才的风先生一样,也会入了赛马会上的人群中,仿佛一条投水的鱼儿,游来游去,自由自在……欢乐的人群里,总有摇着转经轮的藏族老阿爸和老阿妈,他们把转经轮摇得又轻又快,嘴里还不停地唱着六字真言:"唵嘛呢叭咪吽……唵嘛呢叭咪吽……"在赛马场一隅,还开辟了一个集市,卖什么的都有,既有日用小百货,又有家庭小摆设,还有民族特色鲜明的工艺品,更有这样那样的小吃。这一切,都使初次见到的云朵感到特别新鲜、特别奇异。

云朵想,她要把她的数码照相机拍爆了呢。

轰轰烈烈的赛马场上,高杆顶上挂着的高音喇叭里,有人发出噗噗两声吹气声后,就大声地宣布赛马活动开始。话音刚落,一声清脆的枪声响起,让刚才还四散着的人群就都潮水般地往赛事活动的中心拥去了。云朵夹在其中,不由自主地就也到了标志鲜明的活动中心区。

云朵原以为活动一开始就赛马的,却不然,首先推出的是颇具创意的舔酸奶,接下来是拉拔牛,再接下来是赛牦牛,最后才是紧张激烈的赛马。

　　这是央金阿佳的安排吗? 云朵在想,她的央金阿佳作为活动的组织者,可是出了大力了。她从央金阿佳推及他人,打心眼里佩服起赛事的组织者了,认为他们都是精明强干的人,把几项各具特色的竞赛活动安排得紧张活泼、妙趣横生。先说这舔酸奶的活动吧,一对对排列成行的选手,按照竞赛规则,整齐地走到赛场中央,相背而立,就在他们背后的地上放着一只盛着酸奶的小瓷碗,只等号令者吹响口哨,参赛者便都急不可待地背翻着身子,去舔瓷碗里的酸奶,先舔到者为胜……这项有趣的比赛,男女都能参加。云朵发现,倒是女人家在此竞赛项目中占着很大的优势,往往是,腰身柔软的女人,背翻着身子,很是轻巧地抢先舔到瓷碗里的酸奶;而腰身略欠柔软的男人,背翻着身子,还没舔到瓷碗里的酸奶,即已仰面倒了下去,碰翻瓷碗,让瓷碗里的酸奶糊得一头一脸,惹得围观的人群不能自已地发出开心的大笑。

　　拉拔牛则是两个男人的角逐。

　　只见一条手腕粗的软皮绳,结成一个套子,竞赛时,两个"力拔山兮气盖世"的藏族汉子,穿着风格独具的竞赛服,把绳套的一端套在自己的脖子上,背对着背,猫着腰,十分警觉地聆听号令。一旦号令声起,两个背向而去的汉子就都玩命地向着两端拉拔……而拉拔着的两个汉子都有自己的鼓舞者,三人五人不少,九人十人不多,分成两个阵营,在拉拔者的身侧,一人领着号子,其他人跟上呼应,气氛之热烈,仿佛山倾地裂……如果拉拔者双方旗鼓相当,就会使角力的场面僵持一段时间,让挣扎着的拉拔者把脸憋得黑红黑红,尤其是那鼓突出来的眼珠子,似要伴着一头的汗珠子,从额角上弹跳而出,砸在青青的草地上,砸出一个一个的麻子坑来……终于有人吃不住劲儿,稍微放松一点,自己就仰了脸面,倒在场地上。而获胜者,也会在惯性的作用下,扑爬在场地上。

　　起哄的人群,赶在这个时候,很自然地爆发出一阵开心的大笑来。

　　赛牦牛更惹人发笑。看上去温驯憨傻的牦牛,其实是最为倔强难驯的呢。从娘胎里落地那天起,牦牛犊便顽强地站直四肢,从此不会再卧地。它们一直站立着,直到毙命的那一刻。云朵在影视片上看过外国人的赛牛活动,发现他们的赛牛,体格要比牦牛大得多,牛仔们骑在牛背上,任凭赛牛颠抛甩摆,极少有能在牛背上坚持很久的。牦牛的体格小了些,但是小则小矣,暴烈的性格,一点不输于外国的大赛牛,总有剽悍的藏族汉子前仆后继骑上牦牛的脊背,却又前仆后继地摔下牦牛背。

云朵饶有兴趣地观看着,她发现偌大的一片场地上,顷刻间就满是被高高抛起又重重落下的赛牦牛的选手了。

欢乐的太阳坡啊!

欢快的太阳河啊!

第二十八章　暖心的酥油茶

打马折鞭子哈闪折了，赛马者脚步儿乱着。

尕妹子不像那从前了，心思儿一点点变着。

……

——花儿《心思儿一点点变着》

　　热血沸腾的赛马项目，在几项有趣的赛事活动结束后登场了。

　　参加赛马的骑手，骑着马排成了一排。他们所有的人都一手挽着缰，一手扬着鞭梢，在云朵看来，他们无一不气宇轩昂，无一不精神抖擞……发令的枪声响起来了，骑手们扬着的马鞭，雨点般落在了马身上，马开始奔跑，飞一样地奔跑。骑手先还俯身在马背上，随着马跑动的节奏，起起伏伏，待到跑出一段路后，骑手们就在马背上做起动作来了，有人在马背上金鸡独立，有人在马背上双手倒立，进而闪身在马背一侧，倒挂起来，飞身捡拾草地上的哈达，既有风的鼓动，又有阳光的照射，在晴朗的天空下，哈达泛着七彩的光芒，那样灿烂，那样迷人。

　　欢欣着的云朵，不停地拍照。她在捕捉动人的景象时，透过数码相机的镜头，居然发现她的央金阿佳也骑马奔跑在赛马的人群里！

　　云朵的数码相机镜头在捕捉到央金阿佳前，她只专注于拍摄多杰嘉措，她为他摁下了数码相机的快门，连着拍摄了几幅后，稍稍地偏了一下相机镜头，这就把央金阿佳捕捉进了她的相机镜头里。云朵当时并不知晓，央金阿佳之所以飞马跑在骑手们中间，是因为她是裁判员，还以为她也是一名赛马的选手,要与英勇的多杰嘉措大哥在赛马会上较量一番哩。

兴致高昂的云朵,把她的数码相机镜头对着央金阿佳和多杰嘉措大哥,拍了一张又一张。

云朵似还觉得不够过瘾,就凭着自身的脚力,冲出人群,追着骑马飞奔的央金阿佳和多杰嘉措大哥,还想给他俩再拍一些……身为裁判员的英姿飒爽的央金阿佳居然一个鹞子翻身,仿佛一只扑地而飞的大雁,从草地上捡起了一条哈达;多杰嘉措大哥没有捡拾地上的哈达,而是从他的背上取来一杆长枪,瞄着前方草地上翻滚的彩色气球,啪啪啪几声清脆地射击,彩色的气球就也啪啪啪地破裂了……云朵追着央金阿佳和多杰嘉措大哥,极为奋勇地追着,可她又岂能追上?她是越追离央金阿佳和多杰嘉措大哥越远了,渐渐地,连央金阿佳和多杰嘉措大哥的影子都模糊了。

天在旋,地在转,云朵无法抑制地朝着央金阿佳和多杰嘉措大哥绝尘而去的影子,扑爬在了草地上,一时没了知觉,便是人欢马嘶的赛马现场,也像隔着十万八千里……云朵人事不省,晕厥过去了。

云朵人事不省了多长时间呢?她是不知道的,直到她的嘴里品尝到酥油茶的清香,生命的意识才逐渐复苏过来,她睁开了眼睛,首先看见的是蓝蓝的天,青青的草。那是怎样蓝的天啊!纯净得清水洗过了一般,正有一朵两朵的云彩,在蓝天上散漫地、自由地游动着。那是怎样青的草啊!仿佛与天接在了一起,起起伏伏,不见尽头。

有曲激越的花儿,赶在这个时候,也灌输进了云朵的耳朵:

> 打马折鞭子哈闪折了,赛马者脚步儿乱着。
> 尕妹子不像那从前了,心思儿一点点变着。
> ……

云朵可以肯定,她过去是没有听过这曲花儿的。不过,现在听来,感觉像是专意儿漫唱给她的一样。云朵以为,这曲花儿的名字该叫《心思儿一点点变着》,原因是,她觉得一路往三江源上来,心思的确是在一点点地变着……为灌输进耳朵里的花儿迷醉的云朵,蓦然又看见围在她身边的几个藏族儿童。发现她醒了过来,他们就都喜悦地笑了起来。而那又是怎样的笑声啊!清脆极了,让云朵想起央金阿佳给她描绘的金子做的铃铛。

央金阿佳说得太对了,她的家乡是美的,非常非常美呢!

当然,美的还不只是这里的风物,还有纯洁的感情。哑巴着嘴的云朵,斜躺在一位藏族老阿妈的怀里。老阿妈扶着她的脑袋,让一个大点的孩子给她喂食着酥油茶……多么醇香的酥油茶呀,而且那么暖心,孩子一勺一勺地喂着,她感受到一种温热的体贴顺着她的喉管,向她的肠胃慢慢地滑着,使她鼻腔发酸,喉头都哽咽了起来,哽咽着几乎要流出热热的泪水来。

云朵现在还不知道抱着自己的藏族老阿妈是谁,更不知道围着她,给她喂食酥油茶的孩子是谁。她只能朝他们绽放出一脸的微笑,以感激他们、感谢他们。

因为感激,还有感动,云朵看着给她喂食酥油茶的孩子,发现他的眼睛是红肿的,每给她喂食一口酥油茶,都要腾出一只手来,在他红肿的眼睛上,摸一摸,揉一揉……不仅给云朵喂食酥油茶的孩子是这个样子,便是围在她身边的其他几个孩子,眼睛也都是红肿的。

云朵记下来这个眼睛红肿的孩子,她甚至想,如果可能,要带着孩子到西安去看一看这方面的专家。云朵这么想来,就问这个孩子:"你的眼睛怎么了?不舒服是吧?是什么时候开始红肿的?时间很长了吧?"

就在云朵如此来问眼睛红肿着的孩子时,赛马结束了的卓玛央金开始寻找她远方来的妹妹云朵了。但她找寻了好一阵子,却怎么都找寻不见,倒是撞见了自驾游赶来这里的汝朋友、鹿鸣鹤、谈知风、艾为学四人……他们撞见的时候,卓玛央金还骑在马背上,她英姿飒爽的样子把哥儿几个彻彻底底地征服了。作为裁判员的卓玛央金还在赛马场上时,他们四位就敏锐地发现了她,他们发现她在飞奔的马背上翻身下来捡拾哈达,发现她在飞奔的马背上双手倒立、单手倒立……哥儿四人没有别的举动,就只是一个劲儿地给她鼓掌,一个劲儿地给她呐喊尖叫。哥儿四人把他们的巴掌都拍红了,把他们的嗓子都喊嘶哑了。

他们迅速迎着卓玛央金围上去,一迭声地把她夸上了。

谈知风总是嘴快一些,他抓住了卓玛央金骑乘着的马的头,抚摸着马头说:"太飒了你!"

汝朋友跟着说:"你的坐骑和你是今天赛马会上最靓的一道风景!"

鹿鸣鹤与艾为学也都争先恐后地说了,他俩说得异口同声:"哥们儿说得对,对极了。"

鹿鸣鹤和艾为学还异口同声地说:"我们都还没有骑过马哩。"

卓玛央金在哥儿四人夸赞她的时候,从马背上翻身下来,她高兴地向他们弯腰,并用她垂下来的双臂,交叉摆动着,给予了他们藏族同胞对客人应有的欢迎之礼。她听得出来,哥儿四人有向她学习骑马的意愿,如果时间允许,她倒是乐意教授他们骑马的。但她现在要去找寻妹妹云朵,就没有迎合他们的愿望,而是向他们发问了。

卓玛央金说:"你们哥儿四人在一起,见着云朵了没有?"

正是卓玛央金的这一问,使哥儿四人大眼瞪小眼,相互看着,放弃了要向卓玛央金学习骑马的愿望,而关心起云朵来了。

哥儿四人几乎是异口同声地说:"是啊,云朵人呢?"

哥儿四人说:"我们与云朵是约好了的,就在三江源上会合。"

无处不在的风先生,早就发现了赶来与云朵会合的汝朋友、鹿鸣鹤、谈知风、艾为学,不过他没有惊扰他们,而是让他们在三江源赛马会上,先尽情地享受这难得的地方民俗风情,然后再来给他们做向导,引领他们与云朵会面。可是云朵突发状况,晕倒在了赛马会上,他一时不好离开她,就耽搁了许多时间。好在有藏族老奶奶以及众多藏族小朋友的照顾,云朵从晕厥的状态慢慢地恢复过来,他就能离开她,来找哥儿四人了。

风先生的眼睛真是好使，他向赛马会现场扫了一眼，就发现了哥儿四人，还有卓玛央金。

风先生飘也似的蹿到他们身边，既给哥儿四人，也给卓玛央金说了。

风先生说："云朵晕厥了呢！"

风先生说："你们都跟我来。"

风先生说的话，把几位一下子都惊着了。他们跟在风先生的身后，亦步亦趋地往云朵晕倒的地方走来了。他们走了一小会儿，先就看见了那群孩子，卓玛央金的儿子扎西吉律也在那群孩子里，他看见了阿妈央金，就在孩子群里喊叫起了阿妈……已满三岁的小吉律，刚一喊叫出"阿妈"这个奶声奶气的称呼，云朵即敏感地听了出来，小家伙是央金阿佳的儿子哩。云朵的心绪因此大好起来，并挣扎着站起来了。卓玛央金不仅耳朵尖，眼睛似乎也很亮，她嘴里应着儿子对她的喊叫，眼睛即也看见了云朵，所以她丢开牵在手上的马缰，飞也似的向云朵跑了来。汝朋友、鹿鸣鹤、谈知风、艾为学几位，落后了几步，但也都像她一样，如飞般跑着了。显然他们还不能适应三江源高海拔的气候，跑了没几步，就都气喘吁吁，跑不动了，所以落后着，眼睁睁看着卓玛央金先跑到云朵的身边，听她问候起了云朵。

卓玛央金急迫地说："怎么样啊云朵？不要紧吧？"

卓玛央金在问候云朵的时候，她的儿子扎西吉律已经偎在了她的身边，两手抱住她的小腿，给她小嘴叭叭地说着呢。他说出来的话，是太稚嫩了，完全说不清楚，因此惹得现场的人都笑了起来……云朵刚从晕厥的状态恢复过来，她的脸色自然就还灰白着，不过她的气力倒是恢复得很不错了，因此她伸手笑笑地一边抚摸着小吉律的小脑袋，一边扶着刚才救助了她的老阿妈，给她的央金阿佳不无感激地说上了。

云朵说："多亏了老阿妈哩。""还有你儿子和这几位热心懂事的小朋友。"

看着被高原反应折磨着的好妹妹云朵没有了大碍，卓玛央金把心放下来了。因此她给云朵介绍起了老阿妈,还有那几个小孩子。老阿妈就是央金给云朵说过的云桑旺姆老人,而几个小孩子,也是央金给她说过的,是一所技工学校里的孩子。

汝朋友、鹿鸣鹤、谈知风、艾为学他们满脸赤红,上气不接下气地也赶到了。

卓玛央金回头看着他们说:"云朵你看,他们都来了。他们如约到三江源上来了。"

第二十九章　云彩般的哈达

西山那东山者云起来,山头上恐是有雨了。

云发那七彩者人人爱,七彩恐是嘛哈达了。

……

——花儿《七彩恐是嘛哈达了》

红、黄、蓝、绿、白……云朵的脖子上,一会儿工夫,被搭上了几条仿佛从天而落的云彩一般的、色彩鲜艳的哈达。

云朵喜欢那五颜六色的哈达,她不能自已地用手抚摸着垂在胸前的七彩哈达,甚是感激地漫唱出了一曲花儿。

西山那东山者云起来,山头上恐是有雨了。

云发那七彩者人人爱,七彩恐是嘛哈达了。

……

这曲花儿是云朵刚从赛马会上的大喇叭里听到的。云朵就有这样的能力,凡是她喜欢的花儿,只要用心听上一遍,就能完完整整地记下来,而漫唱了呢!漫唱着花儿的云朵,没有停下她抚摸胸前哈达的手,她一条一条地抚摸着。她获得的哈达,既有欢乐的赛马会上她的央金阿佳赛马捡到的,也有云桑旺姆老阿妈给她的,还有给她喂食酥油茶的孩子给她的……艳丽的哈达搭在云朵的脖子上,使云朵感觉到有一种神奇的力量,让她不能自已地似要飞扬起来了。她抬头望向高远的天空,发现三江源的天空似乎比别的地方的要蓝得深邃悠远,要净得通透清纯,而飘拂着的几缕云彩,也像她脖子上搭着的哈达一样,红一缕、黄一缕、蓝一缕、白一缕地相互交织着、幻变着,那样亮丽迷人。

卓玛央金手挽着云朵,招呼着汝朋友、鹿鸣鹤、谈知风、艾为学他们,与云桑旺姆老阿妈以及她的儿子吉律,和围着云朵的孩子们,要离开赛马会现场,回太阳村去了。

大家迈开了步子都要走了呢,可是手端酥油茶、眼睛红肿的那个孩子,仍然劝说着云朵,要她再喝点。

可爱的孩子仰着脸儿给云朵说:"在我们三江源,多喝酥油茶就不会晕倒了。"

孩子的劝慰,把云朵和卓玛央金从她俩相见忘情的境界里扯了回来。显然,卓玛央金认同这个孩子的说法,她伸手把孩子拉进怀里,抚摸着孩子乱蓬蓬的头发,也来帮着孩子劝云朵了。

卓玛央金说:"更哲说得对,你初到高原,身体还不适应,多喝酥油茶,确实是有好处的。"

云朵听从了这个叫次仁更哲的孩子和央金阿佳的建议,她从更哲的手里接过盛着酥油茶的碗,大张着嘴喝起来了。云朵在咕嘟咕嘟咽着酥油茶时,眼睛就没离开过更哲的脸。她看见更哲稚嫩的脸上,一副关心她的神色。云朵因此想,在她晕厥的时候,这个叫更哲的孩子喂她喝酥油茶,现在还来劝她喝酥油茶,她把酥油茶喝得就更尽兴了,并喝出了一种别样的味道来。

那味道的确是既香又暖心啊!

卓玛央金看出了云朵的心思,她抓住这个机会,趁势给云朵介绍起这些孩子了。央金先把多杰嘉措介绍了一番,说他创办了一个名叫"帮手"的藏族孤儿技术学校,更哲是技校的学生。孩子们今天到赛马会上来,是多杰嘉措带来的,他要他的孩子们能够早早参加社会实践……云朵必须承认,央金阿佳可是太热爱她的家乡三江源了,她介绍了多杰嘉措和他的孩子们后,还不忘加上这样几句话。

卓玛央金说:"我们能说话就能唱歌,能走路就能骑马的藏族孩子,咋能不到赛马场上来学习呢? 这样的学习,是我们民族世世代代都有的呢。"

云朵听完央金阿佳给她说了那么一堆话,觉得该给孩子们一些礼物才对。她打开了一路背在肩上的旅行包,从中取出她带来的几块巧克力,往更哲等几位小朋友的手里塞。懂事的小更哲双手推辞着不接,其他几位学着他的样子,也双手推辞着不接。云朵没有办法了,把眼睛看向了央金阿佳,向阿佳求助了。

卓玛央金从云朵手里接过那几块巧克力,她没有往孩子们手里塞,而是交到了云桑旺姆老阿妈的手里,让她给孩子们散了。央金的这一招非常奏效,旺姆老阿妈给孩子们散巧克力时,他们就都不再推辞,而是小心翼翼地接到手里。

孩子们接到手里了,却没人往嘴里塞,只是用手举着,用他们的舌尖一下一下地舔……孩子们的这个举动,对云朵的感染太强烈了。她又翻起了旅行包,还想再找一找,看能否再找几颗巧克力出来。但她失望了,没能再找出巧克力。不过还好,汝朋友、鹿鸣鹤、谈知风、艾为学四人在这个时候出手了,他们像她一样,也被孩子们的举动感染了。受到感染的他们,没有多说什么,迅速转身而去,跑到他们自驾来到三江源上的两辆越野车旁,打开车门,在车厢里一通翻找,不仅找到了好几盒巧克力,还找到他们带给三江源的小学生的作业本、铅笔、橡皮、文具盒什么的一大堆东西,抱着回到了他们刚刚离开的地方,把东西往云桑旺姆老阿妈和孩子们的怀里塞。

他们四人往云桑旺姆老阿妈和孩子们怀里塞着时,还你一言他一语地说了。

谈知风说:"越野车上还有我拉来的许多图书哩。"

鹿鸣鹤说:"药品……我拉上三江源来的是一部分高原上适用的

药品。"

艾为学说："还有食品,各种各样的熟食。"

汝朋友说："这可都是云朵的功劳哩！她把我们团结起来,组织创办了弃婴救助福利基金会,在西安刚刚打出了品牌,就获得了爱心人士的积极响应,大家捐款捐物,我们会源源不断地向三江源上的孩子们捐献物资的呢。"

汝朋友说得痛快,正说着,意识到了自己的言多,慌忙刹住,看向云朵和他的几位哥们儿……几位哥们儿回应他的全是沉默,这使他更慌了。云朵不想他发慌,就借着他说出来的话题,往更深一步说了。

云朵说："他们哥们儿说得都对,但我要重复说的还是汝朋友的话。我们这次到三江源上来,见咱们的央金阿佳,要与她商量的就是汝朋友刚才说出来的话哩。咱们的弃婴救助福利基金会不仅成立起来了,而且运转起来了。但不能只是在西安城里运转,而是应该站在西安,远眺三江源,与三江源携手共进,使咱们两地有需求的孩子都能得到救助。央金阿佳和多杰嘉措大哥可也是咱们基金会的创始人哩。"

多杰嘉措就在这个时候骑马赶了过来。今天的赛马活动,他拿了第一名,因此他马前马后都是追着叫好的赛马迷……他来到簇拥在一起的云朵、汝朋友、鹿鸣鹤、谈知风、艾为学,以及卓玛央金、云桑旺姆和众多孩子们的身边,向大家招呼了一声,便弯腰抱起了扎西吉律,把他赛马获得的一枚铜制奖牌塞进小吉律的怀里,给央金说了句"我先回去了",便抱着小吉律,双双跃上他雪青色大马的马背,像他刚在赛马会上赛马一样,飞奔去了。

眼睛有点发红的云朵,看着骑马远去的多杰嘉措和小吉律,反身过来,与她的央金阿佳拥抱在了一起。她在央金阿佳的耳边,轻轻地耳语了两句。

云朵说："大哥……多杰嘉措是个啥大哥嘛！你得给我老实说,说明白。"

卓玛央金回答她了，说:"咱们回家吧。回家吃了多杰嘉措大哥烹煮的羊肉，你就啥都知道咧。你多杰嘉措大哥烹煮的羊肉，可是很好吃的呢!"

第三十章　鹰笛声声

东边里的日头西边者落,它是个穿山里者宝。

咋大的个光阴者咱不眼热,好吃好喝者好人过!

……

——花儿《好吃好喝者好人过》

卓玛央金说得没错,多杰嘉措抱着扎西吉律提前回他们太阳村,就是杀羊煮肉给大家吃的哩。

云朵和汝朋友、鹿鸣鹤、谈知风、艾为学他们初到三江源上来,因为没有对比,分不清谁煮的羊肉好吃,谁煮的羊肉不好吃,总之,他们吃着了多杰嘉措烹煮的羊肉,喝着了多杰嘉措烹煮的羊肉汤,都有他们味觉的体会呢。那个体会怪怪的,不能说多么好吃好喝,也不能说不怎么好吃好喝,反正肚子饿了,就都吃得狼吞虎咽、风卷残云一般。他们大吞大咽大喝着时,云桑旺姆老阿妈像是看出了他们味觉上的感受,就在一旁为多杰嘉措说起了好话。

旺姆老阿妈说:"不是我夸耀多杰嘉措哩,在三江源上,真就数他烹煮的羊肉好吃。"

风先生听到了云桑旺姆老阿妈的话,仿佛他品尝过多杰嘉措炖煮的羊肉似的,也来帮腔了。

风先生说:"也不看三江源上的水,是多么清亮的呀! 也不看三江源上的草,是多么脆鲜的呀! 如此清亮的水,如此脆鲜的草,养出来的羊儿,杀了吃肉喝汤,能不好吃好喝吗?"

云桑旺姆老阿妈很赞同风先生的说法哩,她对大吃着羊肉、大喝着羊汤的云朵和汝朋友、鹿鸣鹤、谈知风、艾为学他们点着头,说了句揭秘多杰嘉措烹煮羊肉为何好吃的话。

云桑旺姆老阿妈说:"多杰嘉措烹煮羊肉时,是要往肉汤锅里倒入西凤酒的呢。"

云桑旺姆老阿妈说着话,又把她的目光盯在多杰嘉措拿给大家喝的酒的瓶子上,以及被大家已经喝空了的几个酒瓶子和封装酒瓶子的包装盒上,那些印刷精美的酒标,还就全是六年、十五年的西凤酒的哩。

风先生因此见缝插针地又来说道了。他说:"习惯成传统。人啊,就是这个样子,把自己的习惯变成自己的传统,就会一直坚持下去,不思更改。"

风先生又说:"习惯成记忆,特别是口舌上的记忆,是最牢靠的哩。母亲的味道,记忆在孩子的舌尖上,谁又能忘得了?"

风先生的插话,云朵可是太能理解了。她知晓从远古走来的风先生,乐见人间真情,乐见人间仁爱,乐见……但凡见到人间融洽和谐、友好相助、幸福欢乐的时刻,他是都会很高兴的哩。此时此刻,云朵既高兴风先生的插话,也高兴自驾到三江源上来的汝朋友、鹿鸣鹤、谈知风、艾为学他们,羊肉吃过了,羊汤喝过了,又像上次在艾为学"苍蝇小吃城"享受过美餐后,鼓腹而歌一样,又一次豪迈地掀起他们的上衣衣襟,用他们蒲扇般的巴掌敲打起了他们的肚皮。

云朵不能如他们一样鼓腹,但她可以漫唱花儿呀。她这么想着,便放下碗筷,抬手顺了一下她的长发,张口就漫唱起来了:

> 东边里的日头西边者落,它是个穿山里者宝。
> 咋大的个光阴者咱不眼热,好吃好喝者好人过!
> ……

云朵一曲《好吃好喝者好人过》的花儿漫唱罢,还没等她缓过来,卓玛央金起了个头,"帮手"孤儿技术学校的孩子们就都张嘴和着她的花儿曲调,漫唱出了又一曲花儿:

> 白牡丹者开在那个太阳坡,牛娃儿羊娃儿者围着个转哩。
> 草原上最美者数牡丹,人里头俊不过者是少年。
> ……

孩子们童声童气的漫唱,惹得在场的人都鼓起了掌……掌声中,孩子们很有礼貌地给大家深深地鞠了一个躬,然后不等大家再做什么回应,就都去收拾大家吃羊肉、喝羊汤的餐具了……就在孩子们收拾时,云朵却突然听到了她在手机里听过的鹰笛声,从不远的一处地方,很是响亮地传了过来,直往她的耳朵眼里钻。

在手机里听到的鹰笛声,是多杰嘉措大哥吹奏的哩。

云朵甫一听鹰笛的啼鸣声,就联想到了多杰嘉措大哥。因为云朵已听过他的鹰笛演奏了,所以她只能想到他。大家吃喝好了,正要感谢他哩,却不见了他。原来他已离开,吹奏他的鹰笛去了……昂扬的、飞扬的、高亢的、高迈的,以及沉郁、婉转、清丽的鹰笛声啊,云朵在心里感慨起来,她以为那该是天籁哩!多杰嘉措大哥吹奏着,云朵感觉眼前仿佛飞来了一只真正的雄鹰,就在深广的天宇之上,振动着翅膀在盘旋,大张着鹰嘴在呼啸,抖擞着羽毛在舞蹈……云朵的精神振奋了一下,她被鹰笛的奏鸣牵引着,一步一步走了过去。

云朵在向多杰嘉措大哥吹奏鹰笛的方向走去时,她的央金阿佳悄悄地跟着她,也向那里走去了。

竖拿着鹰笛的多杰嘉措大哥,是盘腿坐在太阳湖畔吹奏鹰笛的,傍在他身边像他一样坐着的还有小小的扎西吉律。小吉律应该是被鹰笛触动了,他黑丢丢的一双大眼睛,闪动着仿佛湖水一般的光色! 云朵看得清楚,就在他们两人的面前,那片不是很大的湖水,满是太阳的光点,灿灿烂烂,极富节奏地闪耀着、跃动着……有一只藏羚羊,还有两只黑颈鹤,如多杰嘉措与扎西吉律的伙伴一样,此刻也静静地伫立在他俩的身边,聚精会神地听着鹰笛的啼鸣……云朵走得很慢很慢,她走得距离多杰嘉措与扎西吉律很近了,这便看见,有两碗还蒸腾着热气的羊肉,以及一瓶十五年的西凤酒,献祭在多杰嘉措和扎西吉律身旁的两块石碑前。

云朵明白过来了,多杰嘉措与扎西吉律,他俩双双来到这里,目的就只有一个,是来给太阳湖畔的亡人献祭礼拜的呢。

卓玛央金走快了几步,撵上了云朵,与她一起走到多杰嘉措和扎西吉律的身后。她俩静悄悄,一言不发,就那么看着多杰嘉措,看着扎西吉律……此时此刻,云朵最想知道的有两件事,一件是多杰嘉措大哥吹奏的是什么曲子,另一件就是那两块碑是立给谁的。

卓玛央金说:"《雪山雄鹰》,多杰嘉措到这里来,只吹奏这一曲鹰笛,使人热血沸腾的《雪山雄鹰》啊!"

就在卓玛央金给云朵耳语这两句话的时候,如影随形的风先生在云朵的耳边,给她朗诵起了《雪山雄鹰》的歌词:

雄鹰在山上做了很多窝,生了很多雏鹰。

老雄鹰常对雏鹰说,你要健康成长。

雏鹰回答说,祝你长命百岁!

风先生在多杰嘉措的鹰笛声里朗诵着《雪山雄鹰》歌词时,云朵的眼前再次浮现了一只翱翔天宇的雄鹰,它搏击着层层云气,秒杀着重重威胁,以它雄鹰的气概,飞升着,飞升着,向着太阳飞升着……它把自己飞升成了一团火,一团熊熊燃烧的火! 幻境中的雄鹰啊……云朵把她的思绪,硬生生从蔚蓝的天空收回来。而就在她收回来的那一瞬,风先生因为抑制不住内心的激动,就又给云朵耳语般说了两句话。

风先生说:"生命是美好的,但又是短暂的。一定要在活着时,做自己生命的主宰,让生命发光发热,获得最为热烈的淬炼,把自己活成一个英雄的、顶天立地的人。"

风先生说:"时间终将淹没众生,唯有英雄永存。"

风先生说的话,如钢打的钉铆,铮铮鸣响着拍打在矗立在太阳湖畔的两块石碑上。云朵顺着风先生说出的话音,看向了那两块石碑。在她看向两块石碑的时候,扎西吉律像是知晓了她的心思似的,从多杰嘉措身边站起来,走到石碑前,用他小小的手指,触摸着石碑上镌刻得很深很深的字迹,他一笔一画地从镌刻着的字样上划过,让云朵看见了一块石碑上"次仁顿珠"的字样和另一块石碑上"次仁晋美"的字样。两块石碑上都有一行竖着的藏文,一行竖着的汉字,云朵看得懂,那是两个藏族汉子的墓碑呢。他俩有名有姓,是两位冠有"烈士"荣誉的英雄哩!

多杰嘉措带着扎西吉律来给两位烈士献祭羊肉,烈士是他俩的什么人呢? 而他俩又是烈士的什么人呢?

云朵把她热辣辣的目光看向了多杰嘉措,多杰嘉措感觉到了云朵的目光,他把鹰笛从嘴边拿下来,双手握着,横在胸膛前,望着眼前的太阳湖,以及太阳湖对岸更远的地方,语气幽幽地给她说了。

多杰嘉措说:"我的这管鹰笛,原是次仁顿珠大哥的。他给了我一管鹰笛,还给了我一次生命。"

自此开始,多杰嘉措说的话让云朵不仅知道了石碑上的次仁晋美、次仁顿珠是父子俩,还知道次仁顿珠是央金阿佳的爱人。父亲次仁晋美牺牲在了中印反击战的战场上,儿子次仁顿珠牺牲在了保护三江源野生动物的前线上。

多杰嘉措与次仁顿珠曾并肩战斗在一起,他们是战友,更是兄弟。

战友加兄弟的俩人,共同战斗在保护野生动物的第一线。次仁顿珠是多杰嘉措的好领导,多杰嘉措是次仁顿珠的好助手,他们不畏生死,取得的成就与遭遇的危险，几乎一样多。次仁顿珠有一管鹰翅骨制作的鹰笛，他得空的时候，就会十分珍爱地拿出来吹奏上一两曲。他吹奏的鹰笛曲目多了去了，多杰嘉措听到过的就有《美丽的三江源》《锅庄舞曲》《江河源》等，但他最爱吹奏的还是《雪山雄鹰》，多杰嘉措听来，感觉嘀嘀呜呜……嘀嘀嘀……呜呜呜的鸣响声，其穿透力和感染力是那般强烈，有着一种无法比拟的气势，振聋发聩，感人肺腑。多杰嘉措听多了后，一个音节一个音节地记，记下来后还想在次仁顿珠大哥的帮助下，学习吹奏……多杰嘉措向顿珠大哥说出了他的愿望，顿珠大哥没有拒绝他，而是热心地教他吹奏了呢。

初向次仁顿珠大哥学习时，多杰嘉措从顿珠大哥手里接过那管鹰笛，顿然感觉到鹰笛的分量，可是十分压手的呢！

鹰笛是用鹰的翅膀骨制作的，多杰嘉措双手捧着，竖对着他的嘴唇，还没能学习着吹奏出一个音节，即敏感地体会到鹰笛不同寻常，那种鹰翅骨的细密坚韧，还有冰凉光润之感，立即通过他的嘴唇，传遍了他的全身……他把头一声鹰笛的"嘀呜"音节吹奏出来了，虽然不能成调，却也获得了次仁顿珠大哥的鼓励，顿珠大哥鼓着掌给他说了。

次仁顿珠大哥说："吹奏得不错哩，继续努力，会吹奏得更好。雄鹰的声音就是这个样子，尖锐、锋利、明亮、浓厚……不如此，就难说是雄鹰的声音！"

就在次仁顿珠给多杰嘉措指导着学习鹰笛的吹奏，多杰已能吹奏这曲最见功夫的《雪山雄鹰》时，他们却遭遇了那个使人痛心不已的夜晚，凶残的偷猎者把罪恶的枪口对准了他们……先是多杰嘉措被偷猎者的枪弹打穿了腹部，昏迷在了一旁。次仁顿珠大哥听闻枪声，意识到发生了危险，从他前去探路的地方跑回来，与偷猎者真枪实弹地搏斗，最后英勇牺牲。多杰嘉措则捡回一条命。

偷猎者射向多杰嘉措的枪弹，不偏不倚，正好打在了鹰笛最为坚固的一端端口上。现在多杰嘉措把鹰管竖在嘴唇上吹奏时，他的手指总会情不自禁地摸到那处残了点的鹰笛端口上，很是伤痛地触摸几下。

多杰嘉措把吹奏鹰笛当成了他对次仁顿珠大哥的一种怀念。他向顿珠大哥学习吹奏鹰笛的时候顿珠大哥给他说过的两句话，这时会在他的耳畔，仿佛鹰笛的啼鸣一般轰轰轰轰地震响起来。

次仁顿珠大哥说："鹰笛是雄鹰的啼鸣，是雪域高原的吟唱。"

次仁顿珠大哥说："我阿爸牺牲了，他把鹰笛传给了我，我要神圣的三江源上无处不有鹰笛的鸣响。"

第三十一章　太阳湖畔

张良在高山上者吹笛品,七配者音,把霸王的兵吹散了。

关云长过五关者斩六将,险要者地,河边把蔡阳头斩了。

……

——花儿《张良在高山上者吹笛品》

一管鹰翅膀骨制作的鹰笛,既连接着多杰嘉措与次仁顿珠的战友情、兄弟情,更连接着次仁顿珠与他阿爸的父子情。

身为农奴的次仁晋美,解放后,在祖居地三江源上,尽心尽力地放牧着土改分配给他的牛羊。开始的时候,他依然按照牧民逐水草而居的习惯,赶着他的牛羊。春天到一片草青水美的地方,搭起帐篷,安居上一段时日。到了秋季,又会转场到另一处水美草青的地方,搭起帐篷,安居上一段时日……年轻的次仁晋美,憧憬着的是天蓝蓝、草青青,无忧无虑的游牧生活,他没有过多的奢望,但也惧怕动荡与灾难。

然而动荡和灾难却不期而至,叛乱分子掀起的风浪,倏忽席卷了几乎大半个藏区。

刚从水深火热的苦难中解放出来的藏族同胞,转瞬又将坠入苦难。目睹那样的残酷现实,年轻的次仁晋美勇敢地拒绝了叛乱者的蛊惑,他把放牧的牛羊捐献给了平息叛乱的解放军,并自告奋勇,依靠他熟悉藏区地理地形的优势,给解放军做起了向导,参加了多起追击叛乱分子的战斗。次仁晋美勇敢机智,深得平叛部队首长的赞扬和战友的喜爱……在他的带领下,他们追击一支叛乱分子,在那个海拔四千多米的念青唐古拉山口子上,于一场突如其来的大风雪中,打了一个大胜仗。战友们押解着俘获的叛乱分子,向山口子一边的营地里走去,走在部队前头的次仁晋美,被积雪掩埋着的一个什么东西绊了一下,他用脚拨开积雪,低头看时,惊喜地大声喊了起来。

次仁晋美喊:"鹰翅骨! 雄鹰的翅骨啊!"

次仁晋美之所以要大声地喊叫,都是因为藏族同胞对雄鹰的崇拜。他们视雄鹰为民族精神的象征,有幸获得一根雄鹰的翅骨,制作一管鹰笛,是每一位藏族汉子的梦想。晋美一直梦想着,能够拥有一管自己的鹰笛。可是,哪里能寻找得到雄鹰的翅骨呢? 他知道,生活在雪域高原上的雄鹰,很少在海拔四千米以下飞翔,多在四千米以上的雪山上翱翔。高远的天空,是雄鹰的舞台;美丽的雪山,是雄鹰的家园。它们不会降低自己的身段,哪怕是死,也视死如生,昂扬着高傲的鹰首,向着太阳,鼓动着翅膀冲锋而去……因此,在平坦的地面上,难得一见雄鹰的翅骨。

次仁晋美是幸运的,他获得了一根梦寐以求的雄鹰翅骨。在平叛战斗全面结束后,他找到了一位制作鹰笛的高人,把他获得的鹰翅骨制作成了一管鹰笛。

次仁晋美带着他心爱的鹰笛,还有他参加平叛战斗获得的荣誉,胸佩大红花,入伍参加了中国人民解放军……牧羊老人胡大胡子、牧牛老人阿旺诺布是他的战友,他们仨编在了驻藏部队的一个特务连里,朝夕相处,一起练习射击,一起练习投弹,一起练习拼刺刀,一起练习特殊环境下的特殊技能,很快就都练出了一身过硬的军事本领……在练习的间隙,次仁晋美会把他的鹰笛拿出来,吹奏一曲两曲的,不过他最爱吹奏的还是最能表达他心性的《雪山雄鹰》了。

在次仁晋美之前,也许有人吹奏过这首曲子,但与他吹奏的肯定不一样,因为他并不知晓谁吹奏过这首曲子。

次仁晋美无师自通,他的手上有了一管自己的鹰笛,就自个儿想象着雄鹰的神勇,以及种种英姿,现编现吹创作出来了。他不断地吹奏着,便逐渐地形成了一个基础的曲调,但每次吹奏的时候,却都因为当时的情景不同,吹奏出来的曲调会有一些变化……

一首《锅庄舞曲》的鹰笛曲子,也是次仁晋美所爱吹奏的呢。晋美每一次吹奏起来,都有变化,然而万变不离这首曲子的欢快情调。晋美吹奏的时候,同胞加战友的阿旺诺布只要在场,就一定会兴之所至,配合着他唱一首锅庄的歌子呢:

> 锅庄是伙伴们欢聚的地方,快!快!快来呀,我们一起来跳舞。
> 酒会是小伙子相聚的地方,快!快!快来呀,我们一同来欢庆。

同在连队里摸爬滚打的战友胡大胡子,吹奏不了鹰笛,唱不了歌子,但他也有他的专长,他会漫唱花儿呢。因此,在那俩人表现过后,他也要一展他的歌喉,漫唱出一曲花儿:

> 张良在高山上者吹笛品,七配者音,把霸王的兵吹散了。
> 关云长过五关者斩六将,险要者地,河边把蔡阳头斩了。
> ……

战友三人就那么既严肃紧张又活泼快乐地在军营中成长着,突然,军令下来,他们随着大部队开上了中印边界的冲突前线,参加艰苦卓绝的反击战去了……风先生仿佛身临其境地参加了那场艰苦卓绝的自卫反击战,他给渴望了解英雄事迹的云朵他们,面对那一块雕刻着"次仁晋美"的石碑,带着他无限感念的声调,一句一句地说了起来。

风先生的记忆非常清晰,他说了,这一年是1962年,中印边界随着季节的变化,已经全面进入寒冷的冬季,山是白雪皑皑的山,沟是白雪皑皑的沟,满眼都是一片雪与冰的世界。时间是战胜入侵者的有力武器,机不可失,次仁晋美、阿旺诺布、胡大胡子他们还没休息片刻,就被拉到阵地前,投入了血腥的战斗……参战的三位战友,在克节朗河打响反击入侵之敌的头一枪,接着又在达旺、棒山口、吉米塘、提斯普尔等关键地区,与入侵的敌人展开了殊死的搏杀。要知道,入侵我国国土的敌人,有一个军部、一个师部、四个旅部、二十一个步兵营,兵力22000人以上,而且还是原英国殖民地训练出来的军队,参加过第二次世界大战,在北非、南欧、东南亚诸战场作过战,自称为"打遍欧亚的劲旅"。他们依托入侵的四十多个据点,妄想继续蚕食中国领土。次仁晋美、阿旺诺布和胡大胡子所在的部队,正面迎击的就是他们。几场仗打下来,打得敌人狼狈逃窜……部队首长根据敌军部署前重后轻,翼侧暴露的特点,集中优势火力,采取两翼开刀、迂回侧后、包围分割、各个歼灭的战法,把逃窜的敌人分别围堵在了沙则、仲昆枪、克宁乃桥一带,进行全面歼灭……穷寇犹斗,入侵沙则的敌军不仅在这里构筑了堑壕,还修筑了百余个明碉暗堡,他们的指挥机关也设立在这里。次仁晋美、阿旺诺布、胡大胡子他们特务连接受命令,要穿越密林,攀爬悬崖,涉过急流,迅速突入敌军前沿,打击入侵者的指挥机关。战斗中,特务连面对敌军的四个地堡,在攻击第一个地堡时,次仁晋美即已身负重伤,但他没有后撤,而是坚持留在阵地上。

在次仁晋美把他的伤口包扎好后不久,更艰苦的战斗打响了。

困兽似的敌军指挥部,组织起他们全部的兵力,再次准备逃窜。身处最前线的特务连,在零下20多摄氏度的雪山上,没有煮熟的饭吃,没有烧开的水喝,英勇的他们就口嚼冰雪,嘴啃干粮,忍饥抗寒,阻击逃窜的敌军,打得敌军抱头鼠窜、慌不择路地向一条冰雪覆盖的山谷退去。他们能让敌军逃走吗?当然不能了,伤口上还流着鲜血的次仁晋美,端起他手里的轻机枪,向逃窜的敌军猛烈地扫射着,因此引来敌军火力的反扫射,他再次身负重伤,却还坚守在阵地上,绝不退后一步。与他并肩战斗在一起的阿旺诺布、胡大胡子,几次劝告他,要撤下去,都被他拒绝了。而这个时候,敌军指挥部的人员大有逃出包围圈的可能。紧急时刻,阿旺诺布、胡大胡子两人从阵地上的掩体里跃身而起,向敌军逃窜的山谷撵了去,但撵了几步,阿旺诺布的左脚就踩中敌军此前埋在这里的一颗地雷,轰隆一声巨响,他的半截左腿被炸得飞上了天。与此同时,飞弹起来的一块地雷残片,削在了胡大胡子的右边脸上,使他顿时血染了半个身子,倒在了身前的雪窝子里……看着亲密的战友倒在了自己的眼前,次仁晋美不想后续冲锋的战友再被地雷伤害,他扑过去,把带在身上的鹰笛取下来放在阿旺诺布的身边,自己则怀抱着从不离身的轻机枪,横着身体,以大无畏的献身精神,向山谷中敌军预埋的地雷区滚了下去。他的身体滚过处,响起一声又一声地雷剧烈的炸裂声,还有冲天而起的火光。次仁晋美为进攻的后续部队,开辟出了一条追击敌军的通道,而他则被接二连三爆响的地雷炸得粉身碎骨!

次仁晋美留下的只有那管他喜爱的鹰笛。

战后截去半条腿的阿旺诺布,和伤了半面脸、瞎了一只眼睛的胡大胡子,在被解放军荣军医院治疗好后,转退回地方来。他俩带着次仁晋美留下来的那管鹰笛,先到宝珠镇的太阳村,把鹰笛交给了云桑旺姆……次仁晋美奔赴前线时,他的儿子次仁顿珠还不会叫阿爸。他俩把鹰笛递到云桑旺姆手上时,次仁顿珠不仅学会了叫阿妈,还学会了叫阿爸,次仁顿珠把一身解放军军装的阿旺诺布、胡大胡子错当成了他的阿爸,追着他俩,把他俩都叫成了阿爸。

眼泪……眼泪……阿旺诺布、胡大胡子满眼都是热泪。

云桑旺姆也是满眼的泪水,她泪眼迷蒙地看着阿旺诺布、胡大胡子,他俩把叫他们阿爸的次仁顿珠抱了起来,抱在怀里,含泪答应着他。

阿旺诺布答应了一声:"噢啊。"

胡大胡子答应了一声:"哎哈。"

甘愿做次仁顿珠"阿爸"的阿旺诺布、胡大胡子,陪着次仁顿珠在太阳村住了些日子,尽了点"阿爸"的责任,最后因为部队有纪律,他们不能久留,便都回了他们各自参军入伍的地方去了……离别的时候,懂事的次仁顿珠没有纠缠他俩,他只是拿着阿爸次仁晋美留下来的鹰笛,凑到嘴唇上,想要吹奏出个调调来,但他的气力太小了,没有吹奏出来,就给他俩说他要学吹奏鹰笛,学会了给他俩吹。

次仁顿珠是学会吹奏鹰笛了,到他学会吹奏鹰笛的时候,也便知晓了阿爸次仁晋美的英雄事迹,并在心里暗暗发誓,要做一个像阿爸一样的英雄。

吹奏着阿爸留下来的鹰笛,次仁顿珠以他的实际行动践行了他的英雄誓愿,他与英雄的阿爸,以石碑的形态,并立在故乡太阳村的太阳湖畔,光荣着他们的故乡,更光荣着深阔美丽的三江源……扎西吉律的小手指,一直在他爷爷次仁晋美和他阿爸次仁顿珠的石碑上,照着镌刻的字样,一遍一遍地描画着。他先认真仔细地把藏文、汉文雕刻的碑文描画后,还伸着手指,描画石碑上的两幅图画,一幅是爷爷次仁晋美石碑上的,一幅是阿爸次仁顿珠石碑上的,爷爷石碑上雕刻的是一座山,阿爸石碑上雕刻的还是一座山。吉律的小手指描画在那两座山上,不知是什么感觉,但云朵是有她的感觉了……云朵从来到太阳湖畔,就把她的目光移到了扎西吉律的手指上,她想,小吉律可是一定把祖辈的荣光,通过他的小手指,注入他的灵魂中了!云朵这么想着时,还看见向着西天坠落的太阳,把一抹艳彩的光线投射在了光洁的碑面上,跃动出百般细碎的光点。云朵感到她的眼睛,被那闪烁的光斑点燃了,正有大滴大滴的泪珠在眼睛里滚动,她抬手抹了一把,很想对站在她身边的央金阿佳说两句话,却听见不远处的村子里,响起了云桑旺姆老阿妈唱起的一首歌子:

> 太阳啊霞光万丈,雄鹰啊展翅飞翔。
> 高原春光无限好,叫我怎能不歌唱?
> ……

云朵听得清楚,老阿妈高声唱着的是《翻身农奴把歌唱》。

第三十二章　梦里的憧憬

天宫里借一把金梳子，龙宫里要一把银打的篦子。

摘下个月亮了当镜子，给尕妹者梳个辫子。

……

——花儿《给尕妹者梳个辫子》

　　四顶旅行帐篷，依次搭在太阳村边的草地上，在夜里亮汪汪的白色月光下，仿佛四只流光溢彩的大蘑菇。这是汝朋友、鹿鸣鹤、谈知风、艾为学四人搭的露营帐篷。云朵没有准备旅行帐篷，只有跟着卓玛央金到宝珠镇上阿佳的宿舍里去休息了。

　　他们似都进入了梦乡，而且比任何时候梦更多。

　　然而梦中的他们，还沉浸在白天的经历中，不能自拔……云朵尤其如此，晚上的梦里，都是白天经历过的事情，一会儿是英勇牺牲在了中印自卫反击战中的次仁晋美，一会儿是英勇牺牲在保护野生动物战线上的次仁顿珠，再过一会儿又是吹奏鹰笛的多杰嘉措，然而最是长梦不断的，还是云桑旺姆老阿妈。敬爱的老阿妈不顾自己的苦难，居住在太阳村里，时刻关心的不仅是她的小孙子扎西吉律，还有她遇到的另一些经受苦难的小孩子。先前，她遇着了就领回家里来，让孤苦的小孩子与她一起生活。一个、两个、三个……老阿妈的善举，既为人所尊敬，还为人所传颂，一传十、十传百、百传千地传颂着，就传颂遍了包括青海、甘肃、四川、西藏等藏区人的耳朵，哪里出现一个孤苦的小孩子，哪里的人就往老阿妈的身边送。开始,她还勉强承受得了,慢慢地便力不能及,难以应付……多杰嘉措看在眼里,是不能忍了。

铁骨铮铮的多杰嘉措,要来出手帮助云桑旺姆老阿妈了。

多杰嘉措为旺姆老阿妈分担的方法,就是创办一所孤儿技术学校。他主意已定,就跑到宝珠镇,向民政专干卓玛央金阿嫂汇报,获得她的支持,制作一份创办"帮手"孤儿技术学校的文件,由央金阿嫂加盖上镇政府的大红公章,拿着去跑县政府,再跑市政府。他还去野生动物保护站,把他的想法给站里的领导说。站里的领导正为因保护野生动物受了大伤的他还继续在一线奔波,怕他再受伤害而头疼,不仅答应了他,还捐出一笔钱,并动员站里的战友也都拿出一些积蓄,让多杰拿回太阳村,延请工匠,修建校舍……就在校舍修建落成的日子,全力帮助多杰嘉措办学的卓玛央金阿嫂,也从相关职能部门拿回了全部批文。

收养在云桑旺姆老阿妈身边的孤儿们,从此不再孤苦,而且还有了学上。

多杰嘉措自觉担当起了"帮手"孤儿技术学校的校长,而云桑旺姆老阿妈也没有放弃她的责任,除了带好小孙子扎西吉律外,从此就把她的全部精力都放在孤儿技术学校孩子们的后勤保障上。身为宝珠镇的民政专干,卓玛央金牵心于她的儿子扎西吉律,更牵心于"帮手"孤儿技术学校的孩子,她会安排出一定的时间,给孤儿技术学校的孩子们上文化课。当然,仅凭卓玛央金一个人,是无法完成孤儿技术学校的教学任务的,她与校长多杰嘉措商量,按照孩子们的年龄和兴趣,为他们开办了绘画、刺绣、乐器、陶艺等十多个门类的课程,并聘请了当地一些有专长的人,来学校给他们义务授课。其中面具制作艺术的课程,就很受孩子们的欢迎,他们在面具艺人的指导下,制作了许多"悬挂面具"及"藏戏面具"。那些木刻面具多种多样,既有这样那样的神仙鬼怪,也有这样那样的动物图腾……云朵和汝朋友、鹿鸣鹤、谈知风、艾为学他们,白天已见识到了孩子们的面具制作手艺,做图书生意的谈知风很喜欢那些木刻面具,当场与多杰嘉措协商,要把孩子们制作的木刻面具引进到西安去,在他的"拥书自暖"书城设立专柜售卖,为孤儿技术学校扩大经费来源。

睡在旅行帐篷里的汝朋友、鹿鸣鹤、谈知风、艾为学他们像云朵一样,当晚睡梦连连。

他们都梦了些什么呢?云朵是不知道的,但跟着央金阿佳睡在宝珠镇里的她,居然还梦到了那位满头白发的穆罕默德·尤努斯。写了《穷人的银行家》的他,云朵原来是不知道的,她在谈知风的"拥书自暖"书城,把那本三联书店的书买到手后,拿回家来翻开看了看,一下子就喜欢得不得了。出生在孟加拉国的他,非常关注社会底层人的生活,因此创办了一家名叫格莱珉的银行,专为当地贫困妇女提供扶持资金,帮助她们与贫困作斗争。他坚持做下来,不仅受人欢迎,更被人推崇。实施的过程中,他虽然多次遭遇困境,但也都有惊无险地熬了过来,取得了非常可观的经济利益和社会效益。2006年的诺贝尔和平奖颁授给了他。

逆着黄河往三江源上走,云朵一路没有离手的,有她心爱的数码相机,还有这部让她入了迷的书。

"跨越文化和文明,使最贫穷的人可以通过自己的努力,实现自己的发展。"云朵在入睡前,就给央金阿佳介绍了尤努斯。当时,云朵先把数码相机里为央金阿佳拍摄的照片,让央金看了一遍后,没有忘记带在身边的《穷人的银行家》一书,拿出来翻着看了。近一段时间,这成了她的一个习惯,不翻看几页《穷人的银行家》,就不能入睡。她一边自己看,一边还给央金阿佳介绍。云朵说,人家尤努斯可是个会读书的人哩,赴美攻读了范德比尔特大学的经济学博士学位,还获得了田纳西州立大学经济学系的教职。但他心系祖国,学成返回故土,放下身段,开始了一段艰苦的乡村调查活动。其中有一次,他发现一座村庄的村民虽然非常贫困,但不乏勤劳致富的劲头和能力,就把他随身带着的二十七美元借给了四十二个村民,让他们免受高利贷的盘剥,以此作为制作竹凳的成本,使他们的经济逐步得以改善,慢慢地过上了不愁温饱的日子。

尤努斯把他的实践写成论文发表后,经济学界的专家把他的实践总结为帮助穷人脱贫的"格莱珉模式"。

云朵一时说得兴起,就建议央金阿佳说:"咱们把弃婴救助福利基金会建立起来了。但建立容易,发展难呀。怎么办好呢? 人家尤努斯,可是咱们的一个学习榜样。我在想,咱们能不能采用尤努斯的方法,发展壮大咱们的弃婴救助福利基金会? 有了这样的基础,咱们还可以向更广阔的领域拓展。"

卓玛央金被云朵的介绍吸引住了。她听云朵这么说来,没有迟疑,迅速地回答了她:"好啊! 算我一份。"

卓玛央金这么回答了后,还像那次一样,插话进来说:"也算多杰嘉措一份。"

两位异族的好姐妹,在学习尤努斯的问题上一直讨论着,讨论到最后沉沉地睡了过去。云朵在沉睡中不断地做着梦,到天快明时,就又梦到了风先生。云朵听见,风先生似也在她的梦中给她说着话。

风先生说:"利益这个东西太好玩儿了。人总是想我能得到什么利益,这没有错,但如果反过来想,我能帮助他人获得什么利益,那么他的所想与所做以及最终的所得,都将是超乎想象的哩。"

风先生说:"再高的天,踮起脚尖就能接近阳光。朝着爱的目标走,就能拥抱爱。"

睡梦中的云朵,在风先生的言语里睁开了眼睛。睁开眼睛的她转着眼珠子,寻找着风先生,却没有找到,倒是发现她的身边放着一条湛蓝色的团花藏裙。云朵想,这肯定是央金阿佳翻出来放在她身边的,让她起身后换穿哩。

云朵想得没有错,她的央金阿佳,已经端着一盆热气蒸腾的洗脸水走进来了。

卓玛央金说:"醒来了你? 你夜里睡得不好,我还想让你再睡一会儿哩。"

卓玛央金说:"醒来了好。把脸洗了,穿上我给你准备的藏裙,咱回太阳村去。"

在西安开着家茶裳体验馆的云朵,对一切时尚的东西都是非常敏感的。卓玛央金那次到西安来,云朵见到她穿在身上的藏裙,就喜欢得不得了,曾与央金换着试穿了一会儿。央金当即答应云朵,说云朵到三江源上来,她一定给云朵准备一两件藏裙,让云朵穿……央金没有食言,她给准备下了。心里暗自兴奋着的云朵一点都没客气,甚至都没顾上洗脸,就在央金的帮助下,穿上了身。

穿好藏裙的云朵想要有所动作,但是她的央金阿佳把她按在一把原木凳子上,来给她梳头了。

卓玛央金一边给她梳头,还一边给她轻声细气地漫唱一曲花儿:

天宫里借一把金梳子,龙宫里要一把银打的篦子。

摘下个月亮了当镜子,给尕妹者梳个辫子。

……

卓玛央金在花儿调子里,把云朵梳妆打扮起来,让云朵可是美得不能自已了呢。不能自已的云朵,站在原地,给她的央金阿佳旋舞了好几个圈子。

卓玛央金笑嘻嘻的,没说什么,倒是云朵开心得不得了,就先开口说上了。

云朵说:"是阿佳照着我的身材裁缝的吧? 我喜欢,太喜欢了! 还有颜色,特别配我的肤色。"

云朵一时说得兴起,一张嘴干脆就合不上,叭叭地一直说。她说央金阿佳给她准备的藏裙,宽一分,注定会宽了呢;而窄一分,自然又会窄了呢。现在的尺寸,不宽不窄,掐尺等寸,是再适合不过了……云朵还要往下说呢,被她的央金阿佳拦住了。

卓玛央金说:"你的嘴巴抹上蜂蜜了吗?别把咱们昨晚说过的事情忘了。"

穿上一袭藏裙的云朵,乖乖地跟着央金,踏着三江源湿漉漉的晨露,还有白色细纱般的晨曦,向她俩昨晚离开的太阳村走了。快要走进村子里的时候,一曲女声的歌唱,即如早晨的阳光一般,散开在了太阳村的上空。云朵听得明白,那是云桑旺姆老阿妈的声音呢,她唱的还是昨天傍晚唱的《翻身农奴把歌唱》:

雪山啊闪银光,雅鲁藏布江翻波浪。
驱散乌云见太阳,革命的道路多宽广。
……

听着这首流传了很久的老歌,云朵说:"旺姆老阿妈的歌喉,可是够亮的呢!我爱听老阿妈唱这首歌。"

卓玛央金把云朵看了一眼,她看出了云朵的真诚,就跟云朵说:"你不知道,旺姆老阿妈可是我们三江源上的金嗓子哩!旺姆老阿妈把这首老歌唱了一辈子,她怎么唱都唱不够。"

卓玛央金介绍着云桑旺姆老阿妈时,自己也不能自已,和着老阿妈的唱腔,轻轻地唱起了这支老歌:

毛主席啊,红太阳,救星就是共产党。
翻身农奴把歌唱,幸福的歌声传四方!
……

卓玛央金唱着,还原地舞蹈起来了呢。云朵虽没有专门学习过舞蹈,却也不乏跳舞的天赋,她也舞起来了。她俩且歌且舞地走着,向旺姆老阿妈唱着歌子的地方去。走了好一阵子还没走到,云朵不能忍受地感叹了。

她说一个村的人这么住来,可多么散呀! 央金给云朵解释了,她说草原上的牧人能怎么住呢? 住在一块堆吗? 那样的话,牛羊可就遭罪了,要怎么跑才能吃到草啊?

昨天在太阳湖畔见到的那只瘸着腿的藏羚羊和两只黑颈鹤,在云朵与卓玛央金快走近的时候,扑着赶着,就先蹿到了她俩的身边。

云朵与瘸腿藏羚羊,还有黑颈鹤,仅一面之缘,她怕她会惊扰了它们,就往卓玛央金的身后躲了。央金没让她躲,而是拉住她的胳膊,还往瘸腿藏羚羊和黑颈鹤的面前推。央金一边推她,一边给她说了。央金说草原上的动物可是会认人的哩,善良的人,它们就喜欢,而对坏人,就又是另一种情形了。果然,瘸腿的藏羚羊扑到她们身边了,依偎了央金后,又依偎了云朵。特别是两只黑颈鹤,它俩撒娇似的伸出长长的尖喙,叨了叨她们的手掌,就扑棱着翅膀,跑在她们的前头,带着她们往前走了。

土坯干打的小屋,就是云桑旺姆老阿妈的家了。昨天多杰嘉措就是在老阿妈小屋的锅灶上烹煮的羊肉,只见旺姆老阿妈正按着打酥油的桶子,一上一下地抽动着一根杵棒,弯腰努力地打着酥油。

紧走了几步,卓玛央金和云朵就到了云桑旺姆老阿妈的跟前。央金先把云朵推给旺姆老阿妈,说:"一晚上不见,云朵就惦念您老了呢。"

云桑旺姆老阿妈抬了一下头,说:"扎西得勒。"

卓玛央金说:"咱先不扎西得勒。阿妈你看嘛,你看云朵姑娘的脸白吗?"

云桑旺姆老阿妈还真仔细看了,她看着说:"昨天就看见了呢,人家就是白,今日好像更白了,像雪一样。"

卓玛央金说:"阿妈呀,你老人家常常念叨文成公主,说公主给咱雪域高原带来了慈悲,带来了温暖。文成公主是从长安来的,过去的长安现在叫西安,我们白白的云朵阿妹也是从长安来的呢。"

云桑旺姆老阿妈就又念叨起了"扎西得勒"。

云桑旺姆老阿妈念了好几遍,上来牵住云朵的手,说她昨日忙忙乱乱的,都没咋和云朵絮叨,今日个可要多絮叨几句哩。老阿妈说着就说起了白度母来,老阿妈说白度母是观世音的化身,文成公主入藏后深受藏人爱戴,大家想她可能是观世音化身来的,就把她也叫作了白度母。

云朵要学打酥油,云桑旺姆老阿妈就教她打了。要她打酥油时,杵棒往上提的时候,慢一些,防止酥油溢出,不然可就浪费了!往下压的时候呢,就要快一些,这样打的酥油才更细腻,才更香甜。学了一会儿,云朵看见酥油桶的旁边,有一个很大的石臼,就又问这是做啥的。旺姆老阿妈说了,是粉青稞用的。云朵就还要试试,老阿妈二话没说,就进了她的土坯小屋,端出一碗青稞,倒在石臼里,让云朵来粉了。

仅打了一阵酥油,粉了一阵青稞,云朵便觉出她的手腕酸了,腰也痛了……啊呀,老阿妈的生活太不容易了!

就在云朵跟着云桑旺姆老阿妈打酥油、粉青稞的时候,多杰嘉措把糌粑和热腾腾的酥油茶煮出来了。他煮好后,端出旺姆老阿妈的土坯房,搁在房前的石头桌子上,招呼还在帐篷里睡觉的汝朋友、鹿鸣鹤、谈知风、艾为学他们起来吃喝了……因为"帮手"孤儿技术学校的小孩子也要人照管,卓玛央金便没有在云朵身边多站,很快去了小孩子们睡觉的地方,帮助多杰嘉措喊孩子们起来,给小点的孩子穿衣裳。

云朵与汝朋友、鹿鸣鹤、谈知风、艾为学他们开始一口糌粑、一口酥油茶地吃喝着时,"帮手"孤儿技术学校的孩子们也都在多杰嘉措和卓玛央金的带领下,加入吃喝的队伍中来了。便是那只瘸腿的藏羚羊与两只黑颈鹤,似乎亦很明白早饭的重要性,赶在这个时候,追着旺姆老阿妈,到土坯房的一边去,低头来吃老阿妈给它们准备下的草料了。

云朵的饭量小,吃喝得自然快。她吃喝过了,闲着没事做,就也追到云桑旺姆老阿妈的身边,看老阿妈给瘸腿藏羚羊和两只黑颈鹤喂食草料。

云朵发现,云桑旺姆老阿妈喂给瘸腿藏羚羊与黑颈鹤的草料还不一样,好奇的她就问了老阿妈,这才知道,藏羚羊食用的草料比黑颈鹤的粗一些。旺姆老阿妈还把几种草料拿起来,凑到云朵眼前让她看。云朵不能全部认出来,但黑颈鹤食用的这一种,她倒是认得出来,像是她与灯盏奶奶居住在七星河河谷里时,采摘回来作为野菜吃的呢。这种野菜的名字叫荠儿菜,但不知在三江源上怎么叫,云朵就进一步问老阿妈了。老阿妈回答得十分干脆,她说三江源上也叫荠儿菜。

云桑旺姆老阿妈还说:"黑颈鹤的嘴巴比藏羚羊挑,人不吃的东西它就不好好吃。"

云桑旺姆老阿妈的这句话把她自己先说乐了,乐着又说:"谁让人家是黑颈鹤哩?嘴挑点没啥,咱三江源有的是荠儿菜,还有它吃的小鱼、小虫子哩。"

说话间,汝朋友、鹿鸣鹤、谈知风、艾为学他们也都放下了碗筷,招呼云朵,开始他们当天的行程了。

第三十三章　香香甜甜的公主酒

　　瓦釜儿洗净了酒倒上,香香甜甜滚上了。

　　阿哥者阿妹嘛都喝上,从前的路走上了。

　　……

——花儿《从前的路走上了》

　　当天的行程安排,就是去游日月山。

　　就在大家从太阳村向着日月山出发时,卓玛央金煮了一大瓦釜的公主酒,端到大家的面前,让大家喝了……在西安城的"同盛祥"老店与卓玛央金告别时,云朵他们给央金阿佳上了"贵妃酒",阿佳品尝了后,即给他们说了三江源上的"公主酒"。两款从唐朝流传至今的酒,异曲同工,真的是有太多相同之处,譬如酒色,都暗沉沉的;譬如酒味,都香香甜甜的……当然也有不同的地方,那就是酿酒的原材料了,"贵妃酒"主要用的是大米,而"公主酒"主要用的是青稞。

　　对此,风先生似乎更有发言权,他就在大家伙儿嘴对着瓦釜来喝"公主酒"时,把两款酒的相同与不同,给大家说了一番,就也抢着来喝卓玛央金捧给大家的"公主酒"了。

　　风先生美美地灌了一口后,自觉地退在一边,然后张嘴漫唱起了一曲花儿来:

　　瓦釜儿洗净了酒倒上,香香甜甜滚上了。

阿哥者阿妹嘛都喝上,从前的路走上了。

……

就在风先生漫唱的花儿调里,云朵他们在卓玛央金的带领下,集体往日月山撵去了。抱着小吉律骑着雪青色大马的多杰嘉措,因为有四条腿的马儿代步,自然比两条腿的人走得快。走在前面的多杰,走着走着就把云朵和卓玛央金,以及汝朋友、鹿鸣鹤、谈知风、艾为学他们远远地撂在了身后。他也许不想让大家误解他走快了,落下了他们,就拿出鹰笛,竖在嘴唇上,嘀鸣……嘀鸣……嘀嘀鸣鸣地吹奏了起来。

云朵听得出来他吹奏的这曲鹰笛很欢快,但很陌生,就把脑袋偏向了卓玛央金,想要从阿佳的嘴里知道点什么。阿佳听着多杰嘉措吹奏的鹰笛声,极目看向了广袤无际的三江源,即十分大气地唱了起来:

远方有多远? 蓝天有多蓝? 谁坚定的步伐翻过十万大山?

问五彩的经幡,问庄严的圣殿,要修行多少年到今生圆满?

……

之前央金说云桑旺姆老阿妈的歌喉是三江源上的金嗓子,那她的歌喉又该怎么比喻呢? 云朵在心里思考着,也不管央金阿佳正在忘情地歌唱,就大声地给央金阿佳说了:"阿佳一副好嗓子,可是三江源上的百灵鸟哩!"

卓玛央金微笑着继续她的歌唱,借着歌词之间一段长长的拖音,把这首歌子的名字告诉了云朵他们。央金说了,歌名叫《美丽的三江源》。她一边说,一边继续她的歌唱:

酥油有多香? 青稞有多甜? 在世界的屋脊眺望烟火人间。

这热血在沸腾,这灵魂在涅槃,你终于能陪我把风景看遍。

......

卓玛央金在高声唱起这首歌时,竟然还像那天清晨与云朵同回太阳村时,听着云桑旺姆老阿妈唱歌一样,伸展着她的胳膊她的腿,舞蹈起来了呢。云朵看得出来,央金阿佳的舞蹈没有固定的招式,她是随着自己的心而自由地舞蹈着哩。广阔的蓝天在这个时候做了她表演的幕布,鲜花盛开的草原做了她表演的舞台,她尽情地、率性地舞蹈着。云朵看着,心里突然觉出一种从来没有过的震撼,她情不自禁地跟着她的央金阿佳,也像那天清晨一般舞蹈起来了……湛蓝的天空下,碧青的草原上,云朵和央金,且舞且蹈,引得天边的飞鸟也向着她们翔集而来,旋飞在她们的头顶舞蹈了呢;还有翩然翻飞在草尖上的蝴蝶,既像云朵又像央金,欢快幸福地舞蹈着了。

多杰嘉措在把这首曲子吹奏完后,还打了一声呼哨,并举起他手上的马鞭子,在雪青色大马的屁股上抽了一下。两人与一马,如一支射向前方的箭,射入前面的那一座山谷里,不见了。

山……一座连着一座的山,连绵不绝,像是笼屉里待蒸的馒头,虚在缥缈的雾气中。卓玛央金看着多杰嘉措抱着小吉律飞马隐没进那山谷不见了后,回头招呼起了汝朋友、鹿鸣鹤、谈知风、艾为学,也向那条两山夹峙的沟道走了进去。走了不多时间、不长路程,就又走到一座山峦前,央金给云朵与她的朋友们说了。

卓玛央金说:"看吧,日月山到了呢!"

看见了日月山,就像看见了神一样的文成公主。云朵从西安出发,沿着黄河逆流而上,往三江源上来的时候,就是从耸立在唐城墙遗址公园内的文成公主像前出发的,她把文成公主的故事搜索了一个遍,她知晓美丽的文成公主,风尘仆仆,于公元641年的唐贞观十五年正月到达三江源上的日月山。在此之前,文成公主在路上已经走了一年多,她和亲松赞干布从长安出发时,所带的陪嫁物品非常丰富,既有金玉饰物、金玉书橱、释迦佛像、经典图书，又有很多食物、各类饮品、各种花卉图案的锦缎被褥、卜筮挂书，还有营建工技、治疗百病的药方等，以及部分谷物种子。所以她走不快，然而快也罢，慢也罢，她终究是走到日月山了。

当然，文成公主走上日月山的时候，这座山还不叫日月山。

在文成公主之前，日月山有个十分"火爆"的名字，即赤岭，远看似喷火，近观如染血，海拔三千两百米，在群山巍峨的青藏高原上，这个高度是不值一提的呢。不过在群山环绕之中，其所形成的那一个隘口，让骑马行走的民族，可以便利地穿越青藏高原，因而它成为中原通向西南地区和西域的重要隘口。从古都长安出发的文成公主，于此造就了一个让历史感动垂泪的时刻。正如后来人说的，"过了日月山，两眼泪不干"。

漫漫和亲远嫁路，必然有一处分手告别的苍凉地。

在这告别中原的最后一站，文成公主在山上支起了帐篷，她要做最后一场告别故乡的梦，她要伫望故乡最后一眼。她站在山顶，回首不见长安，西望一片苍凉，思乡之情油然而生，忍不住取出临行前父皇唐太宗赐予的日月宝镜。没想到镜中出现的即是长安繁华的景色，令她离愁倍增。公主悲喜交加，泪如泉涌，想到自己远嫁和亲的重任，毅然将日月宝镜抛下赤岭。宝镜骨碌碌摔成了两半，摔在东边的一半是日镜，摔在西边的一半是月镜。摔碎了的镜子，让泪水和风沙掩埋，始成今天的日月二山。

两山隔沟相望，唇齿相依，如情侣，如父女，其情其景，楚楚动人。

风先生如历史的见证者一般，抓住机会又来给云朵、汝朋友、鹿鸣鹤、谈知风、艾为学，还有卓玛央金，说起了几则流传在民间的故事。风先生说，藏王松赞干布是个英明有为的赞普，他仰慕唐朝的先进生产技术和文化。他听说皇帝唐太宗有一个贞淑美丽的女儿文成公主，便想求娶。于是派出聪明能干的大臣噶尔·东赞率领求婚使团，前往长安请婚。求婚使团前脚刚到，后脚又来了波斯、霍尔、格萨和印度等地的求婚使团。为了公平合理，唐朝决定让各使团进行比赛，哪个胜利了，哪个就迎娶公主。于是乎，比巧斗智的场面依次展开。负责此项事宜的唐朝大臣，先给了每个使团各一颗九曲明珠和一根丝线,叫他们把柔软的丝线穿过明珠的九曲孔眼。其他几个使团方法想尽也穿不过去,而坐在一棵大树下的噶尔·东赞发现了一只大蚂蚁,便把丝线的一端系在蚂蚁腰上,并在九曲明珠孔眼的一端抹上蜂蜜,使得蚂蚁寻蜂蜜而动,曲曲弯弯,爬行着把丝线拉过来,穿在了明珠上。

首场竞赛,噶尔·东赞胜利了。接着又开始了第二场比赛。这时,皇帝叫人牵了一百匹母马和一百匹马驹来,让使臣们分辨哪匹母马是哪匹马驹的母亲。各位使臣轮番辨认,有的按毛色分,有的照老幼配,有的以高矮比,但是,都弄错了。最后,噶尔·东赞上场,他把母马和马驹分开关着,在一天之中,只给马驹料吃,不给它们水喝,第二天,把马驹放到母马群中。马驹都急急忙忙地找自己的妈妈去吃奶。于是,被他一一分辨了出来。

此后还进行了认鸡、识木、宰羊、鞣皮、饮酒、赴宴找路回旅店等比试,都是智谋超群的噶尔·东赞获得胜利。最后,他还在一位汉族大娘的帮助下,从五百个穿着打扮一样的美女中,指认出了文成公主,从而成就了历史上这一"汉藏联姻"的佳话。

故事情节真可谓波澜起伏,引人入胜。正如唐人陈陶《陇西行》诗中说的,"自从贵主和亲后,一半胡风似汉家",和亲极大地密切了唐与吐蕃的关系,增进了汉藏之间的友好交流。

提前上到日山顶上的多杰嘉措,让扎西吉律骑在他的脖子上,向攀山而来的卓玛央金和云朵,以及汝朋友、鹿鸣鹤、谈知风、艾为学他们,用他带在身上的鹰笛,吹奏着向他们打招呼了。多杰嘉措吹奏了一会儿,把鹰笛交到小吉律的手上,让他也学着吹奏了。然而,小吉律的气息太弱了,他学着多杰嘉措的样子,把鹰笛竖在嘴巴上,鼓着腮帮子吹,却咋都吹奏不出个调调来。不过他没有松口,一直坚持着吹。他那么吹着,终于有了一声两声的曲调,多杰嘉措和着他的曲调,唱起了一首三江源上的民歌。

这首民歌,别人熟悉不熟悉,云朵也不知道,但卓玛央金是知道的,那是《度母颂》：

啊！度母！你是三时的主宰。

当我愉快的时刻，请赐我优美的歌喉。

啊！度母！你是光芒的主宰。

当我艰难的时刻，请伸出你慈悲的双手。

风先生嘴上说的文成公主，多杰嘉措嘴里唱着的度母，在云朵的眼前鲜活起来了，鲜活成了日山上的那座亭子。

云朵他们，就在小吉律的鹰笛声和多杰嘉措的民歌声里，爬上了日山山顶，伫立着向四周眺望了。他们先看见了对面的月山。月山的顶上，如日山一般，也筑垒了一座亭子。在日山顶上的叫日亭，在月山顶上的叫月亭。飘舞的经幡，以亭子为中心，向四面八方伸展着，以其飘扬的姿态，既烂漫着亭子的烂漫，也神秘着亭子的神秘……在那烂漫如风、神秘似霞的牵引下，云朵他们走进亭子里来了。亭子里一面一面的碑记，还有壁画，无不真实地描摹着文成公主背井离乡、和亲入藏时的种种情景。云朵很想问一问与她一同上到日山上来的汝朋友、鹿鸣鹤、谈知风、艾为学他们，看着眼前的一切有怎样的感受。但她没有问出口，不过她已被当年的文成公主深深地感动了，更感动于藏族同胞对文成公主那敬神一般的热爱与敬奉。

随风摇荡的经幡，应代表着无数藏人对文成公主一直以来的虔诚和信仰。

日山顶和月山顶上，都有藏族同胞堆起来的玛尼堆，那些雕刻着藏文佛典的石块，已经垒筑得很高很高了，但还有远途转经而来的藏族同胞，要继续往上垒。就在此刻，就在此时，云朵相信央金阿佳，还有汝朋友、鹿鸣鹤、谈知风、艾为学他们，应该都看见了，正有一家人，父亲、母亲、儿子、女儿，次序井然地排成一行，五体投地，一步一拜，顺着对面月山的山路，向月山的顶上跪拜爬行着。他们一家人，艰难地，却也虔诚地跪拜爬行到月山顶上那座如城墙般高垒着的玛尼堆前，从他们背在背上的行囊里，掏出一块玛尼石，又堆垒了上去……云朵看得眼睛湿润了，她湿润的眼睛里，鲜活着的依然是神仙般的文成公主。

汉家女儿文成公主，被时间供奉着，凝结成了日月山下那座宏伟的庙宇，和矗立在庙宇里的巍峨的文成公主汉白玉雕像。

藏歌悠悠，牛羊如云，云朵泪眼婆娑地站在日山顶上，把她的眼睛能够触及的景色"抚摸"了个遍。她感觉到她的眼睛仿佛通了文成公主的灵，可以从公主生活的时代，看向今日……那时的日月山，与现在的有根本性的不同。那时名叫赤岭的山，一定是非常冷寂荒凉的，也许因为公主走过的，那座形如喷火的山，不仅改了名字，而且改变了模样。如今映入云朵泪眼里的日月山，像是一座播绿的神山一般，向着山的四围，不辞辛苦地撒播着绿色，让广阔的三江源，草青水美，一望无际。星罗棋布的湖泊，由于阳光的作用，无不闪耀着银色的光斑。那些大点儿的湖泊，该是雪山上消融了的雪水流泻下来汇聚而成的，而那些小点儿的湖泊，可能就是草原上独有的一眼眼泉子汩汩地涌动着形成的。无论大点儿还是小点儿，都是湖泊，它们既有湖泊的魅力，更有湖泊的吸引力。云朵看见，三江源上她还叫不出名字的野兽与禽鸟，纷纷来到那些湖泊边上。有跑动的兽类，探头在湖泊的水面上，吞咽着清冽的湖水；有飞动的禽鸟，扑落在湖泊的水面上，一边嬉游，一边饮水……云朵这个时候虽然还叫不出那些野生动物的名字，但很快就知道了。

这些是风先生告诉云朵的。上到三江源上的风先生，如云朵一样，也受到了这里环境的影响，变得十分安静、沉静……风先生知晓三江源之于人类，有着难以想象的意义！这里虽然是三条大江大河的源头，却非常安宁，少有大江大河形成后的激情和澎湃。这里非常非常地静，草原有草原的静，湖泊有湖泊的静，便是流淌着的溪水，亦有溪水的静……静静的是望不到头的草原，静静的是连绵不断的山峰，还有静静的蔚蓝的天空，以及静静的不再让人烦躁的阳光，和静静的给人大口大口吞吸的空气。

风先生给云朵说："看呀，那像猫咪一样的小家伙，叫荒漠猫；看呀，那像小熊一样的小家伙，叫艾鼬；看呀，那像狐狸一样的小家伙，叫藏狐……"

风先生介绍了跑动着的动物后，又给云朵说："看吧，那羽毛色杂嘴巴尖尖的飞禽，叫猎隼；看吧，那脑袋棕红、身体雪白的飞禽，叫棕鸥……"

耳听着风先生给她介绍走兽飞禽，云朵的心便如脱缰的马一般，跑了开来，心想，人的心灵，需要一片净土，当自身疲惫不堪的时候，能够去那里清洗一下自己，消除不安和沮丧；当自己身陷现实不能自拔时，能够去那里清醒一下，消除身上的俗气与俗念，让自己超然起来，笑对人生风雨，静对人生起落。

上山容易下山难，在卓玛央金的提醒下，云朵和汝朋友、鹿鸣鹤、谈知风、艾为学他们从日山上往下走了。

云朵跟着卓玛央金，把下山的路走得小心翼翼，但是还有小小的石头子儿，让她直滑……她滑倒时，自有央金阿佳扶她，而汝朋友、鹿鸣鹤、谈知风、艾为学就享受不到这样的待遇了。他们四位走着走着，不知是谁先偏离道路，走进了路边的草坡上。开始在草坡上走，倒也软软地好走，可是走了几步，他们的鞋底子沾上了草的汁水，就变得很滑了。是走在后边的艾为学先滑倒的吧，他滑倒了后，冲下来，带倒了谈知风，谈知风又带倒了鹿鸣鹤，鹿鸣鹤再带倒汝朋友，四人一个带倒一个，全都倒在草坡上，像是一个一个溜溜板，顺着如水一般的草坡，继续滑行着……汝朋友、鹿鸣鹤、谈知风、艾为学四人滑在草坡上的姿态，是滑稽的，也是有趣的。多杰嘉措看见了，就把小吉律抱着，也滑进了草坡里。

他们滑草的样子，把云朵和卓玛央金逗笑了，她俩笑得前仰后合，差点也倒在下山的草坡上哩。

第三十四章　永远的颂歌

北斗七星者乾坤转,月亮明,一月里者能圆上几天?

一青一黄者又一年,妈妈亲,娃子咋就者见不上面?

……

——花儿《妈妈亲》

连着几个早晨,太阳村准时准点都是在云桑旺姆老阿妈的歌声里醒来的。今天早晨自不例外,还是在旺姆老阿妈的歌声里醒来的:

我爱北京天安门,天安门上太阳升。

伟大领袖毛主席,指引我们向前进。

……

汝朋友、鹿鸣鹤、谈知风、艾为学他们惊讶云桑旺姆老阿妈的执着,云朵也是。她与卓玛央金还是从宝珠镇里,踏着早晨的清露和早晨细纱似的烟岚,往太阳村里回……远远地听着旺姆老阿妈的歌声,云朵没话找话地与央金阿佳说了。

云朵说:"老阿妈又唱歌子了呢!老阿妈唱了《翻身农奴把歌唱》,又唱《北京的金山上》,她是天天清晨都要唱这些歌子的吗?"

卓玛央金听出了云朵内心的疑惑,她说:"我们藏家儿女是知恩的,知恩而且感恩。《翻身农奴把歌唱》《北京的金山上》等老歌儿,唱出了我们的心声，我们藏家儿女过去要唱，唱得非常响亮，唱响了全中国，到了今天，我们藏家儿女还要唱，一直唱下去，唱给我们的未来……"央金这么说来，怕云朵还有疑惑，就还多说了两句话。

卓玛央金说："旺姆老阿妈是一个典型，她老人家自从唱会了这些歌子，就在我们太阳村里唱，而且还就只在清晨唱。这不仅是她老人家的一个习惯，也成了我们太阳村的一个习惯，没有她唱歌子，村子就醒不来。"

卓玛央金这么说来，把她自己都说乐了呢！乐着的她与云朵走到云桑旺姆老阿妈身边来了……唱着歌子的旺姆老阿妈，嘴上没停，手上就更没有停。这是老人家清早起来必须要做的事情哩，那就是给多杰嘉措和她，以及"帮手"孤儿技术学校的众多孩子准备早饭。她给大家准备的早饭，少不了酥油茶，少不了糌粑。云朵看见旺姆老阿妈拿来一方茯茶，用茶锥撬下一些来，往正煮着的酥油茶里撒，一边撒茶，一边搅拌……对老阿妈的这些做法，云朵没有太过惊奇，她惊奇的是老阿妈拿来的茯茶，从外包装上可以看得出来，居然就是她先生胡不二生产的不二茯砖茶哩！

云朵拿出她的数码相机，对着云桑旺姆老阿妈拿在手上的茯砖茶与热气腾腾的酥油茶锅，连着拍了几个特写。

卓玛央金对云朵的好奇一点都不意外，她给云朵解释了。

卓玛央金说："是你送给我的哩。阿妹呀，你该不是忘了吧？那次我从西安回三江源，你们准备了那么多礼物，我就拿了你准备的茯砖茶。"

卓玛央金这么说来，云桑旺姆老阿妈就也有话说了。

云桑旺姆老阿妈说："还是你们西安那边的茯砖茶好，质量有保证。"

老阿妈又说："文成公主当年来到三江源上，带来的茯砖茶，可就是你们家乡的哩，我们一辈一辈地吃来喝来，都渗透进我们的血管里了。"

卓玛央金赞同云桑旺姆老阿妈的说法，不过她还有要与云朵说的话题哩。

卓玛央金要说的话题，就是她的儿子扎西吉律。她给云朵说："小吉律幸亏有你，有汝朋友、鹿鸣鹤、谈知风、艾为学他们，你们是他小崽子的救命恩人哩。他的阿爸为了保护野生动物，英勇地牺牲了，小吉律就成了他，是他阿爸的未来，我要把他培养成他阿爸一样的人，正直善良，英勇无畏……但小吉律有那么严重的疾病，我抱着他到你们西安去给他看，如果没有你们帮忙，还不知是个啥结果呢。有了你们，小吉律的'先心病'才得到了很好的治疗。你这次来，看到他是不是健康结实多了？当然，他的健康结实，还有旺姆老阿妈的功劳哩。他是她的亲孙子，她是他的亲奶奶，他们亲在一起，我才能抽出时间，尽我镇政府民政专干的职责呀。"

云朵听着卓玛央金的话，说："阿佳后面的话说对了，你在镇政府工作，忙是一定的，如果没有老阿妈帮你带小吉律，还真是不行。不过你前面的话，咱今后就不要再说了。早在西安城里的时候，阿佳就已说了哩。"

卓玛央金被云朵两句真诚的话堵住了嘴巴，便不再往下说了。但也只是停了一会儿，她就又拿云朵收养的小云飞来说了。

卓玛央金说："给我说说小云飞吧，他怎么样？阿妹上三江源几天了，都不给我说小云飞，我可是想小家伙了呢。他的小嘴巴，吃了我的奶水，不只我想，我的奶头尖尖也想他小崽子了呢。"

卓玛央金的话，让云朵的心深深地震了一下！她几天来不给央金阿佳提小云飞，都因为她心里还在为此难受着呢！但在这个时候，她不能不说了，而且不能有丝毫的隐瞒。她把她的先生胡不二不能容忍小云飞的事情都告诉了央金阿佳。她这么说了后，沉默了一小会儿，还给央金阿佳说，她内心矛盾极了，胡不二不能容忍小云飞，却要求她生个他们自己的孩子。她能怪罪他吗？显然不能，但她又听不进去先生的话，给先生和她生养个自己的孩子。

云朵给央金阿佳这么说来，最后还说："小云飞太可爱了！你不知道，我先生胡不二把小云飞抱进西安儿童福利院，福利院的阿姨们养着他，几天不见，就是一个变化，小崽子变得越来越惹人爱。我这么给你说来，心里就又满是他的可爱了呢！"

一对好姐妹，嘴里说着话，耳朵里听着云桑旺姆老阿妈唱的歌子，回到了老阿妈的土坯房前，与汝朋友、鹿鸣鹤、谈知风、艾为学他们，以及多杰嘉措和孤儿技术学校的孩子们一起吃早饭了……

把计划中的几处景点挨个儿游览过了后，自驾来到三江源上的汝朋友、鹿鸣鹤、谈知风、艾为学他们，今天就要返程了。

让即将返程的他们再吃一顿三江源上的羊肉，是卓玛央金、多杰嘉措和云桑旺姆老阿妈三人决定下来的。

当然，还是最会烹煮羊肉的多杰嘉措杀羊烹煮羊肉给他们送行。吃罢了羊肉，喝罢了羊汤，汝朋友、鹿鸣鹤、谈知风、艾为学他们就要自驾回程了。但在他们回程前，可是有一项合同要签哩。这就是他们弃婴救助福利基金会，为"帮手"孤儿技术学校整修加固房舍的事情了。住在太阳村，吃喝在太阳村，云朵与汝朋友、鹿鸣鹤、谈知风、艾为学他们，把"帮手"孤儿技术学校的状况可是了解透了呢。他们不仅师资短缺，教学器材也非常稀少，特别是作为教室和宿舍的那座临建的房子，就更恓惶了，夏秋季节，天气暖和，要好过一些，到了冬春季节，天气冷下来怎么办？云朵与汝朋友、鹿鸣鹤、谈知风、艾为学他们业已知晓，别说三江源的冬天，便是相对好点儿的春天，也是非常冷非常冷的呢，若不幸遭遇一场大风雪，孩子受冷挨冻是一个方面，厚厚的积雪压在那层薄薄的房顶上，把房顶压塌下来可怎么办？孩子们吃住在里面，伤着可就不好了呢！

他们就召开了一次临时性的会议，决定利用基金会现已筹集的资金，整修加固孤儿技术学校的房舍。合同的样本，是央金在宝珠镇打印好拿回太阳村的，已经铺排在了孤儿技术学校房舍里的桌子上，就等着云朵与多杰嘉措来签字了……大家擦着油乎乎的嘴巴，簇拥着云朵和多杰嘉措往那张桌子前走。云朵和多杰嘉措，双双走到那张桌子前，坐在桌子一边，各自翻开打印好的合同，先签上自己的名字，再相互交换，签上自己的名字，然后站起来，把手握在了一起。就在他俩握手的时候，围在他俩周边的人，全都热烈地鼓起了掌。

大家的掌声是热烈的,就在一片热烈的掌声里,"帮手"孤儿技术学校的孩子们突然做出了一个让人难以想象的举动。

孩子们没有谁起头,也没有谁带动,却都一迭声大叫,扑向了他们辛辛苦苦吹沙堆塑起来的坛城沙画。

未到三江源上来时,云朵和汝朋友、鹿鸣鹤、谈知风、艾为学他们,并不知晓坛城沙画这一独特的艺术,他们自驾到三江源上来了,露营住在太阳村里,受到多杰嘉措的感染,有空了就到"帮手"孤儿技术学校房舍里去。他们不仅发现了这座临建房舍的简陋,还发现入住校舍读书学技术的孩子们,在读书学习技术之余,会围到一个基本成形的坛城沙画前,继续他们吹塑沙画的作业。

什么是坛城沙画呢?云朵与汝朋友、鹿鸣鹤、谈知风、艾为学他们刚见到时是不知道的。

还好有风先生,风先生不仅知道坛城沙画的意义,还知道坛城沙画的制作流程,他就给不知所以然的云朵他们细说了呢。云朵他们由此知道,三江源上的人还习惯性地把坛城沙画称为"曼陀罗"或者"曼达""满达"。

这里边的学问深了去了,只有深入了解,甚至参与进去,才能获得最清晰的感受。

"帮手"孤儿技术学校的孩子们在多杰嘉措校长的主持下,请来了附近寺庙有此技巧的喇嘛,帮助孩子们吹塑坛城沙画已经有些时日了。包括卓玛央金的儿子扎西吉律在内,无论年岁大小,孩子们都参加了。他们首先在太阳河里淘洗沙子,在河水里持续不断地淘洗,淘洗了近一个月的时间,才淘洗完了吹塑坛城沙画用的干净沙粒。而这只是吹塑坛城沙画的第一步,然后是晒干沙粒,接着就是染彩,红、黄、橙、绿、青、蓝、紫……染出七彩的颜色,然后选择他们校舍的一角,用他们备好的彩色沙粒吹塑坛城沙画了。

有经验丰富的喇嘛做指导,孩子们吹塑的坛城沙画,外圆内方,虽不算很大,也不算太小,方圆三尺的样子。

云朵和汝朋友、鹿鸣鹤、谈知风、艾为学他们见到孩子们吹塑的坛城沙画时，坛城沙画已基本成形，可以看出坛城沙画方的部分是一座正方体的宫殿，宫殿四门对开，殿内既供养主尊神，又供养诸多侍从神。而周围的装点，则就是圆的那一部分了。绕着那个大大的圆，孩子们吹沙塑出来的，既有色彩缤纷的幡幢与白辕，也有色彩绚丽的花卉与飞天等。

校长多杰嘉措教孩子们吹塑坛城沙画，不只是为了完成一件精美的艺术品，还是为了让孩子们学习一门手艺。

孩子们倒也有天赋，有此手艺的喇嘛，指导他们不多时日，就放手让孩子们自己吹塑了……孩子们非常勤勉，他们各施技能，各展才华，天天都在吹塑，大约吹塑了小半年的时间了呢！有不合乎规范的地方，还要抹平重新吹塑，而不精美的地方，也要抹平重新吹塑。最终完成的坛城沙画，别人不好说什么，指导孩子们吹塑坛城沙画的喇嘛说了呢。喇嘛说，规整算是规整的，而且有模有样，像那么一回事儿。经验丰富的喇嘛，还特别表扬孩子们为坛城沙画吹塑的那一圈火焰纹，说那可是很有意思呢，其所表现的，是其如太阳一般，给他们以温暖，给他们以正能量。

喇嘛评鉴着孩子们吹塑的坛城沙画，还评价起了孩子们吹塑在坛城沙画上的一句藏文。他说了，那句话虽然稚嫩，却真实地表达了孩子们内心里的祈愿，祈愿他们的妈妈平安健康。

哦！妈妈。

都是孤儿的他们，他们的妈妈是谁？他们的妈妈在哪里？孩子们是不知道的，但孩子们用七彩的沙子，在他们吹塑出的这盘坛城沙画上，于最中间的那座宫殿里，吹塑了一位神情慈祥的女子。

　　　北斗七星者乾坤转，月亮明，一月里者能圆上几天？
　　　一青一黄者又一年，妈妈亲，娃子咋就者见不上面？
　　　……

汝朋友、鹿鸣鹤、谈知风、艾为学他们看着"帮手"孤儿技术学校的孩子吹塑的坛城沙画，有什么样的体会，云朵是不知道的，她只知道，有着与吹塑坛城沙画孩子们一样童年的她，心上像是被什么利器割了一下，正有热烫烫的血在喷涌，并催促着她，使她猛地启动了嘴唇，轻轻地漫唱出了一曲灯盏奶奶曾经教给她的花儿……云朵漫唱的花儿名叫《妈妈亲》，她正漫唱着时，风先生忍不住插话了。

历经沧桑的风先生，什么样的事情没有经历过？但此刻的经历，居然让他哽咽了起来，在云朵漫唱的花儿声里他说了这样一句话。

风先生说："那位端坐在宫城里的女子，是孩子们吹塑的妈妈哩！"

因为云朵的一曲花儿，还因为风先生的一句话，孩子们猛然扑入他们吹塑好了的坛城沙画里，把一幅完整的坛城沙画，扑爬得散碎开来，散碎得不成形状了，却还不能罢休，就又都滚在坛城沙画上，你滚过来，他滚过去，滚着的他们，还都突然涕泗横流，号啕大哭起来……他们一声一声地喊叫着，喊叫的只有"妈妈"两个字。

他们不加掩饰地哭喊："妈妈！"

他们毫无节制地哭喊："妈妈！"

他们声嘶力竭地哭喊："妈妈！"

第三十五章　树树如玉

杨树者苗苗栽活了,浇水哈长出成者玉树了。

冬季里风雪者漫卷了,穿上棉衣者暖和了。

……

——花儿《穿上棉衣者暖和了》

在"帮手"孤儿技术学校的孩子们的"妈妈"的哭喊声里,要返程回西安的汝朋友、鹿鸣鹤、谈知风、艾为学他们,分乘两辆越野车,从太阳村离开了。

他们启动了汽车,在要离开时,云朵把她熬了半夜写出来的一封信交到了他们的手上,让他们也都看一看,提提意见,修改修改,然后转给曾甜甜,让她翻译成英语,待云朵回来,要邮寄给一位了不起的人哩。

突发的这一插曲,让发动了汽车就要出发的汝朋友、鹿鸣鹤、谈知风、艾为学又耽搁了一小会儿。什么信呢? 可以如此开诚布公,可以如此光明正大……把信纸拿在手里的谈知风展开看了。他看着,还不由自主地念出了声,让大家都知道,云朵的信原来是写给那位她不认识的《穷人银行家》的作者尤努斯的,这使大家不约而同地都把目光投向云朵的脸上。

大家注视云朵的目光,既是敬佩的,又是钦羡的。而谈知风朗朗的读信声,更是充满了一种动人心魄的意味:

尊敬的穆罕默德·尤努斯教授:

您好！先请您原谅我冒昧给您写信。我是一个中国女孩，名叫云朵，今年 29 岁。

我有一个理想，就是像您在《穷人银行家》中倡导的那样，创办一个"社会良知型企业"，为更多的民众能够拥有平等的生存机会和脱离贫穷而努力。

……

谈知风是还要往下朗读的哩，云朵撵到他乘坐的越野车前，抬手伸进开着的车窗，把她写给尤努斯的信一把夺过来，很慎重地折叠起来，并警告谈知风，他要再读出声来，她就不让他转送给曾甜甜了。

谈知风是听话的，对着云朵，他点头如捣蒜，重新从云朵手里接过信纸，这就与汝朋友、鹿鸣鹤、艾为学他们驾着越野车返程了。

他们都走了，云朵没有走，她留了下来，给"帮手"孤儿技术学校的孩子做支教老师。云朵不仅给孩子做支教老师，还抓紧一切时间，做着这里的社会调查，这是她学习尤努斯的最为具体的一个行动。很自然的，宝珠镇民政专干卓玛央金做了云朵的向导，她陪着云朵，深入探访了太阳村周边的几个牧民村。

虽然每次出门，云朵都给她的脸和手涂抹上一层防晒霜，但是也扛不住三江源太阳的照射，没过多久，她脸上的肤色就已染上浓浓的太阳色……没有主题，没有目的，云朵就顶着她一脸的太阳色，跟着卓玛央金，走访藏族牧民的家。云朵在走访中，发现了一个非常突出的现象，就是每个牧民家庭的土坯房或是帐房里都悬挂着毛主席的画像。

悬挂毛主席画像这一现象，云朵此前在云桑旺姆老阿妈的土坯房里就已见到了。

云朵最初从热烈的赛马会上来到太阳村里，最先看到的是盘在云桑旺姆阿妈家土坯房子门口的炉膛。她看见旺姆老阿妈往炉膛添加的燃料，居然是土坯房墙面上晒干的牛粪……

作为燃料的干牛粪,在炉膛里燃烧着的时候,仔细地嗅,还能嗅得到燃烧时那种青草的香味哩。

云桑旺姆老阿妈说:"牛粪最干净了。"

云桑旺姆老阿妈的话让云朵深深地惊讶,但她没有太过表现出来。因为一个新的惊讶,就在那个时候,又撞入了她的眼睛——她探头进入旺姆老阿妈的土坯房子里,蓦然看见老阿妈烟熏火燎的土墙上,悬挂着一张北京天安门的画像,画像上还有毛主席在招手。画像很旧了,却没有一点破损。云朵想,老阿妈是多么珍爱这张画像啊!

在连续几天的走访中,云朵总能看到藏族同胞的土坯房子或是牛毛毡的帐篷里悬挂着毛主席的画像,她是真的太感动了。

云朵感动于藏族同胞的纯朴和善良,同时又感慨他们的艰苦和闭塞,因此油然而生了一种责任……是什么责任呢?云朵一时还理不清,就先埋在心里,与她的央金阿佳,继续她的社会调查。在调查途中,云朵有了心得体会,都要与央金阿佳交流一番呢。云朵说了不少发自内心的感受,总结起来一句话,就是尤努斯的"格莱珉模式",与这里的实际情况还是相适应的哩。云朵重复地说着这样的话,说到后来,就更坚定地说了呢。

云朵说:"我们不能只是看,而是应该行动。"

风先生听着云朵发誓般的话语,鼓励说:"行动力是对平庸生活最好的回击,人与人的差距,就在于各自行动力的强弱。行动起来,必有所成。"

云朵和央金阿佳还顺路看望了牧牛的阿旺诺布老人。

云朵与卓玛央金在做调查的时候,近点的村庄,就步行去;远一点的,就骑着马去。阿旺诺布老人家更远那么一点儿,她俩便各自骑着一匹马去了。央金阿佳自有她的马儿骑,云朵骑的是多杰嘉措大哥的雪青色马。骑在马背上的云朵想,诺布老人家该不是还靠在那一块大石头上,伸手向蓝蓝的天空抓一把太阳,再贴着青青的草地捞一把太阳,吃着佐酒来喝吧。云朵见着时,她发现自己想错了呢。

放着牦牛的老人家,没有在云朵初见时的那块大石头旁吃着太阳喝着酒,他在另一条叫火烧沟的沟道里给杨树苗穿衣裳哩。

云朵又惊讶了。云朵哪里知道,三江源上,过冬的树苗穿起衣裳才好活哩!

在来的路上,卓玛央金给云朵讲了一个传说,让云朵又知道了一桩文成公主和亲进藏时的事。憧憬着美好生活的文成公主,走上三江源来,看不到树林,特别是火烧沟里,甚至连一棵草都很少见到,随行人等,包括公主自己,全都在大太阳下行走,走不多会儿,就被头顶上的太阳晒得人困马乏、口干舌燥、难以行走……见此情形,公主顺手把她头顶上一枚雕刻着花花草草的银簪子拔下来,插在了火一般燃烧着的火烧沟里。谁能想到呢?银簪子竟然在此生根发芽,迅速地成长,眨眼的工夫,就长成了一棵几乎参天的大树……迅速成长的大树,抖搂了身上带着的花花草草,这些花花草草在火烧沟的土地上落根,开枝散叶,又迅速地繁衍着,使得原本荒芜的火烧沟都被银簪子幻生来的大树与花草占满。

由那棵银簪子幻生来的大树,还在火烧沟里茂盛地生长,云朵在卓玛央金的带领下,转弯抹角地走着,就先来到了那棵大树下。

玉树……玉树……三江源叫玉树的地方,会不会就是因了这棵大树而得名?云朵不由得遐想了。云朵遐想着,风先生站出来,还就这一传说讲了另一个版本。风先生说的是,文成公主从长安出发的时候,不仅带了多位身怀绝技的工匠以及许多植物的种子,还想办法带了一些小树苗。别的小树苗,在半道上时即已干枯死去,唯有一小簇杨树苗,被非常成功地带上了三江源,栽进了火烧沟里。

杨树苗之所以能够带上三江源,是因为文成公主他们想出来了一个好办法。

他们用羊毛毡子吸饱水,裹着杨树苗,白天就在马背上驮着走,晚上宿营的时候,就从马背上卸下来,又浸入水里,使羊毛毡尽可能地吃透水……反反复复,终于带进了火烧沟。文成公主被火烧沟满沟寸草不生的荒凉震惊,就让随行的人把带来的杨树苗栽在了火烧沟里,使这一条沟有了生命的绿色。

文成公主在火烧沟栽了多少棵杨树苗呢?历史没有记载,大家后来看得见的就只这一棵。而眼前能够看得见的这一棵,经历岁月的变迁,已老得很让人揪心了呢。

阿旺诺布老人似乎是最揪心的那一个人。参加边境自卫反击战受伤后,他与一同受伤的胡大胡子住进设在内地的军队医院。治疗了一些时日后,他装上了义肢,胡大胡子修复了脸面,装上一只义眼。修复了脸面、装上了义眼的胡大胡子倒还好办,很快就适应了生活。而装上义肢的阿旺诺布则要困难得多,但他是坚强的,在康复医师的帮助下,艰难地锻炼了一段时间,就甩掉了拐杖,凭着义肢也能毫无障碍地行动了。能够自由行动的他,怀念起自幼生活的三江源,认为那里才是他生命的栖息地,就一而再、再而三地申请,回到了他日思夜想的家乡。

阿旺诺布回了他的家乡,胡大胡子不甘落后,就也反复向组织申请,回到了他的故乡。

回到故乡的胡大胡子,把牧羊和保护贺兰山岩画当成了他一生的使命。俩战友书信来书信去,交流着各自的心得体会,使阿旺诺布大受启发,他就把养殖牦牛和维护火烧沟环境当成了自己必须履行的义务。从此以后,一边放他的牦牛,一边想尽办法维护火烧沟。开始,阿旺诺布没有想到在火烧沟里种植树木,是他的干儿子次仁顿珠建议他这么来干的……回到家乡的阿旺诺布,身负一个他必须完成的任务,就是把烈士次仁晋美留下来的那管鹰笛送给他的儿子。阿旺诺布找到了烈士的女人云桑旺姆和烈士的儿子次仁顿珠,他含泪给云桑旺姆和次仁顿珠讲述了次仁晋美的英雄壮举,然后把鹰笛双手举在他的额头前,毕恭毕敬地交到了次仁顿珠的手上。

完成了这一使他哀伤的任务后,阿旺诺布向云桑旺姆提出了一个请求,让他给失去阿爸的次仁顿珠做个干阿爸。

做了次仁顿珠干阿爸的阿旺诺布,有结婚成亲的机会,却都被他推辞掉了。他推辞的理由就一个,说他有儿子哩,他还结哪门子婚,成哪门子亲? 阿旺诺布把心思就都放在了次仁顿珠的身上,让顿珠在父爱上不能有一丝一毫的欠缺。次仁顿珠到了读书的年龄,赶在开学报名的日子,阿旺诺布来到次仁顿珠的身边,牵着他的手到学校去。学期结束放假,阿旺诺布第一时间赶到学校门口,接上次仁顿珠,牵着他的手,把他接回他的家里去……下一学期还是这样,顿珠的学费、书费,以及铅笔、课本和课外辅导费,都是阿旺诺布出的。他怕成长着的顿珠营养跟不上,就经常去顿珠读书的学校,给他零花钱,要他买零食吃。顿珠升学进入初中了,刚进初中的那一年,知恩感恩的顿珠,在中学门口,突然开口对阿旺诺布诚心诚意地叫了声"阿爸"。阿旺诺布被他的一声"阿爸"感动了,他把嘴张了张,却没有应出声,而是牵着顿珠的手,去了太阳湖畔的石碑前,让他对着石碑叫阿爸……顿珠听话地叫了后,阿旺诺布就把顿珠拉着坐在石碑前,给他详详细细地讲了他阿爸的英勇事迹,要顿珠好好读书,长大了做个像他阿爸一样的人。

次仁顿珠牢记着阿旺诺布的嘱咐,以优异的学习成绩考上了大学,毕业后虽然有留城工作的机会,却毅然回到家乡来,与志同道合的卓玛央金在一起工作,最后恋爱结婚。

这个时候的阿旺诺布,已在岁月中熬成了一个老人。次仁顿珠和卓玛央金新婚时双双携手,来看望阿旺诺布老人。面对着愈来愈老的他,顿珠怀着满腔的感激之情,哽咽着,再次叫了他"阿爸"。顿珠叫了后,央金也跟着叫了。这次,他没有不答应,而是爽快地答应了。

当然,阿旺诺布老人答应次仁顿珠和卓玛央金的声音也是哽咽的:"啊哈!"

也就是这次看望,次仁顿珠和卓玛央金建议"阿爸"在火烧沟种树的。

阿旺诺布老人接受了他俩的建议,并立即实施起来……老人家在实施的过程中见人就说,他继承的是文成公主的心愿哩,他在火烧沟里每栽一棵树,就是对文成公主的一次报答。

给了阿旺诺布老人建议的次仁顿珠和卓玛央金,没有让老人蛮干,夫妻俩深知三江源的气候特征,栽植树木是不容易的,树木如何成活是个大问题。两人为此找来许多相关的资料,又给了老人一些科学的建议,并身体力行,抽出一切能够抽出来的时间,撵到老人身边,与老人一起开挖育林坑,一起搭建温室、培育种苗……种苗的选择,就是火烧沟那棵大杨树上的嫩枝了,剪下一些来,再五个叶芽、五个叶芽地斜剪成小段,然后往搭建的塑料温室里扦插。他们把三个叶芽插进土里,外露两个叶芽,浇水施肥,只待外露的叶芽出苗……结果很是不错,温室里扦插的杨树嫩枝,虽然没有全部发芽出苗,却也有一半以上。就在芽苗于温室中苗壮成长的时候,阿旺诺布老人在次仁顿珠和卓玛央金的帮助下,选择在那棵玉一般的大杨树生长着的山坡上,挖掘出了一个挨着一个的育林坑,就等温室里的芽苗长到可以移栽的时候,从温室里挖出来,往育林坑里栽了。

提前挖掘育林坑,是有一个好处的呢。过冬时,收纳满一坑一坑的积雪,来年春天雪消冰化,育林坑里的土变得松软,正好移栽杨树苗。

如今云朵和卓玛央金走进火烧沟来,映入云朵眼睛里的,不只她俩走近了的那棵大的白杨树,紧挨在大白杨树一边的山坡上,已是颇具规模的一片杨树林了。在阳光的照射下,所有的杨树苗都如晶莹的玉一般,发着莹润的白色亮光!云朵看见阿旺诺布老人和他的两只花花狗,正都忙碌在如玉一般的杨树林里,给那些还显细嫩的杨树苗,顺着树干绑扎草把子……风先生对此似乎知根知底,不无卖弄地插话进来,给云朵说了呢。

风先生说:"老人家是给树苗穿'衣裳'哩,过冬的棉衣。三江源上的气候环境,树苗儿过冬不穿'棉衣'可不成。"

云朵同意风先生的说法,因为要不了多长时间就要进入寒冷的冬季……三江源上的冬季啊!云朵虽然未经历,但仅凭那样的一个高海拔,她即可以想象,是会非常非常寒冷的呢!电视新闻没少报道,大雪成灾,寒风暴虐，牛羊都可能被冻饿而死呢，何况栽植在荒野里的小杨树苗……云朵向忙碌着的阿旺诺布老人撵了过去，她感佩老人的智慧，更感动于老人的毅力，就凭着他装在那条残腿上的义肢和他的花花狗，就为许多杨树苗穿上了棉衣。

两只花花狗也是太机灵了，非常妥帖地帮助着阿旺诺布老人，使他为杨树苗儿穿"棉衣"容易了许多。

就在阿旺诺布老人为一棵小杨树苗扎绑草把子时，花花狗不停地用嘴去叼草把子，两只狗，你一嘴，它一嘴，各自叼着到老人身边，对着围在他身边未穿棉衣的杨树苗，静静地站着，只等老人过来。它俩的脑袋，一只自会偏向左边，而另一只则会偏向右边，用它俩叼在嘴里的草把子把那棵杨树苗合围起来，由老人拿着草绳子往一块儿扎绑了……一个老人、两只花花狗，配合得如此默契，世上还会有吗？

见多识广的风先生，似乎也没见过眼前的这一情景，他不由自主地兴奋了起来。兴奋着的他，觉得有两句话不能再在肚子里憋了，因此就说了出来。

风先生说："世间真有价值的东西，无不是经历辛勤艰苦的劳动，才能够得到。"

风先生说："动起来，胜过所有的等待。一步、两步都是进步，顿悟、渐悟都是领悟。做起来就是赢，不放弃更会赢。"

风先生说出的话，把忙碌着的阿旺诺布老人听得直起腰来了。他回头来看，想要看见说话的风先生，但进入他视野的是云朵和卓玛央金。她俩看着他与两只花花狗劳作，没有惊动他，而是学着他的样子，也来为杨树苗扎绑草把子了。她俩初次做这样的活儿，似乎做得并不怎么得法，老人家看见了，也像她俩一样，没有说啥，只是暖暖地笑着走向她俩，给她俩做起了示范……机灵的花花狗儿，也才发现云朵和卓玛央金似的，如诺布老人一般，撵到她俩跟前，献媚似的轻轻吠叫了两声，就不再纠缠她俩，而是撒腿向对面山坡上吃草的牦牛跑去了。

花花狗的责仁意识还是很强的呢,既能很专业地帮助老人给杨树苗穿"棉衣",又能不忘它俩放牦牛的职责。

云朵和卓玛央金看来是被花花狗吸引住了,她俩的眼睛追着花花狗,看见它俩跑到那边的草坡上,撵着吃草跑散了的牦牛,既不吠叫,也不撕咬,就只用狗眼瞪着跑散的牦牛,一眼两眼地瞪着,即能把跑散的牦牛瞪得重回牦牛群里来⋯⋯看着花花狗的样子,云朵和卓玛央金会心地笑了一笑,便把她俩的目光收回来,虚心向阿旺诺布老人学习起给杨树苗穿"棉衣"了。她俩不一会儿就学会了,你取一把干草,她拿一把干草,相互配合着围住一棵杨树苗,由老人用他手上的草绳子扎绑了。

给杨树苗穿了一阵儿"棉衣",阿旺诺布老人直了一下腰,居然亮开嗓子,漫唱出了一曲花儿:

> 杨树者苗苗栽活了,浇水哈长出成者玉树了。
>
> 冬季里风雪者漫卷了,穿上"棉衣"者暖和了。
>
> ⋯⋯

阿旺诺布老人漫唱出的花儿,该是他自己新编的哩。他漫唱罢了,便一屁股坐下来,坐在了一棵穿上了"棉衣"的杨树苗旁,并招呼云朵和卓玛央金也坐到他身边来,问了云朵两句话。

阿旺诺布老人问:"我在你眼里,是不是有点怪? 还有那位你见到的牧羊老人,是不是也像我一样怪?"

阿旺诺布老人把云朵给问愣了,她一时不知如何回答他,就求救似的向她的央金阿佳看了一眼。央金阿佳冲她笑了起来,她的笑让云朵看得出来,她是事先经历过老人的这一问了。因此,她很有经验地来为云朵解围了。

卓玛央金说:"真还别说,你们就是有点怪。怪就怪吧,只要怪得可爱就好。"

听着央金阿佳对阿旺诺布老人的回应，云朵联想到了自己。她想，自己可是也有那么点儿怪。云朵想到这里，她像央金阿佳一样，也笑起来了。她笑着回应了阿旺诺布老人两句。

云朵说："我呢，是不是也有点怪？我怪故我怪，我怪我高兴。"

第三十六章　歌声里的一朵花

盘古王出世者造天地,万样样事物者把谁留下了?

阳世上好比者过客的店,长时间里者把谁留下了?

……

——花儿《阳世上好比者过客的店》

云朵与卓玛央金正向阿旺诺布老人回应他所说的那个"怪"字时,央金的手机铃声突然响了起来。央金掏出手机来接,听出是西安儿童福利院院长操心巧打来的,就简单问候了两句家常话,便把手机递到云朵手上,让云朵来接了。

操心巧急切地说:"你的小云飞被一对加拿大夫妇看上了,这对夫妇正向相关部门申请收养哩!你要还想见小云飞一面,就赶快回西安来。"

火烧眉毛的一件事情呢,操心巧快人快语地说了出来,让云朵心里真是急上了呢!但她行动上表现得一点都不急。为此她是想了,想这应该是她的一种"怪"了哩。同时还有一种"怪",与此紧密相连,即她很想知道,自己离开西安的日子,在西安那边发生的事情……虽然她关心着西安那边可能发生的事情,但好些天来,她却除了开机时向西安那边的谁打个电话,别的时间里,则一直都要恨恨地摁住手机的关机按钮,把手机关了呢。

云朵之所以要关机,是因为肇拉妮一会儿一个电话,曾甜甜一会儿一个电话。在电话里,肇拉妮会絮絮叨叨地说茶裳体验馆的事,以此开个头,吞吞吐吐地就要说起她的先生胡不二;曾甜甜会唠唠叨叨地说弃婴救助福利基金会的事,以此开个头,欲言又止地还要说起她的先生胡不二……她俩嘴里说着的胡不二,让云朵烦不胜烦,所以就有意识地关掉了手机。眼不见,心不乱;耳不听,心不烦。

云朵坚持留在三江源上的太阳村,给"帮手"孤儿技术学校做支教老师,躲避先生胡不二的消息是一个关键原因。当然还有一个任务需要她留下来等待,那就是汝朋友与艾为学要重上三江源,为"帮手"孤儿技术学校加固房舍了。这是汝朋友、鹿鸣鹤、谈知风、艾为学他们回到西安后,商议分工好的呢。鹿鸣鹤与谈知风留在西安,为"帮手"孤儿技术学校筹措教学需要的图书、器材,而有装修专长的汝朋友,找到他的合作伙伴,设计出加固"帮手"孤儿技术学校房舍的方案来,即与艾为学马不停蹄地往三江源上赶了。

时间不等人,汝朋友计算着时间,他们必须赶在三江源落下第一场雪前,完成孤儿技校房舍的加固工程。

电话通着的时候,电话中说,电话不通的时候,就短信上说……云朵在太阳村又留了两天,把紧赶慢赶的汝朋友、艾为学等来了。

与汝朋友和艾为学一起赶来的,还有六七位钢结构施工方面的技工,以及一大卡车的加固材料。他们到来,擅长烹煮羊肉的多杰嘉措很自然地又杀了一只羊,烹煮了给他们吃,给他们喝……云朵也跟着吃了两块羊肉,喝了半碗羊汤。她吃喝罢,就去了太阳湖畔。在云朵之前,"帮手"孤儿技术学校的孩子已经去了那里。孩子们在这天,有一项神圣的事情要做,那就是把他们吹塑坛城所用的沙子,你一兜,他一兜,或者背在背上,或者提在手里,带到湖畔,撒进湖水里。

来到太阳湖畔的云朵,看着孩子们把兜来的七彩沙粒,一把一把地往湖里撒。她看见他们撒得既谨严又隆重,一边用手撒着,一边还低声诵念着什么。云朵一时听不清楚,但她想象得到,念叨的应该是"唵嘛呢叭咪吽"。一个孩子念叨时,声音是低沉的,众多孩子都念叨起来,声音虽然还是低沉的，却具有一种穿透人心的力量，使人不由自主地想流泪……云朵就没忍住地湿了眼眶，她因此把灯盏奶奶剩下的骨灰，也学着孩子们抛撒七彩沙粒一般，全都撒进了太阳湖里。

撒罢了灯盏奶奶的骨灰，云朵像卸却了背负在身上的一个重担似的，一下子觉得身子轻得能飞起来……一曲灯盏奶奶漫唱过的花儿，突然地冲到了她的嘴唇边上，她面对着太阳湖漫唱出来了：

盘古王出世者造天地，万样事物者把谁留下了？
阳世上好比者过客的店，长时间里者把谁留下了？
……

云朵漫唱的花儿，孩子们可能都没听过，但他们似乎都特别爱听，听着听着，就往云朵的身边围了。刚才漫唱的这曲花儿，灯盏奶奶没有给她说过名字，她倒是想取个名字的，但她思来想去，就是取不出来。孩子们围上了她，像听她上课一样，满眼都是渴望的神色，她就给孩子们教上了……一字一句，云朵给孩子们现场教唱起了这曲花儿，而就在这时，那只瘸腿的藏羚羊也围到她跟前来了，还有那两只黑颈鹤，似也受她歌喉的影响，扑棱着双翅向她撵了来。黑颈鹤撵了来，不像瘸腿的藏羚羊，就只安静地站在孩子们的外围，而是顽强地挤进孩子群里，一直挤到云朵的身边，把它俩长长的脖子，一左一右伸过来，绕在了云朵的颈脖子上，与云朵持久地、不管不顾地亲热着。

眼前的这一幕让云朵一时糊涂了起来，藏羚羊与黑颈鹤是已预知她要离开了吗？云朵的猜测没错，风先生便不失时机地插话进来，给云朵说了呢。

风先生说："人的情感是比不了动物的呢。人会哄人，动物不会。当然了，小孩子和动物一样，你给他们一分爱，他们能还你十分情。但孩子们没有动物敏感，藏羚羊和黑颈鹤知道你要离开了，它们是来跟你道别的。"

　　风先生说的话,云朵没有不认真听的道理,她从太阳湖上看过去,放眼她即将离开的三江源,感到她来在这里,精神被洗礼了一次……在这片净土之上,既少见自然的污染和人心设计的陷阱,更少见人与人之间的虚情假意,以及谎言、欺诈和诽谤,有的只是可以净化人心的自然气象和净化灵魂的生命气息……在这里,人和自然的关系重新被审视、被定位,人从自然的征服者,回归为自然之子,敬畏自然,尊重自然。

　　沉浸在遐想里的云朵,听到了多杰嘉措的脚步声。

　　多杰嘉措之所以来,是因为有一件必做的事,那就是他杀羊烹煮了肉,自然地会留下两碗,端到这里来,一碗献祭给次仁晋美,另一碗献祭给次仁顿珠。在这件神圣的事情上,多杰嘉措总会做得很认真,很守规矩,一项一项,按照他惯常做着的程式做。做罢后,少不了拿出他带在身上的鹰笛,竖在他的嘴唇上吹奏一曲。以前,他不会吹奏别的曲子,只会吹奏《雪山雄鹰》,好像唯有这一首鹰笛曲,才能传达他对英雄父子的敬意。可这一次,多杰嘉措吹奏出来的却是另一支曲子。

　　嘀呜……嘀呜……嘀嘀呜呜……在多杰嘉措把这首曲子吹奏出来的时候,云朵是茫然的,而现场的孩子们,则都非常熟悉,他们跟随曲调,张大嘴唱了哩:

　　　　呵尼德香德达洛洛,
　　　　今年我将要远行。
　　　　来年此时,穿过碧绿的山坡,
　　　　你将会再次见到我的身影。

　　　　呵尼雪姜雪达洛洛,
　　　　今年我将要远行。
　　　　来年此时,经过金黄的山坡,

你将会再次见到我的身影。

呵尼玛隆达达洛洛，
今乇我将要远行。
来乇此时，攀过雪白的山坡，
你将会再次见到我的身影。

　　孩子们先是可着他们的嗓门唱，唱着唱着，就在竖着两块英雄纪念碑的太阳湖畔，舞蹈起来了……小小的扎西吉律，伴在多吉更哲的身边，一招一式，跳得有模有样。他俩舞着蹈着，很自然地就到了云朵的身边，更哲让吉律拉住云朵的右手，他则拉住云朵的左手，两人双双拉着她，会入孩子们舞蹈着的阵列中，也舞蹈起来了。

　　舞蹈着的多吉更哲给云朵说了，他们唱的歌子叫《一朵花》。

　　多吉更哲因此还对云朵说："我们爱一朵花，您就是那一朵花。"

　　在"帮手"孤儿技术学校做支教老师的云朵，是很关注学生多吉更哲的。这有两个原因：一是赛马会上，云朵高原反应晕倒在地，睁开眼睛时，首先看见的即是更哲给她喂食酥油茶；二是更哲无论是课堂学习，还是课外实践，所表现出来的那一股子聪灵劲儿，着实太招人喜欢了……他不仅自身学习出类拔萃，还热心帮助学习吃力的孩子。譬如课外实践时，手工制作木刻面具，他把自己要做的先做出来后，会看着别的孩子，如果有修改的必要，他就主动与之商量，上手帮助制作了。

　　多杰更哲因此就很得云朵的喜爱，因为喜爱，相处的时间就多。时间多了，让云朵意外地发现了他眼睛的问题。

　　孩子们上美术误时，多吉更哲对色彩的感知，除了绿色和白色，别的色彩，他几乎都无法辨认……因此云朵课后把更哲带到太阳村外来，面对远处的山峰和眼前的草地，云朵问他都看见了什么色彩。更哲认真地看了，他回答云朵的，还只是两种色彩。

多吉更哲说:"远处的山峰是白色的,眼前的草地是绿色的。"

云朵必须承认,多吉更哲说得没错,远处覆盖着冰雪的山峰的确是白色的,而眼前的草地,也的确是绿色的。但在白色和绿色之中,就没有一点别的色彩了吗? 云朵看得就很清楚,远处冰雪覆盖的山峰上,还有灿灿的阳光涂抹在上面的金色亮点;眼前碧绿的草地上,或红或蓝,开着细细碎碎的花儿呀。

雪盲症……云朵听说过这样一种眼疾,但她不能确定多杰更哲患上的就是这种眼疾,就打电话给鹿鸣鹤,要他来判断。鹿鸣鹤不好直接下结论,就向她提了几个具体的问题。

鹿鸣鹤先问:"更哲的眼睑是不是常会红肿?"

鹿鸣鹤又问:"是不是怕光、流泪,有异物感和疼痛?"

鹿鸣鹤把这几个问题问过后,得到了云朵很肯定的回答,他就没有什么顾虑地给云朵说了他的意见。

鹿鸣鹤说:"我那次见着他,就这么怀疑了哩。"

鹿鸣鹤最后说:"如果真是这样,那他就是患上雪盲症了。"

有了这样一个结论,云朵除了心疼多吉更哲,还暗下决心要带他到西安去,给他以专业的诊断和治疗。当然,扎西吉律的"先心病"也有巩固治疗的必要。云朵想着,弯下腰来,给拉着她的手跳着舞的多吉更哲和扎西吉律说了自己的打算。

云朵说:"愿意跟阿姨去西安吗? 明天就走好吗?"

第三十七章　自知香与臭

园子里者的石榴花,过儿嘛熟了者根收下。

走时你把魂魂者留下,想了者我连魂魂来说话。

⋯⋯

——花儿《想了者我连魂魂来说话》

　　右手牵着扎西吉律,左手牵着多吉更哲,云朵一直保持着这样一个姿势,把他俩从三江源上的太阳村,牵到西安城里来了。

　　云朵把扎西吉律和多吉更哲牵到西安城里来,才像卸除了身上的一副担子似的,轻松了许多。因为心理上的轻松,忽然地就有一曲花儿,按捺不住地滑到了云朵的舌尖上。

　　这曲花儿的名字叫得十分巧妙,不多不少十个字——《想了者我连魂魂来说话》:

园子里者的石榴花,过儿嘛熟了者根收下。

走时你把魂魂者留下,想了者我连魂魂来说话。

⋯⋯

　　云朵无声地漫唱着这曲花儿,她才刚离开央金阿佳,就又想起央金阿佳了。

　　云朵把扎西吉律和多吉更哲牵到西安城里来,虽然是与卓玛央金商量好的,但她终究心头有些不忍,以为她把人家母子拆开来,该是多么残忍呀!但是云朵又想:小吉律的'先心病'目前看来不错,比较稳定,但我们可是不能麻痹大意呢,而要防患于未然,最好再去西安的大医院复查一下。云朵认为小更哲的眼疾也不能忽视,拖着拖出个大毛病来,可就不好弄了。

孤儿技术学校的每个孩子都有可怜的身世,特别是多吉更哲,他被发现的时候最让人心疼。在一个大雪纷飞的日子,还在三江源野生动物保护站工作的多杰嘉措,与他的一位战友踏雪巡游到一处山口子上,那里风大雪也大,顶着风冒着雪的嘉措,在茫茫一片的白雪世界里,看见了一个白色的蠕动的身体。一开始,他把蠕动的身体当成了一只求助的小动物,待他与战友撵到跟前才发现是一个满身沾着冰雪的小人儿……嘉措解开他的翻皮羊毛外衣,把小更哲揣在怀里,抱回到太阳村来,交给了云桑旺姆老阿妈,这才有了小更哲的今天。

给云朵介绍着多吉更哲的卓玛央金,没忘告诉她,落雪时节的三江源上,一个人长时间待在雪野之中,最容易罹患雪盲症。

"帮手"孤儿技术学校里的孩子,罹患雪盲症的大有人在,多吉更哲是最严重的那一个。因此,云朵与卓玛央金商量了再商量,沟通了再沟通,决定让扎西吉律和多吉更哲先到西安来治疗,以后再带其他孩子去医治。

从三江源上的太阳村往西安回,云朵必须去宝珠镇,先乘坐汽车到玉树,再从玉树乘坐汽车到西宁,在西宁换乘火车回的哩。

开始的时候,卓玛央金陪着云朵,就是这么走的,但这么走下来,花费虽然少点儿,占用的时间却要多上许多……云朵与央金阿佳还没走到玉树,她的手机,都要被心急火燎的操心巧打爆了呢。于是央金阿佳建议云朵换乘西安与玉树通航不久的航班,往西安赶了。

还别说,飞机就是省时间,清早坐上飞机,不到半天时间,就顺顺利利地抵达西安机场。

云朵手牵着扎西吉律、多吉更哲,凌空回到了西安,但她的意识里,还鲜明着飞机在三江源的上空掠过时,她透过玻璃窗,看见的那一种大美……浩瀚无垠的三江源啊,云朵在感受,在思索,她感受世界如此之大,而人是如此渺小,蝇营狗苟、狭隘,抱怨这抱怨那,有什么好抱怨的呢?三江源就那么把它的博大,赤裸裸地展现在了苍穹之下,更加深刻地彰显着它的雄浑、深沉与沧桑。蓝蓝的天宇、白白的云朵、茫茫的高原、青青的草场、涓涓的溪流、闪闪的湖泊,相互牵连,各美其美……三江源从远古走来,圣洁纯正,大美如此。

云朵牵着扎西吉律、多吉更哲的手,上了机场出口的公共大巴,她让大点儿的更哲坐在她的身边,而把小点儿的吉律抱着坐在她的腿上。

云朵把她温热的嘴唇,先在扎西吉律的小脸上吻了一下,调过头来,又在多吉更哲的脸上吻了一下……吉律和更哲他俩,你在云朵的左脸上亲一口,他在云朵的右脸上亲一口,他们的举动,引起了大巴车上其他人的关注,所有人的眼光都蓦然投向了云朵、吉律和更哲。大家从他们的穿着上发现,亲吻吉律、更哲的云朵,绝对是位汉家女子,而给予她亲吻的吉律、更哲,则百分之百是藏族孩子。他们……大家不免心生疑惑,想象他们该是怎样一种关系。

在大家疑惑的目光里,云朵、扎西吉律和多吉更哲坐在大巴上,旁若无人,他们关心的是窗外一掠而过的景色。小吉律或是更哲看到大巴窗外的新奇景观,就会询问云朵。

那是一组白色耀眼的建筑群,多吉更哲看见了,就对云朵说:"老师,那些房子太漂亮了。"

云朵回答他:"是漂亮呢。"

多吉更哲问:"漂亮的房子里住的是谁呀?"

云朵回答他:"住的是有知识有文化的人。"

多吉更哲因此说了:"老师一定住的是那样的房子吧?"

云朵的心轻轻地一颤,这个多吉更哲呀,是个鬼灵精呢,总能说到人的心坎上……刚才,她那么回答他,是想给他以启发,好好读书,做个有知识有文化的人。可他倒好,以此类推,竟然推及了她的身上。她因之低下头,在更哲的小脸上又亲了一口。云朵把更哲亲过了,小更哲还没来得及还她一个吻,而小吉律即把他的一个吻印在了云朵的脸上。小吉律之所以比小更哲动作快,那是因为他就在云朵的怀中,亲吻云朵要方便一些。

扎西吉律把云朵亲吻过了,觉得云朵一直抱着他,会吃不消的,就小声地说:"老师累了呢。老师放我下来,我不要老师受累。"

好机灵的吉律呀,他本来早就把云朵叫了阿妈的哩。赶在这个时候,跟着多吉更哲也叫老师……老师也好,阿妈也好,云朵没有什么不开心的,她因此埋头又亲了一下小吉律。如此幸福美好的一幕,大巴车上的人看到了,谁不为他们高兴、开心呢?事实确也如此,云朵既看得到,亦感受得到,大巴车上多数的人,是为他们开心着、高兴着,甚或报以欣赏与赞美的眼神。然而有一位女乘客皱着眉头说话了。

女乘客说:"什么味儿?咋这么臭呢?"

说话的女乘客,挤在一个男青年的腿上坐着,看样子他们是一对热恋中的情人了。女乘客这么一说,抱着她的男乘客吸溜着鼻子,嗅了嗅就也说上了。

男乘客说:"是的呀,怎么这么臭?"

这对热恋中的乘客离云朵、多吉更哲和扎西吉律很近,他们满脸厌恶地寻找着臭味的源头,很快就锁定在了小更哲和小吉律的身上,然后他俩你捂他的鼻子,他捂你的鼻子,从座位上站起来,向大巴车的后边躲了去。满大巴车上的乘客似也都嗅到了两个小人儿身上的异味。他们嗅到了,虽然没有做出如那对乘客一样的举动,但他们的眼睛却都像一把把锥子,一时之间,不约而同地锥着小更哲和小吉律,使两个小小人儿不自在起来了,甚至还很惊恐了呢!坐在云朵怀里的小吉律,与坐在云朵身边的小更哲,都仰起脸儿来,望着老师,他俩是想给云朵老师说什么的,却见脸色平静的云朵,一点不为周遭的情势所动,小更哲和小吉律就也安心地坐着,不为他人的情势而动了。然而两个小小人儿并没有消除不适,他俩一会儿你抬起眼睛,看一眼云朵,一会儿他抬起眼睛,看一眼云朵。

大巴车里静悄悄的,云朵听见那对躲去车后的情侣,耳语般地议论她和多吉更哲,还有扎西吉律。

热恋中的女子说:"把自己收拾得倒是人模人样,却把带在身边的孩子……"

男子附和着女子的说法。

云朵听见了,依然没有理会,而是把小吉律抱得更紧,还示意坐在她身边的多吉更哲靠她近些,再近些,把脑袋靠在她的身上,而她还像此前一样,又在他俩的脸蛋上亲了起来。云朵的淡定,以及她的理直气壮,对小更哲和小吉律是很大的鼓舞,他俩一个坐在云朵的怀里,一个靠在云朵身上,更是安然了。

坐了一会儿,多吉更哲终是没忍住,他悄声地问云朵了。

多吉更哲说:"老师,他们是嫌我臭吗?"

云朵微笑着没有说话。

多吉更哲却还说:"我臭吗?"

云朵就不能不回应了,她说:"老师的孩子怎么会臭呢? 好孩子,你们不臭。"

多吉更哲似信非信,说:"可我也闻到了,我是有点别的味道哩。"

云朵嗔怪多吉夏哲了,她说:"咱是羊肉吃得多了。"

为了不影响多吉更哲和扎西吉律的情绪,进了西安城,有绿颜色的出租车可以叫,云朵就叫停了大巴车,带着小更哲和小吉律往车门走了。走到车门口,云朵回头,很想说两句话的,她张了张嘴,感觉她说出的话可能会伤人,就忍了忍没有往外说。她没有说,风先生就不能不说了。一路跟随着云朵的风先生,不能看着云朵受委屈,亦不能看着小更哲、小吉律受伤害,他便用他风的凌厉,还有风的声势,给大巴车上那对热恋中的男女,及一些暗怀讥讽心理的人,丢下来两句话。

风先生说:"一个人外表的光鲜,掩盖不住心灵的肮脏。"

风先生说:"灵魂的纯洁、人性的善良,不是内心肮脏的人可以理解的。"

走下大巴车的云朵,没有听见风先生说的话,而还坐在大巴车里的人应该都听到了,他们面面相觑,特别是那对热恋中的男女,全都转动着脖子,寻找说话的人。他们没有找见,却都如遭遇什么冲击似的,耳膜蓦然地疼起来,他们俩伸手捂在了耳朵上。此时大巴车突然陷入一处损毁了的路面上,猛烈地跳了两下,把大巴车里的人,全都颠得重重地趴在了车厢的地板上。

云朵伸手叫了一辆出租车,和多吉更哲、扎西吉律挤着坐在了后排,不大一会儿的工夫,就回到云朵的家中了。

云朵从她随身背着的小包里掏出钥匙,照着匙孔插进去,轻轻地拧了一下,哒的一声,就把门打开了。家里安装的是防盗门,没有人在家里时,反锁起来,不转几个圈子,是打不开的。云朵一下子就把保险门打开来,不用想,就知道家里有人,而且一定是她的先生胡不二呢。因为云朵手里有一把钥匙,胡不二手里有一把钥匙,除此之外,没有人会有他们家的钥匙的……然而,让云朵大感意外的是,家里的确有人,但不是她的先生胡不二,而是赖小虫!

穿着非常随意的赖小虫,正在茶几前,悠闲地喝一壶泡好的茯茶。

赖小虫面前的那壶茯砖茶,泡得红亮亮的,云朵打开门走进来时,她正举着一个水晶的玻璃茶杯,贴在她涂得如茶汤一样红亮的嘴唇上,轻轻地啜吸着……云朵看见她,还以为自己进错了门,迟疑着往后退了一步。就在云朵退后一步时,仿佛主人一般坐在茶几前的赖小虫,突然像个压缩到极限的弹簧似的,猛地弹跳起来,手忙脚乱地往云朵身边撵了。她撵到云朵的身边,伸手想要接云朵手里的大包小包,却被云朵躲了一下,没能接住,她因此又伸手去拉随在云朵身子两边的多吉更哲、扎西吉律,两个小家伙像云朵一样,也敏感地躲开了她。

赖小虫的脸上唯有尴尬与难堪了。

尴尬着的赖小虫给云朵说:"大姐,你走了后,胡老板回来了,他到咱体验馆里来,给了我一把钥匙,要我抽时间来家里搞搞卫生。真是太巧了,我今天来家里,刚把卫生搞好,大姐您就回来了。"

一个不祥的念头蓦然充满了云朵的大脑,她盯着赖小虫的脸,赖小虫的脸顿时红了。云朵的心里倏忽涌出两句有点儿恶毒的话,这话又迅速蹿到她的舌尖上,仿佛刀斧利器似的,就要照着赖小虫血红的脸面砍杀去了呢。但云朵咬紧了牙关,没让邪两句恶毒的话吐出口,而是换了一种语气来说赖小虫了。

云朵说:"那就太感谢你了。感谢你尽职尽责,把我家搞得干干净净,很不错哩。"

赖小虫应该听得懂云朵话里的话,可她又似乎什么都没听出来,还随在云朵的身边,想要帮助云朵拿她手里的包裹,却再一次被云朵拒绝了。拒绝了赖小虫的云朵,迫不得已加重了她说话的语气。

云朵说:"我回来了,你可以走人了。我那先生呀,太会使唤人了。"

尴尬难堪、难堪尴尬的赖小虫,把她放在身上的钥匙取出来,轻轻地放在茶几上,悄悄地往门外走去了……云朵很想看看赖小虫走出门的样子,但她忍着没有转身,只是听着防盗门咔哒一声关起来后,才回头过去,把防盗门又往实里安了按,这便带着多吉更哲、扎西吉律,来到她熟悉的盥洗间里,往浴缸里放水。等到温腾腾的水把浴缸填满,她就帮助小更哲和小吉律脱下衣裳,让他俩泡在浴缸里自己洗。而她则把他俩脱下来的衣裳放进一边的洗衣机里洗了,洗干净后,再从洗衣机里拿出来,摁开了她平时使用的吹风机,把他俩的衣裳用热风吹干,让他俩一会儿穿。

云朵为此还有点儿抱歉地给多吉更哲、扎西吉律说:"老师这里还没你俩穿的衣服,过会儿咱们到街上去,给我的小更哲、小吉律,每人添置两身新衣裳。"

年龄大点儿的多吉更哲,小大人似的说:"不用老师破费。"

应声虫似的扎西吉律也跟着说:"不用老师破费。"

云朵被他俩说的话逗乐了,她说:"给我的小更哲、小吉律买衣裳是破费吗?不是的,是老师应尽的心。"

说着话,云朵腾出手来,先在小吉律的头发上打了洗发香波,又在小更哲的身上打了薄荷香皂,两人的身上就都沾上了一股淡淡的香……还在浴缸里,小更哲就迫不及待地把他的小手凑到鼻尖下闻,把他的头发捋到鼻尖下闻。小吉律学着他的样子,既闻他的手,又闻他的头发,他俩那么闻着,把自己闻得一脸的兴奋和愉悦。

多吉更哲说:"老师,还会有人嫌我臭吗?"

应声虫的扎西吉律也说:"嫌我臭吗?"

云朵装出一种厉色说:"谁敢再说!"

香喷喷的多吉更哲、扎西吉律跟着云朵上了街,找着卖童装的商店,一家一家地逛,一件一件地试。云朵把小更哲和小吉律当作童装模特,试得心花怒放。特别是小更哲,他试一件爱一件,可到云朵掏钱要买了,他又小大人似的,说这不好,那也不好,想要打击云朵购买的热情。但是他的那点小心思,又岂能蒙蔽了云朵?她以她专业的眼光给他俩各自添置了两身新衣裳。特别是那套牛仔装,云朵让小更哲和小吉律试穿在身上后,就没再让他俩换下来,让他俩直接穿着便往回走了。

就在这个时候,鹿鸣鹤与曾甜甜像商量好一般,同时给云朵打电话来了。

第三十八章 妈妈,妈妈

太阳落了者实落了,余晖在石崖上过了。

指甲连肉地离开了,活割了心上的肉了。

……

————花儿《活割了心上的肉了》

手机里鹿鸣鹤的声音嗡嗡直响,他给云朵说,医院的专家约好了,多吉更哲和扎西吉律可以随时去看医生。云朵先接听了鹿鸣鹤的手机,跟着再接曾甜甜的,手机里曾甜甜说话虽然也急吼吼的,却保持着她大学老师一贯的风格,是平和的,但又是不容置疑的。她说:"云朵你回西安来了是吧? 你回来了咋还那么拖拉,不到儿童福利院里来?"

云朵该怎么给他俩回话呢? 她想了一想,就先给鹿鸣鹤这么说了。

云朵说:"你现在有空吗? 有空儿了你就过来,到我家来,把两位小客人带着去医院,我先到儿童福利院去看一看。"

鹿鸣鹤问了云朵的位置,刚好离他不远,鹿鸣鹤就把他的小汽车开过来,接上他俩往医院去了。随后云朵便给曾甜甜回话过去,说她马上打的过来……她打了出租车,不多一会儿,就赶到了儿童福利院。

云朵旋风般地走进儿童福利院的大门,没走几步,就看见了操心巧和曾甜甜,她俩正陪着几个年长的外国男女,与她的小云飞,还有几个小孩子在儿童福利院的露天活动中心玩游戏。

在与操心巧院长,还有曾甜甜的几次手机通话中,云朵已经知道,由曾甜甜做着爱心妈妈的安小甜,由鲎拉妮做着爱心妈妈的安小妮,分别被美国的两对老年夫妇申请办理领养了……赶到儿童福利院的云朵,不仅一眼看见了安小甜、安小妮和她的小云飞,还一眼看见了要抱养他们的外国人。云朵看见了他们,却没有快速往他们身边去,而是慢慢地走着,观察一起游戏的他们。云朵看得出来,安小甜和安小妮,与要领养她俩的美国老年夫妇还是比较投缘的。这个时候的安小甜,就被那对胖点儿的美国老夫妇领着,在玩跳绳。老夫妇俩相对而立,很有节奏地抢着绳子,安小甜便在绳起绳落之间,一蹦一蹦地跳跃着……再是安小妮,被要领养她的那对瘦点儿的美国老夫妇抱着,在看安小甜跳绳。安小妮看得眼急,也想跳,老夫妇就把她放下来,做安小甜的工作,想要她歇一歇,让安小妮来跳。可是他们说的话安小甜听不懂,安小妮也听不懂,安小甜便没有让,安小妮就跳不了。幸好有曾甜甜在,她的英语好,就来劝导安小甜和安小妮,让她俩轮换着跳绳了。

曾甜甜的行为,深得两对美国老夫妇的赞赏,他们不约而同地面向她,给她轻轻地鼓了掌。

云朵看着眼前的一切,脸上很自然地露出了一丝笑意来。微笑着的她把目光投向了小云飞。她的小云飞似乎没有安小甜、安小妮那么快乐,但也并不怎么别扭,此时此刻的他,正被要抱养他的那对加拿大老夫妇带领着,在压跷跷板。加拿大籍的老夫妇双双占着另一头,小云飞独自占着一头,加拿大老夫妇的身体试探着往下一蹲,小云飞的小身子就在跷跷板的一头,慢慢地腾空起来,高高在上了;加拿大老夫妇的身体试探着往上抬着,小云飞就在跷跷板的一头慢慢地落下地来。他们玩得可以说是很和谐的呢,然而就在小云飞又一次凌空而起到高处时,他看见了一步步走来的云朵,就不管不顾地松开了抓着跷跷板的小手,向着云朵伸了过去。

伸着小手的小云飞,在空中还大喊了一声:"妈妈!"

那热得烫人心肺的喊声还没落音,就见小云飞的眼里涌满了泪水,而他小小的身体,因为伸手向着云朵,也从跷跷板上跌了下来。

加拿大籍的那对老夫妇可是受惊不小，箭一般飞身到了小云飞跌扑坠地的地方，把他抱起来，用他们刚学不久还很生硬的几个汉语词语安慰着小云飞。可是小云飞并不接受老夫妇的安慰，继续伸手挣扎着，向着云朵喊妈妈。加拿大老夫妇感觉到了情况的变化，他们循着小云飞伸手的方向看去，这就看见了云朵。老夫妇的眼睛，只是那么看了一眼云朵，就有些不知所措地呆了呢。

　　还有那两对美国的老夫妇，顺着小云飞喊妈妈的方向看了去，自然也看见了云朵，也呆了。

　　操心巧不失时机地插进来说话了。但是操心巧的英语水平有限，连说带比画，也不能把事情说得更清楚，这就惹得加拿大籍和美国籍的老夫妇们全都一脸的疑窦。曾甜甜张嘴叽哩呱啦说了几句话，加拿大籍的老夫妇听懂了，美国籍的两对老夫妇也听懂了。听懂了的他们，都向云朵伸出了大拇指，连声地夸赞起了云朵。

　　三对老夫妇说："爱心妈妈，OK！"又重复，"OK，爱心妈妈！"

　　从跷跷板上跌到地上的小云飞，没有哭，没有闹，他生怕爱心妈妈云朵会从他的身边消失了似的，连滚带爬，扑到了云朵的身边，伸着两只小手，把云朵的一条腿紧紧地抱住了，仰着他的小脑袋，嘴巴翕动，想要说什么，却没有说出来，就还呢呢喃喃地叫着云朵妈妈。

　　此情此景，让操心巧和曾甜甜看在眼里，想说些什么话，调节一下气氛，却迟疑着都不知说什么好。

　　在儿童福利院陪了小云飞几日的加拿大籍老夫妇，看出了问题的严重性，感觉到他们想要领养小云飞可能没有那么容易。不过呢，老夫妇对小云飞似乎已经产生了一定的感情，他们不想放弃，就双双用眼神交换了一下意见，便向亲热在一起的小云飞和云朵走了过去，去拉小云飞的手。老夫妇中的男人手快些，他拉住小云飞的手时，却被小云飞甩了一下，当即便甩脱了；紧跟着老妇人也拉住小云飞的手，结果一个样，也被小云飞甩脱了。

操心巧立即发出倡议,说今天的活动就到此结束了。

操心巧说:"明天吧,明天继续咱们的活动。云朵从三江源回来了,她还不知道,明天安排的活动就在她捡拾到小云飞的唐城墙遗址公园里。"

来唐城墙遗址公园活动,最好的集中地该是云朵的茶裳体验馆呢。第二天早晨,云朵像她往日一样,早早地就从家里出发了。相约一起的曾甜甜、鹿鸣鹤、谈知风他们,稍后一点,也从他们各自的家里来了。操心巧与加拿大、美国籍的三对老夫妇,以及小云飞、安小甜、安小妮,是从儿童福利院那边过来的,所以晚了一些⋯⋯早来点儿的云朵,在她的茶裳体验馆里回想的还是昨天傍晚的事情。

云朵想她从三江源回到西安,没有喘匀两口大气,就去了儿童福利院,在那里与小云飞腻在一起。小云飞缠着她,不想她走,可她没有照顾小云飞的情绪,最后还是狠心离开了。

云朵之所以狠心离开小云飞,是因为她考虑到多吉更哲和扎西吉律刚来西安,她不能放下他俩;还考虑到那对千里万里来到中国的加拿大籍老夫妇,不能一下子伤了他们的体面。云朵这么做有充分的理由,更有充分的信心,她要给小云飞以自由的选择,她相信小云飞不会选择被加拿大籍老夫妇抱养,而会坚决地留下来,让她做他的爱心妈妈,他做她的乖儿子。

云朵心里满怀着这样的信心和理由,所以与小云飞告别时,就显得绝决了些。但小云飞拽着她的衣襟,把她拽得弯下腰来,并乘势用他的双臂绕在她的脖子上,把热烘烘的一张小嘴贴在她的耳朵上,给她说起了他的小心思。

小云飞说:"妈妈,你不要我了吗?"

云朵把被小云飞搂着的脑袋,使劲地摇了摇。

小云飞说:"妈妈,我就只要你!"

云朵就把被小云飞搂着的脑袋,又使劲地点了点。

就在俩人问答,一摇头,一点头时,有一曲使人几乎落泪的花儿,在云

朵的耳膜上震响了起来。那曲花儿,可是灯盏奶奶漫唱过的,云朵仅仅听过那么一回,就牢牢地记了下来:

太阳落了者实落了,余晖在石崖上过了。
指甲连肉地离开了,活割了心上的肉了。
……

震响在云朵耳膜上的花儿,小云飞仿佛也听到了似的,知晓他的爱心妈妈是不会放弃他的,他是她心上的肉,放弃他会如割她心上的肉一样哩……十分懂事的小云飞把他搂着的云朵的脑袋,慢慢地放开了。不是亲母子,却胜似亲母子的云朵和小云飞,很是巧妙地相互表达了他们内心的情感后,便听从了操心巧的安排,后退着你招招手,他招招手,从儿童福利院的露天活动中心分离开来。

早来的云朵,是带着多吉更哲和扎西吉律一块儿来的。他俩到了后,立刻就与肇拉妮、赖小虫亲热在了一起。云朵因为心里有事,看着他们亲热了一会儿,就让小更哲、小吉律自己玩儿,而她则与肇拉妮、赖小虫商量今天的活动。在唐城墙遗址公园转转是必须的,转悠罢了,还可以到公园一端的大唐芙蓉园里去游走游走……云朵和肇拉妮、赖小虫正商量着,曾甜甜、鹿鸣鹤、谈知风他们相继来了,在他们身后,又走来了加拿大与美国籍的三对老夫妇,以及操心巧和小云飞、安小甜、安小妮他们。

他们谁来都是一声惊呼,因为云朵今日的穿着,还有多吉更哲和扎西吉律的穿着。

实话实说,云朵今日的穿着,是刻意的呢。她穿了一件自己设计制作的短款改良旗袍,下身呢配了一条薄款的牛仔裤。她这么穿来,与身穿牛仔服的多吉更哲和扎西吉律真是太搭了呢!

加拿大、美国籍的三对老夫妇,看着云朵惊呼:"这么好看的衣裳是在哪里购买的?"

曾甜甜站到云朵的身边，用手抚摸着云朵穿在身上的衣服，替她回答了。

曾甜甜说："不是购买的，是云朵自己设计、制作的。"

三对老夫妇因此就更惊奇了。他们惊奇着把目光从云朵的身上慢慢地移挪到多吉更哲和扎西吉律的身上，并再一次惊呼了。

他们说："小孩子的衣裳呢？也是云朵自己设计制作的吗？"

曾甜甜还想替云朵回答他们的，但被云朵拦挡住了。云朵的英语虽然没有曾甜甜的好，但基本的，她既听得懂，也能应付。因此，云朵给加拿大、美国的三对老夫妇解释了。

云朵说："这可不是我的手艺哩。"

云朵这么否定着自己，就还向加拿大、美国籍的三对老夫妇介绍起了多吉更哲、扎西吉律。云朵介绍着，介绍得不是很明白的地方，自有曾甜甜帮忙给她说明，让三对异国他乡的老夫妇就听得很清楚了。听清楚了的他们，很是感佩地向云朵伸出手来，跷起了大拇指。

他们跷着大拇指上下晃了晃，即迅速地转换着手势，用大拇指和小拇指比了一个"心"的模样，与此同时，不吝词汇地赞美起了云朵。

他们说："爱心哩……你满怀的都是爱心！"

在三对老夫妇的赞美声里，云朵把他们请进了她的茶裳体验馆，首先翻出她从三江源回西安时带回来的几件藏族风格的衣裳，给小云飞、安小甜、安小妮换上了。

穿上了藏式服装的小云飞、安小甜、安小妮，就都如超级棒的童装模特儿一般。

三对老夫妇有一种追根问底的劲头，他们因此转着眼珠子，朝穿着牛仔服的藏族孩子多吉更哲、扎西吉律看了看，再朝穿着藏式服装的汉族孩子小云飞、安小甜、安小妮看了看，以为他们仨穿的藏式服装是从茶裳体验馆里翻出来的，就自作聪明地认为是云朵设计、制作的，便满是好感地问云朵了。

他们问云朵："是你为小孩子们设计、制作的吧?"

云朵正要回答他们呢,但曾甜甜甩手打了一个响指,再一次骄傲地替云朵说了。

曾甜甜说:"对,你们说对了,是云朵的作品哩!"

第三十九章　游赏大唐芙蓉园

兔儿吃草者兔儿跳,没知道兔儿者好哩。

对面里站者嘻嘻笑,不疼心上者疼哪里!

……

——花儿《不疼心上者疼哪里》

宣传为"国人震撼,世界惊奇"的大唐芙蓉园,确乎有它独特的魅力。

经营图书生意的谈知风,自告奋勇做了大家游赏大唐芙蓉园的导游。他带着大家,在雄伟高大的三出阙仿唐建筑门口买了门票,就自觉走在前边,一五一十、如数家珍似的介绍着园内的景点。他说,在他的"拥书自暖"书城里,有好几本写芙蓉园的图书,作为西安人,他是认真地看了呢。知道西安市花费巨资打造的芙蓉园,可是有其深厚的历史文化基础的。秦代,朝廷即借助此地的自然形胜,开辟了皇家禁地——宜春苑,经汉代而发展到隋唐时期,就更上了一个大台阶,尤其是被人津津乐道的盛唐,国富民安,朝廷即大力发掘这里的文化内涵,相继大动土木,除在芙蓉园里修筑了紫云楼、彩霞亭、蓬莱山和凉堂外,还开凿了黄渠这一大型水利工程,扩大了芙蓉池以及曲江池的水面面积,使这里成为皇族及平民百姓聚会游乐的地方。

谈知风讲到这里,还不忘把唐代大诗人杜甫创作的一首《丽人行》很顺溜地背诵了出来:

三月三日天气新,长安水边多丽人。

态浓意远淑且真,肌理细腻骨肉匀。

修罗衣裳照暮春,蹙金孔雀银麒麟。

......

炙手可热势绝伦,慎莫近前丞相嗔!

谈知风抑扬顿挫地背诵着,每背诵两句,就停顿一下,留出时间让曾甜甜给三对老夫妇翻译。三对老夫妇听得十分仔细,直到谈知风把诗作全部背诵罢,他们才边鼓掌边哇啦哇啦地说着赞美的话。

谈知风因此就更起劲了,他兴致勃勃地带着大家参观复建的紫云楼、彩霞亭、蓬莱山和凉堂等建筑景观和园内的自然景观,最后便步行到了芙蓉湖畔,叫来了一艘画舫,让大家登舟游湖了。

水波荡漾的芙蓉湖,四围极不规则,以大石条砌成的湖岸,因为自然形胜的作用,还因为沿岸垂柳的作用,偌大的一艘画舫,一会儿要钻进一座小山的背后,再一会儿又要隐没在柳树的浓荫之下,让乘坐在画舫中的云朵、操心巧、鹿鸣鹤、谈知风和三对老夫妇,以及小云飞、安小甜、安小妮、多吉更哲、扎西吉律他们,好不悠闲自在。特别是小云飞、安小甜、安小妮、多吉更哲、扎西吉律几个小人儿,就更加快乐了。快乐着的小云飞,不像别的几位,如蝴蝶似的,从画舫的这边"飞"到那边去,再从那边"飞"到这边来,小云飞就赖在云朵的怀抱里。想要抱养他的加拿大老夫妇几次伸手过来要抱他,而他坚持不让……蝴蝶般"飞"来"飞"去,在画舫中"飞"了一阵儿的小更哲和小吉律,看到小云飞那个样子,也几次来到云朵的身边,想要如小云飞一样被云朵抱抱的,但也没能把小云飞从云朵的怀抱里挤出来。安小甜和安小妮没有那样的困扰,她俩满画舫地"飞","飞"到谁的面前,谁伸手要抱了,就都能抱上一抱的。尤其是那两对美国籍的老夫妇,抱起她俩时,怕她俩在画舫里飞也似的乱窜,窜出什么不测来,就抱着她俩不放,而她俩也就听话地任由他们抱了。

大家开心地游览着,突然加拿大老夫妇又主动与云朵交流起来。

老夫妇中的女人说:"云朵的服装设计与制作,中西合璧,哪儿能找到这样的创意呢? 真是太好看了,拿去加拿大也是大有市场的哩。"

她的丈夫顺着女人家的话也说了,他说:"好啊,咱们就在加拿大合资开一家公司,专门销售云朵设计、制作的衣裳。"

老夫妇的话提醒了曾甜甜,她把云朵写给"穷人银行家"尤努斯的信,从她随身带着的小包里取了出来。这封信,曾甜甜拿到手后,遵照云朵的意思,先润色了几稿,又翻译成了英文。她揣在身上,是准备择机交给云朵的……现在她可以用汉语读给鹿鸣鹤和谈知风听,还可以用英语读给三对老外夫妇听,征求一下他们的意见,应该是很不错的呢。

曾甜甜这么想着,也就这么做了。她先用汉语读了后,用眼睛瞄了瞄鹿鸣鹤和谈知风,然后把眼睛收回来,再看向三对老外夫妇,给他们用英语读了:

尊敬的穆罕默德·尤努斯教授:

您好! 先请您原谅我冒昧给您写信。我是一个中国女孩,名叫云朵,今年 29 岁。

我有一个理想,就是像您在《穷人银行家》中倡导的那样,创办一个"社会良知型企业",为更多的民众能够拥有平等的生存机会和脱离贫穷而努力。

自从通过《穷人银行家》一书了解了您的格莱珉银行,我深深地被您和您的事业所吸引,也发自内心地赞叹和敬佩您的智慧和能力。在书里我看到了我的理想、我的榜样和我的老师,通过您和格莱珉银行的成功,以及您三十年坚持不断地为穷人所做的一切,我也更加坚定了自己为改善穷人的生存状态努力奋斗的信心。但是到目前为止,我遇到了很多困难,一是我的能力有限,二是还有其他因素,所以我想向您寻求一些帮助,希望您能把我看作您的学生,给我一些建议。

　　作为中国人，我很爱我的国家！我是一个平凡的人，与生俱来的良知促使我为自己的理想而努力，我没有权势，可我有强烈的社会责任感和使命感，希望为穷人服务，并且建立穷人自己的格莱珉银行。

　　热切地盼望您的回信！并祝您全家健康、幸福美满！

您的新朋友：云朵

2006 年 10 月 12 日

　　曾甜甜一字一句地读着信，读完了，没等别的人说什么，她自己就先说上了。她说的话，装在她的心里已经好多天了。

　　曾甜甜说："云朵呀，我没看出来，你的心可是太大了！给你翻译信件的日子，我就被你感动了。有你这么个闺密同学，真是我的福气哩。"

　　鹿鸣鹤和谈知风也说了，他俩说的话与曾甜甜说出的话大同小异，无外乎云朵的视野宽、境界高、有思考、有想法，他们做她的朋友，能让他俩成长，还能让他俩获益。

　　加拿大籍、美国籍的三对老夫妇也听清楚、听明白了，他们不约而同地给云朵鼓起了掌，并一迭声地夸赞了云朵。他们夸赞的话语，经曾甜甜翻译过来，与曾甜甜、鹿鸣鹤、谈知风说的话基本一致。不过，有那么两句话，还是很有意思的呢。

　　他们说了："帮助穷人拥有好的生活，应是全人类共同的目标。如有需要，我们也愿意助云朵一臂之力。"

　　画舫悠然地划行在芙蓉湖里，湖面上泛起一层一层的涟漪，很有节奏地向两边伸展着，却有飞速向前的摩托艇，还有人工划动的小游船，把如波似澜的涟漪撞成一段一段的，甚至碎了呢……水生的那一大片莲，抖搂了初夏时的一片花红，变幻成了这个时候的一朵一朵的莲蓬，挺立在仍然碧绿着的莲叶里，很是招人喜欢；再是一丛丛的菖蒲、一丛丛的芦苇，趁着季节的变化，也变化着它们自己，暗红色的蒲棒，一个一个，仿佛向天燃烧的蜡烛,纷飞的芦花又似雪花一样,飘荡着悠悠然扑落湖水里……有数只灰色的野鸭子,在湖面上旁若无人地游来游去,它们似乎觉察到了天空上的动静,蓦然撅起肥肥胖胖的屁股,低头扎进水下,为仙鸟般的白鹭留出空间来。白鹭翅膀贴着水面,向湖心里的一座小岛飞过去,落在了几棵矮矮的小树树冠上……云朵把她的数码相机对准了白鹭,三对老外夫妇举着照相机也对准了白鹭,一时之间,画舫里就满是摁动相机快门的咔嚓声。

偎在云朵怀里的小云飞,没有被眼前的美景所吸引,趁着想要抱养她的那对加拿大籍老夫妇用照相机拍摄白鹭的时候,扒在云朵的耳朵上,似乎想跟云朵说什么,但他还没说出什么来,眼里就已蓄满了泪水。

云朵感觉到了小云飞的异样,她把数码相机收回来,抱住小云飞的脑袋,很是吃惊地问他:"怎么了你? 小云飞,有啥跟妈妈说呀?"

小云飞轻轻地哽咽了两声,就流着泪小声说:"我是你儿子吗?"

云朵点着头给小云飞说:"当然是啦!"

小云飞就把他的脑袋转着去看多吉更哲和扎西吉律,他含着眼泪的小眼睛里,充满了一种孩子的怀疑。云朵把小云飞的小心思看明白了,她对小云飞温暖地笑着说了。

云朵说:"你是妈妈的儿子,他俩也是呀。你们都是妈妈的乖儿子。"

两对美国籍的老夫妇还在用相机拍摄着美丽的白鹭,而加拿大籍的那对老夫妇则收起照相机,回过头来看着云朵和小云飞了。从昨天傍晚起到今日今时,老夫妇俩是把什么都看清楚了,他俩想收养的小云飞,是不可能跟着他们去加拿大了。对此,他俩是有些沮丧呢,不过没有太失落。他们知道不能太自私,为了自己抱养一个小孩子,而使被抱养的小孩子不乐意、不开心、不高兴……两人面对着亲热在一起的云朵和小云飞,相互神情复杂地交换了一会儿眼色,忽然地就都一脸的笑容,你给他伸手过来,他给你伸手过去,两人抬手上下翻动着,拍打了几下,就很坦然地给云朵说了。

老夫妇中的男人说："在中国，小云飞有云朵这么好的一个爱心妈妈，我们还怎么能抱养他呢？不能了吧？"

女人呼应着丈夫的话说："可不是吗？那么做，就是我们的错了。我们抱养小孩，是因为爱孩子，但也不能夺人所爱哩。"

加拿大籍的老夫妇表达了他们的意见后，双双还又说了一段话。说他们来到中国，已经知道中国的民间有给小孩子认干爸、干妈的习俗，他们依据这样一个习俗，就给小云飞做个干爸、干妈好了。曾甜甜把加拿大籍老夫妇的话，翻译给云朵和画舫上的人听了，大家无不喜笑颜开……趁着众人都高兴，曾甜甜还发挥性地说了两句话。

曾甜甜说："我们的小云飞幸福哩，你既有中国的爸妈，又有加拿大的爸妈，你不高兴吗？你应该高兴的。"

听曾甜甜这么说来，云朵就把小云飞送到了加拿大老夫妇的怀抱里。老夫妇抱着小云飞，她在小云飞的小脸蛋上亲一口，他在小云飞的小脸蛋上亲一口……聪明的小云飞，似已理解到老夫妇在用他们的方式与他告别，他也就攀着老夫妇的胳膊，站在了老夫妇的腿弯上，用他热烘烘的小嘴巴，一口一口地亲起了老夫妇。

小云飞亲得很有劲儿，叭叭叭叭地直响，把大家逗得都大声地笑了。

亲着加拿大老夫妇的小云飞，把埋在云朵内心深处的一曲花儿给亲出来了：

> 兔儿吃草者兔儿跳，没知道兔儿者好哩。
> 对面里站者嘻嘻笑，不疼心上者疼哪里！
> ……

云朵心里想着，嘴里也轻声地漫唱了出来……

第四十章　凤栖镇调查

西天那取经者哩是唐僧,白龙马就驮者哩那经。

留下个少年者哩孙悟空,苦命的人宽呀心者哩。

……

——花儿《苦命的人宽心者哩》

　　鹿鸣鹤带着小吉律去看了之前给小吉律看过病的专家,专家还记得小吉律,直接给他开了各种检查单。鹿鸣鹤带着小吉律一项一项做完,第二天就拿到了诊断结果。那个结果十分喜人,小吉律的"先心病"发现得及时,治疗得法,是已痊愈了呢!听着专家的结论,云朵别提有多高兴了,她当时不仅想到了央金阿佳,还想到了次仁顿珠。

　　云朵想着央金阿佳时,为她高兴,儿子的病情她可以放心了;而想着次仁顿珠时,她觉得可以告慰英雄的父亲,他有一个健康的接班人了。

　　扎西吉律的问题解决了,云朵就带着多吉更哲,辗转到南大街的粉巷,走进西安市第一医院,找这里的眼科专家了。虽然,这个专家也是鹿鸣鹤找的,云朵还是按照规矩来,该挂号就挂号,该在专家门诊的门口排队等待,就也等待着。她等啊等,等了好大一会儿,都要迷糊了时,听到专家在叫她的号。她站起来进到专家诊室里,她自己倒没想啥,而专家把她看了一眼,再把小更哲看上一眼,便不由自主地咕哝了一声。

　　专家咕哝着说:"不是有人招呼过了吗?还挂什么号?"

　　云朵对这位专家咕哝式的抱怨是很受用的,这让她知道有朋友是件多么好的事情,如果没有朋友,又该是多么孤单和无助呀!汝朋友、鹿鸣鹤、谈知风、艾为学、曾甜甜、操心巧、肇拉妮,还有多杰嘉措、卓玛央金等等知名知姓的人,是她的朋友,而还有一些不知名不知姓的人,就如她现在面对的这位眼科专家,也如她的朋友一般美好。眼科专家从云朵手里接过挂号单,把挂号单往一个钉杵插上去,就伸手过来,一脸温柔地拉住多吉更哲的小手,拿起一个小小的玻璃管,往小更哲的眼睛里点眼药水了。

专家给多吉更哲点眼药水,是为了把他的瞳孔放大,然后才好给他诊断病情呢。

多吉更哲点上了眼药水,需要在一定的空间走一走转一转的,那位专家就自己领着小更哲走走转转……云朵也亦步亦趋地是跟上走跟上转了。他们走着转着,专家问了云朵两句话。

专家说:"你对一个三江源上的藏族孩子这么上心,把你的朋友感动了,把我也感动了哩。"

专家说:"今后有用得着我的地方,你直接来就成。"

云朵很想回应专家两句话的,却没说出来,倒是有一曲灯盏奶奶曾经漫唱过的花儿,蓦然嘹亮在了她的耳畔。

那曲花儿是《苦命人宽心者哩》:

> 西天那取经者哩是唐僧,白龙马就驮者哩那经。
> 留下个少年者哩孙悟空,苦命的人宽呀心者哩。
> ……

轰鸣在云朵耳畔的这曲花儿让云朵好生奇怪,灯盏奶奶漫唱过的花儿那么多,这个时候,在她的耳畔为什么会出现这一曲来?她一时好不糊涂……云朵正糊涂着,专家把多吉更哲领进了他的诊室做进一步的检查了。云朵知晓,在此之前,鹿鸣鹤已把小更哲带给医生看了,医生给小更哲不仅开了眼药水,还开了些口服的药,云朵遵着医嘱,在照顾小更哲时,是认真地给他吃了药、点了眼药水的,这次来复诊,专家给小更哲检查一通,收起他的检查器械,就很满意地跟云朵说了。

专家说:"不错呢!起效果了。目前咱们不用做什么调整,照着现在的药方,坚持下去就好了。"

云朵千恩万谢,把专家之前开的药单拿着,到药房交了款,取了药,就从医院离开了。

离开西安市第一医院的云朵,接着要干的一件事,就是回古周原上的凤栖镇做她的乡村调查,按照她学习尤努斯的经验,实施小额贷款,帮助村里的穷困户脱贫……做这些,把多吉更哲、扎西吉律带在身边是不方便的。因此,云朵想到了操心巧院长,准备把小家伙们托付给她。

云朵说:"你俩想小云飞吗?他在儿童福利院住着哩。那里的小朋友可多啦,都像你俩一般大,你俩到那里去,与他们一起玩好吗?"

多吉更哲和扎西吉律是懂事的,当然也是听话的,他俩给云朵点头了。小点儿的吉律没说什么,大点儿的更哲给云朵说了。他是顺着云朵的话来说的,说他俩和小云飞在画舫上游了一趟湖,他俩是想小云飞了呢,愿意与小云飞在儿童福利院一起玩……安排好小更哲和小吉律,云朵就打电话约曾甜甜一起去凤栖镇,开展她的乡村调查。

选择去凤栖镇调查,云朵还要感激曾甜甜。云朵本人是土生土长在凤栖镇的人,曾甜甜不是,但作为好同学、好闺密的她,不知什么原因,似乎也爱凤栖镇。

云朵没有与曾甜甜讨论过这个问题,但从她俩的交往中,云朵感觉得到,曾甜甜对凤栖镇上的那种乡土情怀以及生活情趣,有种本能的热爱……与曾甜甜在西安艺术学院上学时,云朵每回一趟凤栖镇,再到学校里时,无一例外地会带一些礼物送给曾甜甜。那些礼物无非是一双手编的碎布绺绺的凉鞋、一方极为质朴的丝绣手帕,当然还有锅巴、锅盔、芝麻豆儿等风味小食,这些在凤栖镇再平常不过了呢。不说别的,就一双碎布绺绺的凉鞋,简朴得找不出第二双来,其花色又十分杂乱,可以看出,既没有设计,又没有设想,就只是一种随心而为的模样。但就是这么个样子,深得曾甜甜的喜爱,她从云朵的手里得到后,穿上脚,不知要兴奋多少天。在曾甜甜看来,那样的碎布绺绺凉鞋有十分难得的艺术味道。云朵见曾甜甜喜欢,就今年送她这样一双,明年送她那样一双。

还真别说,曾甜甜脚穿她送的碎布绺绺凉鞋,走在校园里,或是校园外,都特别拉风,总有人要撵着看,还询问她是在哪里买的哩。

碎布绺绺的凉鞋,曾甜甜喜欢得不得了,就拉着云朵,还去过凤栖镇,在那个古周原上的小镇里,尽情地走了个遍,不仅见识到了凤栖镇上的人编织碎布绺绺凉鞋的场景,还见识了镇上人家制作花炮、裱糊灯笼的情景。云朵想着她与曾甜甜同去凤栖镇时的点点滴滴,就打电话邀请了她。不承想曾甜甜当天有课,一时脱不开身,就随口答应云朵,让她下一次去时早点儿约,一定陪她去。

曾甜甜一时抽不开身,云朵没有埋怨她,自己轻车熟路地回凤栖镇了。

云朵回到凤栖镇,不仅跑了镇子上的几条街道,还很自然地拐去了凤栖河河谷,下到和灯盏奶奶相依为命了许多年的那处窑院……云朵这次回凤栖镇,因为有她的目的,所以不论眼观还是耳听,都非常有目的性。在凤栖镇的几条街道上,云朵与许多人不仅脸儿熟,还因为像她一样有被灯盏奶奶收养过的关系,就更亲近了呢。云朵就那么走着,走了几户,便觉得很有信心了。当然,也可以说是有了一个基本的认识,那就是发展着的凤栖镇,原来的花炮生意,因为安全问题,已经不能再搞了,而碎布绺绺凉鞋和灯笼的生意零零星星的还有。坚持做的人家,恰恰都是不能适应新环境、新市场的那些人家,而这些人家的情况大同小异——因为家里的主要劳动力顺应时代潮流,全都外出打工去了,留下年老体弱的以及妇女儿童。

边走访边总结,云朵把问题梳理了一下,基本上这些家庭的经济状况不怎么好,还有就是他们的精神状况也特别令人担忧。

怎么办好呢?能否动员他们,重拾手编碎布绺绺凉鞋和糊灯笼的手艺呢?抱着这样的一个想法,云朵下到凤栖河河谷来,走进了她与灯盏奶奶居住了许多年的窑院来。云朵没有想到,她在这里找到了实现她心中所想的机会……那些在灯盏奶奶与她离开后,把这里变成观音道场的人,相聚在一起,不仅守着那三孔安放观音塑像的窑洞,还不忘过去忙在手上的活,在用碎布绺绺编织凉鞋。云朵激动地从编织着碎布绺绺凉鞋的人的手上,抢也似的,把凉鞋夺到手里,仔细地端详一阵,又抢夺另一个人编织的……云朵心里热腾腾的,连声说:"大婶、大妈、大嫂子们,我感谢你们大家了。当然,你们也要感谢你们自己哩。感谢我回咱凤栖镇来发现了你们,感谢你们自己没有忘记自己。"

云朵几句没头没脑的话,把留守在这处窑院里的她熟悉的大婶、大妈、大嫂们说蒙了。大家在云朵那么说了后,就都七嘴八舌地问她了,大家的问题形形色色,除了询问云朵在西安城里的生活和她的婚姻状况,再就是问她说给大家的话究竟是啥意思。云朵听着大家的问题,本想要把她内心的想法一股脑儿告诉她们,但还是没有当即说出来。这是因为,她还想再做些调查,这样的调查就不只是在凤栖镇,还应该包括市场化程度高的城市。

一天的时间过去得太快了,云朵回到凤栖镇,似乎还没怎么走动,就已到了她该离开的时候了。

离开时,留守在凤栖河河谷窑院里的大婶、大妈、大嫂们送她。她们也许是感念当年的灯盏奶奶,也许是留恋云朵,就在云朵离开时,你送一双碎布绺绺凉鞋,她送一个用绢布裱糊的小灯笼,还有送绣片的,以及用碎布手工缝制的小老虎、小花猫、小鸡崽什么的……云朵可以说是满载而归。云朵坐在公共汽车上,一路颠簸着快要进入西安城时,用手机给曾甜甜发了个信息,要与她分享今天的收获,并庆贺一下。

收到信息的曾甜甜很快回了短信给云朵。曾甜甜的短信回得非常明确,她说艾为学的"苍蝇小吃城"隔壁是一家冒菜馆,让云朵直接往那里去。

云朵连家门也没进,就听话地赶往那家冒菜馆了。云朵原想,分享、庆贺她今天的调查戒果的人,就一个曾甜甜,但她在灯火阑珊中赶到冒菜馆时,一眼看去,还有鹿鸣鹤、谈知风两人。云朵看着他们乐着,他们也看着云朵乐着。云朵乐的理由,是她今天做的事可是太有意义了,而他们乐的理由则是云朵像个贩卖民俗产品的小商人一样,满身披挂的,既有碎布绺绺凉鞋,还有碎布头手工制作的小老虎、小花猫、小鸡崽等,不一而足。

嘴快的谈知风,看着那般走进冒菜馆的云朵,很是夸张地说她了。

谈知风说:"是云朵来了吗? 我恍惚得都认不出你咧!"

鹿鸣鹤不住地点头,但打趣云朵的话一点儿不比谈知风弱,他是也说了。

鹿鸣鹤说:"啊吓呀呀……呀……呀,我们的云朵变身成啥了呢? 新思潮的小商贩吗?"

曾甜甜没有打趣云朵,因为她今天虽然没能陪云朵回凤栖镇,却知道云朵回凤栖镇的目的,而她从云朵一身的披挂业已看出来,云朵是大有收获了。因此,在鹿鸣鹤、谈知风打趣云朵的时候,她则迎着云朵,伸手揪扯着她身上的披挂。揪扯上了小老虎,就让云朵把小老虎送给她;揪扯上了小花猫,就让云朵把小花猫送给她……云朵在曾甜甜一个一个地揪扯着她身上的披挂时,干脆把她身上的披挂全摘下来,顺手都披挂在了曾甜甜的身上,并且大咧咧地说了。

云朵说:"你忙嘛! 去不了,我给你都带回来了。"

曾甜甜没有客气,她真就把云朵给她披挂在身上的那些小玩意揽进了自己的怀里,与云朵往冒菜馆他们定下的餐桌上围着坐了。两人刚一坐定,热腾腾的冒菜就一道道端上桌来了。各式各样的冒菜,十分家常,大家还没有动筷子,扑面而来的香味就先钻满了鼻腔。鹿鸣鹤、谈知风、曾甜甜和云朵,他们礼让了一下,就又是碰杯喝酒,又是夹菜来吃了。

云朵一边吃着,一边把她今天回凤栖镇做社会调查的事情,一五一十地都给他们几位说了。

云朵之所以要说,是因为她想,都是朋友,她做什么,必须得到他们的支持才好,而起码是要先有口头上的支持。还好,曾甜甜听她说来,当即就给了她口头上的支持,并说会与她一起做的。可是鹿鸣鹤和谈知风没有支持她,哪怕是口头上的支持也没有给……两位在商场里摸爬滚打了好些年,听云朵那么说来,就先从心里否定了她,认为那是个费尽心思、花尽力气都难以做下来的事情。他俩对视了一眼,就都心照不宣地端起啤酒杯,邀云朵和曾甜甜碰杯。

一大杯的啤酒,鹿鸣鹤仰脖子灌进了嘴里,谈知风仰脖子灌进了嘴里,云朵与曾甜甜没有,她俩把啤酒杯在嘴边上晃了一晃,就放在了餐桌上。

云朵看出来了,鹿鸣鹤和谈知风给她打马虎眼,她用眼睛盯着他俩,盯得他俩低下了头。云朵的个性就是这样,她太率性,还很任性,她不会放过他俩,因此就对他俩说了呢。

云朵说:"那天在画舫上,曾甜甜读我写给尤努斯的信,你俩的情绪不错,态度也好,才过去几天,怎么就变了呢? 咱们是朋友,我不容许你们变。"

曾甜甜怕大家难堪,甚至不愉快,就又把啤酒杯端起来,咣咣咣咣地撞过去,就像刚才鹿鸣鹤、谈知风一样,仰脖子灌了呢。鹿鸣鹤、谈知风响应着她,也把他俩手上端着的啤酒很是豪迈地灌进了嘴里……但曾甜甜也知道,仅用灌酒的方法,是不能解决眼前的问题的。她因此找着话题,来跟云朵说了。

曾甜甜说:"吃罢饭,我就到你的茶裳体验馆去,挑你最新设计、制作的衣裳,给我试上一套。我只管试穿,不给你钱。"

曾甜甜的调节起了作用,鹿鸣鹤、谈知风觉得他俩有种被解救出来的快意,端着啤酒杯,一杯一杯又一杯地干了……他俩干着啤酒,很自然地把话题引到了云朵的穿着上。当然,在这个话题上,曾甜甜是独一无二的主角,而她近些天来也似乎特别关注云朵的穿着,譬如那天游赏芙蓉湖,云朵上身一件改良的旗袍,下身一件牛仔裤,她的那个形象,让曾甜甜念念不忘呢。

曾甜甜在冒菜馆浓重的烟火气里不停地说着云朵的穿着,终于把云朵说得不强调她的事情了。

抓住了时机的鹿鸣鹤和谈知风,却在这时说出了一件他俩已经酝酿好的事情,那就是云朵沿着黄河,一路逆行走上三江源拍摄下来的摄影作品……经营图书生意的谈知风对他们夸过海口,说谁有洗印照片的需求就找他,他可以帮助大家少花钱,洗印出效果超好的照片。云朵从三江源上下来,就把她拍摄的全部底片都给他,让他洗印了。谈知风没有耽搁,去他的哥们儿开办的洗印店,很快就给云朵保质保量地洗印了出来。

谈知风先睹为快,他把洗出来的照片看了一遍后,几乎未假思考,就决定下来,在他的"拥书自暖"书城里为云朵办一场别具一格的摄影展。

在此之前,谈知风即已告诉了鹿鸣鹤,还拉着他,把云朵拍摄出来的照片又仔细地观摩了一遍。在两人观摩之前,谈知风以为只是他的一厢情愿;两人一起观摩了后,交流起来,鹿鸣鹤竟然与他有一样的体会与感受。他俩感到,无论是晋陕大峡谷里的黄河,还是贺兰山下的戈壁滩、贺兰山上的岩画,还有三江源上的赛马会,以及云朵看在眼里感兴趣的事物,都被她抓拍得极传神,其中还有鹿鸣鹤、谈知风俩的几张照片……两人越观摩越喜欢,因此就商量着,要给云朵办个摄影展览呢。

谈知风把这一话题刚给云朵说了开头,就激动起来了。

因为激动,谈知风说得就不是很利索,鹿鸣鹤便挡住他的话,抢着来说了。果然,鹿鸣鹤的一番话,不仅说动了云朵的心,还把曾甜甜说得像谈知风一样激动。云朵虽然动了心,但没有立即答应鹿鸣鹤和谈知风,曾甜甜就给他俩答应着了。

曾甜甜说:"云朵是谁呀?我的好同学、好闺密哩。"

曾甜甜因此拍着手,还一语双关地说:"她出手做什么,就没有做不好的。"

曾甜甜把她拍着的手,最后拍在了云朵的肩膀上,又很自信地说:"我相信,云朵的摄影展会红遍整个西安城呢。"

第四十一章　摄影展上新收获

花圃里养蛇者是养不大,蛇大时变成者青龙哩。

成龙的女子娃者长大啦,长大了者宽人的心哩。

……

——花儿《成龙的女娃长大啦》

曾甜甜的预言成了真,云朵的"黄河·三江源"摄影展的确红透了西安城。

办展的日子里,谈知风的"拥书自暖"书城几乎是人满为患。摄影展原计划三天时间,延长到了五天不够,就延长到了七天,观展者不仅有大量的摄影爱好者,还有图书爱好者,而且吸引来了西安城里的众多媒体人,以及大量的网络发烧友,一篇报道跟着一篇,好不热闹。身怀摄影评论专长的人,观展后还撰写了不少评论文章,都说云朵的摄影是写实的,也是写意的,运用她独特的摄影视觉,对黄河母亲、对雄伟的贺兰山、对辽阔的三江源,做了一次灵魂性的探索与呈现。

一位书法家观看罢云朵的摄影展,向谈知风讨来纸墨,现场书写了四个斗大的字,送给谈知风,让他转交云朵。

那四个字是:搜魂摄魄。

谈知风把那四个字拿在手里,与那位独具一格的书法家合了个影。他当时问书法家,能否给他解释一下四个字的大意。书法家没有接他的茬儿,只是给他说:"你慢慢琢磨吧。"谈知风就琢磨了,他琢磨了一会儿,就把他的领悟通过手机说给云朵听了。

谈知风说:"云朵呀,你的数码相机安装了手术刀吧?有书法家给你题词,斗大的四个字,极言你'搜魂摄魄'!我把人家要我代送你的题词,琢磨了又琢磨,知道他可是懂你的一个人哩。你的数码相机镜头拍摄黄河时,是在搜寻黄河的魂魄哩;拍摄贺兰山和三江源时,是搜寻贺兰山、三江源的魂魄。你搜寻到了,拍摄出来了,完成了你艺术灵魂的一次升华!"

谈知风又说:"我的'拥书自暖'沾你的大光了。"

谈知风叽叽叽叽地这么一通说道,没有恭维云朵的意思,他说的是真话,因为他把云朵的摄影展办在他的书城里,来的人多了,销售的图书自然就多,特别是摄影方面的图书,在销售一空后,还紧急调来西安别家书店的此类图书,帮他们把积压多时的此类图书也售卖空了呢。同时,还给他们弃婴救助福利基金会带来了关注,设在书城大门口的捐助箱,天天都是一箱子的捐款。

好消息一个接着一个,有人看上了这一幅摄影作品,意欲出价收藏;有人看上了那一幅摄影作品,意欲出价收藏。

身在摄影展现场的谈知风不断地把这些好消息告诉云朵。云朵听了,自然也是非常高兴的哩。但在卖的问题上,云朵糊涂得没有自己的主张,她就与谈知风商量了,说:"你做图书生意有经验,我相信你,你就看着办吧。"云朵相信谈知风,不过有两句话,她还是给他强调了一下。

云朵说:"出售的摄影作品,我一分钱不拿,都捐给咱们的弃婴救助福利基金会。有你花费心思筹办摄影展,我很知足了。"

很是知足的云朵没有想到,许多观看了她的摄影展的人,向谈知风建议了。他们要谈知风请云朵来,就她的这次摄影展,给大家做一场报告……初次涉足摄影艺术展览,云朵是不自信的,云朵只在开幕式上露了个脸,就不敢到现场来了。谈知风把大家的要求转告了她,希望她能满足大家的要求,但她毫不犹豫地推辞了。然而观展的人,要求是那么强烈,谈知风就把手机打给了曾甜甜,要曾甜甜帮助他动员云朵,满足观展者的要求。曾甜甜满口答应了谈知风，让他定时间，给大家发信息就好。

能替云朵拿主意，曾甜甜自有她的办法。她没有直接劝说云朵做报告，她也怕遭到拒绝，因此就在手机里说了。她先说："鹿鸣鹤、谈知风他们似乎不怎么支持你用小额贷款的方式帮助穷困户发展产业的事，如果只有你自己呢？你自己还能坚持吗？"

曾甜甜快言快语，说："你自己想要坚持，我就陪你去凤栖镇好了。"

云朵没有不去凤栖镇的理由，她甚至生怕晚一步答应曾甜甜，曾甜甜就会改变主意似的，立即应承下来，立马往古周原上凤栖镇赶了……不过去之前云朵先把曾甜甜叫到她的茶裳体验馆里来，她俩刻意地收拾了一下。如曾甜甜所喜欢的那样，她俩上身都穿了同款的改良旗袍，下身都穿牛仔裤。体验馆里有多种色调的改良旗袍与各种牛仔裤，云朵让曾甜甜先选。曾甜甜没有客气，她一眼看去，即选择了一件深紫色的改良旗袍和一条磨砂较重的牛仔裤；云朵就选择了一件浅蓝色的改良旗袍和一条磨砂较轻的牛仔裤。

曾甜甜说："你可是把你学习的技能发挥到家了！"

云朵说："彼此彼此，我的进步与作为，可不都赖你的激励吗？"

曾甜甜说："就你的嘴巴甜，会说。我很受用，不过我还是想要劝说你几句话的。"

云朵说："我洗耳恭听。"

曾甜甜说："好听不好听，你先听着好了。我要说，人活着要有自己的个性，但不能太有个性。就如你设计的改良旗袍一样，总不能一个色调吧？要艳点儿的，大红大绿就好；还应该有淡点儿的，烟青淡墨就好。就像今天咱们俩，我艳你淡，走在一起，才搭配哩。"

云朵从曾甜甜的话里听出了些别样的意味，她不接话了。

云朵不接曾甜甜的话，而曾甜甜似乎把她要说的话已说透了，就也不说了。两人因此沉默着，一起乘坐长途公共汽车，去了百八十公里外的凤栖镇，开始了她们的乡村调查……她与曾甜甜乘坐的长途公共汽车，拖着一股烟尘在凤栖镇里停下来,就有凤栖镇上的人看见了她,当然也看见了曾甜甜,因此就都兴冲冲地向她俩围了来。

云朵心想,肯定是身上的衣服拉风。

因为衣服拉风,围上了她俩的人,特别是像她俩一样年龄的女孩子,就还亦步亦趋地跟着她俩跑了。搞乡村社会调查,云朵和曾甜甜既要进东家,又要进西家……跟着她俩的那些女孩子,就也东家西家地进进出出。她们跟得好不快乐,她们对云朵和曾甜甜身上的穿着感兴趣,还对云朵和曾甜甜所做的乡村社会调查感兴趣。这样的调查,跟着她俩的那些女孩子是何感受,云朵和曾甜甜不得而知,但她俩知道,她俩一起深入凤栖镇调查,可是获得了非常实在的资料。

曾甜甜和云朵在走访调查中发现,原来手编碎布绺绺凉鞋的人,并不只是驻守窑洞的女人,还有镇子上的许多有此手艺的女人。云朵和曾甜甜看见有此手艺的女人编织碎布绺绺凉鞋,就问她们,她们的回答让云朵和曾甜甜没想到。原来她们不是为了自己穿,或出售,而只是为了岔心慌……岔心慌的不只她们,还有会在脚踏缝纫机上做活的人,就在缝纫机上耗时间……云朵和曾甜甜大为感慨,以为她俩是瞌睡遇着了枕头,完全可以把闲得心慌的她们组织起来,为云朵设计推广的女装代工生产呀!

云朵改良旗袍配牛仔裤的装束,近来在西安城掀起了一股小小的风潮,她的茶裳体验馆,见天都有上门求购的时尚人士,凭她个人的生产能力,根本满足不了消费者的需求。

这下子好了,在半天不到的走访调查里,云朵和曾甜甜征求有此手艺的女人的意见,考察组织起了近十人,可以为云朵代工缝制衣裳……希望的苗头如星星之火一般,在云朵的内心燃烧着,她不断坚定自己的信心,要运用尤努斯的方法,帮助带动有需求的乡村人,实现他们创业、发家致富的理想……伴在云朵身边的曾甜甜,看出了云朵心中那昂扬向上的情绪,就抓住时机,给她说了在"拥书自暖"书城办讲座的事情。

曾甜甜说:"云朵呀,你的摄影展办得那么成功,你躲着不与你的影展观众见面,忤是不太礼貌吧? 敢把自己的摄影展览出来让人看,还怕自己被人看吗? 那个摄影展观众提议的讲座,你愿意不愿意,是都应该讲的哩。"

曾甜甜三句话,打机关枪一般,当下把云朵打得无话可说了。她老实地应承下来,就在摄影展最后的那天上午十点,向摄影展观众讲她拍摄这组影像的体会。云朵答应了曾甜甜,却也对她提了个要求,云朵说她怕临阵露怯,嘴里有词儿说不出来,一定要曾甜甜陪同她……

曾甜甜很干脆地答应了云朵,说:"我陪你去。"

做讲座那天,云朵和曾甜甜,双双还是上身改良旗袍、下身牛仔裤地赶去书城。远远地走着,云朵在曾甜甜的指引下,即已看见门口红色会标上的白色黑体大字,非常鲜明地突出了她摄影展的主题。就在红色会标下沿,悬挂着那位书法家写给她的题词……谈知风就站在红色会标和题词下,他看见了云朵和曾甜甜,就一边向她俩摇着手,一边高声大气地喊叫着迎上去。正是因为谈知风的呼喊,在他向她俩跑来时,众多闻讯而来的摄影展观众,跟着就潮水般跑来了。

什么是夹道欢迎? 什么是掌声雷动? 云朵在这时候一下子就都感受到了。

就在这种热烈的气氛里,云朵拉着曾甜甜一同走到"拥书自暖"书城大门口,上了五级台阶,便站在书城的大门前,在谈知风的主持下,给热爱她的摄影展观众做报告了……开放式的报告场地,减轻了云朵初次站在众人面前做报告的压力。她抬眼把围在她四周的摄影展观众看了看,清了清嗓子,即给大家讲起来了。她讲出来的头一句话,就把大家全都逗乐了。大家都乐着,陪着云朵站在一起的曾甜甜放心了下来。曾甜甜耳语般给云朵说了一句话,就甩开了她,也站到台阶下听她做报告了。

云朵逗乐大家的头一句是,把曾甜甜往众人面前一推,给大家说:"让我的同学、闺密曾甜甜给大家做报告吧,她是大学老师,天天给大学生做报告,她会做报告,我一次都没做过,我不会哩。"

不能说云朵说出来的头一句话不对,她说的是老实话,但这样的话在这个时候说,能不惹得大家乐吗?乐着的曾甜甜摆脱了云朵的拉扯,站在了台阶下,云朵便没了依靠,她是必须自己来做报告了呢。云朵横下一条心,开始做报告。她说:"我没有想到,一次逆行黄河,以及漫步贺兰山、三江源的游走,随手拍出来的一些摄影作品,居然能办一次摄影展,而且还能吸引来大家观展。我要谢谢我的朋友谈知风,当然还有鹿鸣鹤、汝朋友、艾为学,和刚才与我并肩站在一起的曾甜甜,有了朋友们的支持,才有了这次摄影展,从而使我这个丑小鸭,见到了我敬爱的摄影展观众。你们都是我的朋友,都是我继续努力的动力。"

也许云朵说的是客套话,但观众感受到了她的真诚与真性情,大家给她鼓掌了。

在大家的掌声里,云朵讲了贺兰山下戈壁滩上的牧羊老人,讲了三江源上火烧沟里的牧牛老人。她讲他俩时,没忘讲两位老人的那两只花花狗,和他俩喝酒吃太阳,以及中印边境反击战的事迹。不知为什么,讲着两位老人的时候,她满脸的泪水……流着眼泪的云朵,接下来又讲了从长安城出发和亲的文成公主和现实中的次仁晋美、次仁顿珠父子,讲了云桑旺姆、卓玛央金、多杰嘉措,还有瘸腿的藏羚羊、美丽的黑颈鹤。云朵讲得激情四溢,一口气讲了一个多小时,到她自觉该收场时,风先生又附耳提醒了她一句。

时令已入初冬,空气中飘荡着丝丝冷意,但云朵始终感到有一种无比体贴的温暖包裹着她,特别是她的脸。她想到了,那一定是风先生的作为呢。

确实如此,云朵做报告时,风先生已经给她提过几次词儿了。这时风先生说:"三江源是值得你重点讲讲的。"

风先生的话音刚落,云朵就照着他的提醒说开了。她说:"我们中华民族的母亲河黄河、长江,还有贯通数个国家的澜沧江,全都发源于三江源。那里是大江大河的发源地,也是人类生命的发源地。一望无垠的冰川,是母亲美丽洁白的肌肤;高高耸立的座座雪山,是母亲养育子孙的乳房! 我们人啊,谁不爱自己的母亲呢? 我们有多么爱母亲,就有多么爱三江源!"

云朵说到这里,就还以爱的名义,说了几句总结性的话。

云朵说:"爱,是一切艺术,包括摄影,最不可或缺的东西哩。灵魂……爱是灵魂的本质,艺术是灵魂本质的反映,灵魂是艺术爱的呈现。要爱己,爱人,爱一切可爱的、值得爱的事与物。"

这样三句说罢,云朵结束了她的报告。也许观众听得太着迷、太投入,在云朵结束了她的报告后,竟然出现了那么一小会儿的冷场。全场所有的人都静寂着,沉默不语,但突然地不知是谁鼓了一下掌,大家这才如梦初醒般,热烈地给云朵鼓起了掌……掌声中,一个身材高挑的中年人,和一个与云朵年龄相仿的女子,各自怀抱一幅云朵拍摄的照片,挤到前排来了。云朵看得清楚,他俩怀抱着的照片,恰是她拍的贺兰山下、三江源上两位老人的照片。不用中年男子说什么,也不用年轻女子说,云朵即已明白,他俩是把她的那两幅照片买去了。他俩喜欢她拍摄的这两幅照片,她自己呢,也喜欢。一人喜欢,莫如众人喜欢。这么想着,云朵在向中年男子伸去一只手时,把另一只手也伸向了年轻的女子,她把他俩拉着站在了一起,在他们的眼前,自有摄影发烧友举起照相机,哗哗哗哗地闪着光,把他们拍摄下来了。

云朵后来知晓,出资买了她那两幅摄影作品的人,是经营西凤酒的王老板父女。王老板名叫王心识,他的女儿叫王甘露。后来大家伙儿争先恐后地向云朵挤了来,拉着她合影了,哗哗哗哗、哗哗哗哗、哗哗哗哗……没完没了,云朵都感觉到她的两条胳膊,被大家拉来扯去的,拉扯得都很疼很疼了呢。

胳膊疼着的云朵,心里却甜甜地再次想起一曲灯盏奶奶漫唱过的花儿。这曲花儿有个很好听的名字,叫《成龙的女娃长大啦》:

花圃里养蛇者是养不大，蛇大时变成者青龙哩。

成龙的女子娃者长大啦，长大了者宽人的心哩。

......

　　现场的曾甜甜和谈知风，不知道云朵的内心漫着灯盏奶奶唱过的花儿，只是看着她被热情的摄影展观众拉扯得脱不开身，就相互使了个眼色，招呼来"拥书自暖"书城里的保安，把云朵从众人的包围中解救出来，护送着她，把她塞进了一辆出租车后，曾甜甜也闪身坐进出租车里，仿佛怕被热情的摄影展观众把她俩拦下来似的。

　　曾甜甜指挥出租车司机，把车往她家的方向开了去。

第四十二章　酒醉的花儿

雪山上雄鹰者天空旋,野兔子见者跑哩。

我唱曲花儿者谁对哩,给咱起个者调子。

……

——花儿《雪山上雄鹰者天空旋》

单身着的曾甜甜,真是可以啊!

云朵跟着曾甜甜跨进门,即被映入眼里的凌乱震慑住了……驴屎蛋外面光!云朵的脑子里蓦然泛起这样一句话,她笑了呢。笑嘻嘻的她看着曾甜甜走在前面,给她开路。几只吃空的快餐盒被曾甜甜抬脚拨到一边,还有方便面的盒子,这里一个,那里一个,与她脱下来的鞋子搅合着歪在一起。再是衣裳,她穿过的、没穿过的,又都胡乱地堆在沙发上。更有她的绘画架子、颜料盘子、调色板子,也放得十分随意……按说云朵是个很能理解别人的人哩,可她看到好同学、好闺密,把家弄成这个样子,还是忍不住地讽刺她了。

云朵说:"我是进错家门了吧?怎么狗窝一般?把屋子糟践成这个样子,你还想找个人成家吗?"

曾甜甜在沙发上三扒拉两扒拉地给云朵扒拉出一块屁股坐得上去的地方,按着云朵的肩膀,把她安顿着坐下来,接着她的话,给她说了呢。

曾甜甜说:"我是乱在表面上,心里一点都不乱。你呢?面子上倒是从来不乱,心里能如面子一样不乱吗?"

云朵听曾甜甜这么说，心想她一定没有什么恶意，但话里话外她也听出来了，如她看见的她的居室一样，还是让她有那么点儿不舒服呢。不过，云朵又必须承认，自己的心思，也许真的是比她的房子要乱那么一些呢。但云朵在嘴上可是不能饶了她，因此反击起曾甜甜了。

云朵说："你给我老实说，咱们上学的时候，你对胡不二可是也起了意呢？如果现在还有，我可以退出来，让给你好了。"

曾甜甜对云朵说的话，一点都不在意。他们上学的时候，她确实是喜欢过胡不二的，人家胡不二没有那个意思，她就收住了自己的心，不再去想了。而且在云朵与胡不二结为夫妻后，她还关心着他俩，希望他俩如婚礼上互相承诺的那样，无论顺境逆境、富裕贫穷、健康疾病、快乐忧愁，都将坚贞不渝，白头偕老！然而真要实现那样的承诺，是多么艰难呀！天下事，从来都是旁观者清，当局者迷，云朵自己不知道，她的婚姻真的是陷入危机中了！

作为旁观者的曾甜甜是已感知到了，但她能给云朵直说吗？显然不能，所以她就只能咸吃萝卜淡操心，敲着梆子说了。想着措辞的曾甜甜，把一壶茯砖茶焖好了，端到云朵坐着的沙发前，倒出一杯来，推给她。

曾甜甜看着云朵把一杯茯砖茶大口地倾进嘴里后，说："大方呀云朵，我倒是有心收藏你的'旧货'哩，但人家愿意吗？人家的心在你身上，倒是你要小心你自己哩。"

曾甜甜说的是什么话？云朵是还想继续听的呢，可是曾甜甜又不往这个方面扯了，而是给云朵空了的茶杯里添了茶，添满了让云朵端着，与她对空来碰，碰了后共同喝了起来。显然，曾甜甜另有话说，她沉默着把与云朵碰过的茯茶喝了两口，便转换话题了。

曾甜甜说："咱俩现在喝的茯茶，可就是胡不二的不二茯茶哩。我不知你现在喝什么茶，而我如今就只喝不二茯茶，才觉得对胃口。不二茯茶喝起来暖心暖肺。云朵你自己说，可是我说的这个样子？"

云朵不是木头人，她听得懂曾甜甜的话，知晓她已经知道自己与胡不二现在的问题……知道就知道吧,云朵还不想把这个事情摊开来说,因此就像曾甜甜一样,也躲着这个话题,去扯别的事情了。云朵能扯的事,还是曾甜甜的居住环境。她把端在手上喝着的茯茶茶杯放下来,手脚麻利地把曾甜甜胡乱扔在沙发上的衣裳,一件一件地整理着并摞成一摞,然后再来收拾胡乱搁在地上的东西……云朵不厌其烦地给曾甜甜收拾着屋子,而曾甜甜自己则像个多余的人一样,站在云朵的身边,不知怎么插手。

云朵把曾甜甜乱糟糟的屋子收拾出来了,又从盥洗间拿来拖把拖地……就在云朵拖地的时候,曾甜甜还是没有插上手,但她的嘴可是插进来了。

曾甜甜说:"汝朋友、艾为学他俩回来了,是在你做报告的时候回来的哩。卓玛央金也来了,还带了几个他们'帮手'孤儿技术学校的小孩子。"

云朵听曾甜甜这么说来,她并没有当真,还拿着拖把用力地拖着地面。云朵的行动,曾甜甜看明白了,知道她没相信自己的话,这就上手来,夺了她手上的拖把,给她加重了语气说:"我的话你就是不听不信,我能骗你吗?"曾甜甜把话说成了这个样子,云朵就不能不信了,但她还是咕哝了两句。

云朵说:"那么远地回来,也不先通报一声。他们该不是烦我了吧?"

曾甜甜听不得云朵这么说,就语气很冲地回撑了她一句。

曾甜甜说:"你难道不烦人吗?"

曾甜甜回撑云朵的话,倒是很起作用,云朵笑起来了。她嘻嘻笑着与曾甜甜出门,坐电梯下到楼下,再往小区的大门口走。两人刚刚走出大门,准备叫辆出租车,往艾为学的"苍蝇小吃城"去的,却见一辆甚是高档的小汽车上忽然有人开门钻了出来,站到了云朵的面前,向云朵介绍起了她自己……不过,她的自我介绍是多余了,因为云朵一眼就把她认出来了。但因为事发突然,云朵还是面对了那个自我介绍叫王甘露的女子,迟疑着不知如何是好。

王甘露把手伸向了云朵,她一边伸,一边说着她的请求。

王甘露说:"交个朋友好吗?你在'拥书自暖'书城的报告太精彩了!我拉着我爸买了你的摄影作品,听了你的报告,与你合了影,可我还想要你在你的摄影作品上签名哩。"

说时迟,那时快,汽车司机把王甘露买下的两幅摄影作品抱到了云朵的面前,而王甘露则迅速地把一支黑色签字笔递到了云朵的手上……云朵脸儿红红地在她的摄影作品上,龙飞凤舞地签上了自己的名字。云朵把签字笔还给王甘露,想她是可以离开了。然而王甘露依然没有放过她,问她出门是要到哪儿去呢。

王甘露热情地拉着云朵,说:"我可以用我的小汽车送你去哩。"

恭敬不如从命。云朵和曾甜甜看得出来,她俩如果不让王甘露送,她俩一定脱不了身,因此就在王甘露的盛情邀请下,坐进了她的高档小汽车,由王甘露送她俩了。

如果说王甘露是个话痨,可能会冤枉她。但她的话还真是多了点,一路往"苍蝇小吃城"走,车子里就她一个人说话。她既说了她留学法国的事情,又说了她爸的艰辛,但她说得最多的还是她对云朵的欣赏了。她说云朵是特别的,太特别了。不仅摄影作品特别,一身穿着也极特别,把她给彻彻底底地征服了。

王甘露说着还强调了一句:"我就做你的拥趸,做你的迷妹。"

见面即熟的王甘露,让云朵喜欢上了她。汽车如滑在水上一般,滑到了"苍蝇小吃城"的门前,又稳稳地停下来。云朵用眼神征求了一下曾甜甜的意见,就也像王甘露刚才一样,热情地把王甘露拉着一起往"苍蝇小吃城"里走了。

云朵伸手拉住王甘露,一起进了艾为学订好的包间……包间里坐着汝朋友、艾为学和卓玛央金等远道而来的人,还坐着鹿鸣鹤、谈知风、操心巧、扎西吉律、多吉更哲等在西安城里的人。云朵面对他们,有几句话是滚到嘴边来了,而且是惊喜的、愉快的,可她从嘴里说出来,却是满腹的牢骚与不快。

云朵说："怕在西安的我不给你们接风是吗？偷偷摸摸回。最要命的是央金阿佳，你是怕我把你的小吉律留下来不给你了？气死我了呀。"

嘴里满是怨气的云朵，脸上洋溢着的却满是开心。开心的她，与大家欢欢乐乐地坐好后，就把与她同来的王甘露给大家介绍上了。

云朵说："一个新朋友哩。知道她是谁吗？留法回国的研究生哩。她和她老爸，把我摄影展上的两幅作品买去了。那两幅作品，可就是咱们在央金阿佳的太阳村里喝六年、十五年西凤酒时拍摄的哩。"

云朵开玩笑地说："咱们爱喝六年、十五年西凤酒，王甘露做了咱们的朋友，咱们还愁没有六年、十五年西凤酒喝吗？"

云朵的介绍，使张口要喝六年、十五年西凤酒的汝朋友、鹿鸣鹤、谈知风、艾为学他们一帮男将，全都向王甘露伸了手去，与她握着手，算是把她认成自己的朋友了。成为朋友的王甘露，一亮相就给了大家一个赞不绝口的好印象。只见她一个电话打出去，那个给她驾驶高档小汽车的小伙子，即扛着一箱子的十五年西凤酒，进他们的包间里来了……小伙子轻轻地把那箱十五年西凤酒放下来，从裤兜里掏出一串钥匙，右手捏住其中的一把，把封在箱口上的胶带唰唰地划了一下，就把纸箱的盖子掀起来了。他掀开箱盖，掏出显得很是老旧的一瓶酒来，就给大家介绍上了。

小伙子的嘴巴太利索了，他说："酒呢还是老的好。今夜大家是可以尽欢一场了！"

王甘露拿起酒瓶给大家面前的酒杯里斟酒了。她一边斟酒一边说，这一箱子老酒真的是很老了呢！王甘露如此说着，就还说，她老爸买到云朵拍摄的那两幅摄影作品后，像是他灌了一瓶他的十五年西凤酒一样，尤其兴奋，她说她要找云朵给摄影作品签名，他就从他的酒窖里翻出这箱老酒来，要她送给云朵收藏哩。

王甘露说得太开心了。她那么说着，看了一眼云朵，就给她吐了吐舌头，说："我老爸有那意思，但云朵怕是没法收藏了。谁让大家看见了呢？看见了就是大家的口福。"

大家开心地喝着王甘露提供的十五年西凤老酒。

大家相互敬着酒,高兴地漫唱了一曲。

　　雪山上雄鹰者天空旋,野兔子见者跑哩。

　　我唱曲花儿者谁对哩,给咱起个者调子。

　　……

云朵的花儿啊,在今晚漫唱得有那么点儿醉意,所以听来就很是不同了呢。在座的认真地听了,似乎觉得是漫唱给今晚的朋友的,然而又像是漫唱给遥远的三江源……是给谁的很重要吗?

唱罢,云朵发话说:"汝朋友、艾为学凯旋,咱们不该集体敬他俩一杯酒吗?"

云朵的话音刚落,满桌的人就都站立起来,端着自己手边的酒杯,集体给汝朋友和艾为学敬了酒。

敬罢了他俩,云朵又发话说:"我的摄影展办得还算可以吧? 难道不敬我一杯酒?"

大家被云朵说得全都乐了起来,纷纷表态说应该,并都满满地斟上酒,端着站起来敬云朵了。可是云朵与大家把这杯酒喝了后,便不再落座,而是招呼大家散席了……云朵的理由很充分,她说:"咱们大人继续闹腾是可以的,但有这么多小朋友,咱们还能闹腾吗?"操心巧十分赞同云朵的话,她说:"可不是吗? 我们的小云飞、扎西吉律、多吉更哲,还有卓玛央金这次带来的孩子,都到休息的时候了。"

卓玛央金与操心巧事前口头已经说了,他们太阳村"帮手"孤儿技术学校,要与西安市的儿童福利院结成互帮互学的对子。接下来还要签署书面协议,她俩便招呼着孩子们,出门往儿童福利院去了。

于是大家各自散去。曾甜甜仍陪着云朵,打车将她送回去。到小区门口,云朵下了出租车,曾甜甜说:"明星! 你今天太像个明星了呢!"

第四十三章　阳光依然明媚

天拉了云彩者地扯上了雾,雾埋了眼前者路了。

尕女子是才者开着的花儿哩,心软里者不知咋走了。

……

——花儿《尕女子是才开着的花》

我……我是个明星了吗?

云朵一边想着一边掏出家门的钥匙插进了锁孔里,像她那次从三江源回家来一样,没有费神多转,一下子就把门锁打开了。这让云朵的心不由自主地虚跳了两下,不知自己把门拉开来,会有一种什么样的情况出现在她的眼前。云朵迟疑着没有立即推门,她愣了一会儿神,脑海里稀里哗啦像是放幻灯片似的,出现了几个画面……就在云朵迟疑着胡思乱想时,门被人往外推开了。推开门的不是别人,正是她的先生胡不二。他把门推开,很自然地给云朵说了两句话。

胡不二说:"回来啦? 喝酒啦?"

胡不二说着话转身往里边走了去,走到客厅的沙发前,没有先坐上去,而是等着云朵,等她也走到沙发前,用手比画着,让云朵先坐在沙发上后,他才在她的身边坐下来,把沙发上他早就放着的一张银行卡推到了云朵的面前,给她说了呢。

胡不二说:"就三十万吧。我知道少了点,但对你要做的事业,算是一点支持了。我支持你创建弃婴救助福利基金会,还支持你学习什么尤努斯,帮助乡村穷困家庭致富。都是好事,我哪能不支持呢?应该大力支持才对,但我的能力有限,先就这么多了。你说呢?"

云朵还能怎么样呢?与他冷战以来,结在心里的冰疙瘩,被他的几句话迅速地消融着,变成了满腔的泪水,似汹涌的浪潮一般,往她的眼睛和鼻腔里涌,她哭了起来。她抬起双手,捂在眼睛上,先是无声地哭,哭着哭着就哭出了声,并且把捂着眼睛的手挪开来,放任着她的眼泪无节制地流,放任着她的哭声无节制地号……对于云朵此刻的表现,胡不二似乎早有准备,他拿起茶几上那盒纸巾,哗哗抽出两张,递到云朵的手上,让云朵擦她的眼泪。云朵擦湿了,他继续给她递,继续让她擦眼泪。

过去,云朵与胡不二也是闹过矛盾,有过纠纷的。年轻的小夫妻,谁不这样呢?

那时她流泪了,她哭了,胡不二会把她揽进怀里,一边吻掉她的眼泪,一边给她说软话赔罪,不把她哄开心不丢手……可是今天晚上,他就只给云朵的手上递纸。他的这一变化,云朵开始还没啥感觉,哭泣着流了那么一阵子泪,她慢慢地感觉到了。

有了这样的感觉,云朵突然觉得她的哭泣,还有流泪,似乎都很无趣,因此抽泣了几下,把眼睛抹了一把,便强硬地止住了她的哭,还有她的眼泪。恰在这个时候,一个人的影子蓦然浮现在了她的眼前,那人就是赖小虫了……赖小虫的身影在云朵的眼前那么一闪,她侧了一下脸,问了胡不二几句话。

云朵问:"赖小虫怎么会有咱家的钥匙?我去三江源一段时间,回家来打开门,看见她坐在咱家里,我还以为是我走错门了呢。你就没有啥要向我解释的?"

这几句话,近些天来一直在云朵的心里盘绕着,梦魇般地让她难受,她见着先生胡不二,能不问出来吗?可是她的问题,胡不二像是没有听见似的,好像既不脸红,也不心跳,他就那么平平静静地随手从他坐着的沙发靠背上,拿来两幅摄影作品给云朵看了。

云朵只是瞥了一眼，就认出来，那是她摄影展上展览的作品哩。

胡不二给云朵说了。他说："我到你的摄影展上去看了，很不错哩，人来人往的。我听他们议论，都很钦佩你的才华，都很看好你的发展。我也喜欢你的摄影，选了这两幅，买下来了。"

胡不二买下来的两幅作品，一幅是云朵给牧羊老人拍摄的。当时老人在喝酒吃太阳，而在老人的身边，活跃着的那两只花花狗，极大地丰富了老人的牧羊生活。另一幅则是云朵给云桑旺姆老阿妈拍摄的，老阿妈站在热气腾腾的铁锅旁边，蒸腾的水汽隐没了老阿妈的半边脸，突出着她手上拿着的茯砖茶。一大块茯砖茶，已被老阿妈拆卸着用去了一多半，但茯砖茶的麻纸包装上，印刷清晰的"不二"两个碑体字，依然完整地存在着，而且还十分醒目。

不难看出，胡不二确实是喜欢云朵拍摄的这两幅作品哩。

胡不二将作品拿在他的右手上，十分珍爱地用左手轻拭着，情有所寄般地慨叹了一声，就又给云朵说起话来了。

胡不二说："谢谢你给我拍了这么两幅珍贵的摄影作品。我要拿去我泾阳的不二茯茶坊，挂在我的工作室里，让我抬眼就能看见。看一眼，是一眼的鼓励；看一眼，是一眼的启发。我呀，是时候回贺兰山下、戈壁滩上一趟了，今晚就走。"

话音才落，胡不二就从沙发上站起身来，自然地抓住门把手拧了一下，这就推门走出去了……云朵没有从沙发上站起来，她目送着他，盼望他能回一下头，如果真是那样的话，云朵想，她会如弹簧一般跳起来，撵着他去，把他拉回屋里来，或者就跟着他一起往贺兰山下的戈壁滩上走。可是胡不二没有回头，云朵就只有呆坐着，一动不动，像是凝固在屋里的一座雕像。

客厅墙壁上悬挂着的电子钟，声音洪亮地响了十二下，告知云朵已是夜里十二点了。

雕像一般的云朵，这才轻轻地摇晃了一下身子，从沙发上站了起来。

站起来的云朵,不知道她该做什么,她能做什么。没着没落的她,就把电视机打开来,手拿遥控器,从一个台调到另一个台,来来回回地调,反反复复地调,没有哪个台的节目是她可以看的,全都那么无聊,那么入不了人的眼睛……

原以为会睡不着觉,结果身子挨上柔软的席梦思,便昏昏沉沉地睡过去了。

　　天拉了云彩者地扯上了雾,雾埋了眼前者路了。
　　尕女子是才者开着的花儿哩,心软里者不知咋走了。
　　……

灯盏奶奶就这么漫唱着花儿到云朵的梦里来了。

灯盏奶奶漫唱的这曲花儿,是《尕女子是才开着的花》。与奶奶生活在七星河畔的观音洞里时,奶奶看见云朵不开心,或者有心事,就会给云朵漫唱这曲花儿,为她解除烦愁……现在的云朵,已不是烦愁不烦愁的问题了,而是心伤心痛的问题了呢!梦中的奶奶,给云朵把这曲花儿漫唱罢了,看着云朵还未解除烦愁,就又漫唱出另一曲了:

　　阿哥好像者路边的草,越活者越是孽障了。
　　尕妹好像者清泉里水,越活者越是亮堂了。
　　……

这曲花儿像是专门写给云朵似的,灯盏奶奶当时只给云朵漫唱了一遍,她就记下来也会漫唱了哩。云朵知道这曲花儿的名字叫《尕妹好像清泉里水》,她可不就把自己越活越成个玻璃一样的透明人了吗?人为什么要把自己活得那么复杂呢?活得简单点、通透点,有啥不好呢?睡梦里的云朵,实在参不透其中的奥妙,她努力地伸着手,想要如年少时一样,拉住奶奶的手,问一个明白。可是她把手伸去了,就是拉不住奶奶的手……云朵不仅拉不住奶奶的手,问不了奶奶话,还不知何故,把奶奶给弄丢了。

风先生就在这个时候,透过窗户上的缝隙,一丝一缕地挤进云朵的房间里来,站在云朵的床边,给伤心的她说话了。

风先生说:"天底下最靠不住的,就是人的情感了。感情那个东西,常常会骗人的呢。而事业不会骗人,绝对不会,选择好自己的事业,努力地去做,坚持下来,做成了最好,做不成重新来过……事业这个东西,忠心耿耿,是你的就是你的,永远都是你的,谁都拿不去。不必怨恨唠叨,不必光芒四射,还不必在乎别人,只需做好自己。"

云朵揉了揉眼睛,她在风先生的谆谆教诲中醒过来了。

醒过来的云朵,睁眼看见睡前未拉窗帘的窗户玻璃上,涂抹了一层清澈明亮的晨曦,淡淡的红中掺和着些许淡淡的黄,那是早晨的太阳才有的光! 云朵想起了喝酒吃太阳的牧羊老人和牧牛老人,她笑起来了……笑着的云朵从床上爬起来,去了盥洗间,在浴缸里放满温热的水,泡在放了洗浴泡沫的浴缸里,很仔细地洗起来了。

洗漱完毕,一个青春靓丽的云朵又出现在盥洗间的玻璃镜子里。然后云朵就走出家门,走在了阳光依然明媚的大街上……云朵有她要做的事,那些吸引她,让她倾心倾力做的事情啊!

第四十四章　业兴凤栖镇

平地上卷起者千层的浪,水深里者探不着底子。

上天者那梯子咱搭起来,闪闪者星星难摘着哩。

……

——花儿《上天者那梯子咱搭起来》

一日不见,如隔三秋。云朵在西安见到她的央金阿佳,心里顿生出这样一种情愫。她与央金阿佳在三江源上分别还不到半个月的时间呢,怎么就……云朵照常走在阳光明媚的大街上,这么想着哩,她想着脸上就又浮现出丝丝缕缕的笑意来。

正那么笑着的时候,一辆高档的小汽车滑到云朵的身旁,悄无声息地停了下来。

车后窗的玻璃滑下来,露出一张喜悦的脸。她不是别人,正是云朵昨天认识的王甘露。她从后车窗探出半个脑袋来,冲着云朵亲热地喊了一声。云朵听见了,偏过脸去看,王甘露已把小车的后门,从里边推开来,她伸手拽住云朵的一条胳膊,不由分说地就把云朵往车里拽。云朵被王甘露拽进小汽车里,两人很自然地并排儿坐在了一起,刚刚坐稳,驾驶小汽车的小伙子即发动了小车,往前滑着走了。

王甘露问云朵:“你要去哪里?”

云朵反问王甘露:“你要去哪里?”

王甘露说:“你去哪里,我就去哪里。”

云朵说:"你没有自己的事情吗?"

王甘露说:"你的事情,就是我的事情。"

云朵被王甘露说得一头雾水,她把王甘露上上下下打量了一遍,还抬手在王甘露的额头上摸了摸,很是不解地说了。

云朵说:"你没发烧呀! 咋就说胡话呢?"

王甘露嘿嘿地乐着回答云朵的问话。

王甘露说:"我爸崇拜上你了,你知道吗? 我爸老是批评我幼稚、不成熟,要我多向你学习。我觉得我爸说得对,就与我爸商量,拜你为师,向你学习。你接受我吗?"

云朵能怎么办呢? 她把坐在她身边的王甘露往怀里揽了一揽,很是肯定地说了。

云朵说:"好啊、我是你的老师,你向我学习。你呢,也做我的老师,我向你学习。"

王甘露听云朵这么说,就像云朵一样,环起双臂,也把她拦腰揽住了。

今天唯一的大事,就是帮助卓玛央金把她带来的几个小孩子带去西安市第一人民医院瞧医生。知道了目的的王甘露,指挥她的小汽车司机驾驶小汽车,像条漂亮的鱼儿一样,在车如流、人如潮的西安街头,迅速地往前滑行着……云朵打电话给操心巧,让她等一会儿,等王甘露家的车到了一起去医院。

有云朵出面,操心巧就留在儿童福利院,由云朵带着卓玛央金和孩子们去了。

她们去了眼科医术最为有名的第一人民医院,找的还是那位热心的专家。因为预约挂号了,所以没等多大工夫,就轮到孩子们了。从三江源下来的几个小孩子,哪里见过这样的阵仗? 他们看着来来去去的病人从诊室里出来,有人是开心的,有人则是沮丧的,这让小家伙们胆怯起来了,听见医生叫号,不仅谁也不往前去,还都缩着脖子往后退……多吉更哲比他们大点儿,而且也已有了就诊的经验,就帮助医生,逮住叫到号的孩子,拉着往诊室里进了。

头一个退缩的小孩子被拉进诊室后，后边的几个尽管也胆怯，却也知道，躲又躲不掉，逃又逃不了，就都出来一个，进去一个，乖乖地让专家诊治。

"要不要给你也瞧瞧医生？"当最后一个孩子从诊室里出来时，云朵在央金阿佳的腰上捅了捅，征求她的意见……因为云朵在与央金阿佳的交往过程中，听她说过，她的眼睛有时候也会疼的呢！还说她眼前总像有蝴蝶在飞。不知是央金阿佳承受不了云朵的关心，还是她初从高海拔的三江源下来，习惯了那种缺氧的环境，到了氧气充沛的西安，反而醉了氧，因此，她突然地摇晃起了身子，差点儿晕过去了呢。

云朵不再征求卓玛央金的意见了，直接伸手搀扶住央金，把她送进了专家的诊室里。

专家没有因为云朵的慌乱而慌乱，他与云朵把晕晕乎乎的卓玛央金扶着躺到诊室一边的诊疗床上，没有先瞧央金的眼睛，而是拿起挂在他胸前的听诊器听了央金的心率，让央金张开嘴，看了看她的舌苔，摸了摸她的脉象，这便给云朵和央金说了。他说央金只习惯呼吸薄氧，不习惯呼吸厚氧，静静地躺会儿，多吐气，少吸气，一会儿就好了哩……专家的话，让云朵提着的心放了下来。

云朵笑着说："在你们三江源上，我是缺氧晕倒了。"

卓玛央金跟着说："在你们西安，我是富氧晕了呢。"

一对异族好姐妹的对话，把专家也逗乐了。乐着的专家给卓玛央金诊断起了眼睛，做了一系列检查后，说央金的眼睛与孩子们的一个样，没啥大区别，只是罹患的时间久，治疗需要的时间长罢了。专家分别给孩子们和央金开了药方。他们到药房交了费领了药，便都很放心地从医院离开了。

离开医院后该干什么呢？卓玛央金自有她的想法。

卓玛央金给云朵说了，说她这次来西安有两件事情要办，头一件就是给她带来的几个孩子看眼睛，现在已看了专家，这就算是办过、办好了。再一件就是云朵一再给她说的，向"穷人银行家"尤努斯学习，为乡村穷困人口提供小额资金，帮助他们脱贫致富的事情。央金阿佳怎么想就怎么说了，她抓住这个时机，向云朵不加掩饰地讨教了。

卓玛央金说："你给我说过的那个事情，开始办了吗？我这次来西安，最关键的事情，就是来向你取经的呢。"

卓玛央金虽然没有明说什么事，但云朵是听清楚了。卓玛央金说的就是她要学习尤努斯，运用小额资金，帮扶乡村有需要的人，以自己的劳动，从穷困线上走出来，走出一个光明的未来……听着央金阿佳给她这么说，云朵是高兴的呢，因为她与央金阿佳，虽然身处异地，但可以携手共进。她可以在自己选定的凤栖镇搞，而央金阿佳在她的三江源上，也可以选择合适的村庄及合适的人家和合适的产品进行。

云朵答应她，让她把孩子们先安顿好，后天叫上曾甜甜，一块儿到条件相对成熟的凤栖镇上去，把她们要做的事情先开展起来。

紧随在云朵身边的王甘露，半天都没怎么说话，她听云朵与卓玛央金约定后天的事，就很坚定地向云朵表态了。

王甘露说："可不能把我落下呢，我要跟你们一起去。"

她们约定，后天去凤栖镇。这天，王甘露比谁都起得早、来得快。她指挥着司机，清晨从她家出发，跑到云朵居住的小区，把云朵接上，再去接曾甜甜，然后去接卓玛央金，一起到凤栖镇去……云朵和曾甜甜已经来过一次，她俩对镇里的状况差不多算是清楚了，而王甘露和卓玛央金则看见什么都觉得新鲜。特别是王甘露，她这个留学法国、肚子里灌了洋米汤的人到这里来，看东西不免带着些别样的思维与见识。她看见镇子里的人编织的碎布绺绺凉鞋，是新鲜的、可爱的，看见用布做的小老虎、小花猫、小鸡崽，萌萌的，也是新鲜的、可爱的……总而言之，凤栖镇使王甘露直觉有种说不清、道不明的美感在其中。她因此喜欢得不得了，咋咋呼呼，见什么都是一通评说。

王甘露评说那些色彩斑斓的碎布绺绺凉鞋："这样的鞋子,法国没有,欧洲没有,世界上其他地方都没有。太独特了!"

王甘露评说那些形态各异的布缝小老虎、小花猫、小鸡崽:"民俗的,即是世界的。这样的布艺小玩意,法国没有,欧洲没有,世界上其他地方都没有。太可爱了!"

王甘露不仅嘴上评说着,还见一样买一样。她们走进的那户正在编织碎布绺绺凉鞋的人家哩,王甘露也不管贵贱,把人家家里所有的碎布绺绺凉鞋一股脑儿全买了下来……那户人家编织碎布绺绺凉鞋的人,是一位大嫂。大嫂看王甘露那么喜欢自己编织的碎布绺绺凉鞋,高兴得合不拢嘴,就大方地从收到的钱里给她退了一些。大嫂一边给王甘露退着钱,一边说不值啥的,都是些剪裁衣裳余下来的小布头,没啥用了呢。可是早前的时候,村里的人家都穷,没钱买商场里的皮鞋穿,到冬天就自己做棉布鞋子穿。春夏天气热了,就打麻鞋来穿。麻鞋要用的麻料,可是也要花钱买的哩。村里不知是谁,就用碎布绺绺子,像打麻鞋一样,编织碎布绺绺凉鞋来穿了。这样一来,你向她学习,她向你学习,村里的人家就都自己动手,给自己编织碎布绺绺凉鞋穿了。

大嫂把碎布绺绺凉鞋的前世今生说了个明白。

大嫂说着说着就说到云朵和曾甜甜的身上了。她说:"现在的村子里,很少有人再穿碎布绺绺凉鞋了,大家呀,争着抢着都去大商场买皮鞋穿了。前些日子,云朵回镇子上来,宣传什么小额资金的事情,把我的心思就又激活了呢,我想闲上一天是一天,太没价值了。我自己虽然偶尔编织一双两双的,也就是不让手艺荒着罢了,但现在我可是当成事业来编织了呢……"大嫂说得兴起,就还透露了些镇子上的新情况,说她联络了有此手艺的人,让她们重新编织起碎布绺绺凉鞋。

听着大嫂的话,云朵和曾甜甜是开心的,卓玛央金和王甘露也是高兴的。尤其是王甘露,她高兴地插话进来了。

王甘露说:"手工做的东西,可以说就是艺术品了呢!如果再设计一下,譬如鞋底,譬如碎布绺绺的色彩搭配,更讲究点儿可是会成为紧俏的时尚佳品哩!"

说者无心,听者有意。在此后的日子里,云朵为碎布绺绺凉鞋设计了材质各异的鞋底子,以及更为多样的色调……譬如坡跟的鞋底子以及高跟的、半高跟的鞋底子等,再配以麻布样式的表面设计,使得首批碎布绺绺凉鞋,还没往大的市场上推,只在云朵的茶裳体验馆里摆出来,几天的时间,就全被人买走了。

当然这是后话了,云朵、曾甜甜、卓玛央金和王甘露她们在此后几天时间里,干脆泡在了凤栖镇里,开展她们的工作。

凤先生也没有闲着,就在云朵她们守在凤栖镇开展此项工作的日子里,他以一种过来人的姿态,不断地给云朵她们建议,还会感慨。

凤先生说:"人以为自己很清楚,很明白,其实是惑着的哩。不惑的是机缘的巧合,让人知道自己喜欢什么,想做什么,想到了就做。"

他还说:"生活不会给你许诺什么,尤其不会许诺成功……所有的成功,都是以痛苦的熬煎换来的。"

凤先生这么说着,不能自已时,或者怕云朵她们不能深刻理解时,就给有漫唱花儿情结的云朵漫唱出一曲花儿来:

> 平地上卷起者千层的浪,水深里者探不着底子。
> 上天者那梯子咱搭起来,闪闪者星星难摘着哩。
> ……

这曲《上天者那梯子咱搭起来》云朵她们不知听明白了没有,总之,她们在凤栖镇里泡了几日,倒是泡出些眉目来了哩。她们探访着镇子里的人,既了解他们各自的愿望与手艺,也倾听他们的意见与建议,而且还就真的让她们听到了一个不错的建议。镇子里一位很有经济头脑的退休老人,认为她们的做法很有针对性,是积极的,有意义的,但在管理方法上有改进提高的必要。因此他建议她们,运用台账制的管理方法,把镇子里善于编织碎布绺绺凉鞋的人组织起来,成立一个组;把会踩踏缝纫机的人组织起来,成立一个组;把会缝制小老虎、小花猫、小鸡崽的人组织起来,成立一个组;再把会裱糊灯笼的人统一组织起来,成立一个组,并让各组里的成员集体讨论,制定出产品质量标准,再推举一名组长,既负责组织生产,又把握落实产品的质量问题。

一件看似毫无头绪的事情,就这么有条不紊地开展起来了。

参加了全部过程的卓玛央金,把她这次来西安的两件事情,可是都办得有了眉目,她向云朵、曾甜甜、王甘露、操心巧以及汝朋友、鹿鸣鹤、谈知风、艾为学他们告别,就要回她的三江源去了。临别时,他们聚集在云朵茶裳体验馆里,别人还没说什么,曾甜甜就先向央金表态了,说她寒假时上他们三江源,到他们太阳村,做他们"帮手"孤儿技术学校的支教老师。曾甜甜表了态后,王甘露也表态了,说她也上他们三江源,去他们太阳村,做他们"帮手"孤儿技术学校的支教老师……央金给曾甜甜和王甘露各自鞠了个躬,感谢了她俩后,把带来的一个大包袱,当着大家的面打开来,露出了大包袱里的东西。云朵、鹿鸣鹤他们看了,其中的悬挂面具和唐卡,他们都不陌生。而另外一些物件,虽然似曾相识,却不怎么清楚,他们因此看着央金,听她一件一件地介绍。

几件银器,有镯子、戒指、项链、胸饰等,有酒壶、酒杯、碗、盘等。几件普通金属的,有胸牌、腰扣、乐器、马饰、鼻烟壶等。

还有藏香、擦擦、十六铃铛等。藏香倒好识别,擦擦就难识别了。卓玛央金手拿一个给大家介绍,说是藏传佛教模制泥塑的称呼哩,为我国非物质文化遗产的一种。小小的一个泥塑擦擦,模制时少不了藏文、梵文的标识。当然,更关键的是佛像了,既有单体的,也有多体的,遵循着一定的规制,十分精美,有很强的装饰性,为一种难得的文创产品。央金说完擦擦后,又说十六铃铛,她说那是藏人生活的一个习惯,把大小不一的十六个铃铛串成串儿,或戴在骑马者的脖子上,或戴在牧牛者的脖子上,当然也有戴在儿童手腕上的，看起来美，听起来脆，很受人们的喜爱。

卓玛央金把她带来的这些个东西，一股脑儿交给了云朵，希望云朵在西安的市场上试一试水。

云朵还没来得及回答卓玛央金，谈知风即抢着替她回答了。

谈知风的回答是："我在我的'拥书自暖'书城，已为你们孤儿技术学校的产品开辟出了一处地方，这些物件放到我那里正好。"

该说的话，该交代的事，似乎都说完、交代罢了。最后，央金把自己的大嘴巴贴在云朵的耳朵边，悄悄地给云朵透露了一件很私密的事情。

卓玛央金说："我和次仁顿珠结婚，是在那年的头一场雪里。与多杰嘉措再结婚，我俩商量好了，就在今年的头一场雪里。"

云朵笑着抬手在卓玛央金的肩背上捶了一拳，她满脸喜气地给卓玛央金说了。

云朵说："你的结婚礼服，我给你缝制好带去。"

第四十五章　糊里糊涂的爱

袖筒里筒了者千里眼,把远山拉到眼面前。

尕妹子有者颗热心肠,揣着远路上者人哩。

……

——花儿《尕妹子有者颗热心肠》

三江源上的头一场雪,来得自然比西安城里早。

西安城里还暖日融融,杨柳依依,云朵却从央金阿佳打来的手机里听她说,三江源上的头一场雪已飘飘摇摇、纷纷扬扬地落下来了。应人事小,误人事大,云朵知道她的央金阿佳要迎着第一场雪,与多杰嘉措大哥结婚了。她也答应了央金阿佳,要在他俩结婚的日子,带着她缝制的新婚礼服,上三江源,参加他俩的婚典呢。云朵听着央金阿佳的喜讯,高兴得合不拢嘴,当即嘻嘻笑着说她立即赶来。

有情人终成眷属,云朵在为她的央金阿佳高兴着时,还立即把这一信息分享给了西安的与央金和多吉嘉措相熟的朋友们。

朋友们知道云朵要赶去三江源参加卓玛央金与多杰嘉措的婚礼,就都让云朵转达他们的祝福。汝朋友、鹿鸣鹤、谈知风、艾为学、操心巧他们是这个样子,曾甜甜和王甘露当然也是这个样子。曾甜甜和王甘露还坚决地表示,要与云朵一起去三江源参加央金和多杰的婚礼。她俩的理由很简单,很纯粹,两人都说,她们是给央金承诺过的,有时间了就去他们太阳村里的"帮手"孤儿技术学校支教,现在就是机会,就是有时间,她俩可是不能错过了呢。

这些天来，曾甜甜和王甘露几乎都陪在云朵的身边，实施她们的小额资金扶助计划。

正像风先生给她们说的那样，事情做起来，便是一种熬煎，特别是那些有价值、有意义的好事情，才更是熬煎呢！开始时是人力与生产，好不容易把人力组织起来了，把生产搞上来了，市场就又成了她们面前更为艰巨的一种熬煎了……谈知风的"拥书自暖"书城开设的铺面太小了，云朵就在她的茶裳体验馆里也开设出铺面来，但也是很不够的哩。而凤栖镇的碎布绺绺凉鞋，布艺小老虎、小花猫、小鸡崽，裱糊的大红灯笼，央金缝制的改良旗袍，又源源不断地生产制作出来，堆积在临时租用的仓库里，亟待销售出去……为了解决这些产品的出路问题，云朵绞尽了脑汁，还与曾甜甜、王甘露多次协商讨论，但就是拿不出个办法来。守在茶裳体验馆里的肇拉妮、赖小虫看得出云朵为此着急上火，就也给她出主意了。肇拉妮态度最积极，但她提出的方法，都是云朵想到过的，最后倒是赖小虫的一个小主意，给了云朵一些相对实际的启发。

赖小虫给云朵建议时，怯生生的，不敢抬头看云朵，她是低着头给云朵说的呢。

赖小虫说："组织起一支小型的模特队，给她们穿上咱们的改良旗袍，还有咱们的碎布绺绺凉鞋，再做些咱们的宣传牌子，举在手上，撺着西安城人口繁华的地方去，游走在街市上，或许会有些效果哩。"

她还说："曾甜甜她们学院里的学生，可以勤工俭学，利用周六、周日来做这件事。"

好主意哩！那段时间，尽管云朵对赖小虫有满腹的怨气，但她提出来的这个建议，让云朵对她有点儿刮目相看了呢。云朵全盘接受了赖小虫的建议，并迅速地付诸行动。行动中，赖小虫又积极参与其中，自己先按她提出的要求，穿戴起来，带头与曾甜甜组织来的女学生走上了街头……此后的周末，甚至不是周末，只要时间允许，就有赖小虫与曾甜甜组织来的女学生,穿上色彩斑斓、样式各异的改良旗袍和碎布绺绺凉鞋,各自举着个云朵样的商标牌子,列队穿行在西安城里的大街小巷。她们一行,吸引了无数人的眼球,还招引来许多传统的、新兴的媒体人,手拿话筒或是照相机,对这支游走在人群里的模特队,无偿地做了太多太多的宣传和报道。

天气慢慢地就很凉了,甚至还冷了呢!但赖小虫带领着女学生,坚持下来,竟成了西安城十分亮眼的一道风景,因此带来的效益,也是巨大的。

西安城里最富盛名的民生百货大楼,以及新兴的开元商城、小寨商城、土门商城等,派来他们的招商专员,找到云朵,协商在他们的商城里开设专柜,销售她们的产品……云朵那叫一个开心,她们组织生产的特色产品,融入了那些客流多、销量大的地方,很好地解决了她最为挠头的产品销售问题。因此,云朵与曾甜甜、王甘露商量,给予了赖小虫一笔不菲的奖励。

三江源上的头一场雪下下来了,云朵可以没有后顾之忧地到那里去,参加卓玛央金阿佳和多杰嘉措大哥的婚礼了。

曾甜甜、王甘露是云朵再上三江源最积极的响应者,她俩都要去那里的太阳村"帮手"孤儿技术学校做支教老师。云朵虽然很高兴,却也没有答应她俩与她一起去。云朵的考虑要全面点儿,她认为她们两人一起去,参加罢卓玛央金阿佳和多杰嘉措大哥的婚礼,都留在那里做支教老师是一种浪费。因此,云朵就与她俩商量了,她说他们学校的规模有限,咱不能一次性去两个,后面又接不上,一次有一个人支教就好了。曾甜甜和王甘露听了云朵的话,觉得她说的是个道理,可她俩还是争得不亦乐乎。云朵因此劝说她俩,咱们的人才资源也很宝贵的呢,而且咱们的精神情感亦很宝贵哩,细水长流,一个接着一个上去,做支教老师不是更好吗?

曾甜甜、王甘露同意了云朵的意见,她俩便用"石头、剪刀、布"的方法,决定谁先支教,谁后支教。当着云朵的面,两人三轮出手的结果,让曾甜甜得了先。

落在后边的王甘露,不仅没有气馁,表现得似乎还更热情积极。她把云朵、曾甜甜远上三江源的事情,毫无保留地告诉了她老爸,说她没抢到先上三江源的机会,但她会接续云朵和曾甜甜,也上三江源去支教的哩。王心识完全赞同她们的做法,并大力支持她们的行动,而且还语重心长地说了王甘露,说她一个留学回国的年轻人,有机会参加这样的活动,是难得的锻炼哩!老爸的支持,使王甘露兴奋不已,她因此还得寸进尺地向她老爸提出了一个要求。

　　王甘露说:"谢谢老爸!难道老爸不给云朵和曾甜甜壮一壮行吗?"

　　王心识有点不好意思地给王甘露检讨说:"我的小棉袄提醒得对,我是得给你的朋友送行的哩。咱俩分个工,你负责招呼云朵他们到咱公司来,我负责筹备酒席。"

　　给女儿三甘露说罢两句话,他还念诵出一首唐人王维的诗句来:

渭城朝雨浥轻尘,客舍青青柳色新。
劝君更进一杯酒,西出阳关无故人。

　　王甘露说:"我老爸的学问不小哩,给我背诵起唐人的诗句咧。老爸背诵的诗句没错,但表达的情感和所指的方向都错了呢。先去的云朵和曾甜甜,还有接续着要去的我,上去的地方不是西域,而是三江源。在那里我们可是有'故人'的,还不是一个两个,是有很多很多的人哩。"

　　撒娇归撒娇,玩笑归玩笑,按照老爸王心识的分工,王甘露打电话给云朵、曾甜甜,说她老爸要给她俩送行,她俩可不能不给她老爸面子。王甘露把云朵和曾甜甜约请好了后,觉得不够热闹,就又征求云朵的意见,让她把汝朋友、鹿鸣鹤、谈知风、艾为学,以及儿童福利院的操心巧院长和她茶裳体验馆的肇拉妮、赖小虫,都约上来。

　　王甘露豪气地说了:"我老爸在他的公司里开了个小灶,灶虽不大,招待客人的格局可是不小哩。当然了,咱们还可以自己动手,丰富咱们的餐会,让咱们的餐会多姿多彩。"

受到邀请的操心巧、肇拉妮、赖小虫,以及汝朋友、鹿鸣鹤、谈知风、艾为学他们,按时在云朵、曾甜甜出发上三江源的前夜,从不同地方,赶到西安高新区王甘露老爸公司的顶楼小灶来。云朵来到顶楼的小灶间,看见王甘露的老爸在小灶上又是择菜、洗菜,又是和面、切肉,她就主动上去,把他拉到一边,既是跟他说,也是跟赶来的朋友们说。她说:"王甘露的老爸是大老板哩,咱们好意思让大老板上灶给咱们做着吃吗?这可是太不合理了,而且他还是咱们的长辈,咱们给长辈做着吃才是道理呢。"云朵这么说来,汝朋友、鹿鸣鹤、谈知风、艾为学几位配合着她,把王甘露的老爸从小灶间拽出来,推到小灶间一旁的饭厅里,与他拉话闲扯,让云朵把小灶间接手过来,操持起晚上的饭菜了。

六样凉菜,王甘露的老爸此前已经做出来了,既有酱牛肉、腊驴肉和猪耳朵等三样荤的,还有油炸花生、生拌萝卜皮、凉拌三丝等三样素菜。接收了小灶的云朵,就只是做热菜。

看得出来,云朵锅灶上的手艺是不错的,她在炒锅里倒上油,一样一样地炒来,很快就有一盘蛋炒韭菜出了锅,紧接着还有一盘青椒肉丝、一盘葱爆腊肉出锅了。操心巧、肇拉妮不能让云朵一个人在小灶上忙,她俩围在她身边,给她打着下手。操心巧也不知怎么就把炒菜的勺把子拿到了自己的手上,荤荤素素地也炒了两道热菜。肇拉妮像操心巧一样,把炒菜的勺把子,又顺到了自己的手上,可她才炒出一道热菜,就被艾为学撺了来,吵吵嚷嚷地夺去了勺把子,在小灶上显他的手艺了。

凉菜、热菜一共有十二道,满满地摆了一桌子,大家围坐在一起,鼓着掌要王甘露的老爸致词。他没有推辞,就说:"你们此前创办了'十分爱'弃婴救助福利基金会,我不知道,没有赶上,今晚就给大家办一桌十二道菜的夜宴,算是我对你们的迟到的敬意。"

酒是王甘露老爸珍藏的十五年西凤老酒,王心识带头一杯倾进嘴里后,就招呼大家吃菜了。可以说不用下嘴,只用眼睛看、鼻子闻,就馋得人要流口水了。所谓色、香、味,在王甘露老爸的小灶上体现得淋漓尽致。大家热热闹闹地吃着菜,热热闹闹地喝着酒,谈论的话题呢,又热热闹闹地集中在云朵、曾甜甜明天要去的三江源。因为这个话题,谈知风把一册摄影集从他带着的一个粗布兜儿里拿出来给大家看了。大家看得明白,影集里全是云朵在他"拥书自暖"书城办展时展出的摄影作品——白皑皑的雪山、绿油油的草地、清凌凌的湖泊,以及灵动的飞鸟、牦牛、藏羚羊和生活在那里的人们。

谈知风说:"云朵是把三江源上的神韵,很好地纳入她的数码相机里了。"

谈知风还说:"云朵该是对那片神秘的高原产生了一种特殊的感情哩。"

没有受到邀请的风先生,可是不会错过这样一次有意义的聚餐哩。他不请自到,穿梭在围坐着的人之间,该吃的吃,该喝的喝,原本不想多嘴多舌,但他听到谈知风这么一说,就有些把持不住地插话了呢。

风先生说:"云朵是把她的魂儿丢在三江源上了哩。云朵是全身心地爱着那一方水土,那一方人了。"

别人不知听见风先生说的话没有,云朵是听见了。她听见了就对自己有些不解,不解她怎么就爱上那一方水土,那一方人了呢?云朵想了想,虽然想不明白,却也了然,人活着有多少事情啊,能想明白的又有几件?糊里糊涂,倒不失为一种很好的生活态度。

风先生看出了云朵的心思,他突然兴趣大发,就把一曲云朵从灯盏奶奶嘴里学会,而后经常漫唱的花儿,无声地给云朵漫了出来:

袖筒里筒了者千里眼,把远山拉到眼面前。
尕妹子有者颗热心肠,揣着远路上者人哩。
……

风先生一曲《尕妹子有者颗热心肠》还没完全漫唱出来,围在餐桌边上的赖小虫,一只手突然抬起,紧紧地捂在了自己的嘴上,低着头,似有泛滥而出的食物,一波一波地往她的喉咙上冲。她不敢再坐下去,迅速起身,离席而去,生怕走得慢了,会呕吐出来似的……她这是怎么了呢?云朵看着她,不能明白,但有育儿经历的操心巧和肇拉妮,心里可都明镜一般,看得很清楚了。

赖小虫的那个样子,该是妊娠反应呢!

第四十六章　狂雪三江源

> 黄河曲曲九十道道湾,湾湾里都有者浪花翻。
>
> 河湟上下者你来看,哪一个女子者不唱少年?
>
> ……
>
> ——花儿《哪一个女子者不唱少年》

出发上三江源,云朵像之前一样,还从唐城墙遗址公园里的文成公主汉白玉雕像前走。

云朵那次是一个人去,这一次结伴曾甜甜一起去,出发时就不止她们两人,还来了几个送行的人。其中有汝朋友、鹿鸣鹤、谈知风、艾为学、肇拉妮、王甘露等。他们能来送行,云朵并不惊奇,她惊奇的是王甘露的老爸王心识居然也赶了来……他是开着一辆商务车来的呢。云朵看见可以坐人、可以载货的商务车上,装上了好几箱六年、十五年的西凤酒。

王心识带着商务车,来到出发地文成公主雕像那里,下车走到云朵的面前,开诚布公地给她说了。

王心识说:"云朵啊,我就拜托你了,带上我的六年、十五年西凤酒一起上三江源去吧。还有我的宝贝女儿王甘露,昨晚你们大家走了后,她念念叨叨,还是想跟着你和曾甜甜上三江源哩。我女儿王甘露先跟你俩上去,参加完卓玛央金和多杰嘉措的婚礼,就可以回西安来,之后再接续曾甜甜上那里支教,怎么样?"

云朵能怎么办呢? 她是只有向虔诚的大老板王心识点头了。就在云朵点头的时候，又有一辆商务车"滑行"着来到文成公主雕像的旁边，停了下来。对于这辆商务车，云朵是太熟悉了，那可是她先生胡不二的座驾哩。果然，商务车的边门向后滑开，从中走出了胡不二……胡不二没说什么，只是打开商务车的后备厢，一箱一箱往下搬着他的不二茯砖茶。

云朵有所不知，关心她和胡不二的风先生见不得他俩闹别扭，就风尘仆仆地到泾阳县的胡不二身边，把她的行程告诉了他。

见到胡不二的风先生，在胡不二的茯茶坊里，劈头盖脸地对他就是一通说教。风先生自觉他有责任来说胡不二的，因为他看得最清楚了，知道胡不二是已做下对不起云朵的事。而风先生自己却还顽固地认为，"乐人之乐，人亦乐其乐；忧人之忧，人亦忧其忧"是个永恒的道理。坚信这一道理的他，十分乐见云朵与胡不二的幸福。现在的两人，出现了严重的问题，他就不可避免地忧愁上他俩了。

风先生说："带上些你的不二茯砖茶，给云朵送去吧。明天早晨，你往唐城墙遗址公园去，云朵就在文成公主雕像那里，你撵得上她。"

风先生操的这一份心，让出发上三江源去的云朵好受了许多。她因此对胡不二暖暖地笑着说了两句话。

云朵说："谢谢你能赶来！我去几日就回，不会耽搁太久哩。"

云朵向胡不二笑着，胡不二看着她就也笑了。但云朵看得出来，他的笑十分勉强，还带着些尴尬。

说是惊奇也好，说是惊喜更好……好就好在云朵、曾甜甜、王甘露上三江源去，可以退掉火车票，乘坐王心识提供的商务车，一路往上走了。把胡不二带来的不二茯砖茶装进商务车里，大家便不再耽搁，纷纷走到文成公主的雕像前站定了，也不说什么，就只给静穆的文成公主雕像深深地鞠一躬，便背对了文成公主雕像，向停在一边的商务车走了去。走到商务车的旁边，云朵、曾甜甜、王甘露抓住车门把，顺势钻进车厢里，摇下车窗玻璃，向送行的人摆手出发了。

出西安，过宝鸡，走天水，奔兰州，上西宁……就在云朵、曾甜甜、王甘露她们乘坐着商务车往西宁的路上奔驰的时候,迎面斜斜地扑来了飞蛾似的雪片,纷纷扬扬,甚是凌厉。雪扑在商务车的挡风玻璃上,就只有启动雨刮器来刮了。开始时,雨刮器倒也扫得了,渐渐地竟然就扫不及了。云朵、曾甜甜、王甘露她们便怨起了飞雪,正是她们那一怨,惹得漫天的飞雪,毫无来由地从原来飘飞着的模样,变成了冰晶般的雪粒子,往商务车上砸了,砸得挡风玻璃砰砰砰地响个不停。因此,云朵埋怨大雪是下狂了呢。云朵这么抱怨商务车外的大雪,曾甜甜、王甘露没有不附和的道理。但她们都晓得时间可不等人,为了不被狂雪阻拦她们的行程,她们仨鼓励着那位原就给王甘露驾驶小车的小伙子,掐着时间,从西宁往三江源上跑,中途路边有店,她们也只是下去吃了两口热饭,喝了一口热汤,吃喝一毕,就赶紧往宝珠镇赶了。

紧赶慢赶,云朵、曾甜甜、王甘露她们消耗掉了一个白天,在距离宝珠镇还有一段路程时,天色即已在越下越大的狂雪中暗了下来。

云朵、曾甜甜和王甘露心想一定要赶上卓玛央金和多杰嘉措的婚礼呢,所以鼓励着驾驶商务车的小伙子,集中精力,摸黑继续赶路……好在王甘露的身上是揣着驾驶证的,虽然是在法国考取的,为了分担小伙子长途驾驶的疲劳,她数次把小伙子换到副驾位置上,让他闭眼歇一会儿,她来驾驶。她驾驶着跑上一阵子,小伙子睁开眼睛了,再把她换下来。

这时候云朵和曾甜甜是想了呢,王甘露执意上三江源,真是上对了呀!云朵因此想要表扬一下王甘露的,表扬的话没说出来,而一曲十分应景的花儿,即随口从她嘴里漫唱了出来:

黄河曲曲九十道道湾,湾湾里都有者浪花翻。
河湟上下者你来看,哪一个女子者不唱少年?
……

云朵漫唱的是一曲《哪一个女子者不唱少年》。她漫唱出来后,仿佛真有一种巨大的精神力量,使得驾驶商务车的小伙子情绪为之高涨。他的眼睛睁得更大了,手和脚的灵活性也更强了,便是天黑,便是路滑,他也是很平稳地把握着方向盘,赶在夜半时分,把他们乘坐的商务车平平安安地开进了宝珠镇。

宝珠镇寂静的小街上,雪亮的车灯前,朦朦胧胧地站着一个人。

那个人不会是别人,云朵有这个自信,那一定是她心心念念的央金阿佳哩。云朵的自信是对的,天黑下来后,云朵的央金阿佳就焦急地站在宝珠镇的街道上,盼着云朵、曾甜甜、王甘露她们乘坐的商务车来了呢。她左等不来,右等不来,一直等到大半夜,这才看见车亮着灯,撕开黑乎乎的夜色,轰轰隆隆地向她站着的地方跑了来。商务车跑近了,车窗玻璃打开处,把头探出车外的云朵,对站在暗夜里的央金阿佳喊了一嗓子。

云朵的喊声是热烈的。她喊:"阿佳!"

卓玛央金听到了云朵热烈的呼喊,她同样热烈地回应着:"云朵!"

在她们一对异族好姐妹热切的呼喊声里,裹着一身冰雪的商务汽车慢慢地滑行着,滑到卓玛央金的身边,还在惯性地往前滑着,而云朵就已推开车门,跳下来和央金搂抱在一起了。

云朵抱怨着:"这么冷的天,谁让你等在大街上的?"

卓玛央金说:"你那么艰难地上来,我等在大街上又算什么?"

好姐妹又拍又打地亲热着,没有忘记顶风冒雪一路赶来的曾甜甜、王甘露和驾驶商务车的小伙子,卓玛央金赶紧招呼着坐在车上的他们仨,把车往镇政府的院子里开。

卓玛央金说:"我准备了热水、热被窝,你们一路辛苦了,都先休息吧。"

热水就在镇政府大灶的铁锅里,热被窝就是镇政府的客房了。他们一行乘车的乘车,步行的步行,进入镇政府的院子里,卓玛央金就把曾甜甜、王甘露招呼进一间客房,把开车的小伙子招呼进了另一间客房,让他们先暖和着。她则手脚麻利地为他们打来热水,让他们洗手、洗脸、洗脚了……宝珠镇的镇政府，对曾甜甜、王甘露和司机来说是陌生的，他们确实需要央金来照顾，但对于云朵来说是太熟悉了呢。熟悉这里的她，完全不需要央金阿佳的照顾，她陪着央金把同来的几位安顿好，便轻车熟路地进到央金阿佳宿办合一的房子里来了。云朵更熟悉这间房子里的一切，床铺、办公桌和茶缸、热水瓶……但她深夜进了这熟悉的房子，却发现了一些陌生的东西，譬如挂在衣架上的那件藏式男袍，以及办公桌上的剃须刀和撂着几截烟头的烟灰缸，云朵笑了。

云朵说："我来迟了吧？"

央金说："哪能呢……你不来，谁给我俩证婚呀？"

云朵这么听来就很高兴了，她高兴着想起给央金阿佳设计、制作的结婚礼服，就又拉开房间门，跑到镇政府的院子，吆喝着驾驶商务车的小伙子，让他把给阿佳的结婚礼服从车上取出来。

这是多么漂亮的结婚礼服啊！这是云朵结合了旗袍的一些元素，按照藏族女式袍服改良出来的，卓玛央金一穿上身就喜欢得直打转儿。她说："云朵你太了不起了，你是怎么给我弄的结婚礼服呀？"央金阿佳高兴了，云朵自然也就高兴。她给央金阿佳说："你忘了吗？我在大学学的可就是服装设计哩。"云朵这么说骄傲了点，但一点都不过分，她给央金阿佳设计缝制的这件结婚礼服，选用的是艳红色丝绒面料，质地华贵，垂坠感特别强。云朵用现代化的金属亮片，缀饰起一朵朵祥云的图案，又用珍珠颗粒缀饰了一只翩然飞舞的凤凰。央金阿佳高兴地一旋一转，那金属亮片的祥云和珍珠颗粒的凤凰，像都活了似的，悬空又飞又舞，姿态十分迷人。

好姐妹高兴了一阵后，钻进被窝里要睡觉了，卓玛央金却还兴奋地一个劲地赞美云朵。

卓玛央金说："认识你这个小阿妹，真是阿佳一生的大幸哩。阿佳享了你的福，受了你的惠咧。"

云朵岔开了卓玛央金的话题，问起了多杰嘉措和"帮手"孤儿技术学校的事。央金给她说,多杰和孩子们在一起哩,冰天雪地的日子,他是一定不会离开孩子的。那些孩子真是不错,可惜师资力量薄弱,有些课程开展不起来……央金是随意说的,而云朵要告诉她的,却是实实在在的事。她给阿佳说,这次陪着她一起来的曾甜甜、王甘露,可是争着要来给孩子们做支教老师哩。这一次呢,先让曾甜甜留下来做,王甘露后面跟着来。今年就这样了,年后包括她在内,她会动员她的朋友们各自抽出点时间来,排着队来给孩子们支教做老师。

卓玛央金感动地说:"那敢情好。"

两姐妹说了多杰嘉措和"帮手"技校的孤儿们后,还扯到央金在他们太阳村、君青村开展的家庭特色产业的事情。两人扯着扯着,不知什么时候沉沉地睡了过去……第二天早晨醒来时,多杰嘉措和多吉更哲等几个"帮手"孤儿技术学校的大孩子,全都身着民族特色的盛装,分别骑着马赶到宝珠镇政府大院来了。多杰骑的还是他的雪青色大马,而几个孩子骑的则全是一色儿的枣红马。

几匹马的嘶鸣声,惊动了整个镇政府大院。住在镇政府的卓玛央金的同事,都从他们的住房里拥了出来,为央金送行了。

藏族的婚俗本来是很烦琐的哩,卓玛央金作为一名干部,移风易俗,就简单了许多,但亲朋的祝贺,以及一定规模的酒宴还是有的。云朵不仅给她的央金阿佳缝制了一套改良的藏式新娘装,还帮助她施粉、描眉、点花红了呢!清早起来,云朵就是这么来装扮央金阿佳的哩。她一边精心地为央金阿佳梳妆打扮,还一边漫唱一曲很好听的花儿:

> 白牡丹白者白人哩,红牡丹红者红人哩。
> 尕妹的身边有人哩,没人时我陪你坐哩。
> ……

漫唱着这曲叫《尕妹的身边有人哩》的花儿,云朵把卓玛央金精心打扮出来了,并双手扶着她,从房间里往外走。央金刚从门口一露头,镇政府大院里站着的同事就一齐向她拥来,赞美着她,给她敬献白色的、红色的、黄色的、蓝色的、绿色的等各色哈达,仅一会儿工夫,央金的脖子上就满是彩色的哈达了。

来到宝珠镇的商务车,被聪明伶俐的驾驶员小伙子早起清洗得非常洁净。他是把商务车当作卓玛央金出嫁的婚车了。

云朵扶着卓玛央金一步一步走到商务车前,等在车门边的曾甜甜和王甘露,先把车门打开,再双双伸手过来,帮着云朵,把她们的央金阿佳扶进车内坐好,然后她们也都钻进车里,一起往太阳村去了……小伙子及时发动车,踩着油门就要往前走时,还不忘摁了两声商务车的喇叭。就在喇叭声里,宝珠镇政府的院子里蓦然响起了一阵热烈的掌声。在掌声里,二踢脚的炮仗嗖地蹿到空中,炸出一声一声的巨响,还有密集的鞭炮声,绕着商务车此起彼伏地在炸响……下了几个日头的大雪,竟然在这个时候,慢慢地停了下来,遥远的天际线上,撕开了一道小小的缝隙,钻出一线金色的阳光,直直地投射过来,扑在了做婚车的商务车上。

多杰嘉措和几个孩子骑马在前边引路,新娘子卓玛央金和云朵她们乘坐的商务车紧跟其后,行驶了一会儿,就到太阳村了。

今天的太阳村,虽然处在白茫茫一片雪的世界里,但因为卓玛央金和多杰嘉措大婚,即被村里的人收拾打扮得非常不同,家家门口都有一堆燃烧着的牦牛粪。红红的火苗,营造出一种喜庆的气氛。还有烟雾,细细的、绵绵的,也不往高处走,就那么铺地半尺的样子。前边骑马走着的多杰嘉措和孩子们,很是骄傲地走在烟雾中,硕大的马蹄踏在烟雾上,竟把烟雾如水一般踏得飞溅起来……礼花声、鞭炮声,声声裂响,把整个太阳村的气氛一猛子推向了高潮。

云桑旺姆老阿妈应该是今天最高兴、最开心的那个人哩。

云桑旺姆老阿妈今天也是一身盛装,她就站在她的土坯房子前,等着多杰嘉措、卓玛央金他们过来……旺姆老阿妈可是没有空手,她站在那里自有她的使命,那使命是从藏族的传统中继承来的。云朵陪在央金阿佳的身边,从商务车里下来了。下了车的她们,脚踩的是装了青稞、麦子的口袋,口袋的外面则又包着绣了五彩花卉以及青稞和麦粒的垫子。脚踩在精美的垫子上,央金走到旺姆老阿妈的身边。到这时候,云朵才看见旺姆老阿妈的手里拿着一枚璁玉及一支彩色箭镞。旺姆老阿妈迎着央金,向她走近了两步,先把彩色箭镞插在央金的背上,接着再小心地把璁玉放在央金的头顶上。

事后云朵才知道,藏家人的婚礼,给新娘的这两件礼物是不能少了的。

那是一种美好的象征,新娘的背上插上彩色的箭镞,证明她是有了她心爱的男人咧。而放在头顶上的璁玉,也叫灵魂玉,表示新娘把她的灵魂托付给她心爱的男人了!

背上插上了箭镞,头顶上放了璁玉,卓玛央金的婚礼基本上就算完成了。当然这是简化后的婚礼,接下来呢,就是一定规模的婚宴了。云朵、曾甜甜、王甘露她们带来的六年、十五年西凤酒和不二茯砖茶,到这时候就有了大用场。动作机灵的驾驶员小伙子,没有谁指示,即自觉地打开商务车的后备厢,往车下搬酒,搬茯砖茶了……堆在卓玛央金新婚现场的西凤酒和茯砖茶是非常醒目的哩!

太阳村的婚宴保留着他们的传统,一张一张的牦牛皮铺在落雪的村道上,就是放置酒肉的"桌子"。

大的搪瓷盆子里盛的是烹煮好的羊肉,大的木盘子上放的是烧烤好的羊肉,盛酒的容器则是一个一个颇具藏族风格的木头碗,喝茶的容器还是颇具藏族风格的木头碗。看着云桑旺姆老阿妈给云朵主持罢了那两项隆重的新婚仪式后,大家伙儿也不等谁号令,就都把手伸向了牦牛皮上摆放着的煮羊肉、烤羊肉,把它们一块一块地抓在手上,往嘴里塞了。大家一边吃着羊肉,一边端起木头碗里的西凤酒,或是不二茯砖茶熬出来的酥油茶,大快朵颐起来了。

次仁顿珠为了保护三江源的自然生态英勇地牺牲了，他的媳妇卓玛央金从不提再嫁的事，但通晓事理的云桑旺姆老阿妈就不能不提了。

云桑旺姆老阿妈，就卓玛央金改嫁再婚的事，给她唠叨了许多回。旺姆老阿妈之所以要唠叨，是因为她看得清楚多杰嘉措有多么喜欢央金。旺姆老阿妈把他俩看在眼里，以为他们是天作的一对、地配的一双，因此她是不厌其烦地唠叨着央金，也唠叨着多杰嘉措，唠叨得他俩终于结婚成亲，她的心因此不仅安了下来，而且还非常高兴了哩……高兴着的旺姆老阿妈，端着盛酒的木头碗，在婚宴现场劝着大家吃肉喝酒的时候，自己也喝了不少。而小孙子扎西吉律就一直伴在她的身边，她给宾朋们敬酒，小吉律也给宾朋们敬。奶孙俩敬到了云朵的跟前时，云朵拉住了小吉律，想问些什么的呢，却没问出来，而他则仰着脸儿，开心地给云朵说了。

扎西吉律说："好啊，我好人人好，托的都是白度母的福哩。奶奶给我说了，说你就是白度母，我看你真的就是！"

新娘子卓玛央金和新郎官多杰嘉措这时也穿梭在亲朋中间，给大家敬酒了。穿着云朵为她特制的结婚礼服，央金别提有多漂亮了，她走到谁跟前，谁都要夸她几句的，都说她鲜艳美丽、漂亮大方……美丽、漂亮的新娘央金，和英俊帅气的新郎多杰，就在旺姆老阿妈和小吉律敬酒到云朵、曾甜甜、王甘露她们身边的时候，也转到了她们身边来，给她们敬酒了。

云朵抓住这个机会，像是变戏法似的，从她的衣襟下取出一幅照片来，递到了云桑旺姆老阿妈的手上。

不只云桑旺姆老阿妈看见了照片上的她和北京天安门，卓玛央金、多杰嘉措，以及曾甜甜、王甘露也都看见了云朵为旺姆老阿妈合成的那幅照片……旺姆老阿妈的眼睛盯在那副照片上看，看得她眼睛里蓦然涌出一层亮晶晶的汨花儿。旺姆老阿妈看呆了，她看一阵，揉揉眼睛再看，嘴里还喃喃地说了呢。

云桑旺姆老阿妈说："这是我吗？这是我哩。我和北京天安门在一起了！"

云桑旺姆老阿妈说着说着,就不能自已地再次唱起了《我爱北京天安门》。大家听得出来,旺姆老阿妈这首歌儿不仅唱得非常熟,而且唱得非常动情,她一边唱,一边手抚着照片,慢慢地贴在了她的胸口上,还轻轻地跳起了舞。现场上所有的人,新娘子卓玛央金、新郎官多杰嘉措,以及一众参加婚礼的人,包括云朵、曾甜甜、王甘露等,就全在旺姆老阿妈的带动下,欢快地跳起了舞……云朵一边跳舞,一边看向遥远的雪山,还有无边无际的雪野,她满身心地感受到了雪山的神圣和雪野的壮丽!

神圣的雪山、壮丽的雪野,为卓玛央金和多吉嘉措的婚礼,做着让人感觉可以飞升的背景。在这一独特的背景下,大家和着云桑旺姆老阿妈的歌声,都歌唱着、舞蹈着。那庄严嘹亮的歌声,裹在劲吹的风声中,传得很远很远……扎西吉律与多吉更哲他们,也都跟着唱歌,跳着舞蹈。小吉律唱着跳着,但他的眼睛从不离开阿妈央金的身子。他突然脱离开小孩子们,跑到阿妈央金的身边,拉着阿妈的手,把她拉得弯下腰来,把他的小嘴,迅速凑到阿妈的耳朵边,给他的阿妈说了两句话。

扎西吉律说:"阿妈,你今天太美啦!"

扎西吉律说:"我爱阿妈!"

第四十七章　雪堆的妈妈

天上的凌雪如跑马，惊心者雷，上家的花园花落啦。

婚姻不成了说实话，我灰者心，你跟上好的了走吧。

……

——花儿《你跟上好的了走吧》

新婚蜜月里的卓玛央金和多杰嘉措，还没有在两人的世界里泡一天，就带着云朵、曾甜甜、王甘露走访了君青村等几个十分分散的藏族小村庄。

云朵紧起慢赶参加好姐妹卓玛央金的婚礼，是一件十分重要的事情，而走访三江源上相对穷困的人家，也是一件十分重要的事情呢。头一次到三江源上来，云朵在央金阿佳的陪同下，就已走访了几处村庄，这一次他们有商务车，更方便了，所以就扩大了范围。他们乘车走在满是积雪的原野上，不知别人有怎么样的感受。总之，云朵的感受，可是很复杂的呢！

那些覆盖在积雪下的村庄，没走到跟前，几乎是看不见的。猛然走近一处村庄，首先看见的一定是牦牛粪燃烧出来的炊烟，薄薄的、淡淡的，与满山遍野的积雪几乎一个颜色，不留神看，基本看不出来……云朵、曾甜甜和王甘露就这么在卓玛央金的带领下，撵着有炊烟的地方去，敲开一家人的土坯房门，或是牛毛毡的帐篷门。央金熟悉他们，他们也熟悉央金，相互熟悉的他们，一阵嘘寒问暖后，央金总会把云朵推到他们面前，给他们介绍。央金介绍了云朵后，是还会介绍曾甜甜、王甘露的。但她介绍得最详细的一定是云朵。她把她去西安城初见云朵，和云朵来三江源的情况，给他们介绍了后，他们无人不对云朵投去敬仰的目光，同时会夸赞云朵，说她该不是文成公主转世来的？大家这么夸赞云朵的时候，央金也不失时机地呼应他们一句两句哩。

卓玛央金说："云桑旺姆老阿妈可是已经这么说她云朵了呢，老阿妈把她都说成白度母了。"

走访在三江源上，困难是巨大的，首先是空气稀薄，再是太阳照射下的雪光太刺眼，云朵难以适应，曾甜甜、王甘露也难以适应，而最不能适应的则是驾驶商务车的小伙子了。他的嘴唇乌青乌青，走一步，喘十喘；再是眼睛，他说他看什么都是一个颜色，而且眼酸得厉害……云朵能怎么办呢？她自觉还有在三江源上走访的必要，因为他们走访的村庄越多，越感到责任重大。她是还想动员小伙子坚持的，但她的央金阿佳劝她了。

卓玛央金劝她："我记得你给我说过尤努斯的一句话，不要想改变全世界，只要能帮助一个人就好。你急什么呢？"

风先生赶在这个时候，也来劝说云朵了。别人可能还无法明了云朵的内心，但风先生有个基本的判断，他窥知云朵的心里，虽然牵心着她心爱的事业，却也牵心着回到西安去，可能会要面对一件让她难堪的事情……风先生没有办法，他只有劝说她了。

风先生说："顺其自然，不强为，不强求，追随自己的心灵，直觉真如本性，绕过一切的烦恼，就没有什么过不去的。哪怕是多么有棱有角的石头，都像三江源上的冰雪一般，终究是要化为水的哩。"

云朵被风先生劝说得笑了呢！她笑着给卓玛央金和风先生点头了。因此按照他们事先约定的，留下曾甜甜给"帮手"孤儿技术学校做支教老师，她与王甘露还有很不适应三江源气候的小伙子，乘坐商务车回西安了……有着留学法国经历的王甘露，不仅热心热情，而且眼界十分开阔，走访三江源上的那些个村庄时，云朵见到藏族同胞的一些手工艺术品，还头疼怎么帮助他们寻找市场，开拓销路，而王甘露看见了，就先兴奋得不得了。她用她所具有的国际化视野,提出了好些个主意,譬如在个别藏民家里看到他们制作出来的藏香、药香,她就说国内的市场大了去了,不用往国际市场上推,凭咱们自己的市场,做好了,恐怕都会供不应求呢！王甘露说得激动时,就拿她看到的其他藏族同胞的手工艺术品,还要继续说,譬如她说金银制的生活用具,以及牛角、宝石制作的产品,和牦牛毛编织的藏毯等,独具藏文化和藏文明特色,便是可以大走国际市场的。

说得开心的王甘露,还极具哲学意味地说了两句话:"越是民族的,便越是国际的。藏族同胞的手工艺术品就大有国际范儿。"

云朵相信王甘露,她说得到,就做得到。他们在回西安的路上,云朵就很真诚地邀请王甘露加入她的事业。王甘露听云朵这么一说,就把手拍在云朵的肩膀上,给她做了保证,说只要云朵大姐不嫌弃,自己就没问题。云朵见她答应得如此干脆,很是感动,但也说了她的一个担心。

云朵说:"你的大老板老爸会答应吗?"

王甘露说:"我老爸要我向你学习,我不在你的身边干事,又怎么向你学习?"

有了王甘露加盟,回到西安,跑市场的事,很自然地就落在了王甘露的身上,而她跑得非常有效果,很快就联系卓玛央金和多杰嘉措,让他们组织藏香和药香发货。往西安发来的货,不到几天时间,就全推销出去了。与此同时,她利用在国外结识的朋友,给他们发送藏族同胞制作的金银器,牛角、宝石制品以及牦牛毛编织的藏毯等样品图,让他们代她寻找潜在的市场……王甘露做得尽心尽力,但她俩也没有偏废在凤栖镇发展起来的小产业。

灯笼是季节性的产品,年关将近,云朵带领王甘露,今天跑西安城墙管委会,向他们推销灯笼,明天跑曲江管委会,向他们推销灯笼。云朵和王甘露三跑两跑的,就把凤栖镇裱糊出来的积压着的灯笼全推销出去了。

云朵茶裳体验馆所在的唐城墙遗址公园内,赶在春节来临前,就已挂满了凤栖镇制作的灯笼。白天,倒是看不出什么来,而到了晚上,公园里的灯笼亮起来,便大为不同,单个的就有龙凤灯笼、鲤鱼灯笼、十二生肖灯笼等,不一而足;而集群化的灯笼,根据遗址公园的需要,既有大型山水,又有巨型彩车什么的,琳琅满目……能够顺利地把凤栖镇的灯笼推销出去,云朵看得明白,王甘露可是没少费周折,她俩到西安城墙管委会去,撵在人家的屁股后边,给人家大讲城墙灯笼会的主题;她俩到曲江管委会去,还像在城墙管委会一样,撵在人家的屁股后边,大讲曲江灯笼会的主题。云朵必须承认的是,她没有王甘露能说。王甘露说城墙举办春节灯会,就该确立城墙这个大主题,然后结合西安的民俗特色,分组布置多个小单元,才有意义哩。她说,曲江举办春节灯会,就该确立曲江的历史文化根基,结合社会发展的一些细节,分组布置多个小单元……两家管委会主持此项工作的人,还真被王甘露说服了呢,他们虽然没有全盘接受王甘露的建议,却也部分地采用了她的策划,譬如围绕文成公主雕像为中心设置出的那一组灯笼群,就特别亮眼。云朵知道,那可是王甘露的策划哩,她心里因此开心着,还美着!

留在三江源上给"帮手"孤儿技术学校做支教老师的曾甜甜,一天一个电话向云朵报告着三江源上的情况。云朵向她报告西安这边的事情。在她俩相互的报告里,云朵知道,三江源上又下雪了,而且下得比前一次更为狂暴。

好像三江源上狂暴的降雪,会传染西安似的,赶在年节快要来临时,西安也纷纷扬扬地降起雪来了,或旋舞,或飘摇,越下越是疯狂,把个干了一冬的西安城全埋在了莹莹润润的飞雪里。落雪无声,夜里云朵顶着一头的雪花,回她的住处来了。可能是她近些日子太累了吧,这一夜睡得特别实,直到天亮,她几乎连个梦都没有做。要知道云朵可是最爱做梦的哩。她奇怪着,从被窝里爬起来,没有认真穿戴,就先去厨房打火馏昨天带回来的素包子,馏热了后,一口素包子,一口牛奶,把空着的肚子填饱,这就往楼下走了。

楼下的情景让云朵睁大了眼睛不敢相信。

她多日不见的先生胡不二，正在楼下堆雪人。他堆的雪人可真大呀！圆圆的腰身、圆圆的脑袋，别说云朵要吃惊，便是小区早起的人走过时，都不约而同地要站一站，兴趣好的人，还会抓两把雪，拍到雪人的身上……云朵轻脚轻手地走到了胡不二的身边，他可能是太专注了，她站在了他的身边，他竟一点都没留意到。胡不二给他堆的雪人制作起眼睛、鼻子和嘴巴了，云朵看他做得是那么尽心，便忍不住问他话了。

云朵问："你回家来了？回来就是为了堆雪人吗？"

胡不二没有正面回答云朵，他说："你应该问我堆的雪人是谁才好。"

云朵顺嘴问了他："那你说呀，你堆的是谁？"

胡不二说："我的孩子！"

像有一把辣子粉扑进眼睛似的，云朵流泪了，亮汪汪、扑啦啦地直往雪地上跌，她抬手去捂，可她的手指缝捂不住，泪水直往外涌……在这一刻，云朵在内心检讨起自己来了，检讨自己是该给胡不二生个孩子的。云朵跟跄了一小步，她是想要撞进胡不二的怀里，把她内心的检讨说给胡不二听。可是堆好了雪人的他，没有理会云朵，拍了拍沾在手上的雪沫子，转身给了云朵一个后背，并抬脚起步，向小区大门走了去。

看着胡不二的背影，云朵能够感觉到的唯有陌生，而且是太陌生了，陌生得让云朵顿觉浑身发冷，身不由己地就是一个哆嗦！

哆嗦了的云朵，站在胡不二堆起来的雪人前，愣愣地站了好一阵子……云朵那么愣愣地站着时，院子里人来人往，但没有人注意她，好在她有一个几乎形影不离的风先生，赶在这时候，撵到了她的身边。云朵想要风先生给她说两句话，好话也行，瞎话也行，哪怕是骂她的话都行。可是撵到她身边的风先生，语塞了，那么富有生活经验，且还颇具哲学意味的风先生，此时此刻，居然也窘迫得脸色发赤，无话可说。不过风先生还就是风先生，他虽然无话可说，却张嘴漫唱出了一曲名叫《你跟上好的了走吧》的花儿来：

天上的凌雪如跑马，惊心者雷，上家的花园花落啦。

婚姻不成了说实话，我灰者心，你跟上好的了走吧。

……

风先生的花儿，把云朵漫唱得虽然悲哀伤心，却并不特别痛心。她举目朝着风先生凄然地一乐，摇了摇头，知觉她今天还有许多事情要做，便如往常一般，一步一步往她的茶裳体验馆走了……比云朵早到的肇拉妮，习惯性地收拾着茶裳体验馆，见云朵来了，就迎着她去。肇拉妮看见她的脸色不怎么好，就扶她到一边去休息，云朵却没有，她像肇拉妮一样，也收拾起茶裳体验馆了。她俩配合地收拾着，有话没话，是都要说一说、拉一拉的呢。过去说的多是家长里短，拉的多是日常新闻，但今天早上，她俩说着拉着，就说到了近些日子的天气，就拉到近日的新闻。肇拉妮给云朵说了，她说今冬的天是漏底儿了吧？到处都在下雪，打开电视看新闻，不是广东、广西、湖南、湖北遭遇雪灾，就是贵州、云南、四川遭遇雪灾，雪把交通都阻断了，还压断了高压电路！

肇拉妮说得痛心，还结论性地说了两句。她说："那可都是南方啊！南方的雪都成了灾，北方呢？北方的雪呢？能不成灾吗？"

肇拉妮一语成谶，就在她与云朵把茶裳体验馆亮亮堂堂、体体面面地收拾出来，暂坐在品茶饮茶的那块区域里，打开电视机，都没有来得急选台，就见央视四套的主持人，说起了三江源上的大雪。主持人说了几句话，画面推出来的就是铺天盖地的大雪……云朵拿出手机，拨通了央金阿佳的电话。云朵还没说什么，央金阿佳就高声大嗓地给云朵说上了。央金说今冬三江源上的雪是罕见的，她生活在这里，从没经历这么大的雪，别说体型小的羊儿，便是体型大的牦牛，有许多都在大雪中冻死了！

云朵从手机里听得真切，卓玛央金应该在大风大雪里，她关心地问："阿佳呀！你没在办公室里吧？"

卓玛央金回道："镇政府的干部，只留了一个值班接电话的人，我们大家都下乡了。我现在就走在去君青村的路上。"

云朵无法想象，在如此恶劣的天气下，她的央金阿佳还要下乡查看灾情，她不由自主地就给央金阿佳说了。云朵说："阿佳呀，我也上来陪着你好吗？"央金听云朵这么说，心里就发了急，在手机上以命令的口气告诉云朵，要她老实待在西安，不要往上走。三江源的冬天除了雪，还是雪，路不好走，不是一般的不好走，而是太不好走了。不是在三江源长大的人，会寸步难行呢！

风一股、雪一股的声音，通过卓玛央金的手机，呼呼地往云朵的耳朵里灌，她不仅没有被央金阿佳的话劝住，而且更坚定地在手机上给央金阿佳说了。

云朵说："阿佳在三江源上的冰天雪地上能走，我云朵怎么就走不了？"

卓玛央金回话给云朵说："我和你不一样……"

云朵没让卓玛央金把话说完，她打断了央金阿佳的话："咱俩是好姐妹吗？"

卓玛央金说："当然是！"

云朵说："那就好，既然是好姐妹，你就挡不住我，我一定要上来。"

下了去三江源的决心后，云朵还与留在"帮手"孤儿技术学校支教的曾甜甜沟通了一下。得知了更多雪灾给三江源造成的灾难，不过有一件事，还是让云朵很欣慰的，那就是"帮手"孤儿技术学校的校舍了。曾甜甜给云朵说，多亏他们"十分爱"弃婴救助福利基金会出人出资加固校舍，如不然，校舍很可能要垮在雪灾中呢！云朵把曾甜甜告诉她的消息，用短信的方式，发给了他们"十分爱"弃婴救助福利基金会的每一个人，然后还强调了一点，说她已经下了决心，要筹集一些救灾物资，带到三江源去。

云朵的倡议，首先获得了他们"十分爱"弃婴救助福利基金会全体人员的响应。汝朋友、鹿鸣鹤、谈知风、艾为学，以及操心巧、肇拉妮等，自己有什么就捐什么,他们在捐出自己那一份爱心的同时,还广泛动员社会力量捐资捐物了……汝朋友与西安的一家服装厂老板是同学,他跑去同学的厂子里,与同学寒暄了几句,就说了他们"十分爱"弃婴救助福利基金会救助三江源遭受雪灾的同胞的事情。他的同学倒是十分慷慨,两人当场草拟了一份合同,无偿捐献棉衣 100 套。

云朵的茶裳体验馆,在这个时候,自然地变成了捐助物资收集站。

汝朋友动员同学捐助棉衣时,云朵也没有闲着,她先去西安的一家日化生产企业,"化缘"了一些防冻膏,并去了经济开发区的一家食品加工企业,"化缘"了一些方便面和饼干等。鹿鸣鹤、谈知风、艾为学他们也都前跑后跑,跑来了一些捐助。但最阔气的一笔捐助,不出意外地来自王甘露的老爸王心识了。王心识通过他女儿王甘露,带话给云朵,说要捐款,还要捐助一大卡车的六年、十五年西凤酒,还可以组织他们公司的运输车辆,帮助云朵把她收集到的捐助物资,运输上三江源去。

准备工作在他们"十分爱"弃婴救助福利基金会全体同人的努力下,全都做好了。云朵就与大家商定下来,赶在腊月小年的日子,出发往三江源上走。

就在出发前往三江源的前一天,云朵去了一趟西安儿童福利院,她是要看望小云飞的哩……云朵赶了个早,到达福利院的时候,却已是半晌午的时光,她看见了福利院里的孩子们,站在满是积雪的院子里,在操心巧院长和几位阿姨的眼前堆雪人。操心巧和阿姨们没有动手,云朵来了,开始时也像操心巧和阿姨们一样,只看不动手。她看见孩子们你一捧雪,他一捧雪,胡乱地往一个雪堆上拍。孩子们还都太小,他们嘻嘻哈哈,堆雪人堆得好不快活,但他们堆得太不得法了,根本堆不出个雪人的样子来。

已经两岁多一点的小云飞,跌跌撞撞地捧着雪,也在堆雪人。不过,他没有往孩子堆里混,而是独自在一边,堆着一个小雪人。

小云飞像福利院别的孩子一样,堆雪人堆得很卖力,但也堆不出个雪人的样子来。云朵看见了,想要插手帮助小云飞堆雪人,但她被操心巧拦住了。操心巧管理的西安儿童福利院有一条规定,就是让孩子们尽量自己动手做事情,除非孩子们做不了,她和带孩子的阿姨才会帮助孩子做的。对此,云朵是赞成的哩。因此她在被操心巧拦住后,就没有上手帮助小云飞堆雪人,而是耐心地站在一边,看着一堆孩子堆他们的大雪人,小云飞一个人堆他的小雪人……就在小云飞给他那个堆得不成样子的雪人,滚了个小小的雪球,双手捧着拍在雪人身子上的时候,一个谁都料想不到的事发生了,小云飞往后退了两步,望着雪人叫起妈妈来了。

小云飞叫得很怯:"妈妈!"

小云飞这一叫,让堆着雪人的那些孩子全都僵了起来,他们一个一个围绕在他们堆着的雪人周围,也像雪塑的人儿一样,姿态各异地愣住不动了……云朵的眼睛突然就特别酸,特别疼,她热腔热调地呼叫着小云飞时,汪汪的泪珠即已挂满她热烫烫的脸。她伸手过来,是想要把小云飞抱在怀里的,却只在小云飞的脸蛋上抚摸了一下,便弯下腰来,捧着小云飞堆起来的小雪人,连同她自己,偎进了孩子们堆着的那个大雪人里,招呼着小云飞,还有其他的孩子,往她的身上拍雪了!

愣着的孩子,看着偎进雪堆里的云朵,继续地愣着,云朵便自个儿刨着身边的雪,往她的身上拍了。

看到云朵那么做,操心巧不能不帮她了。操心巧用眼神招呼着几个阿姨,与她一起以云朵为基,来堆雪人了。她们给孩子们做着榜样,孩子们就也捧着雪团往云朵的身上拍了。大家一人一把雪地往云朵的身上拍,一会儿工夫,就把云朵脖子以下,全用洁净的白雪塑了起来……云朵的脸上满是温馨的笑,她的小云飞,看着她塑在雪里的模样,再次地喊叫着"妈妈",奋不顾身地向她扑了。小云飞这一扑,现场别的孩子就都喊叫着"妈妈",往雪人似的云朵身上扑了。他们一个一个,不是腿踏进塑在云朵身上的雪里,就是胳膊插进了塑在云朵身上的雪里。

抖搂了身上的雪,云朵站起来,这才把小云飞抱在怀里,给他嘱咐着说了。

云朵说:"妈妈要去三江源上一趟,那里有你的卓玛央金阿妈哩。妈妈快去快回,回到西安就带你回家过新年。"

云朵一边给小云飞这么说着,一边把她热烫烫的嘴唇吻在小云飞的小脸上,喃喃地还给他检讨说了,说她早该来看小云飞的,现在才来,让小云飞想妈妈了。刚刚收住眼泪的云朵没想再哭,但她不知为何,在给小云飞说着话时,竟又不能自已地流泪了。小云飞不要妈妈流泪,他伸着他的小手,在云朵的泪眼上抹着,还说"妈妈不哭",并让云朵看他,说:"小云飞都不哭,妈妈怎么就哭了呢?"

奶声奶气的话语,把云朵说得一下子又笑了。

操心巧这便插话进来说:"我猜你该来了呢。"

云朵说:"是该来了的。我明天就要上三江源去,能不来吗?你筹集来了那么多物资,我既是来看小云飞,也是来向你致谢的哩。"

第四十八章　再上三江源

三九天黄河里者下雪哩,麻水上者推冰桥哩。

谁哈个花儿者疼心哩,不疼是谁哈者咱哩。

……

——花儿《谁哈个花儿疼心哩》

从儿童福利院回到市区,云朵还有一件事要办。

云朵忘不了"帮手"孤儿技术学校的多吉更哲及那几个同患眼疾的孩子。他们来西安治疗眼疾,眼科专家是叮咛了的,要几个孩子方便的时候再来医院复查。小更哲和那几个孩子都在遥远的三江源上,他们不方便来,云朵便想了,她要到他们那里去,就去医院里找找专家,给孩子们开些药带上也好。

眼眉挂了霜的老专家,记忆真是不错,云朵挂号找到他,只说了个大概,老专家就从他的记忆里把她找出来了。

老专家从记忆里找到了云朵,自然地就也找到她带来就诊的几个藏族孩子的病历。云朵给老专家说明了情况,老专家没说二话,就开了一纸药方,并关心地问了云朵:"你挂专家号也不容易,孩子们来不了,我不能让你吃亏,就让我给你瞧瞧眼睛好吗?"云朵答应了老专家,她在答应老专家时,也老实地告诉他,说她近些日子,老是觉得眼前有蝴蝶在飞,而且还觉得干涩不舒服。

老专家让云朵坐在他身边的凳子上,拿起一个很小很小的电筒,翻着她的眼皮看了。

老专家手里拿着的那个电筒虽小，光却非常强，刚一照进她的眼睛，她即觉得一团白光刺激得她的眼眶蓦地涌出一泡汪汪的泪水来。老专家把云朵的眼睛好一番查看，末了还领着她上了几个眼科检查的专用器械，最后告诉她，右眼倒没什么，只是左眼眼底起了点病变，出现了恼人的黄斑。

云朵不懂什么黄斑，就问："要紧吗？"

老专家没有正面回答她，只说："你真的要去三江源上吗？"

云朵点着头说："真的要去。"

老专家说："听我的话，你就不要去了。那个冰天雪地的地方，去了对你的眼睛只有坏处没有好处。"

云朵还不信，问："真有那么严重吗？"

老专家说："我是哄你的人吗？"

云朵没话说了，遵照老专家的嘱咐，也给自己开了些药，拿着回了家。

云朵在回家的路上，脑子里像放幻灯片一样，一会儿是她今天在西安儿童福利院，看见孩子们用雪堆妈妈的画面，这个画面还没过去，一会儿就又有"帮手"孤儿技术学校的孩子们，用彩色的沙子吹塑坛城，在坛城中心吹塑阿妈的画面……纯真的、可爱的孩子们呀，他们不论是在西安的儿童福利院里，还是在三江源上"帮手"孤儿技术学校里，他们有了雪，就用雪堆妈妈；他们有彩色的沙子，就用沙子吹塑阿妈！

妈妈！阿妈！

阿妈！妈妈！

两幅基本相同的画面，就那么交织在一起，伴随着云朵往家里走着。风先生追着她，也不管她此刻心里是何感受，就只依着他的心性，给云朵唠唠叨叨地说了。

风先生说："你心里很乱是吧？我与你一样，乱乱的，总有一些莫名其妙的想法往我脑子里涌。我就想了，人是要做人的。不会做人，再怎么成功都是暂时的;而做对了人,哪怕不成功,也是一个成功的、让人尊敬的人。"

风先生说:"做人到最后,做的是人的形象和信誉,这是人之所以为人的基本属性。"

风先生的话音才落,一曲在云朵心里久违了的花儿,蓦然嘹亮在了她的耳膜上。那是灯盏奶奶给她漫唱过的,花儿的名字就叫《谁哈个花儿疼心哩》:

> 三九天黄河里者下雪哩,麻水上者推冰桥哩。
> 谁哈个花儿者疼心哩,不疼是谁哈者咱哩。
> ……

耳膜上不断地回响着这曲花儿的云朵,与王甘露以及汝朋友、鹿鸣鹤、谈知风、艾为学他们,手机上沟通着,确定明天就出发,重上三江源……在手机里确定完这件大事,云朵还去了她的茶裳体验馆,在那里把他们明天重上三江源要带的物资仔细地清点了一遍,然后才往家里赶。她紧赶慢赶,赶回到家时,天已完全黑了下来。她身在家里了,可不知是心焦老专家的诊断,还是想着三江源的大雪,怎么都静不下来,她一会儿打开电视,看不了几个画面就关掉了,又没着没落地坐在了电脑前,把电脑打开来,抓着鼠标这里点一下,那里点一下,就把三江源上的雪灾的消息点了出来。云朵看着那些触目惊心的画面,就更坚定着她的信心,以为他们奔赴那里,是非常正确的一件事情……就在云朵心里肯定着他们的行动时,门外传来了几声怯怯的敲击声。

咚……咚……咚咚咚……云朵继续听着,直觉敲门的声音不仅是那么怯,而且还十分小心。

云朵敏感地想到了赖小虫,因为只有她才会那么心怯地来敲门。云朵面对着她的电脑屏幕,继续翻看三江源上的雪灾状况,但外面敲门声没有终止,怯怯地,小心地,却也是特别执着地在敲击。云朵不去开门,那怯怯的敲门声,根本不会停下来。云朵是没有办法了,她在听到第三次敲门声时,从电脑前站起身,往门口走了去。她抓住了门把手,却依然犹豫着,想着开不开门呢?可是外边的敲门声,赶着这个时候,再一次怯怯地响了起来。那三番五次响起的敲门声,像包着棉花的铁榔头一般,砸得云朵失去了主意,她把门把手拧了一下,向外推了去。云朵看到的结果,如她所料的一样,果然是赖小虫。

在赖小虫的模样撞入云朵视野的那一瞬间,她便什么都明白了。

来找云朵的路上,赖小虫的头上、身上是落了些雪花的,有些已经消融,有些还在她的头发梢上保留着。她头发梢上消融了的雪花,化成了水滴,从她的发根上往下流,流到她的脸上,像是流在了一块烧红了的铁板上,吱吱地冒着热气……云朵看着她,想她是该说话的呢。可她一副欲言又止的样子,眼巴巴地看着云朵,就是说不出话来。其实她说话与不说话,已经全没意义了。因为她的肩脖子上,耷拉下来的几条彩色的绳子,把她要说该说的话全都说出来了。

黄色的、红色的、蓝色的、绿色的、白色的绳子,可是云朵最为熟悉的呢!

曾经那些彩色的绳子,可都是搭在她的肩脖子上,束缚她的哩。她穿上一款旗袍,就会有一根彩色的绳子,把她很是温柔地束缚起来,那是她与胡不二做过的游戏,现在却已变换了主人,搭在了赖小虫的肩脖子上,云朵还有什么不明白、不清楚的呢?她是非常非常地明白、清楚了……清楚着、明白着的云朵,心里焉能不生出恨来?她是恨得牙都痒痒了呢,真想扑上去,用牙去咬赖小虫,用手去撕赖小虫,把她咬得遍体鳞伤,把她撕成八块……云朵这么想着时,她看见赖小虫,似乎也在期待自己张嘴咬她,伸手撕她,云朵因此蓦然知觉,自己是不能咬她、不能撕她的。那样的话,不就正中了她下怀,使她变得心安理得,变得理直气壮?

云朵此刻在心里努力地劝告着自己,既没有冲动,也没有丧失理智。

因为云朵对此是有心理准备的，不是在今天，不是在今晚，她是早就有所预料了。上次参加王甘露老爸公司里的晚宴，赖小虫恶心呕吐的样子，深刻地印在了云朵的脑海里。她虽然从未怀孕，没有经历过妊娠反应，但一个女人长到一定年龄，这些常识性的东西，未经历也是会知晓呢。因此，云朵难免不在心里想，她想着想不出头绪时，就忍着内心里的疼，做起了她认为必要的准备。

　　大门里站着云朵，大门外站着赖小虫，她俩相互就那么看着，谁都没有说话。突然地，赖小虫低下头来，她哭起来了，哭着转身过去，抬腿要走，云朵却把她叫住了。

　　云朵说："我有一张纸，是你想要的，你等会儿，我拿给你。"

　　云朵说了这句话后，回头走到她刚才坐着的电脑桌前，拉开抽屉，取出一张白亮亮的纸，再次走到大门口，平静地看着不敢回头的赖小虫，把那张纸交到了她的手上。

　　这张纸是云朵几天前就写好的，她是写给胡不二的，让他自主选择他的新生活。

　　那张纸又轻又薄，本来没有什么分量，但因为云朵写了那几行字、几句话，就变得很是沉重了呢，像块大石头一般压在她的心上，让她太难受，太痛苦了……云朵那么畅快地交给了赖小虫，便像把那块大石头交给了赖小虫一样，云朵自己顿时觉得身心轻松爽快了许多。她目送赖小虫从她家门口走开，然后关上房门，回身先去盥洗间，把浴缸放满热水，脱去身上的衣裳，钻进浴缸里的热水中，踏踏实实泡了个澡，把自己清清爽爽、干干净净地洗出来，就爬到席梦思床上，钻进被窝里睡了。

　　云朵做梦了呢！

　　云朵的梦里，很清晰地出现了她白天在西安儿童福利院经历的事情。她的小云飞和福利院的孩子在堆雪人，孩子们把堆起来的雪人叫"妈妈"了。

　　"妈妈！"

"妈妈!"

孩子们叫"妈妈"的声音,非常稚嫩,却特别响亮,刺激着云朵的耳朵,她从梦中都惊醒过来了呢。

醒过来的云朵,过一会儿又睡去。可她睡过去后,依然做梦。梦里的孩子,变成了"孤儿"帮手技术学校读书的藏族孩子,他们围在快要吹塑成的坛城周边,小心地用彩色的沙粒,在坛城的中央吹塑一个他们心中的"阿妈"……他们把"阿妈"完美地吹塑好了,却突然地扑爬在坛城上,用他们的小手,把他们的"阿妈"与坛城,一下子扑爬得散了,又变成一滩彩色的沙粒。

孩子们就那么扑爬在沙粒上,呼叫起了"阿妈"。

"阿妈!"

"阿妈!"

云朵再一次从孩子们呼叫"阿妈"的稚嫩声音里醒了过来。她睁眼看向挂着窗帘的玻璃窗,看见窗帘留着的那道缝隙里,透进一缕明晃晃的晨曦来……云朵伸了伸腰,伸了伸腿,从被窝里爬起来了,下了床,把自己梳洗收拾了一下,这便出门往艾为学的"苍蝇小吃城"去了。今天早晨,云朵和王甘露,还有汝朋友、鹿鸣鹤、谈知风他们,约好在艾为学那里先集体过早,给他们这次三江源之旅壮个行,然后去她的茶裳体验馆,往汽车上装载收集来的物资,就开车往三江源上走了。

两辆王甘露老爸安排来的货运大卡,两辆汝朋友、鹿鸣鹤、谈知风、艾为学自驾的越野车,轰轰烈烈地向三江源出发了。

他们头一天宿营兰州,第二天宿营西宁,第三天就往三江源上的宝珠镇赶了。一千五百多公里的路程,他们走得辛苦不辛苦,自己不说,他人是能想象的呢!云朵和王甘露,当时就都分别坐在一辆载货大卡的副驾驶位置上。云朵不知王甘露是怎么熬过来的,但她清楚自己坐在载货大卡的副驾座位上,一点都不担心自己困乏不困乏,而是担心驾驶大卡车的司机师傅,怕他困乏了呢……那位师傅也许真的困乏了吧,他一会儿点一支烟，一会儿再点一支烟，他给自己点了几支香烟后，云朵发现他给自己点烟时太不方便了，就把他的香烟盒子，拿到她的手上，由她控制着给司机师傅点烟了。

因为她不断地给司机师傅点烟，到后来，自己也陪着司机师傅抽了几支香烟哩。

云朵抽了香烟后，还自嘲地说："路太远了，又不好走，抽口烟提提神。"

可能是驾驶室里的烟雾太浓了吧，云朵还感到了她眼睛不舒服。她因此想起西安市第一人民医院老专家的话，知道她是因为已经上到三江源了，车窗外铺天盖地的大雪对她的眼睛造成了影响，她就给自己点眼药水了。她给自己点了眼药水后，还让司机师傅也点。她给他说，眼睛看见的都是皑皑白雪，点上眼药水对眼睛也是一种保护。

从西宁往三江源上的宝珠镇去，路上的汽车多了起来。

云朵他们看得清楚，那些成队成队的汽车，拉运的都是救灾物资。一长列的车队，拉运的是喂食牛羊的干饲草；一长列的车队，拉运的是为藏族同胞防寒抗寒的棉帐篷、棉衣……车辆增多，加之道路结冰，就出现了抛锚的车辆，有的甚至滑出了公路，侧翻在路边。然而这还不算太吓人，最让云朵他们心惊的一幕，是在他们翻越巴颜喀拉山时，车辆爬行上了五千多米的山顶，有辆从他们车旁超越到前头的越野车，在距离他们不远的那个拐弯处，猛地冲出坡路，跌进路基下的壕沟里！万幸的是，壕沟不深，云朵他们赶上去，把人救出来，发现几个人都只受了些轻伤，就让他们缓了口气，再帮他们把车拖上来，然后又继续往前赶路了。

云朵他们的两辆大卡车和两辆越野车，倒是都很顺当地赶到了他们的目的地宝珠镇。

第四十九章　血染花石峡

十二月者一年推完了,过年的时节到了。

心想者又是一年来了,年月一天一天过了。

……

——花儿《过年的时节到了》

几日不见的风先生,在云朵他们到达三江源后的第三天,才匆匆忙忙地也赶了来。

赶上三江源来的风先生,追着云朵的脚步,跑了太阳村,跑了君青村,还跑了另外几个藏族同胞的村落,见证了云朵走进这些地方时,藏族同胞对云朵的感激之情。他们中的一些人,曾与云朵有过一面之缘,在这冰封雪塞的时候,突然地看见云朵出现在他们面前,他们不禁大吃一惊。吃惊着还会蜂拥而上,围紧了云朵,你拉她的胳膊,他拉她的手,亲热得如自家亲人一般。大家问候着云朵,常会脱口而出,叫云朵"白度母"哩。

"噢! 白度母!"

"噢! 白度母!"

风先生高兴藏族同胞这么称呼云朵,并认为云朵也担得起这个称呼。他因此就还高兴地给云朵说了哩。

风先生说:"人之所以为人尊重,不是等来的机遇,也不是凑巧逮住的机会,而是坚持不懈地做好事。"

风先生说:"生之万象,在寻常人眼里杂乱无章,甚至一片混沌,而在智者心里,却井然有序,乃至一片纯净。因为无论人生怎么变,其规律始终不会变。如无形的存在,常常比有形的东西重要一样。譬如空气,虽然看不见,却是万物的最本源;再有就是思想,也是看不见的,却最终决定一个人的行为与结果。人生在世,心存感念,敬畏因果,顺势而为。"

风先生还说:"所以自己认真走过的路,回头来看,都会开满鲜花!"

风先生这么给云朵说着,似还没有说透,紧跟着就又给云朵漫唱出了一曲花儿来:

> 十二月者一年推完了,过年的时节到了;
> 心想者又是一年来了,乍月一天一天过了。
> ……

风先生漫唱的花儿是《过年的时节到了》。云朵感佩风先生,啥时都那么清醒,还那么乐观有趣……从西安出发上三江源来时,西安城里是已越来越有汉族人的年味儿了,不只西安市民客厅般的唐城墙遗址公园,以及老城圈等地方,被灯笼装扮得焕然一新,便是西安市民自己,也都紧锣密鼓地做着过年的准备。云朵他们运送援助三江源雪灾物资的车队,在走出西安城时,就不断地听到一声两声的炮仗声,当然还会不断地听到敲锣打鼓排练秧歌舞蹈的声音。来到三江源上,云朵他们到受灾的藏族同胞家里去,看到的和感受到的,也还是他们做着欢度藏历年的准备。

云朵每去一户人家,他们都会给她端来一个名叫"切玛"的五谷斗。

简称"切玛"的五谷斗,原名是叫"卓索切玛"的。云朵看得明白,那是一个绘有彩色花纹的木盒,盛放着以炒麦粒和酥油拌成的糌粑,还插有青稞穗和酥油塑制的彩花,以及一碗清水浸泡的青稞种子。当然少不了家庭主妇精心制作的"卡赛",即酥油炸制的面食。这种面食形状各异,既有耳朵形、蝴蝶形,也有条形、方形、圆形等,涂以颜料,裹着砂糖。他们端给云朵，她是一定要吃上些的，因为那既是对主妇巧手的赞赏，更是对来年风调雨顺、人畜兴旺的祝福。

"扎西德勒彭松措！"

"阿妈巴珠工康桑！"

"顶多德瓦吐巴秀！"

带着棉衣棉被，带着白酒、茶叶、药品，云朵深入藏族同胞家里，耳朵里满是这样那样的祝福与问候。她感动于藏族同胞的真诚与热情，还感动于藏族同胞的乐观与豁达——那么严重的雪灾，给他们造成的损失与伤害是巨大的，但伤害不到他们饱满的精神，他们坚强地与雪灾斗争，并顽强地安排着就要到来的藏历年……云朵的央金阿佳给她说了哩，说他们的藏历年可热闹了，初一有初一的快乐，初二有初二的欢乐，初三有初三的乐子……男女老少都穿上节日的盛装，要持续活动三五天。大家可以在广场或空旷的草地上，手拉手、人挨人，围成圈儿跳锅庄舞、弦子舞，通宵达旦也不为过，如果精力有余，还能够进行角力、投掷、拔河、射箭等活动。

其中，最使人向往的就是神圣的"煨桑"活动了。

藏历年前，村寨里的男子汉们会骑上马攀登"圣山"，折来柏香树枝，放置到他们村落最为洁净的地方，堆起来而"煨桑"了。在开展这项活动前，村里的妇女们不仅要准备一些家酿酒或杂酒和各种炸油果、酥油、奶糕等，还要把各家各户清扫来的垃圾杂草，拿来"煨桑"时焚烧了。相传这是美丽的文成公主和亲给松赞干布时兴起的……所谓"桑"，藏语的本意为"清洗、消除、驱除"，带着极强的净化功能。

卓玛央金答应了云朵、曾甜甜和王甘露，藏历年前太阳村的"煨桑"活动，带她们去。

云朵她们参加"煨桑"活动的晚上，恰是云朵准备探望牧牛的阿旺诺布老人后，返回西安的前一夜。央金趁着夜色，与云朵、曾甜甜和王甘露一起去太阳湖畔，离着湖畔还有点距离的时候，云朵她们即已看见焚烧的

"煨桑",向着夜空,燃起一炷熊熊的火焰,照得结了冰的太阳湖,似也有一炷大火,向天燃烧着……三江源的夜,是那么静,云朵不知道曾甜甜与王甘露是何感受,但她知晓自己在走近"煨桑"时,听着"煨桑"哔哔剥剥的燃烧声,以及柏枝焚烧飘溢的烟气,她顿感一种别样的温暖迅速包围了她的身子。早到的云桑旺姆老阿妈,以及太阳村的女人们,散散地围在"煨桑"周边,大家不言不语,一边跳着一种看似特别神圣的舞蹈,一边把她们拿来的酥油、糌粑、茶叶、糖果等往"煨桑"里添,同时还都手拿柏枝,蘸水往"煨桑"里洒。

从西安来到太阳村的云朵她们,刚走到"煨桑"边上,就由云桑旺姆老阿妈主持,卓玛央金指导,让她们从燃烧着的"煨桑"上跨过去了。

让远道来的客人跨过"煨桑",是对她们的敬重。云朵和曾甜甜、王甘露听从着云桑旺姆老阿妈的口令,在卓玛央金的扶持下,一个一个腾空跃起,跨了过去。

云桑旺姆老阿妈她们继续围着"煨桑"跳舞,一边跳着,一边低声地吟唱起了"六字真言"和一段歌谣:

> 无人神灵保佑谁,无神万事皆逆云。
> 若是两者共在时,心想事成大吉利。
> 藏家年里时辰吉,岭国臣民请细听。
> 太阳湖畔最洁净,煨燃柏桑保安宁。

夜里的"煨桑"活动,给了云朵以灵魂性的洗礼。

云朵跟随着云桑旺姆老阿妈她们的舞步,在熊熊燃烧的"煨桑"旁边唱边跳,跳跳唱唱时,云朵想起了她初来太阳湖畔,见到的那只瘸腿藏羚羊和两只恩恩爱爱的黑颈鹤……它们都去哪儿了呢?云朵用眼睛搜寻着它们,但她怎么都搜寻不到它们的影子。卓玛央金从云朵的眼睛里,看出了云朵的期待,而她知道,云朵是期待不到什么了。

在"煨桑"的一边,堆了一个不小的雪堆。卓玛央金跳着舞,绕到云朵的身边,伸手拉了拉她,把她拉去了那个雪堆前。

卓玛央金不无悲伤地告诉了云朵,她说:"瘸腿的藏羚羊,没从雪灾中熬过来。"

云朵听得心头发酸,她非常难受地念叨了一句藏羚羊,紧接着又痛苦地念叨了一句黑颈鹤……是的呢,藏羚羊没能熬过雪灾,那么黑颈鹤呢?嘴里念念叨叨的云朵,把她雪夜里疼得难耐的一双眼睛,看向了央金阿佳。因为央金阿佳一直关切着云朵,在云朵把眼睛看向她时,她立即捕捉到了。捕捉到云朵眼神的央金阿佳,不想云朵因藏羚羊的事情哀伤,于是轻快地说了。

卓玛央金说:"飞走了。黑颈鹤像是得到了神谕似的,在雪灾来临前,双双飞走了。但黑颈鹤是还会飞回来的呢。明年春暖花开的时候,太阳湖畔少不了黑颈鹤翩翩起舞的身影。"

卓玛央金关于黑颈鹤的话,使云朵略显阴郁的心情得到了一定的抚慰……她就这般从"煨桑"的现场,跟随央金阿佳从太阳湖畔,摸黑去她们住宿的宝珠镇。姐妹俩都已钻进被窝里了,还像沉浸在那个庄严肃穆的时刻似的,不能自拔。她俩怎么都睡不着,央金阿佳夸赞云朵他们,说他们是唯一一个来三江源的民间救灾团队。央金阿佳没承想把云朵说哭了呢。几天来深入灾民家里,云朵深感他们的救助是微不足道的,他们耳闻眼见,有许多羊像那只瘸腿的藏羚羊一样,在大雪中冻死饿死了,甚至耐寒忍饥的牦牛,也都持续不断地在大雪中相继倒下! 云朵的哭泣,惹得央金阿佳也哭了起来,她俩直到把自己哭累了,才止住了哭声。

抓住这个机会,央金阿佳把她窝在心里想给云朵说的一句话说出来了。

卓玛央金说:"他也来了哩!"

云朵说:"我知道他来了。"

卓玛央金说:"你听阿佳给你说,他能撵着你来,说明什么问题呢?"

云朵说:"过去了,事情都过去了。"

姐妹俩说的"他",是胡不二哩。风先生迟了两天来三江源,就是去泾阳县胡不二的不二茯茶坊动员他的呢。风先生动员胡不二的话不多,他把云朵带领装载救援物资的车队,上三江源援助遭受雪灾影响的藏族同胞的事,给胡不二说了后,看着胡不二有所触动,便在不伤他面子的情况下,还顺势劝导了他几句。

风先生说:"小处不渗漏,暗处不欺隐,歧路不怠荒,才算是个真人物。"

风先生说:"人活得太矛盾了,很想活得坦然,结果不知本身即是一种邪念。如果不去认真分辨,跳动的心就难安静下来。如果看不清对的事情,或对的人,受罪的最终只会是自己。"

风先生说:"处事不深,难知谁近谁远;处人不久,难知谁浓谁淡。时间不会说谎,说出来便是真相。"

风先生在给胡不二这么说着时,他看见胡不二开来了商务车,往车厢里装不二茯砖茶,就知道胡不二把他的话听进去了。因此在胡不二发动了他的商务车,也往三江源上来的时候,风先生自觉地做他的伴儿,一同上到三江源来了……知晓云朵与胡不二隐情的卓玛央金,背着云朵接待了胡不二。有好几次,央金心想,能让云朵与胡不二同乘一辆车,探访援助受灾的藏族同胞就好了,可她知道那么做可能会坏事。因此她在等一个机会,但她左等右等,现在,她是说出来了,却并没有得到云朵的同意。

云朵与卓玛央金淡淡的几句对话,即把央金的嘴堵住了。

卓玛央金原本就不是个太会说话的人,她都是以她的实际行动来感染人的。因此,她看着无法与云朵就这个话题说下去,便不再说,就与云朵各自翻一个身,睡了过去……姐妹俩各怀心事地睡了一个晚上,早晨起来,央金就要送曾甜甜、王甘露、汝朋友、鹿鸣鹤、谈知风、艾为学他们驾驶车辆回西安去了。

胡不二驾驶的商务车也在返程的车队里。

送别云朵他们的卓玛央金,很希望云朵能够坐到胡不二的商务车上去,但是云朵只把商务车看了一眼,就毫不迟疑地上了一辆"奇瑞东方之子"的小车。这辆小车是云朵近些天来乘坐着看望援助受灾藏族同胞使用的车,上边有她留下来的一箱十五年西凤酒和一件棉衣,她准备在返程的路上去看阿旺诺布老人家。云朵把这件事告诉了卓玛央金,央金因为理解她,就任由她乘坐那辆小车,出发了。

说是顺道看望阿旺诺布老人家,其实并不怎么顺道,非得绕一个弯子,路经火烧沟才能到达。

绕就绕吧,云朵不去看望阿旺诺布老人家,心里便安不下来。她乘坐的小车在前边走,卓玛央金与曾甜甜、王甘露、汝朋友、鹿鸣鹤、谈知风、艾为学他们乘坐的车在后边跟,冰天雪地,他们跑了个把小时,都把五千多米海拔的巴颜喀拉山翻过了,却在进入火烧沟的时候出了事。火烧沟的路况,相对要平缓一些,因此也好走一些,驾驶小车的是个藏族小青年,他因此就放松了一些。

正是这一放松,没留神对面往三江源上拉运救灾物资的一个汽车队,在与小车相互让着路时,小车的前轮,碾在了一块凸起的冰坎上,没有向前蹿去,而是弹跳起来,一头扎入路基旁的一道深沟里,侧翻在乱石一片的荒地上。

驾驶小车的藏族小青年虽然受了伤,倒没什么大要紧。而云朵却因撞击飞出了车窗外,摔在满是积雪与玻璃的碎片上。她 29 岁的生命,永远定格在她牵肠挂肚的三江源上了!

满天纷飞的雪花,此时此刻,似乎飘落得更疯狂了,以它洁白的本能,覆盖着云朵……后边跟来的卓玛央金、胡不二、曾甜甜、王甘露、汝朋友、鹿鸣鹤、谈知风、艾为学他们,全都疯了似的往云朵身边跑。他们没人知道,在云朵的耳畔,正有灯盏奶奶漫唱给她的那曲《迎雪凌寒的是蜡梅花》花儿回荡着:

十冬腊月里的牡丹花,到了时节者就谢了。

迎雪凌寒的是蜡梅花,逞时者越开越俊了!

......

后　记

雨点儿落到个石头上，雪花儿飘到个水上。

相思病结给者心肺上，血痂儿粘给者嘴上。

……

　　　　　　　　——花儿《相思病结给者心肺上》

　　生命的源头在哪里？在母亲的乳头上。

　　写作《源头》的过程中，主人公云朵看到藏族女子卓玛央金，把自己的乳头从衣襟里扒拉出来，喂给她抱回荼裳体验馆的弃婴云飞时，情不自禁说出这句话时，给作为作者的我以极大的启发，我的脑海里当即崛起了三江源上一座又一座名山，她们冰雪晶莹，她们雄伟壮观，她们是东昆仑山及其支脉的阿尼玛卿山、巴颜喀拉山、唐古拉山……我酝酿写作《源头》这部长篇小说，有十来个年头了。我从古城西安一次又一次地走上青藏高原，到长江、黄河、澜沧江的源头，见识到了源头上母亲般的雪山冰川的气魄，触摸到了源头上母亲般的雪山冰川的魂灵，我深刻地感觉到了，冰川是母亲的肌肤，雪山是母亲的乳头哩！正是她们骄傲地哺育出了三条大江大河的生命。

　　母亲乳房般的雪山啊！我在最近一次走到她们跟前时，双膝软了一下，我跪向了三江源上乳汁饱满的雪山。

　　跪在雪山下的我，感知到了来自雪山上的每一滴水，最初的时候，可都是一片飘飘摇摇的雪花哩！美丽雪花的形成，少不了低温下游移在高空中的水汽，蓦然进入云层中来，经过云层的孕育，凝结成无以计数的小小冰晶体。那些精灵般不可捉摸的冰晶体，又在云层里自由地碰撞以及蒸发，而后再次形成水蒸气，然后还要凝结……最后的这次凝结，是一场生命的大蜕变，大家伙儿你中有了我，我中有了你，亲亲热热地抱起了团儿，抱成六瓣冰一样的花儿，各具形态，且又烂漫得无以复加。继续与胚胎样的小冰晶谈情说爱，纠缠着以一种曼妙的姿势，飞落在三江源上的雪山与冰川上。静默下来，处子般一动不动，把自己诚实地融为雪山与冰川的一部分，等待在雪山与冰川之上，也许要等待一千年，甚或是等待一万年……那样的等待，既美丽着雪山与冰川，更美丽着她们自己。

美丽掩盖着冰雪内心的躁动……躁动是冰雪的本能。

躁动着的冰雪，慢慢地向下移动，她们不知移动了多少年。这样的移动是雪山、冰川苏醒的一个过程，她们知道她们是该从沉睡的状态苏醒过来，接受阳光的抚慰，感受阳光的温暖……阳光使得冰雪成了倏忽睁开眼睛的一滴水，一滴三江源源头上的水啊！那滴水晶莹剔透，无色无味，她带着母性的柔韧与美，还有母性的纯洁与爱，就要从她深爱的三江源出发，去到长江、去到黄河、去到澜沧江里，汇成一条又一条浩荡的巨流，用自己乳汁般的清流，滋养和哺育万事万物！

那滴水看见了森林、草地，还有田野与村庄，她放弃了自己的骄矜和安谧，勇敢地向前，向前，再向前。她豪迈大气，喧哗张扬，她结识了更多的花草和树木，还有形形色色的动物以及人。

长篇小说《源头》里的女主人公云朵，在我的心里，原就是那样一滴水生成的一抹云影……成长在古周原上的云朵，而后又工作、生活在西安城里，她朦胧中总是听得见一种声音在召唤她，她相信那就是三江源的声音了！那是个春光明媚的清晨哩，云朵从被窝里爬起来，她对镜梳妆。镜子里的她，冰肌玉魂，知性雅洁。云朵把自己很好地收拾出来，这就走出了家门，向她经营的那家云朵茶裳体验馆去了。她在家门外那片叫作唐城墙遗址公园的绿荫里，小跑着。她跑动的姿态是矫健的，仿佛一只玲珑的鹿,或是一只翩然的鹤……这是她的生活态度呢。晨练必不可少,她跑过的地方,绿荫浓厚,花香袭人,再跑上一会儿,她就能够到达她的云朵茶裳体验馆了。

可就在云朵即将到达她的茶裳体验馆时,开满红花的一棵碧桃树树杈上,有个裹在花布小被单里的婴儿,用他嘶哑着的哭号,叫住了云朵。

围绕在碧桃树周边的人有很多,他们或男或女,或老或少,或者为本城市里的人,或者是来自外地的人,甚或还有高鼻梁、蓝眼睛的外国人,所有的人都只是交头接耳,指指点点,不见谁走上前去,而唯有刚刚走来的云朵,向着哭泣的弃婴走近了去。她走到婴儿的身边,把婴儿抱在了怀里,离开围观的众人,去了她的茶裳体验馆……故事由此而生,并由此而发展、由此而裂变,裂变出了一位风先生……风先生的到来,成了我文化的、文学的代言人,他是历史的,他是智慧的,甚而又是哲学的,他以他的方式进入了我的情感世界,我要做他的朋友,让他给我启发,给我灵感,帮助我做好我要做的事儿。

我骄傲我认识了风先生,但对他人而言,风先生的出现也许是突兀的,既不可理解,又难以理喻,甚至有人会质问我,风先生是个人吗?

原谅我的不讲道理,还有我的霸道蛮横……我要为从《诗经》,或者更远时代走来的风先生做证了。他是存在的,因为他有心的跳动,他有血的火热,他有肉的丰满,自从有他以来,他就不离不弃地伴随着我们人,一路走来。他没有忽视过我们人,总是关心着我们人的成长,关注我们人的成熟,而我们人太浅薄了,我们人又特别自大,以至还非常嚣张,导致自己妄自尊大,目中无人,既不大关注风先生的存在,也不太留意风先生的好心。不过,风先生是大度的,他没有嫌弃我们人,不管我们人怎么对待他,他一如既往做着我们人的伴儿,无怨无悔地为我们人解忧扶困,消愁除厄。

我们人无时无刻不受风先生的鼓舞和推动,像他早年的时候,为我们的古人所发现,一头钻进《诗经》里来,"风"出了多少人情世故,"风"出了多少让人难以忘怀的思虑。

中国字，"风"是当之无愧的长子……《诗经》开篇的《关雎》一诗，即写尽了人与人的爱，是怎样的"关关雎鸠，在河之洲"，又怎样的"窈窕淑女，君子好逑"；再是《葛覃》，"葛之覃兮，施于中谷，维叶萋萋。黄鸟于飞，集于灌木，其鸣喈喈"，则又传达了女孩子在新婚时那种顾盼间的快慰，还有自豪；同样的故事在《桃夭》一诗里，使人更加感佩不已，"桃之夭夭，灼灼其华。之子于归，宜室宜家"，不仅形象地刻画出了女子的美丽，并给予他人以明亮的感觉。仔细吟诵，那种喜气洋洋、使人快活的气氛，充盈于字里行间，唯有美和好，唯有亲与爱……古老智慧、大爱无疆的风先生，是我长篇小说《源头》里最不可或缺的人物呢！

我爱风先生，愿意做风先生的学生，与亲爱的他一起，完成我《源头》的写作。

风先生带领着我，以大无畏的姿态，向着《源头》出发了。同在《源头》，同去《源头》的可是不能少了云朵呢。她不仅把弃婴抱回了她的茶裳体验馆，还抱回了她的家……矛盾由此而生，她的先生胡不二不能容忍她的任性，把她抱回家的弃婴送去了西安市儿童福利院。又一次因为收养这个弃婴的问题，云朵与先生胡不二发生了矛盾。云朵一气之下，去了三江源。云朵之所以去三江源的玉树，是因为她结识了一个名叫卓玛央金的阿佳。阿佳是藏语，汉语的意思是姐姐。通过央金阿佳，云朵在三江源玉树，又认识了像七星镇收养了她的灯盏奶奶一样的藏族老阿妈云桑旺姆，旺姆老阿妈与她收养的众多失亲小孩，在她家附近寺庙喇嘛的帮助下，用染成七彩的细沙，小心地吹塑着一件名为坛城的宗教艺术品。云朵得知孩子们吹塑坛城，已经耗费掉了几个月的时间了……他们的耐心深深地打动了云朵，她也参加进了吹塑坛城的工程，直到吹塑成一件完整的坛城后，孩子们又在坛城的中心位置吹塑了一个阿妈。到这时候，失亲的孩子们无不泪流满面，哭喊着扑向坛城里的阿妈。

"阿妈！"

"阿妈……"

失亲孩子们含泪呼唤阿妈的声音,把云朵也呼唤得泪流满面……玉树之行,让云朵收获得太多了,她不仅认识了云桑旺姆老阿妈和其收养的失亲孩子,还见识了许多感人的人和事。公元641年(唐贞观十五年),为了汉藏民族的大团结,松赞干布向唐太宗李世民提出和亲,唐太宗答应了松赞干布的请求,遣使冯德遐,陪同文成公主远嫁吐蕃,与其结为姻亲之好。文成公主一行为吐蕃带来了许多中原的生产技术以及植物的种子,还有树干玉白的白杨树。为了白杨树能够成活,文成公主一行白天的时候,用毛毡吃水裹住树苗,晚上浸在水里,昼行夜宿,到达玉树后,文成公主就命随行之人,在日月山下的一条山谷里,栽下了她带来的白杨树……苦寒苦寒的玉树,太不适应白杨树的生长了,文成公主栽在这条沟里的白杨树,最后仅存活一棵。

云朵还带有眼疾的藏族孩子到西安诊治。

突然的一场暴雪,袭击了大半个中国。西安的雪下得就很大了,而三江源上的玉树,更是一场十年不遇的雪灾。牵挂着多桑老阿妈和那些个孩子的云朵,在西安的家里待不住了。她联络了汝朋友、鹿鸣鹤、谈知风、艾为学等朋友,动员了肇拉妮、赖小虫、曾甜甜、操心巧等,捐款捐物,支援遭受雪灾的玉树百姓。很快,他们筹集到许多棉衣棉被,还有治疗冻疮与其他疾病的药物,装了四辆汽车,浩浩荡荡地从西安出发,去了玉树……

几辆满载救灾物资的汽车,从西安城出发。白天赶,晚上赶,几天几夜的长途跋涉,云朵与汝朋友、鹿鸣鹤、谈知风、艾为学、王甘露等经历了千难万险,终于来到受灾严重的玉树地区,把他们带到玉树的救灾物资,分发给了在雪灾里困守的藏族同胞……

完成救助,云朵在往回赶的路上,却连人带车滑进路边的深沟里,牺牲了。

云朵与她热爱的玉树,血肉相连地融为了一体。

三江源,自然的源头啊,可不也是人性的、母爱的源头吗?伴随在云朵身边的风先生，记着云朵的一切，他感同身受地在我的长篇小说《源头》里，也这么来说了。因为我与我的朋友风先生感动于美丽的云朵，感佩美丽的云朵，以为她就是一条神圣的哈达，云铺天宇，光耀人间……

陪伴着云朵在向三江源上走时，我与风先生以及云朵，是还见识了许多我要说的事情。那一天，我们逆着黄河向三江源上进发，走到了黄河边的宁夏，看见了横亘千里的贺兰山。不知是洪荒年代就有的产物，还是后来自然的变化，贺兰山下全是无边无际的戈壁滩，那些风化成拳头般，或是碎成脚板般的各色石头，像是凝固了的大海，让人看着眼晕。可是我们发现，就在这不见一点绿色的地方，偏偏放牧着一群一群的绵羊，当时的我睁大了眼睛，惊奇不已。

那一群群的绵羊在戈壁滩上吃什么呢？

满腹疑问的我问了风先生，但他没有给我答案，只让汽车停下来，让我走着去看看就好。我能怎么办呢？听了风先生的话，便下车向那云彩般白嫩的绵羊群走了去。我走着时，想起宁夏的滩羊在我生活的关中，是有许多美好的说法哩，一说滩羊的肉嫩好吃，二说滩羊的皮毛柔软保暖……

探看的结果，让我大吃一惊，那一群一群的滩羊，在戈壁滩上放着，绝少吃得到绿色的牧草，它们一个一个吐出红红的舌头，在被太阳晒得焦灼的石块上，贪婪地舔吮着！我不知究竟，去问放牧的人，身心有点慵懒的他，轻描淡写地告诉了我那样一句话："吃太阳。"

他说得很不经意，而我却听得如雷贯耳。我在想，原来太阳是可以吃的。这个道理是如此浅显，地球上的动物和植物，千千万万，哪一种哪一类，不像贺兰山下的滩羊，吃着太阳？

太阳是万事万物的第一等营养。

舔食着戈壁滩石块上太阳的滩羊，使我呆呆地站立着，充耳都是滩羊吃太阳的声音。我感到了心热，我抬起了手，在眼睛上抹了一把，我知道，有两行热辣辣的眼泪，珠串一般挂在我热辣辣的脸上了……同样的事情，居然在三江源的玉树又给我与风先生上演了一次。

有位藏族老大爷，在我们游览玉树时，撞进了我们的眼睛里。当时的他，斜倚着一块大石头，坐在一座山头下的草地上，抬头看一眼天空，低下头来，喝一口青稞酒……风先生见怪不怪，我就不能了，我走向了老大爷，和他聊了起来，我没想到他听得懂我们的话。我问他了，没有下酒菜，您老人家咋还一口一口地喝酒？老人家翻了我一眼，他先没说啥，又一次抬起头看天，然后又低下头来喝酒。

老人家喝了酒后，他给我说了："太阳就是下酒菜。"

啊啊啊……我被老人家的话说愣了，也像他一样，抬头看天了。但我没有看见太阳，正有一团浓云飞过来遮住了太阳。我有点失望，低头来看老人家的时候，他把装着酒浆的皮囊举给了我。

老人家给我说："喝一口吧！我把太阳装在酒里了。"

太阳可以吃，还可以喝……风先生不失时机地在那个时候，拍了拍我的肩膀，他让我记住这个让我有所觉悟的地方，我是听话地记下来了，这个地方叫花石峡，地处巴颜喀拉山北麓的玛多县。

万里黄河从绵延千里的雪域高原流出，一路东去，平缓地流过春意盎然的高原草场，再往上去，就是那座被人不断传说的巨型拱门了。拱门矗立在茫茫无垠的三江源上，上书"黄河源头第一镇"几个大字。

创作长篇小说《源头》过程中，我在风先生的陪伴下，多次去了那里……那里在我最初去的时候还没有玛尼堆，但是我们美丽善良的云朵，遭遇车祸牺牲在了这里，因此就有热爱她的藏族同胞，你先垒上一块石头，他再垒上一块石头，大家都在往上垒着石头，不断堆砌的石块是藏族同胞心头最为神圣的玛尼堆呢。不断壮大的玛尼堆上，插着几根白杨树的杆子，白杨树杆子上，是几条过往这里的藏族同胞系在上边的哈达。

红黄蓝绿白……绚丽的哈达啊！

花石峡——攀爬黄河源头必须经历的一个地方哩。风先生来到这里，会以他姿态，轻轻地旋绕，呼呼地鸣叫，为那如霞似锦的哈达添加无限的能量。我没有风先生的能力，所以只有膜拜，用我虔诚的心，祭奠我怀揣在心里的神——我们自然的源头，我们生命的源头。

一幅画在牦牛皮上的唐卡，在这个叫作花石峡的地方，成了我至为珍贵的一个收藏。

雅好收藏的我，与那位把太阳装进牦牛皮酒囊里来喝的藏族老大爷，对饮了一阵子，我们说到了文成公主，我们说到了熊宁，那个我在长篇小说《源头》里幻化为云朵的女孩。因为文成公主，因为云朵般的熊宁，我们说着就很自然地说到了西安，说到了与西安血肉相融、亲情相牵的拉萨……我们说了许多许多，还把老大爷牦牛皮酒囊里的酒液全都喝了个精光。而这个时候，原来高悬在蓝天之上的太阳，已然静悄悄地把他火红的脑袋，枕在了西边的山顶上，我因此起身告别了老大爷。但就在我向老大爷告辞时，老大爷似还意不能尽，情不能却，他把他揣在怀里视为宝贝的一幅唐卡，小心翼翼地取出来，转送给了我……风先生见证了黄河源头上的这一次馈赠，我不好说什么，只能说我是幸运的，在这个天蓝云轻的地方，结识了把太阳装进酒囊里来喝的藏族老大爷，他自然可爱、坦诚，不做作，不伪饰，与我一面之交，即胶漆相融，肝胆相照，他是我终生难得一见的真汉子。

这幅唐卡就画在一片小小的牦牛皮上。老大爷在往我手上送时说："白度母。"

我听得明白，这幅画在牦牛皮上的唐卡，绘制的是藏传佛教中十分尊贵的白度母呢。藏语在说白度母时，是要尊称为卓玛嘎尔姆的，也就是汉语所说的观世音菩萨，化身在藏传佛教里便有了三十二种应化身，其中白度母化身还可以变化成二十一位救度母，白度母为其中的一位。藏传密宗里流传最为广泛，白度母与长寿佛、尊圣佛母并称"长寿三尊"……无所不知的风先生，这个时候显出了他的能耐，他出言似微风细雨，更进一步地来说白度母的好了。他说白度母既能为一切众生赐予长寿，也能集众度母的功德于一身，具备救度八难的威德，什么病痛邪风，什么鬼怪妖魔,什么贪嗔痴愚等孽障,在神勇无比、大爱无限的白度母面前,都将显露原形而狼狈遁迹……老大爷转赠我的,可就是这样一帧贵不可言的珍宝啊!

老大爷把白度母的牦牛皮唐卡转赠给了我,我是要感谢他的。可我感谢的话语还没有说出来,即听到他老人家口里念念有词。他念叨的应是藏语,我听不明白,风先生在一旁给我翻译了:

顶礼月色白度母,秋百满月聚集脸。

成千群星同聚汇,尽放威光极灿然。

终日周游天下的风先生,没有他不熟识的语言。他把老大爷念叨给我的话,用汉语翻译给我后,还怕我不能知晓其中的意思,就又认真仔细地给我解释了。他说这就是藏传佛教里的偈颂了,偈颂所顶礼的即是白度母,亦为月色朗秋母。其大意为"秋天的月亮远离了尘埃、云雾,白度母的面容犹如一百个秋天的满月般聚集在了一起。她的身体放出灿烂的威光,犹如成千上万颗星汇聚,从光芒中降下甘露,驱除一切众生的烦恼……"风先生这么解释下来,我明白过来了,并进一步知晓白度母与藏传佛教中的妙音天女,原为一个完美的本体。

把太阳装进酒囊里喝的老大爷,赶在这个时候,又念叨出两句话来。

老大爷说:"文成公主……白度母。"

老大爷说:"熊宁……白度母。"

老大爷这时候的念叨,不需风先生翻译与解释,我就听明白了。在我有限的记忆里,知晓盛唐时的文成公主,和亲上了青藏高原,她为苦寒之地的西藏带去了许多先进的生产技术和农作物种子,以及大量的营建工艺和中医药方剂。文献资料对此记录得十分清晰,凡工艺技术有六十余种,凡医方、医著四种一百余方,此外,还有医疗器械六种……教授藏族同胞学会了植桑养蚕、酿酒、碾铠、制纸墨等技能。唐人陈陶的《陇西行》里真实地描写了当时的情景:"自从贵主和亲后,一半胡风似汉家。"由此可见,文成公主对这里的影响多么巨大。

文成公主因此被藏族同胞虔诚地尊为了白度母。

那么熊宁呢? 她又是如何被藏族同胞尊称为白度母的? 对此,不需要老大爷多说,也不需要风先生给我解释,因为我曾深度参与了熊宁事迹的采访与报道……后来她被追授为陕西省优秀青年志愿者、青海省优秀青年志愿者、中国杰出青年志愿者,获得中国青年五四奖章、全国三八红旗手殊荣。在我采访写作时,因为她的模范事迹,我数次哽咽落泪,我以《西安最美女孩》的标题,在《西安日报》《西安晚报》上对她的事迹做了系列报道。在此之后,中央级的几份大刊大报也做了非常充分的报道,她的模范事迹,感天动地,陕西西安、青海玉树,无数藏汉同胞深受感动,她生前的所作所为是忘我的,是利他的,她把她全部的爱都给予了西安、玉树她认识的以及不认识的众多需要帮助的人。受她帮助的人,大多为西安市儿童福利院的孩子及玉树遭遇疾病困扰的孩子,小孩子们把她深情地叫了"妈妈"。

她是西安最美女孩!

她是三江源上最美的天使!

她在把太阳装进酒囊里来喝的老大爷心里,是文成公主一样的白度母!

我把老大爷送我的画在牦牛皮上的白度母唐卡拿回了西安的家里,找了书院门最棒的裱画家,给我装裱在一方红木画框里,虔敬地悬挂在了我家的书房里。我面对着这幅珍贵的唐卡,写作着长篇小说《源头》,我每写一句话,或是一段话,都要情不自禁地抬起头来,注视唐卡上慈祥的白度母,而白度母亦像是知晓我的心情似的,还我一个慈爱的注目。

在白度母的唐卡眼前写作《源头》,我不敢有丝毫的懈怠,不敢有丝毫的轻慢,我直觉自己是已成为三江源一个忠实的信徒了。

没有完成长篇的写作,就先来写后记,是我的一个习惯。之前出版过的《初婚》《乾坤道》《七星镇》是这个样子,《源头》自然也是了。但我知道,这样是不一样哩,既不一样在题材上、表现方法上、思维模式上,也不一样在精神与情感领域……我的朋友风先生,对此有着绝对的发言权。他不离不弃,在我写作《源头》的过程中,伴随在我的身边,给了我极大的鼓舞与支持,还有启发。

风先生洞悉了我的心情,他把他幻变成了一束光,暖暖地依附在了我悬挂在书房里的那幅白度母唐卡上,给我进一步地阐释藏地唐卡的内涵了。

风先生的阐释,与我多次到三江源上去接触到的唐卡画师说得差不多。唐卡画师说给我的,多是绘制题材的问题,使我知晓他们所绘的有四个类型:一为佛菩萨类,二为密宗本尊、护法、罗汉类,三是高僧大师造像类,四是曼陀罗、宇宙天体及藏药类。风先生关心的,既有唐卡画师所言的唐卡类型,也有唐卡画师在绘制唐卡时的行为,而对于此,风先生似乎更为上心。

风先生说了,唐卡画师可都是用他们的生命来绘制唐卡的呢!

必须承认,风先生说得没错,我一到拉布仑寺,就与绘制唐卡的画师们深聊了几句。从他们的嘴里知道,绘制唐卡所用的笔和颜料都是画师自己制作的,特别是颜料,绝对不能用现成的颜料。他们所用的都是传统的矿石色料与植物色料,这些颜料,非研磨不能用,非浸泡不能用,其讲究之精细,没有长年累月的训练是做不到的。单是用金,在绘制唐卡时,就要分出五色来,如赤金、黄金、白金、冷金等。这好比泼墨国画,讲究墨分五色一般,是很难把握的。而更艰难的是,唐卡画师作画时用来调制颜料的汁液,不是别的,而是自己舌尖上浸出来的唾液,那些研磨出来的矿石颜料,有一些是含毒素的,长此以往,沾染在舌尖上,使唐卡画师难免不被毒害,甚至丧失性命。

明知绘制唐卡会使自己中毒而亡,但没有哪个画师在死亡面前畏惧退却。这是因为画师们心怀信念,认为他们涂抹在唐卡上的每一笔彩、每一条线,都是对佛祖的一种供奉。

　　我在西安城的书房里,夜以继日地埋头在电脑前,敲打着一个一个字符……这是我敲打给长篇小说《源头》的字符哩,我敲打着时,总要想起唐卡绘画大师们冒着中毒死亡的危险,精心彩绘唐卡的那种精神,并由此还要用我的眼睛,"触摸"我书房里挂着的那幅白度母唐卡。就在此时,就在此刻,我再次用我的眼睛"触摸"起了那幅唐卡,正"触摸"着,绘制了这幅唐卡的画师蓦然闪现在了我的眼前,他虔诚认真地在牦牛皮上涂抹着色彩,那是涂上最后一笔颜料吗?我的心一惊,但见他面对绘制着的这幅明艳富丽的唐卡,他笑了,笑得一脸惨白,笑得一脸灿烂,但他突然昏倒在地上,他惨白的、灿烂的笑脸凝固成了永恒!

　　我紧紧地闭上了眼睛,唯独听见风先生在这个时候不无敬仰地说:芸芸众生,受戒者多,持戒者少,得道者微乎其微。

　　历史的文成公主,现实的熊宁,在我的长篇小说《源头》中,全然化身成了云朵,她是古城西安的云朵,她是三江源上的云朵。我用我敲打在这部长篇小说里的每一个字符,敬奉我心爱的云朵。为此我放开了歌喉,也要漫唱一曲花儿了。

　　我漫唱的花儿叫《相思病结给者心肺上》:

　　　　雨点儿落到个石头上,雪花儿飘到个水上。

　　　　相思病结给者心肺上,血痂儿粘给者嘴上。

　　　　……

2021 年 10 月 28 日　扶风堂